Née à Chicago, Kathy Reichs est anthropologue judiciaire à Montréal et professeur d'anthropologie à l'université de Charlotte, en Caroline du Nord. Elle fait partie des quatre-vingt-huit anthropologues judiciaires certifiés par l'American Board of Forensic Anthropology et collabore fréquemment avec le FBI et le Pentagone. Elle s'impose en France dès son premier roman, *Déjà dead* (1998, récompensé par le prix Ellis), dans lequel apparaît pour la première fois son héroïne Temperance Brennan, également anthropologue judiciaire. Depuis, elle a notamment publié, aux éditions Robert Laffont, *À tombeau ouvert* (2007), *Meurtres au scalpel* (2008), *Meurtres en Acadie* (2009), *Les Os du diable* (2010), *Autopsies* (2011), *Les Traces de l'araignée* (2012) et son dernier roman, *Circuit mortel* (2013). Elle a également commencé une nouvelle série de romans, écrite avec son fils Brendan Reichs. *Viral* (Oh ! Éditions, 2010), *Crise* (Oh ! Éditions, 2011) et *Code* (XO Éditions, 2013), les trois premiers tomes, mettent en scène Victoria Brennan, la nièce de la célèbre Temperance Brennan. Kathy Reichs participe à l'écriture du scénario de *Bones*, adaptation des aventures de Temperance Brennan pour la télévision, dont elle est aussi productrice.

Kathy Reichs est connectée :
www.facebook.com/kathyreichsbooks
www.twitter.com/KathyReichs
www.kathyreichs.com

MORTELLES DÉCISIONS

DU MÊME AUTEUR
CHEZ POCKET

DANS LA SÉRIE TEMPERANCE BRENNAN

DÉJÀ DEAD
PASSAGE MORTEL
MORTELLES DÉCISIONS
VOYAGE FATAL
SECRETS D'OUTRE-TOMBE
OS TROUBLES
MEURTRES À LA CARTE
À TOMBEAU OUVERT
MEURTRES AU SCALPEL
MEURTRES EN ACADIE
LES OS DU DIABLE
AUTOPSIES
LES TRACES DE L'ARAIGNÉE

VIRAL
CRISE

KATHY REICHS

MORTELLES DÉCISIONS

Traduit de l'américain par
Viviane Mikhalkov

ROBERT LAFFONT

Titre original :
DEADLY DECISIONS

Publié avec l'accord de Scribner/Simon and Schuster, New York

© Temperance Brennan, LP, 2000.
© Éditions Robert Laffont, S.A., Paris, 2002
ISBN : 978-2-266-12962-6

À la bande de la plage de Caroline

1.

Nom : Toussaint, Emily Anne. Âge : neuf ans. Signes particuliers : cheveux noirs crépus, peau couleur caramel, longs cils. Renseignements annexes : des anneaux d'or aux oreilles, deux trous de Cobray 9 mm semi-automatique au milieu du front.

On était samedi mais je me trouvais au labo à la demande expresse de mon patron, Pierre LaManche. Cela faisait des heures que je répertoriais des tissus salement amochés dans la grande salle d'autopsie quand le sergent-détective Luc Claudel a fait irruption. Ayant déjà travaillé avec lui, j'avais pu me convaincre du peu d'estime qu'il avait pour moi. Sa façon d'aboyer « Vous avez vu LaManche ? » m'a clairement signifié son agacement à me découvrir là. Je suis restée de glace. Mieux vaut l'ignorer quand il est d'humeur massacrante. Son regard n'a fait que balayer le chariot devant lequel je me tenais pour se détourner, dégoûté.

— Le docteur LaManche est arrivé ? a-t-il répété en évitant soigneusement de regarder mes gants poisseux de sang.

— On est samedi, monsieur Claudel. Il ne trav...

Je n'ai pas terminé ma phrase. Michel Charbonneau venait de passer la tête dans la pièce et annonçait : « *Le cadavre est arrivé* [1]. » Un chuintement suivi d'un déclic m'est parvenu par l'entrebâillement : la porte de service se refermait. De quel cadavre s'agissait-il ? Et que venaient faire à la morgue deux enquêteurs de la criminelle, un samedi ?

— Hello, doc ! m'a lancé Charbonneau.

C'est un garçon plutôt corpulent avec des épis plein la tête qui lui donnent l'air d'un hérisson.

J'ai retiré mes gants et baissé mon masque.

— Que se passe-t-il ?

— Le docteur LaManche vous expliquera, il ne va plus tarder, a répondu Claudel.

La lumière dure des néons accusait son air tendu. Il avait le regard éteint. Ses lèvres pincées ne formaient qu'une ligne mince et la sueur perlait sur son front. Il a horreur des autopsies, Claudel, il ferait n'importe quoi pour ne pas venir à la morgue. Il a ouvert en grand le battant de la porte et s'est précipité dans le couloir, sans s'inquiéter de bousculer son collègue. Charbonneau l'a suivi des yeux et s'est retourné vers moi.

— Il prend ça mal, il a des mômes.

— Des mômes ?

J'ai senti mon cœur se glacer.

— Les Heathens ont frappé. Ce matin. Vous avez entendu parler de Richard Marcotte ?

Le nom me disait vaguement quelque chose.

— Surnommé l'Araignée.

---

1. À moins d'une indication contraire, les mots en italique sont toujours en français dans le texte original. (*N.d.T.*)

Ses doigts ont fait la petite bête qui monte, qui monte, qui monte, tandis qu'il expliquait :

— Un chic type, un ponte dans le monde des gangs de motards. Lieutenant des Vipères. Mais le fait d'avoir été élu à ce poste par ses petits camarades ne lui a pas porté bonheur aujourd'hui. À huit heures, il s'est fait exploser par des Heathens, des coups de feu tirés d'une voiture, alors qu'il sortait de chez lui pour aller à sa gym. Sa copine a juste eu le temps de plonger dans les lilas.

Charbonneau s'est caressé les cheveux à rebrousse-poil, de la nuque jusqu'au front. Il a dégluti. J'ai attendu la suite.

— Une gamine s'est chopé une balle perdue.

— Oh, mon Dieu !

Mes doigts se sont crispés sur les gants que je tenais encore à la main.

— On l'a transportée à l'hôpital pour enfants de Montréal, mais elle n'a pas survécu. On va l'amener ici. Marcotte est mort pendant le trajet. Il est déjà là, au fond.

— Et LaManche va venir ?

Charbonneau a hoché la tête.

Les cinq médecins légistes du labo sont d'astreinte à tour de rôle, de sorte qu'il se trouve toujours quelqu'un pour faire une autopsie d'urgence ou se rendre sur la scène d'un crime en dehors des heures de service, bien qu'il soit rare que cela se produise.

Une petite fille... Comme toujours, une tornade d'émotions a fondu sur moi. Il fallait que je quitte la salle au plus vite. Une heure moins vingt. J'ai roulé mes gants de caoutchouc et mon masque dans mon tablier en plastique et j'ai jeté le tout dans la poubelle à déchets biologiques. M'étant lavé les mains, je suis montée me réfugier dans mon bureau, au douzième étage. Là, je suis restée

11

à fixer le Saint-Laurent, incapable de rien faire, serait-ce manger mon yaourt. À un moment, il m'a semblé entendre retomber la porte de LaManche et coulisser les parois de verre qui séparent notre service du reste du département.

Sur le plan émotionnel, ma profession d'anthropologue judiciaire m'a, pourrait-on dire, immunisée face aux cadavres. En matière de corps mutilés, brûlés ou en état de décomposition avancée, j'ai tout vu, y compris le pire, car l'expert médical ne peut tirer de conclusions sans les informations que je suis seule en mesure de lui fournir. La salle d'autopsie étant mon terrain d'action, rien ne m'étonne plus chez un mort : ni l'odeur qu'il dégage, ni aucune des sensations que procurent les tissus sous la main ou le scalpel. Les chiffons tachés de sang mis à sécher sur l'égouttoir ou les organes baignant dans des bocaux me laissent indifférente, tout comme le vrombissement d'une scie Stryker dégageant un os. Pourtant, chaque fois que le mort est un enfant, je suis bouleversée. Bébé secoué comme un prunier, nourrisson battu, enfant que ses parents membres de secte ont laissé mourir de faim, adolescents abusés par des pédophiles, et j'en passe, toutes ces violences infligées à des innocents me plongent immanquablement dans l'effroi.

L'une des affaires les plus pénibles que j'aie eu à traiter concerne deux tout-petits assassinés et mutilés, des jumeaux. Elle ne remonte pas à très longtemps et j'ai encore en mémoire les sentiments qu'elle a soulevés en moi. Sentiments qu'aujourd'hui je ne tenais pas à revivre, même s'ils s'étaient soldés pour moi par la satisfaction intense d'avoir accompli une œuvre de salut public quand j'avais appris l'arrestation du fanatique commanditaire de ces meurtres.

J'ai déchiré le couvercle d'un yaourt.

L'image de ces deux bébés tournoyait dans ma tête. Je me revoyais à l'époque, saisie de panique en imaginant ma fille à leur place. Des flash-backs de Katy à leur âge passaient devant mes yeux. Visions d'horreur. Seigneur, pourquoi tant de folie ? Et ces corps atrocement mutilés sur lesquels j'avais travaillé ce matin, n'étaient-ils pas, eux aussi, victimes de cette guerre des motards qui faisait rage ?

« Ressaisis-toi, Brennan. Fâche-toi. Durcis-toi, sois mauvaise. Contribue par tes compétences scientifiques à faire écrouer ces salopards ! » Voilà ce que je me disais tout bas et à quoi j'ai acquiescé à haute voix :

— C'est ça !

J'ai fini mon yaourt, bu mon verre d'eau et suis redescendue à la morgue. Claudel n'était nulle part en vue. Dans l'antichambre d'une des petites salles d'autopsie, Charbonneau, comprimé dans un fauteuil en vinyle, feuilletait son calepin à spirale.

— Comment s'appelle-t-elle ? lui ai-je demandé.

— Emily Anne Toussaint. Elle se rendait à un cours de danse, à Verdun.

Désignant du menton la pièce voisine, il a ajouté :

— LaManche a commencé l'examen.

Je suis passée devant lui pour pénétrer dans la salle. Un photographe judiciaire était à l'œuvre. LaManche faisait des doubles de tous les clichés au Polaroid, notant entre deux prises ses observations dans un cahier. Soulevant l'appareil par ses poignées latérales, il l'avait positionné juste au-dessus du front de l'enfant et faisait le point. L'objectif est sorti, puis s'est rétracté. Un petit point rouge est apparu sur l'une des blessures. Flou. Une fois son périmètre défini, LaManche a déclenché la prise de vue. Un carré blanc a jailli de l'appareil, qu'il a ajouté à sa pile de photos sur un coin de la table d'autopsie.

Le corps d'Emily Anne portait la marque des efforts intenses mis en œuvre pour la sauver. Un tuyau transparent saillait de son crâne en partie bandé, signe qu'on l'avait branchée à un moniteur de pression crânienne. Deux sondes sortaient encore de sa gorge : l'une, endotrachéale, destinée à oxygéner ses poumons ; l'autre introduite dans l'œsophage pour prévenir le refoulement gastrique. Des cathéters à injections intraveineuses demeuraient dans ses veines subclavières, inguinale et fémorale, et, sur son torse, les pastilles blanches des électrodes de l'électrocardiogramme n'avaient pas été décollées. Ce n'était plus une intervention médicale, c'était une agression en règle. J'ai fermé les yeux. Les larmes me piquaient l'intérieur des paupières.

Je me suis forcée à regarder de nouveau le petit corps. Emily Anne ne portait qu'un bracelet d'identification en plastique. À côté d'elle s'entassaient une robe d'hôpital vert clair, des habits en vrac, un sac à dos rose et une paire de baskets rouges à semelles compensées.

Lumière implacable des néons. Poli étincelant de l'acier et du carrelage. Instruments chirurgicaux stériles et glacés. Non, ce n'était pas un endroit pour une petite fille !

J'ai croisé le regard de LaManche. Triste. Bien qu'on ne parle jamais de la personne allongée sur la table, je savais qu'il pensait en cet instant : « Encore un enfant, encore une autopsie, et de nouveau dans cette salle ! »

Refoulant mon émotion, je lui ai exposé l'état

14

d'avancement de mes travaux sur les deux motards, à savoir le réassemblage de leurs corps réduits en bouillie par leur seule bêtise. J'ai voulu savoir quand nous disposerions des dossiers médicaux *ante mortem*. « Une demande a été soumise et nous devrions les recevoir lundi », m'a-t-il répondu. Je l'ai remercié et suis retournée à ma sinistre reconstitution.

Tout en triant les différents tissus, je me suis rappelé avec regret les forêts de Virginie d'où m'avait arrachée son coup de téléphone. Était-ce seulement avant-hier que LaManche m'avait priée de revenir à Montréal ? La petite Emily Anne était vivante, alors.

Tant de choses peuvent changer en vingt-quatre heures.

2.

Il y a deux jours encore, j'étais en Virginie, à l'Académie du FBI de Quantico où je tiens tous les ans un séminaire sur les techniques de récupération des corps. Dans les sous-bois, je regardais mes étudiants en relevé d'indices tracer le contour d'un squelette avant de le dégager de terre, quand j'ai aperçu un agent spécial qui s'avançait vers nous pour m'annoncer qu'un certain docteur LaManche voulait me parler de toute urgence. Troublée, j'ai abandonné mon équipe et rejoint la route en coupant à travers bois. Que pouvait bien me vouloir le patron du *laboratoire de sciences judiciaires et de médecine légale* de Montréal ? Il me laisse rarement un message urgent. Les fois où cela s'est produit, ça n'a pas été une partie de plaisir.

C'est au début des années quatre-vingt-dix, à la suite d'un échange de professeurs entre l'université McGill de Montréal et celle de Charlotte, ma ville d'origine, que j'ai effectué ma première mission pour ce laboratoire. Intrigué par mon statut de membre du bureau américain des sciences médico-légales et par ce poste de consultant en anthropologie judiciaire auprès de l'expert médical en chef de Caroline du Nord que j'occupe toujours, le docteur LaManche était curieux de savoir quels avantages ces deux qualités pouvaient présenter pour ses propres services. Le Québec, en effet, bien que doté d'un système judiciaire centralisé et de labos de recherche criminelle extrêmement pointus, ne disposait pas d'une académie chapeautant le travail des médecins légistes. Plus tard, lorsqu'un département d'anthropologie judiciaire avait été créé au labo, LaManche avait voulu m'avoir auprès de lui. Je m'étais donc dépêchée d'apprendre le français selon la méthode d'immersion totale. Maintenant, cela fait une bonne dizaine d'années que tous les squelettes et autres cadavres décomposés, momifiés, calcinés ou mutilés du Québec me passent entre les mains à fins d'analyse et d'identification. Quand une simple autopsie ne débouche sur rien, c'est vers moi que l'on se tourne pour titiller les ossements et les forcer à livrer leurs secrets.

J'ai rapidement atteint la camionnette stationnée sur le bas-côté de la voie forestière. Ayant retiré ma barrette, j'ai fourragé dans mes cheveux pour en faire tomber les tiques qui auraient pu s'y nicher. Ce n'était pas le cas. J'ai refait ma queue-de-cheval, puis extirpé mon téléphone portable de mon sac, à l'arrière du véhicule. J'avais reçu trois appels. Tous trois du labo de Montréal, à en croire les numéros affichés.

Comme je m'y attendais, la connexion était mauvaise. C'est d'ailleurs pour cela que j'avais décidé de laisser mon portable dans la voiture. Même si, au bout de dix ans, je parle français couramment, bruits de fond et mauvaise réception continuent de me poser un problème au téléphone. Dans le cas présent, je n'allais rien comprendre à ce qu'on me dirait. Tant pis ! J'étais bonne pour un peu de marche à pied !

J'ai retiré ma combinaison de travail et l'ai fourrée dans un carton au fond de la camionnette. Passant mon sac en bandoulière, je me suis élancée sur le chemin qui descend au Q.G. Très haut au-dessus des arbres, un épervier faisait des cercles à l'aplomb d'une proie. Le ciel, d'un bleu étincelant, était moucheté d'une kyrielle de nuages floconneux qui voguaient paresseusement. En programmant au mois d'avril ce séminaire que je tiens d'ordinaire en mai, j'avais craint la pluie ou le froid. Inutilement, car il avait fait dans les vingt-cinq degrés.

Je me suis laissé pénétrer par les sons alentour : crissement du gravier sous mes bottes, chant des oiseaux, bruissement des pales d'un hélicoptère volant bas, claquement des balles au stand de tir. L'activité est constante et menée à la baguette dans ce camp de Quantico, que le FBI partage avec d'autres agences fédérales ainsi qu'avec les marines.

La route de terre débouche sur Hogan's Alley – asphaltée, elle –, juste en dessous d'un décor urbain, une petite place servant de site d'entraînement à toutes sortes d'unités, du FBI à l'armée de l'air, en passant par la brigade des stupéfiants. Pour ne pas tomber au beau milieu d'une libération d'otage, j'ai fait un large détour par la gauche. Ayant ensuite tourné à droite, j'ai descendu la rue Hoover jusqu'au premier module du complexe de béton marron et gris dont les toits hérissés d'antennes ressemblent à une haie avant la taille de printemps. Arrivée là, j'ai traversé un petit parking et abouti enfin au centre de formation et de recherches médico-légales. Il ne me res-

18

tait plus qu'à grimper la rampe de chargement et à sonner.

Une porte latérale a coulissé. Est apparu dans l'entrebâillement un visage jeune au crâne entièrement chauve, et qui l'était visiblement depuis un bon moment.

— Vous finissez plus tôt aujourd'hui ?

— Non, il faut que j'appelle mon labo.

— Vous voulez le faire de mon bureau ?

— Volontiers, Craig. J'en ai juste pour une minute.

Du moins l'espérais-je.

— Prenez tout votre temps, je suis plongé dans des vérifications d'équipements.

En raison du labyrinthe de tunnels et de couloirs qui relie les différents bâtiments, on compare souvent l'académie à une cage de hamster, mais le dédale des étages supérieurs n'est rien, comparé au sous-sol. Nous avons traversé un hall en zigzaguant entre des empilements de boîtes et de caisses, des moniteurs usagés et des cantines en fer ; nous avons suivi un couloir qui n'en finissait pas, puis deux autres encore, et nous avons atteint un bureau grand comme un mouchoir de poche où s'entassaient tant bien que mal une table, un fauteuil, une armoire remplie de dossiers et une étagère.

Craig Beacham travaille pour le NCAVC, le Centre national d'analyse des crimes violents, qui est l'un des départements les plus importants du CIRG, le Groupe de réponse aux incidents critiques, qui relève du FBI. Comme l'une des fonctions du NCAVC est de former les spécialistes en relevé d'indices, c'est son département qui supervise mon séminaire pratique. Pendant un temps, le NCAVC s'est appelé CASKU, Unité des enlèvements d'enfants et des tueurs en série, mais il

19

vient de retrouver son nom d'origine. Quand on fréquente le FBI, mieux vaut connaître son alphabet sur le bout des doigts.

Craig a fait un tas des dossiers éparpillés sur son bureau et les a fourrés dans l'armoire.

— Comme ça, vous aurez de la place pour prendre des notes. Vous voulez que je ferme la porte ?

— Non, merci, c'est parfait.

Sur un petit salut de la tête, il a disparu. J'ai pris une profonde inspiration. J'ai branché mon cerveau sur le mode langue française et composé mon numéro.

— *Bonjour*, Tempérance.

Seuls LaManche et le prêtre qui m'a tenue sur les fonts baptismaux s'obstinent à dire mon prénom en entier. Le reste du monde se contente de la version abrégée, Tempé.

— *Comment ça va ?*

J'ai répondu que j'allais bien.

— Je vous remercie de me rappeler. On patauge un peu dans le macabre par chez nous. Je vais avoir besoin de vos services.

Macabre, avais-je bien entendu ? Le patron ne donne pourtant pas dans l'exagération, d'habitude.

— *Oui... ?*

— *Les motards.* Deux morts de plus.

Depuis plus de dix ans, des bandes rivales s'entretuent pour le contrôle du trafic de la drogue au Québec. Pour avoir travaillé sur plusieurs affaires les impliquant, je sais que leurs victimes, abattues par balles et brûlées ensuite, sont impossibles à identifier.

— *Oui... ?*

— À cette heure, la police sait seulement que trois Heathens se sont rendus la nuit dernière au club des Vipères, munis d'une bombe artisanale de forte puissance. Ayant repéré sur sa vidéo de surveillance deux types portant un gros colis entre eux, le Vipère de garde a tiré sur le paquet. La bombe a explosé.

LaManche a marqué une pause.

— Le troisième comparse, le chauffeur qui avait conduit les poseurs de bombe, est dans un état critique. Des deux autres, il ne reste que des morceaux, dont le plus gros ne pèse pas cinq kilos.

Ça promettait...

— Tempérance, depuis ce matin j'essaie d'entrer en contact avec le constable Martin Quickwater, qui est à Quantico en ce moment, à une conférence.

— Quickwater ?

Le nom ne sonnait pas très québécois.

— C'est un Indien. Un *Cri* [1], je pense.

— Du Carcajou ?

— *Oui*.

Le Carcajou, brigade spéciale constituée de policiers de différents services, a été mise en place pour traiter les affaires criminelles impliquant les gangs de motards au Québec.

— Qu'est-ce que je peux faire pour vous ?

— Soyez gentille de lui demander de m'appeler. Je voudrais aussi que vous reveniez le plus vite possible. L'identification des deux Heathens risque de s'avérer difficile.

— On a des empreintes digitales, des fragments dentaires ?

— Non, et il y a peu de chances pour qu'on en trouve.

— Des échantillons d'ADN ?

---

1. *Cri* ou *Cree* : Peuple amérindien du Canada qui compte environ 51 000 personnes réparties dans l'Ontario, l'Alberta et le Québec. Ils parlent le *cri,* langue algonquine. (*N.d.T.*)

— Cela aussi risque d'être compliqué. La situation n'est pas simple. Je préférerais ne pas en discuter par téléphone. Vous pourriez avancer votre retour ?

Côté université, cela ne me posait pas de problème. Comme tous les ans, je m'étais organisée pour achever mes cours de la session de printemps à Charlotte à une date me permettant de tenir mon séminaire au FBI. Il ne me restait plus qu'à corriger les copies d'examen. Côté vacances, je comptais passer un moment chez des amis à Washington avant de rentrer à Montréal où je resterais tout l'été. Ce projet tombait à l'eau.

— Je serai là demain.

— *Merci*. Je crains le pire, Tempérance.

Sa chaude voix de basse m'a paru bizarrement enrouée. Tristesse, lassitude ?

— Les Heathens ne vont pas en rester là, enchaînait-il. Ils se vengeront, c'est certain. Et les Vipères rétorqueront. Le sang va couler.

Je l'ai entendu prendre une longue inspiration et expirer l'air lentement.

— Je crains que la situation ne dégénère en une guerre véritable où des innocents périront.

À peine avions-nous raccroché que j'ai réservé une place sur le vol US Airways du lendemain matin. Je reposais le combiné quand Craig Beacham est réapparu sur le seuil. Je lui ai parlé de Quickwater.

— Un enquêteur de la GRC. Royal Canadian Mounted Police, ou gendarmerie royale du Canada, si vous préférez le français.

Par téléphone, il s'est enquis des faits et gestes dudit enquêteur.

— Votre homme assiste en ce moment à un séminaire sur la gestion des situations de crise, dans ce bâtiment-ci.

22

Il m'a tendu le papier sur lequel il avait griffonné le nom de la salle, et m'a expliqué l'itinéraire à suivre pour m'y rendre.

— Vous n'avez qu'à entrer discrètement et vous asseoir. Ils devraient faire un break vers trois heures.

Je l'ai remercié. Au bout d'un entrelacs de couloirs, j'ai fini par localiser mon objectif. Il était deux heures vingt. La porte était close, on entendait des voix de l'autre côté. J'ai ouvert et me suis faufilée à l'intérieur.

La pièce était plongée dans le noir, éclairée seulement par le faisceau d'un projecteur et la lueur abricot qui émanait de la diapo à l'écran. Une demi-douzaine de silhouettes autour d'une table ronde se découpaient dans l'obscurité. Des têtes se sont tournées vers moi tandis que je me glissais jusqu'à une chaise le long du mur, mais la majorité des gens est restée concentrée. Durant la demi-heure qui a suivi, j'ai pu admirer dans leurs détails les plus atroces les craintes de LaManche une fois concrétisées : bungalow soufflé par une bombe ; murs éclaboussés de chair ; pelouse jonchée de membres ; torse de femme sectionné ; magma rouge tenant lieu de visage ; boîte crânienne reconstituée à partir de fragments, de sorte que le nombre d'os la composant était dix fois supérieur à la normale ; châssis de véhicule calciné ; main carbonisée pendant d'une vitre arrière.

Assis à droite du projecteur, un homme faisait défiler ces diapos de Chicago en commentant la guerre des gangs. Je reconnaissais sa voix mais, n'arrivant pas à distinguer ses traits, je ne pouvais me rappeler son nom. Échanges de coups de feu, explosions, attaques au couteau se succédaient sans relâche. J'essayais en vain d'identifier les personnes autour de la table. Toutes sauf une avaient les cheveux ras. Enfin, les images ont cédé la place à un blanc aveuglant. Le projecteur a continué à bourdonner et les acariens à faire des cabrioles dans le rai de lumière ; les fauteuils ont grincé sous les étirements et les changements de position ; l'intervenant s'est levé pour aller rallumer la lumière, et j'ai enfin reconnu Frank Tulio, un agent du FBI que j'avais eu comme étudiant, des années auparavant. En m'apercevant, il a eu un sourire épanoui.

— Tempé ! Comment ça va ?

Tout en lui est net et précis, de ses cheveux gris coupés au rasoir à ses mocassins italiens étincelant de mille feux, pour ne rien dire de sa silhouette, puissante et solide. Un mordu de la gym, ce Frank. Toujours resté au mieux de sa forme, à l'inverse de nous tous, moi comprise.

— Je n'ai pas à me plaindre. Et toi, toujours au bureau de Chicago ?

— Jusqu'à l'année dernière. J'ai été transféré au CIRG.

En voyant tous les regards braqués sur nous, j'ai brutalement pris conscience du triste état de ma tenue.

— Quelqu'un ignorerait le nom du célébrissime docteur des os ? lançait Frank en se tournant vers ses collègues.

Et d'entamer les présentations. Sourires et petits saluts. Je connaissais plusieurs personnes, dont deux qui ont évoqué en plaisantant des affaires où j'avais joué un rôle. Deux d'entre elles n'étaient pas du FBI. La première était Kate Brophy, dont j'avais repéré la chevelure dans l'ombre ; la seconde, un homme assis à côté d'une autre dame en retrait, une sténotypiste à en juger par l'appareil sur lequel elle tapait.

Kate dirige le service des renseignements du

SBI de Caroline du Nord, c'est-à-dire le bureau d'investigation de l'État et non le bureau fédéral. Elle est expert en gangs de motards d'aussi loin que je m'en souvienne, plus précisément depuis le début des années quatre-vingt quand les Hell's Angels faisaient la guerre à d'autres bandes dans les deux États de Caroline. C'est à l'occasion de l'identification de deux victimes des motards que nous nous sommes rencontrées.

Quant à l'homme, c'était Martin Quickwater. Visage large, pommettes saillantes, yeux légèrement bridés, teint couleur brique. Manifestement hypnotisé par l'écran de l'ordinateur portable ouvert devant lui.

— Et vous, les étrangers, vous vous connaissez forcément, a dit Frank.

— Justement pas ! ai-je répondu. Mais il se trouve que le constable Quickwater est la raison de mon intrusion. J'ai un message à lui transmettre.

Ledit Quickwater m'a fait la grâce de cinq secondes d'attention.

— Tu tombes à pic, répliquait Frank en regardant sa montre. Nous allions faire une pause !

Il a éteint le projecteur.

— Retrouvons-nous à trois heures et demie, après avoir fait le plein de caféine !

Les membres du NCAVC ont quitté la pièce l'un derrière l'autre. En passant devant moi, l'un d'eux m'a dévisagée à travers ses index et ses pouces joints en viseur. Comme nous sommes copains depuis une bonne dizaine d'années, je me suis doutée qu'une blague allait suivre.

— Ravissante, ta nouvelle coupe, Brennan ! Tu as un « deal » avec le gars qui tond ta pelouse ? Les cheveux et la haie pour le même prix ?

— Il y en a, pas moyen de les arrêter, monsieur

l'agent spécial Stoneham ! Des accros du boulot, je vous dis !

Il s'est éloigné en riant, me laissant seule dans la pièce avec Quickwater. Tout sourires, j'ai voulu me présenter. Le constable m'a coupée d'un sec : « Je sais qui vous êtes. » En anglais dans le texte, et avec une pointe d'accent. Piquée, je lui ai retourné une amabilité. Mon aspect négligé me rendait peut-être susceptible, allez savoir ! Je n'avais pas fini de lui dire que LaManche cherchait à le joindre qu'il consultait déjà son bip. Il l'a tapé contre sa paume d'un coup sec.

— La batterie.

Soupir et hochement de tête agacés, avant de le réinsérer dans l'étui pendu à sa ceinture, tout en me scrutant d'un regard intense. Il avait des yeux si noirs qu'on ne distinguait pas la pupille de l'iris. Quand j'ai eu fini mon laïus, il a encore hoché la tête et tourné les talons.

J'en suis restée clouée sur place. Sympathique, le collègue ! Non seulement j'écopais de deux motards en bouillie à remettre bout à bout, mais voilà qu'on me fourguait un mufle pour associé. J'ai récupéré mon sac et suis repartie dans les bois. Ce cher Quickwater ne perdait rien pour attendre. J'en avais maté de plus coriaces que lui.

3.

Rien à signaler à propos du vol jusqu'à Montréal, si ce n'est le dédain manifeste de Martin Quickwater à mon endroit. Il ne m'a pas adressé un mot de tout le voyage et n'a pas davantage jugé utile de venir occuper l'un des sièges libres de ma rangée. En tout et pour tout, nous avons échangé deux hochements de tête : l'un à l'aéroport de Washington-Reagan, l'autre à Montréal-Dorval dans la queue à la douane. Son indifférence me convenait parfaitement, je n'avais aucune envie de faire ami-ami avec cet individu.

J'ai pris un taxi jusqu'à mon appartement du centre-ville. Là, une fois mes bagages déchargés, j'ai fait son affaire à un burrito surgelé et filé au labo, dans l'est de la ville. Ma vieille Mazda qui avait bien voulu démarrer à la quatrième tentative.

Le laboratoire de médecine légale se trouve à la SQ, l'immeuble de la *Sûreté du Québec*. Pendant des années, nos divers départements de recherche criminelle en ont occupé le cinquième étage, la morgue et les salles d'autopsie étant reléguées au sous-sol. Les deux derniers niveaux abritaient un centre de détention. Mais depuis la rénovation générale du bâtiment qui a coûté des millions à l'État, il a été transféré ailleurs, et nos labos ont investi les douzième et treizième étages. Cela fait des mois que nous avons emménagé dans nos nouveaux locaux, mais je continue à m'ébahir de tout : de la vue spectaculaire sur le Saint-Laurent dont je jouis de mon bureau, comme des dernières merveilles technologiques qui équipent mon labo personnel.

Le vendredi à trois heures et demie, l'activité habituelle commence à se calmer. Les portes se verrouillent les unes après les autres et, bientôt, notre armée de savants et de techniciens en blouses blanches se réduit à quelques combattants. J'ai ouvert mon bureau et suis allée suspendre ma veste au perroquet. L'une des trois feuilles blanches qui reposaient sur ma table portait la signature de LaManche. *Demande d'expertise en anthropologie*.

C'est souvent par ce formulaire que s'établit le tout premier contact entre une affaire et moi. Rempli par le médecin légiste, il comporte les données indispensables à l'archivage du cas. Colonne de droite : numéro du labo ; numéro de la morgue ; numéro du dossier de police. Colonne de gauche : nom du médecin légiste ; nom de l'officier judiciaire ; nom de l'enquêteur de police. C'est clair et net : le corps restera un numéro d'archives, tant que le couperet de la justice ne sera pas tombé.

Personnellement, je ressens le meurtre comme un viol et je perçois les fonctionnaires chargés de l'enquête comme les voyeurs de l'ultime profanation d'un être. J'ai beau faire moi-même partie du lot, je ne peux m'habituer à la froideur générale. Je ne nie pas qu'un certain détachement soit de mise si l'on tient à conserver un tant soit peu son équilibre mental, mais je trouve que l'on pourrait manifester un petit peu plus d'humanité aux victimes.

Dans le cas présent, le résumé des faits ne différait que sur un point de ce que m'en avait dit LaManche par téléphone, le poids du plus gros reste humain : des deux cent quinze fragments de chair et d'os récupérés à ce jour, le plus lourd pesait cinq kilos et demi.

Ignorant les autres papiers et messages qui s'accumulaient sur ma table, je me suis mise en quête de mon patron.

Je ne l'ai pour ainsi dire jamais vu autrement qu'en blouse blanche ou en tenue verte de chirurgien. Son style, c'est le veston de tweed. L'imaginer en blazer écossais me serait impossible. Et encore moins riant aux éclats, car c'est un homme taciturne. Mais il a une vraie bonté. Surtout, il est, et de loin, le meilleur médecin légiste avec qui il m'ait été donné de travailler.

Par la cloison vitrée de son bureau, je l'ai aperçu, silhouette massive penchée sur des papiers. Livres et périodiques s'amoncelaient à côté de dossiers multicolores. J'ai toqué doucement à la porte, il a relevé la tête et, d'un geste, m'a invitée à entrer.

La pièce sentait un peu la pipe. C'est d'ailleurs souvent la seule odeur à prévenir de l'arrivée de LaManche, car il marche sans faire le moindre bruit.

— Je vous remercie infiniment d'avoir hâté votre retour, Tempérance, m'a-t-il dit en accentuant la dernière syllabe de mon nom, comme s'il fallait absolument qu'il rime avec France. Prenez un siège, voulez-vous.

Il s'exprime dans un français châtié, sans jamais s'autoriser une expression argotique ou une contraction de syllabes.

Nous nous sommes installés à une petite table sur laquelle s'empilaient plusieurs grandes enveloppes brunes.

— Je sais que la journée est trop avancée pour commencer les analyses, mais peut-être accepteriez-vous de travailler demain ?

Quand il pose une question, sourcils levés en arc de cercle, les rides de son front s'étirent en parallèles au-dessus de ses yeux pour obliquer brutalement vers les pommettes et rejoindre les profondes lignes verticales qui sillonnent son visage chevalin.

— Oui, bien sûr, ai-je répondu.

— Vous pourriez commencer avec les radios.

Il a désigné les enveloppes sur la table et fait pivoter son fauteuil pour en attraper d'autres sur son bureau, brunes elles aussi mais de taille plus petite, ainsi qu'une cassette vidéo.

— Vous trouverez ici des photos des lieux et de l'autopsie préliminaire. Les deux motards qui portaient la bombe ont été pulvérisés et leurs restes éparpillés sur une vaste étendue. La majeure partie de ce qu'on a récupéré a été grattée sur les murs et les buissons alentour, ou bien cueillie dans les arbres. Bizarrement, les plus gros morceaux ont été récoltés sur le toit du club des motards. Vous verrez qu'un fragment de thorax porte une partie de tatouage. Peut-être cela vous aidera-t-il à établir l'identité.

— On a appris des choses par le chauffeur ?

— Il est décédé à l'hôpital, ce matin.

— Et par celui qui a tiré ?

— Il est en garde à vue. Mais on n'obtient jamais rien de ces gens-là. Ils préfèrent aller en prison plutôt que de livrer un renseignement à la police.

— Même si cette information concerne un gang rival ?

— S'il parle, c'est un homme mort et il le sait.

— On n'a toujours pas trouvé d'empreintes digitales, ni de fragments dentaires ?

— Rien.

LaManche s'est passé la main sur le visage. Il a haussé les épaules et les a laissées retomber, puis il a croisé les mains sur ses genoux.

— Je crains que nous n'arrivions jamais à faire le tri parmi tous ces restes.

— Pas d'ADN non plus ?

— Avez-vous entendu parler des frères Vaillancourt ?

J'ai fait non de la tête.

— Le Clic et le Clac, Ronald et Donald Vaillancourt. Tous deux membres des Heathens et totalement dévoués à leur cause. Il y a quelques années, l'un des deux, je ne sais plus lequel, a été impliqué dans l'exécution de Claude Dubé, dit le Couteau.

— La police pense que ce sont eux les victimes ?

— Oui.

Ses yeux mélancoliques ont plongé dans les miens.

— Le Clic et le Clac sont de vrais jumeaux.

À sept heures du soir, j'avais passé en revue la documentation tout entière à l'exception de la vidéo. Armée d'une loupe, j'avais étudié des centaines de gros plans. Les fragments osseux et les chairs sanglantes étaient de toutes formes et de toutes tailles. Sur les plans larges, un rond rouge ou jaune assorti d'une flèche entourait les résidus, les uns dans l'herbe, les autres accrochés aux branches ou encore écrasés sur des blocs calcinés.

Sur les plans rapprochés, les flèches pointaient vers des débris de verre et des lambeaux de papier bitumé, quand ce n'était pas vers des morceaux de tôle ondulée provenant de la toiture.

Les restes avaient été livrés à la morgue dans de grands sacs en plastique noir contenant des kyrielles de sachets transparents à fermeture étanche, soigneusement numérotés. Ils renfermaient chacun un morceau d'être humain, un échantillon de terre, de tissu, de métal ou d'autre chose encore. La variété des matières était telle qu'un simple coup d'œil ne permettait pas de les identifier toutes.

Les photos présentaient d'abord les gros sacs scellés, puis les sachets transparents déployés sur la table d'autopsie et, enfin, leur contenu, classé par catégories. Sur ces derniers clichés, la chair humaine était répartie sur plusieurs rangées, comme de la viande à l'étal d'une boucherie. J'ai reconnu des morceaux de crâne, une partie de tibia, un col de fémur et une portion de tête munie de son oreille entière, la droite. Il y avait aussi des gros plans d'extrémités d'os brisés, de cheveux, de fibres, de lambeaux de tissu adhérant à la chair. Le tatouage mentionné par LaManche était clairement visible. Il représentait trois crânes dont les cavités des yeux, de la bouche et des oreilles étaient cachées par un squelette de main. Ironie incroyable, puisque son propriétaire ne pourrait plus ni voir, ni entendre, ni parler.

Des photos, je suis passée aux clichés radiologiques. Les rayons X révélaient un nombre de fragments osseux bien supérieur à ce qu'on pouvait voir sur les photos. LaManche avait raison : l'abondance de spécimens allait certainement me faciliter la tâche pour déterminer l'origine anatomique de certains tissus, mais l'imbrication des matières allait me la compliquer sérieusement quand j'en serais à répartir les morceaux entre les deux frères.

Séparer des corps enchevêtrés n'est jamais facile, surtout s'il s'agit de restes très abîmés ou incomplets. Toutefois, le travail est infiniment plus ardu quand les morts sont de sexe, d'âge et de race identiques. Une fois, j'ai passé des semaines à analyser les ossements et la chair décomposée de sept prostitués hommes, ensevelis ensemble dans une minuscule cavité sous la maison de leur assassin. Tous des adolescents blancs. C'est à la différence d'ADN que je dois d'avoir réussi à établir qui était qui. Dans le cas présent, si les jumeaux étaient monozygotes, c'est-à-dire formés à partir d'un même œuf, je risquais de me trouver en présence d'ADN identique. J'aurais alors peu de chances de rendre à chacun son nom.

Mon estomac m'a signifié par des gargouillis qu'il était l'heure de rentrer au bercail. J'ai attrapé mon sac, enfilé ma veste et quitté les lieux. Fatiguée et découragée.

Mon répondeur clignotait, n'indiquant qu'un seul message. J'ai pris le temps d'installer sur la table du salon mon dîner japonais acheté chez le traiteur et d'ouvrir un Coca *light*, avant de l'écouter. C'était Kit, pour m'annoncer qu'il passerait demain avec son père me déposer mon chat. Partis du Texas, mon neveu et mon beau-frère faisaient route pour le Vermont, fermement décidés à pêcher tout poisson ayant l'obligeance de mordre à leurs hameçons en cette saison de l'année. Bonne façon de resserrer les liens familiaux. Comme Birdie préfère l'espace et le confort d'une caravane à la célérité des transports aériens, nous étions convenus qu'ils feraient un crochet par Charlotte pour le prendre et me l'apporter ici.

J'ai découpé mon rouleau maki, j'en ai trempé un morceau dans la sauce et je l'ai avalé. Je m'apprêtais à répéter l'opération avec la tranche suivante quand la sonnette de l'interphone a retenti. Intriguée, je suis allée consulter l'écran de contrôle.

Andrew Ryan adossait au mur du vestibule son mètre quatre-vingt-sept. Jean délavé et blouson d'aviateur sur un T-shirt noir, baskets. Avec ses yeux bleus et ses traits anguleux, il m'a fait penser à un Carl Ripkin mâtiné d'Indiana Jones. Quant à moi, j'étais le portrait craché de Phyllis Diller avant qu'elle se maquille. J'ai poussé un soupir, mais ouvert néanmoins.

— Salut, Ryan ! Quoi de neuf ?

— J'ai vu de la lumière. Je me suis dit que tu devais être rentrée plus tôt que prévu...

Il m'étudiait d'un œil critique.

— La journée a été dure ?

— Un voyage en avion et des monceaux de chair à trier.

Nonobstant mon ton défensif, j'ai ramené mes cheveux derrière mes oreilles.

— Tu entres ?

— Pas le temps.

J'ai noté qu'il portait son bip et son arme.

— Je passais voir si tu avais des projets pour le dîner de demain.

— J'ai peur d'être un zombie, je dois trier les victimes de l'attentat à la bombe. Ça me prendra toute la journée.

— Il faudra bien que tu manges ?

— Il faudra bien que je mange.

Il a posé une main sur mon épaule et, de l'autre, s'est mis à tournicoter une mèche de mes cheveux.

— Si tu es fatiguée, on sautera la partie dîner. On passera directement à la partie relax, m'a-t-il dit sur un ton de basse.

— Mmm.

— Tu ne trouves pas que ça élargit nos horizons ?

Il a remis mes cheveux en place et m'a frôlé l'oreille de sa bouche.

— Que si ! Ça mérite même que je porte un string !

— Tu sais que tu peux compter sur mon indulgence !

Je lui ai lancé un regard signifiant « Ben voyons ! » pendant que mes lèvres articulaient :

— Ça te dirait, un chinois ?

— Je n'ai rien contre...

Il avait rassemblé mes cheveux et les tournicotait en bouchon au sommet de mon crâne. Les laissant retomber, il m'a attirée contre lui. Avant que j'aie pu réagir, il m'avait serrée dans ses bras et forçait sa langue dans ma bouche.

Ses lèvres étaient douces, sa poitrine solide contre la mienne. J'ai commencé par le repousser, réaction qui était à l'exact opposé de mon désir, puis je me suis laissée aller avec un soupir. Mon corps s'est modelé au sien et les horreurs de la journée se sont évaporées. L'espace d'un instant, la folie des bombes et des enfants assassinés a cessé d'exister.

— Tu es sûr que tu ne veux pas entrer ? ai-je réussi à proférer avant que nous ne mourions asphyxiés.

J'avais fait un pas en arrière et me retenais au battant de la porte, les jambes soudain en coton. Comme Ryan regardait sa montre, j'ai insisté :

— Ce n'est pas une demi-heure qui va changer quelque chose.

Et voilà que son bip n'a rien trouvé de mieux que de sonner. Après un coup d'œil à l'écran, il a replacé l'appareil dans son étui à la ceinture de son jean en lâchant un « Merde ! » d'une voix de chien battu.

Ça, oui alors ! Merde de merde !

— Désolé, a-t-il continué, je préférerais vraim...

— Vas-y, va...

De mes deux mains à plat sur sa poitrine, je l'ai repoussé. Gentiment, et avec le sourire.

— À demain. Sept heures et demie.

— Pense à moi, a-t-il dit.

Sur ce, il a tourné les talons et s'est élancé dans le couloir. Quant à moi, je suis retournée à mon dîner. En pensant à qui ? Pas à mon sushi, on s'en doute.

Andrew étant à la *sécurité du Québec*, enquêteur à la criminelle, il m'arrive de travailler sur les mêmes affaires que lui. Cela fait des années qu'il m'invite en toutes sortes d'occasions, mais je n'ai commencé à accepter ses propositions que depuis peu de temps. Et en me forçant. Dame, après vingt ans de mariage et plusieurs autres de célibat plutôt chaste, l'idée de mener une relation suivie ne me tentait pas vraiment. De plus, j'ai la mauvaise habitude de m'en tenir à la règle « pas d'amour au bureau ». Toutefois, comme nous ne travaillons pas ensemble au sens strict du mot, rien ne m'obligeait à suivre cette consigne à la lettre, hormis mon bon vouloir. Et, comme j'aimais bien passer du temps avec Ryan, j'ai fini par me rendre à ses vues. Disons que j'ai décidé de tenter le coup. De m'étourdir. De « sortir avec lui », pour reprendre l'expression de ma sœur. Et je la déteste, cette expression !

Quoi qu'il en soit, cet arrangement avec mes

principes me gêne un peu aux entournures. Je ne cacherai pas que j'ai toujours trouvé Ryan fabuleusement sexy. Comme la plupart des femmes, d'ailleurs. Où que nous allions, je vois leurs regards le jauger. J'entends même les questions qu'elles se posent dans leurs petites têtes. Moi aussi, je m'interroge. Pour le moment, le bateau est encore au port, mais les moteurs ronflent déjà, prêts au départ. La preuve, ce flageolement dans les jambes que je venais d'éprouver. Oui, dîner dehors était certainement moins risqué.

Le téléphone a sonné alors que je débarrassais la table.

— *Mon Dieu,* tu es là !

Voix de gorge profonde, accent français à couper au couteau : Isabelle Caillé ! Bien que je ne la connaisse que depuis deux ans, nous sommes devenues très proches. Nous nous sommes rencontrées au cours d'une période mouvementée de ma vie, alors qu'en l'espace d'un seul été un psychopathe dangereux m'avait prise pour cible, que ma meilleure amie avait été assassinée et que certains événements m'avaient obligée à admettre que mon mariage était un fiasco. Débordant de pitié pour ma petite personne, je m'étais inscrite au Club Méditerranée dans l'intention de noyer mon chagrin dans la bonne cuisine et le sport. Le tennis, pour être exacte. Et c'est là que j'avais rencontré Isabelle, dans l'avion qui nous emportait à Nassau. Après, nous avions fait équipe ensemble et remporté le tournoi de doubles. De fil en aiguille, nous avions découvert que nous nous trouvions au Club pour des raisons similaires, et nous avions passé une semaine délicieuse. De là notre amitié.

— Je ne t'attendais pas avant la semaine prochaine. Je voulais te laisser un message, mais puisque tu es là, dînons ensemble demain.

Je lui ai fait part de mes projets avec Ryan.

— Oh, tu as tiré le bon numéro avec ce *chevalier servant* ! Le jour où tu le laisses tomber, préviens les copines. Je lui refilerais volontiers deux, trois idées sur lesquelles plancher, à celui-là. À part ça, quel bon vent te ramène dans nos contrées ?

— L'attentat à la bombe.

— *Ah, oui.* J'ai lu ça dans *La Presse*. Dis donc, ça n'a pas l'air joyeux !

— Oui, les victimes sont plutôt moches à voir.

— *Ces motards ?* Si tu veux mon avis, ils n'ont que ce qu'ils méritent !

Jamais à court d'opinions, Isabelle. Et on ne lui reprochera pas non plus de ne pas les partager avec son entourage.

— La police devrait les laisser s'entre-tuer. Comme ça, tu n'aurais pas besoin de fouiller leurs sales cadavres couverts de tatouages dégoûtants.

— Mouais.

— Je veux dire, ce n'est quand même pas comme d'assassiner des enfants !

— Non, bien sûr, ai-je répondu.

Le lendemain, samedi, Emily Anne Toussaint allait trouver la mort alors qu'elle se rendait tranquillement à son cours de danse.

4.

Howard et Kit m'avaient déposé le chat à sept heures du matin et repris la route. Birdie m'avait ignorée. À huit heures, il en était toujours à renifler l'appartement en quête d'une incursion canine perpétrée en son absence. Le laissant à son affaire, je suis partie pour le labo. J'ignorais encore que le corps d'Emily Anne arriverait à la morgue, un peu après midi.

Comme nous étions samedi, j'étais seule à travailler. Ayant besoin d'espace, de deux tables tout du moins, pour réassembler les corps des deux motards, je me suis installée dans la grande salle d'autopsie. J'ai commencé par trier les fragments contenant des os visibles à l'œil nu puis, me fondant sur les clichés radiologiques, j'ai disséqué les chairs présentant du tissu osseux dans l'espoir d'y découvrir des marques quelconques. Chaque fois que je trouvais des éléments en double, je les répartissais entre les tables. Les deux tubercules pubiens gauches, les deux mastoïdes droites ou les deux condyles fémoraux de même côté m'ont confirmé que j'avais bien devant moi les restes de deux individus distincts.

La présence d'une ligne transversale sur un

fragment de diaphyse m'a laissée présager qu'un des deux motards au moins avait subi une interruption de croissance. Ces marques, qui ne s'effacent jamais, apparaissent en effet sur le squelette dès qu'un enfant s'arrête de grandir, que ce soit pour cause de longue maladie ou de malnutrition. Les radios de nombreux fragments osseux, provenant aussi bien des jambes que des bras, révélaient une succession de bandes opaques transversales, signe que la croissance de cet individu ne s'était pas interrompue qu'une seule fois. J'ai réparti sur des tables différentes les os qui portaient ces traces et ceux qui n'en portaient pas.

Un amas de chair écrasée contenait de nombreux os de la main, dont deux métacarpes présentant des irrégularités au niveau de la diaphyse. Or la radio révélait une densité osseuse plus importante à ces mêmes endroits. J'en ai conclu que le propriétaire de ces mains avait dû se casser des doigts à un moment de sa vie.

Les chairs dépourvues d'os sont une tout autre affaire. Il convient de les étudier, comme qui dirait, à l'envers, en partant du vêtement, d'examiner en même temps la chair et les lambeaux de tissu qui y adhèrent. Il s'agit d'assortir les fils et les fibres découverts sur des plateaux distincts, autrement dit : d'effectuer un va-et-vient constant de l'un à l'autre. Ensuite seulement, on peut comparer entre eux les résidus appartenant au même groupe. Dans le cas présent, j'étais en bonne voie de reconstituer un tissu à carreaux, une grosse toile de coton assez typique des pantalons de travail, du tissu de jean et du coton blanc. Plus tard, les analyses approfondies des spécialistes en cheveux et fibres valideraient ou non mes conclusions.

Après un déjeuner rapide, je me suis entretenue

avec LaManche et remise au boulot. Vers cinq heures et quart, j'avais trié à peu près les deux tiers des éléments, mais je n'avais pas grand espoir, en l'absence d'ADN, de parvenir à déterminer à qui ils appartenaient. Enfin... j'avais fait de mon mieux.

Surtout, je m'étais donné un but.

Tout en m'échinant à rabouter la bouillie qui restait des frères Vaillancourt, je m'étais surprise à éprouver pour ces victimes non pas de la pitié comme d'habitude, mais bel et bien de l'agacement. Dans cette affaire, me disais-je, tel est pris qui croyait prendre. Finalement, la justice avait prévalu. De façon radicale, certes, et le fait avait de quoi m'épater. Si j'avais de la compassion, c'était pour la petite fille qui se retrouvait sous le scalpel de LaManche pour l'unique raison qu'elle s'était rendue à un cours de danse au mauvais moment. Et cette réalité-là soulevait en moi la colère. Je ne pouvais admettre qu'on se contente de porter la mort d'un enfant au compte des « dommages collatéraux », comme dans les guerres à outrance. Les Vipères pouvaient trucider les Heathens, et les Outlaws massacrer Bandidos, Pagans ou Hell's Angels autant que ça leur chantait, ils n'avaient pas le droit d'assassiner des innocents ! Pour ma part, j'utiliserais tous mes talents d'anthropologue à débusquer les preuves susceptibles de conduire à l'arrestation de ces fous dangereux. C'était cela mon but. J'y consacrerais le temps qu'il faudrait, mais les enfants pourraient marcher en ville sans risquer d'être fauchés par une balle perdue. J'en faisais le serment.

Ayant rangé les restes triés dans les frigos, je me suis nettoyée et changée pour aller trouver mon patron.

— Je veux m'occuper de cette affaire, ai-je déclaré d'une voix résolue, quoique paisible. Je veux coincer ces ordures qui assassinent des enfants.

Son regard las et blasé m'a scrutée pendant une éternité. Cela faisait déjà un bon moment que nous discutions du cas d'Emily Anne Toussaint et de celui d'un autre adolescent, Olivier Fontaine, tué, lui, dans l'explosion d'une voiture piégée sur l'Ouest-de-l'Île alors qu'il se rendait à bicyclette à un entraînement de hockey. Mort sur le coup... Transformé en passoire, le jour de ses douze ans ! En décembre 1995. Le public s'était ému. L'affaire impliquant Hell's Angels et Rock Machine, un groupe d'intervention multiple avait été créé pour combattre les crimes commis par les motards : le Carcajou.

— Tempérance, je ne peux pas...

— Je ferai tout ce qu'il faudra. Au besoin, je prendrai sur mon temps personnel. Ne me dites pas que le Carcajou souffre d'une pléthore d'effectifs, ce serait bien la seule unité dans ce cas. S'il le faut, je rentrerai des informations dans l'ordinateur, je fouillerai les archives, je ferai la liaison entre plusieurs départements. Tiens, avec les organismes américains en place...

— Ne vous emballez pas, Tempérance. Cela n'est pas de mon ressort. Je vais en référer à M. Patineau, a-t-il conclu en me tendant la main.

C'est en effet à Stéphane Patineau, directeur général du labo, qu'il revient d'entériner les décisions importantes.

— Je vous garantis que je ne laisserai pas ma collaboration au Carcajou interférer sur mon travail.

— Je le sais, et je vous promets de lui en parler

lundi à la première heure. Maintenant, rentrez chez vous et *bonne fin de semaine*.

Je lui ai souhaité à mon tour un bon week-end.

La fin de l'hiver au Canada n'a rien à voir avec ce qui se passe à la même époque dans les contreforts montagneux de Caroline du Nord ou du Sud. Dans mon pays d'origine, le printemps s'introduit à pas feutrés. Vers la dernière semaine de mars, l'air s'adoucit et les fleurs commencent à éclore, alors que chez les *Québécois* le temps reste gris et frisquet. La plus grande partie d'avril, rues et trottoirs brillent sous la neige fondue et les malheureux doivent encore attendre six longues semaines avant de pouvoir semer jardins et bacs à fleurs. Mais un jour, subitement, le printemps fait irruption avec une exubérance à couper le souffle. Et la population répond à cette explosion de verdure avec un enthousiasme inégalé sur toute la planète. Pour l'heure, il faisait noir et il bruinait. Montréal aurait à subir encore quelques semaines de grisaille. J'ai remonté la fermeture Éclair de mon blouson jusqu'au col et, la tête rentrée dans les épaules, j'ai foncé à ma voiture.

Le bulletin d'informations a débuté juste au moment où je m'engageais dans le tunnel Ville-Marie. L'affaire Toussaint y tenait la première place. Emily Anne aurait dû recevoir aujourd'hui un prix pour une rédaction intitulée « Que vivent les enfants ! » À la sortie du tunnel, j'ai coupé la radio, me réjouissant de passer la soirée avec quelqu'un qui saurait me remonter le moral, car nous ne parlons jamais boutique, Ryan et moi.

Vingt minutes plus tard, à l'instant même où j'ouvrais ma porte, le téléphone s'est mis à sonner. Il était sept heures moins dix. Dans quarante minutes, Ryan serait là. Je n'avais que le temps de prendre une douche qui n'était pas volée. J'ai abandonné ma veste sur le canapé du salon. Déclic du répondeur. Je me suis entendue demander qu'on laisse un bref message. Birdie est entré me saluer au moment même où Isabelle s'écriait :

— Tempé, si tu es là, réponds ! *C'est important !*

Pause.

— *Merde !*

Je n'avais pas envie de lui parler, mais l'inquiétude qu'il y avait dans sa voix m'a poussée à décrocher.

— Allume la télé sur CBS ! m'a-t-elle ordonné, sans seulement répondre à mon bonjour.

— Si c'est à propos de la petite Toussaint, je suis au courant. Je rentre tout juste du labo.

— Allume, je te dis !

J'ai saisi la télécommande et regardé.

Pétrifiée d'horreur.

5.

... Lieutenant Ryan faisait l'objet d'une enquête depuis plusieurs mois. Mis en examen pour recel et commerce de substances illicites et relevé de ses fonctions sans indemnités jusqu'à la fin de l'enquête, il s'est rendu sans résistance aux agents du SPCUM venus l'arrêter cet après-midi devant chez lui, près du Vieux-Port. Et maintenant, en provenance des marchés finan...

— Tempé ! criait Isabelle.

J'ai reporté le combiné à mon oreille.

— *C'est lui, n'est-ce pas ?* Andrew Ryan. *Crimes contre la personne, Sûreté du Québec* ?

— Il doit y avoir erreur, ai-je rétorqué en scrutant le répondeur.

Le témoin lumineux ne clignotait pas. Ryan ne m'avait pas laissé de message.

— Je te quitte, il ne va pas tarder.

— Il est en taule, Tempé !

— Faut que j'y aille, on se rappelle demain.

J'ai téléphoné à Ryan. Pas de réponse. J'ai appelé son bip, idem. J'ai composé mon numéro pour que son bip me rappelle. Et puis, j'ai fixé le chat : il n'en savait pas plus que moi.

45

Vers neuf heures, j'ai fini par admettre que Ryan ne viendrait pas. J'avais téléphoné sept fois chez lui sans succès et n'avais pas davantage réussi à joindre son coéquipier. J'ai entrepris de corriger les copies d'examen que j'avais emportées de Charlotte. Las, j'étais bien incapable de chasser Ryan de mon esprit. Les minutes s'égrenaient et je relisais pour la centième fois la même page, sans comprendre un traître mot de ce qu'avait pondu l'étudiant. Birdie était venu se nicher au creux de mes jambes, infime réconfort.

Je ne pouvais y croire, je ne voulais pas y croire. Il y avait forcément une erreur.

À dix heures, je me suis plongée dans un bain chaud et mousseux. Après avoir traîné longtemps, je me suis fait réchauffer des spaghettis surgelés pour les manger au salon en musique. J'ai sélectionné les CD avec un soin extrême, en espérant qu'ils me redonneraient un semblant de gaieté. Puis, Birdie blotti contre moi, j'ai essayé de lire. Autant flûter dans un violon ! À croire que Pat Conroy avait écrit son bouquin en langue nahuatl.

J'avais beau avoir vu Ryan, les mains menottées dans le dos ; j'avais beau avoir vu des flics lui courber la tête pour le faire entrer à l'arrière d'une voiture, mon esprit se refusait à admettre le fait. Andrew Ryan aurait été un dealer et je me serais trompée à ce point sur lui ? Mais quand s'était-il mis au trafic ? Avant que nous ne fassions connaissance ? Non ! Tout cela n'était qu'une monstrueuse erreur. Forcément !

Les spaghettis refroidissaient dans le plat. Les *Big Bad Voodoo Daddy* et le *Johnny Favourite band* auraient fait se trémousser un goulag tout entier, je demeurais prostrée. Le crachin s'était transformé en une pluie qui tambourinait sur les carreaux avec un bruit mat. Était-ce vraiment le printemps dans mon autre chez-moi ? Non, ma Caroline devait se situer dans un univers parallèle. Je me suis décidée à planter ma fourchette dans l'assiette. L'odeur des spaghettis m'a donné la nausée.

Andrew Ryan était un criminel ; Emily Anne Toussaint était morte ; Katy, ma fille, qui faisait le tour du monde à bord du *S.S. Universe Explorer* pour son semestre de printemps, devait être quelque part sur l'océan Indien à cette heure, et elle ne serait pas de retour avant cinq semaines. À qui d'autre confier ma peine ? Les pensées se bousculaient dans ma tête comme la foule aux heures de pointe. J'ai emporté mon verre de lait dans ma chambre et j'ai regardé dehors par la fenêtre entrouverte. Arbres et bosquets se détachaient en ombres noires sur le brouillard sombre et luisant. Au-delà, des néons clignotaient et des faisceaux de lumière trouaient l'obscurité : l'enseigne du *dépanneur* [1] du coin et les phares des voitures qui passaient à vive allure. Des piétons se hâtaient de rentrer, j'entendais leurs talons claquer sur le trottoir mouillé. C'était le spectacle courant d'une soirée pluvieuse d'avril. J'ai laissé retomber le rideau. Mon monde à moi reprendrait-il un jour son cours normal ?

Le lendemain, je me suis interdit d'allumer radio ou télé pendant que je déballais mes bagages et astiquais de fond en comble la maison. Ce n'est qu'en revenant du marché que je me suis autorisée à lire le journal. Et en diagonale seulement.

La Gazette titrait : « Une écolière tuée dans une

1. Dépanneur : Terme canadien désignant une épicerie de quartier ouverte tard le soir. (*N.d.T.*)

sanglante fusillade. » En encart, un portrait d'Emily Anne en uniforme d'écolière, rubans roses au bout des tresses, et sourire édenté. La photo à côté était tout aussi poignante. Une Noire fluette, soutenue par deux matrones, noires elles aussi, les mains jointes sous le menton, la tête rejetée en arrière, ses grosses lèvres pincées par un sanglot : la mère d'Emily Anne. L'article ne donnait guère de détails, si ce n'est que la petite fille avait deux sœurs de six et quatre ans, Cynthia Louise et Hannah Rose, que sa mère travaillait dans une boulangerie et que son père était mort dans un accident du travail, trois ans auparavant. Originaires de La Barbade, les Toussaint avaient émigré à Montréal pour offrir une vie meilleure à leurs enfants. L'enterrement aurait lieu jeudi au cimetière Notre-Dame-des-Neiges, après des obsèques à l'église catholique de Notre-Dame-des-Anges, à huit heures du matin.

Je n'ai rien voulu lire se rapportant à Ryan. Je voulais tout apprendre de sa bouche. Je lui avais laissé plusieurs messages dans la matinée. Il demeurait injoignable, tout comme Jean Bertrand, son coéquipier. Que faire de plus ? Appeler le SPCUM, la S.Q. ? Cela n'aurait servi à rien. Des parents ou des amis de Ryan ? Je n'en connaissais pas.

Je suis allée faire un tour à la gym et suis rentrée déjeuner à la maison. Au menu : blanc de poulet aux pruneaux, riz au safran et carottes vapeur-champignons. Mon félin aurait certainement préféré du poisson.

Le lundi matin, sitôt arrivée au labo, je suis passée chez LaManche. Étant en conférence avec trois enquêteurs, il m'a seulement priée de me rendre chez le directeur général sans attendre. J'ai suivi le couloir qui dessert les secrétariats des différents services, médecine légale, anthropologie, odontologie, histologie et pathologie, puis celui qui sépare les sections Documents, à gauche, et Imagerie, à droite. Arrivée à l'accueil, j'ai tourné à gauche dans la partie de l'étage réservée aux services administratifs du labo. Le bureau de Stéphane Patineau se trouve tout au bout.

Il était au téléphone. J'ai pris un siège en face de lui. Sa conversation terminée, il s'est renversé dans son fauteuil et m'a fixée longuement. Il a des yeux bruns très sombres, des paupières lourdes et des sourcils touffus. En ce qui concerne la calvitie, il n'a pas à s'en faire.

— Le docteur LaManche me dit que vous souhaitez participer à l'enquête Toussaint.

— Je crois pouvoir me rendre utile au Carcajou. J'ai déjà travaillé sur plusieurs affaires de motards. D'ailleurs, c'est moi qui suis chargée de trier les restes des victimes de l'attentat à la bombe contre le club des Vipères. Je pourr...

Il a balayé de la main le reste de ma phrase.

— Le directeur du Carcajou souhaite justement que nous lui détachions quelqu'un pour faire la liaison entre nos deux services. Compte tenu de l'ampleur que prend la guerre des motards, il tient à ce que tout le corps médico-légal, y compris notre labo, soit sur la même longueur d'onde que ses enquêteurs.

Je n'ai pas attendu la suite pour m'écrier :

— Je m'en charge volontiers.

— Vous allez avoir du pain sur la planche, ici, quand la rivière sera dégelée et que les randonneurs auront envahi les bois.

Il n'avait pas tort. Dès que le temps se réchauffe, les morts de l'hiver refont surface, les noyés tout comme les cadavres en décomposition.

— Les heures supplémentaires ne me font pas peur.

— J'avais pensé désigner Réal Marchand, mais puisque vous y tenez... Vous avez mon accord. De toute façon, ce n'est pas un travail à temps plein. Ils tiennent conférence cet après-midi à trois heures, a-t-il ajouté en me tendant l'adresse. Je les appellerai pour les prévenir de votre venue.

— Merci. Vous ne regretterez pas de m'avoir choisie.

Il m'a raccompagnée à la porte.

— Du nouveau sur les frères Vaillancourt ?

— Nous en saurons plus dès que nous aurons reçu leurs dossiers médicaux. Aujourd'hui, j'espère.

— Je compte sur vous pour attraper les coupables, Tempé !

En anglais. Et les deux pouces levés pour appuyer ses dires.

Je lui ai rendu son geste. Il a réintégré son bureau sur un haussement de l'épaule qui m'a révélé une musculature à faire pâlir d'envie bien des culturistes. Cela dit, Patineau possède un remarquable talent d'administrateur.

Au labo, de même qu'à la police judiciaire, le lundi est généralement jour de pointe. Celui-ci n'a pas fait exception. La réunion du matin n'en finissait pas, tant il y avait d'affaires à traiter.

Une petite fille décédée à l'hôpital, que sa mère reconnaissait seulement avoir un peu secouée. Or, quand un enfant de plus de trois ans présente des symptômes évoquant le syndrome du « bébé secoué », on est en droit de se poser des questions. Surtout s'il porte à la tête une lésion causée, à première vue, par un objet contondant. Ce qui était le cas.

Un homme atteint de schizophrénie paranoïde, retrouvé les boyaux répandus sur la moquette de sa chambre. Sa famille jurait ses grands dieux qu'il s'était ouvert lui-même l'estomac.

Deux chauffeurs carbonisés dans l'incendie de leurs camions, suite à leur collision du côté de Saint-Hyacinthe.

Un marin russe de vingt-sept ans, découvert mort dans sa cabine. L'événement s'étant produit dans les eaux territoriales du Canada, le capitaine du bâtiment avait remis son corps aux autorités canadiennes.

Une femme de quarante-sept ans battue à mort chez elle. Son mari, dont elle était séparée, avait disparu.

Donald et Ronald Vaillancourt enfin. Leurs dossiers médicaux avaient été livrés, accompagnés d'une enveloppe contenant des photos.

Celles-ci ont aussitôt fait le tour de la table. Sur un superbe tirage Kodak, Ronald Vaillancourt, torse nu et bombant les pectoraux, arborait sous la clavicule droite un tatouage à vous glacer le sang. Voilà qui confirmait que l'un des corps en compote gisant au rez-de-chaussée appartenait bien à l'un de ces jumeaux.

LaManche a désigné un médecin légiste pour chaque affaire. Les dossiers Vaillancourt m'ont été assignés.

À dix heures quarante-cinq, je savais lequel des deux frères s'était cassé les doigts : Ronald, dit « le Clic ». Fracture de l'index et du majeur gauches au cours d'une rixe dans un bar en 1993, indiquait le dossier médical, lequel faisait bien six centimètres d'épaisseur. Les radios montraient une blessure au métacarpe à l'endroit précis où j'avais moi-même relevé une anomalie dans la densité osseuse sur un fragment récupéré. Par ailleurs, ses os ne portaient aucun signe d'interruption de croissance.

Deux mois plus tard, le Clic avait écopé d'un traumatisme aux hanches et aux membres inférieurs, suite à un accident de la circulation. Là non plus, aucune bande transversale sur les os. En 1995, le Clic avait encore été jeté hors d'une voiture et poignardé dans une bagarre de rue puis, en 1997, tabassé par un gang rival.

En conséquence, j'étais en droit de penser que le squelette présentant des anomalies de croissance était celui de son jumeau Donald, plus connu sous le nom du « Clac ». Son dossier à lui mentionnait justement qu'il avait été hospitalisé à plusieurs reprises dans l'enfance : tout bébé, pour des nausées et des vomissements prolongés dont on n'avait jamais déterminé la cause ; à six ans, pour une scarlatine qui avait failli l'emporter, et à onze pour une gastro-entérite. Cependant, bien que de santé délicate, le Clac n'avait rien à envier au Clic, pour ce qui était des plaies et des bosses. Nez et pommette fracturés, poitrine tailladée, et traumatisme crânien suite à un coup de bouteille, comme l'attestait le volumineux paquet de radios joint à son dossier. J'ai souri : en fin de compte, le destin ne faisait pas si mal les choses. La vie mouvementée des jumeaux s'étant répercutée sur leurs squelettes, je disposais de la carte idéale pour trier leurs restes. Lestée de ces documents, je m'en suis retournée à l'identification des fragments.

Revenaient à Ronald la partie de thorax tatouée et les éléments que j'y avais associés : la main fracturée et tous les morceaux de tissu osseux normal. Quant aux os du bassin qui présentaient des

marques d'interruption de croissance, ils appartenaient à Donald.

J'ai montré à l'une des assistantes, Lisa, comment radiographier les restes dans la même position que sur les radios d'archives, car j'aurais
besoin de ces clichés plus tard, quand j'en serais à
étudier la forme et la microstructure des os.

L'unité de radiologie étant débordée, nous
avons travaillé jusqu'à une heure et demie et cédé
la place à nos collègues qui revenaient de déjeuner. Quant à moi, je devais filer à la conférence du
Carcajou. Lisa m'a promis de finir le travail dès
que la machine serait disponible.

Le groupe d'intervention Carcajou partage avec
la police du port et les services administratifs des
autorités maritimes un immeuble moderne de
deux étages en bordure du Saint-Laurent, juste en
face du Vieux-Montréal. Je me suis garée le long
du fleuve dont l'eau grise charriait d'énormes
morceaux de glace. À ma gauche, j'avais le pont
Jacques-Cartier, qui enjambe l'île Sainte-Hélène
et, à ma droite, le pont Victoria, plus petit. En
apercevant Habitat 67, le complexe construit pour
l'Exposition universelle et converti depuis en
appartements, j'ai senti mon cœur se serrer. C'est
là qu'habite Ryan. Dans cet enchevêtrement de
petits cubes.

Chassant le lieutenant de mes pensées, j'ai
couru vers le bâtiment. Les nuages commençaient
à se disloquer, mais le temps était encore froid et
humide. Une brise glacée, chargée d'une odeur
d'huile et de fleuve, s'est engouffrée dans mes
vêtements.

On accède au Q.G. du Carcajou, situé au
deuxième étage, par un large escalier, au sommet

duquel un glouton [1] des steppes empaillé, symbole de l'unité, accueille les visiteurs, de l'autre côté des portes vitrées. On se trouve alors dans une vaste salle où de gros chiffres pendent du plafond au-dessus des bureaux, pour indiquer le numéro du poste. Aux murs, des articles de journaux célèbrent les succès du groupe d'opérations ou détaillent les carrières de certains.

De rares têtes se sont relevées à mon entrée. Je me suis dirigée vers une secrétaire d'une quarantaine d'années, qui arborait des cheveux teints et fiers de l'être et, sur la joue, un grain de beauté de la taille d'un hanneton. Elle ne s'est arrachée à son classement que pour me désigner la salle de conférences.

Une douzaine d'hommes s'y répartissaient déjà autour d'une table rectangulaire, d'autres étaient adossés aux murs. Jacques Roy, patron de l'unité, s'est levé à mon entrée. Trapu et de petite taille, de teint rougeaud, ses cheveux gris séparés par une raie au milieu, on le croirait sorti d'un daguerréotype de la fin du XIXᵉ siècle.

— Docteur Brennan, quel bonheur que vous ayez accepté de nous prêter concours. Je vous en prie...

Il m'a indiqué une place à la table. J'ai suspendu mon blouson au dossier de la chaise et me suis installée. Les collègues continuaient d'affluer. Cela n'a pas empêché Roy d'entamer son discours.

La réunion, a-t-il dit, n'était pas uniquement motivée par l'incorporation de nouveaux éléments au groupe, mais par le souci de rafraîchir la

1. Glouton : Mammifère carnivore de la taïga et de la toundra d'Eurasie et d'Amérique du Nord, au corps massif et aux mâchoires puissantes. (*N.d.T.*)

mémoire de tout le monde, y compris des agents qui en faisaient partie depuis longtemps. Elle allait donc débuter par un rapide historique de l'implantation des motards au Québec – exposé que Roy délivrerait en personne – et serait suivie d'un topo sur les méthodes employées par le FBI dans la gestion des situations de crise, que ferait l'inspecteur Quickwater, tout juste rentré de Quantico. Roy lui céderait la parole dès son arrivée.

Chouette alors ! Voilà que j'étais tombée dans une faille spatio-temporelle. Enfin, presque. Car cette conférence allait différer de celle à laquelle j'avais assisté en ceci qu'elle se tiendrait en français et que le carnage décrit aurait pour cadre une ville que je connaissais et aimais.

Les deux heures suivantes m'ont fait découvrir un monde que la plupart des gens ne connaîtront jamais, et c'est tant mieux pour eux.

Pour ma part, ce coup d'œil dans l'enfer m'a terrifiée et m'a glacé le cœur.

6.

— Tout d'abord, quelques éléments historiques pour vous donner un aperçu de la situation.

Roy parlait du haut d'une estrade, sans consulter les notes étalées devant lui.

— Les clubs, ainsi que les motards appellent leurs bandes, ont fait leur apparition sur la côte ouest des États-Unis peu après la Seconde Guerre mondiale, quand des soldats démobilisés, incapables de se réadapter à la vie en temps de paix, se sont mis à sillonner le pays en bandes fluctuantes, faisant vrombir leurs Harley Davidson pour le seul plaisir de se rendre odieux aux populations. Il y avait ainsi *les Combattants de la gnôle*, *les Oies galopantes*, *les Pécheurs de Satan* et autres *Dingos*. On voit que dès le départ ces types ne postulaient pas à l'intronisation au collège des cardinaux.

Rires assortis de chuchotements.

— Le groupe promis à l'avenir le plus haut s'appelait les *POBOB,* à décrypter comme *Pissed Off Bastards of Bloomington* – les Salopards de Bloomington en colère. Un beau ramassis d'inadaptés sociaux. Ce sont eux qui se baptiseraient par la suite *Hell's Angels* et prendraient pour symbole une tête de mort casquée, en souvenir d'une escadrille de bombardiers de la Seconde Guerre mondiale. À partir du groupe fondateur, le chapitre de San Bernardino, en Californie...

— *Yahoo, Berdoo !* En avant, les Nanards ! a lancé quelqu'un du fond de la salle.

— Exactement. À partir de ce chapitre, donc, ils ont essaimé dans toute l'Amérique du Nord. Après, d'autres bandes se sont implantées. Aujourd'hui, les quatre plus importantes sont : les Hell's Angels, les Outlaws, les Bandidos et les Pagans. Toutes, sauf les Pagans, ont des chapitres en dehors des États-Unis, mais aucune ne peut rivaliser avec les Angels en nombre d'adhérents.

Un homme assis en face de moi a levé la main. Avec sa bedaine et ses cheveux clairsemés, c'était le portrait craché de l'Andy Sipowicz de la série télé *NYPD Blues.*

— Ça donne quoi, en chiffres ?

— Ça varie selon les sources. Les plus fiables accordent aux Hell's Angels mille six cents membres hors d'Amérique, en Europe, Australie et Nouvelle-Zélande, leurs effectifs étant plus importants aux États-Unis et au Canada, bien sûr. À ce jour, ils sont répartis en cent trente-trois chapitres de par le monde, alors que les Bandidos n'en compteraient que soixante-sept, regroupant dans les six cents membres en tout. Ces chiffres sont ceux du rapport des Renseignements généraux canadiens pour l'année 1998. Mais d'autres sources leur prêtent jusqu'à huit cents adhérents.

— *Sacrement !*

— Que signifie exactement le terme de non-affilié quand on parle d'un club de motards ?

La question venait d'un garçon qui ne paraissait pas vingt ans.

— En gros, ça veut dire qu'il n'est enregistré ni

auprès de l'AMA, ni auprès de la CMA, les deux seules associations d'Amérique du Nord – américaine et canadienne – à être membres de la Fédération internationale de motocyclisme basée en Suisse. Selon l'AMA, ces clubs non-affiliés regroupent à peine un pour cent de l'ensemble des motards. Il n'empêche que cette frange est à l'origine de la mauvaise réputation de tous. À sa plus grande joie, est-il besoin de le spécifier. Personnellement, j'ai vu leur signe de reconnaissance commun tatoué sur les épaules des types les plus affreux de la province.

— Ouais, le petit triangle qui identifie le vrai motard, le motard en titre.

La précision venait de l'enquêteur assis à ma droite, qui portait queue-de-cheval et boucle d'argent à l'oreille.

— Ceux qui font vraiment gerber, tu veux dire !

Dixit Sipowicz, avec l'accent que j'aurais attendu de son personnage si NYPD Blues avait eu pour décor le quartier des Trois Rivières à Montréal. Les rires sont repartis pour un tour.

— Vous trouverez là-dedans des infos sur la structure de ces bandes qui sont de véritables organisations, a dit Roy en désignant des cahiers empilés au centre de la table. Lisez-les, nous en rediscuterons. Aujourd'hui, je voudrais vous faire un résumé de la situation chez nous.

Il a allumé un projecteur. Un poing fermé a envahi tout l'écran : une swastika tatouée sur le poignet, le sigle FTW tatoué en rouge et noir sur les doigts, une lettre par phalange.

— La philosophie de base de ces bandes peut se résumer en une seule phrase...

— *Fuck The World !* Nique le monde !

Le slogan avait jailli de nombreuses poitrines, comme un cri du cœur.

— C'est ça ! a souscrit Roy. Loyauté totale aux couleurs du gang et aux frères, qui passent avant tout. Inutile aux non-Blancs de remplir un bulletin d'adhésion, cela va de soi.

Diapo suivante en noir et blanc : seize types alignés sur trois rangs plus ou moins bien formés. Barbe et sale gueule de rigueur, gilets de cuir émaillés d'insignes et de badges, tatouages dignes d'un guerrier maori.

— À la fin des années soixante-dix, les Outlaws et les Hell's Angels des États-Unis se sont salement battus contre des gangs québécois qu'ils voulaient prendre sous contrôle. Résultat : en 1977, les Popeyes québécois, qui étaient à l'époque la deuxième organisation de motards canadiens par le nombre, sont devenus le premier chapitre des Angels au Québec. Toutefois, sur leurs deux cent cinquante ou trois cent cinquante adhérents selon les estimations, seuls vingt-cinq ou trente ont été jugés dignes par les Angels de porter leurs couleurs. Les autres ont été rejetés. Les affreux que vous avez devant vous font justement partie des exclus. C'est l'abominable chapitre du Nord. Cinq d'entre eux ont été liquidés par leurs frères devenus Angels. Plus tard, leur chapitre s'est dissous.

— Pour quelle raison ?

— Désobéissance. Chaque club a un code de conduite qui s'applique à tous, sans exception. Dès les années quarante, au tout début de leur formation, les Hell's Angels ont banni l'usage de l'héroïne et des aiguilles. Cette loi est encore plus stricte maintenant que nous sommes à l'ère de la commercialisation à grande échelle. Gardez bien en tête que les motards d'aujourd'hui n'ont rien à voir avec ceux de jadis. Ce ne sont plus des types en rébellion contre la société comme dans les années cinquante, ni des tenants de la sous-culture hippie – drogue plus révolution – comme aux beaux jours des années soixante. Les motards de nos jours sont des hommes d'affaires avertis qui participent au montage d'opérations extrêmement complexes au côté du crime organisé. Or drogue et drogués sont source de problèmes, un club peut y laisser sa chemise.

Roy a montré l'écran.

— En 1982, par exemple, le chapitre de Montréal a passé une loi requérant la mort ou l'expulsion de quiconque transgresserait l'interdit. Mais les membres, trop accros, ont conservé leurs petites habitudes. La coke avait dû sacrément leur aplatir la bosse des maths, car la notion d'infériorité numérique ne leur a même pas traversé le cerveau.

Roy a pointé cinq gars sur la photo.

— En juin 1985, ceux-là ont été retrouvés dormant du sommeil du juste au fond de la voie maritime du Saint-Laurent. Un sac était remonté à la surface. Les autres ont été retrouvés en draguant les fonds.

— Voilà ce que j'appelle régler la question ! est intervenu Queue-de-cheval.

— Oui, une bonne fois pour toutes. Ils ont été tués à Lennoxville, au club des Hell's Angels. Apparemment, ils avaient été invités sans être mis au courant du programme de la soirée.

— C'est pas correct de trahir la doctrine du frère, a commenté Queue-de-Cheval en secouant la tête.

J'ai demandé :

— Et c'est ce qui a déclenché la guerre actuelle ?

— Pas tout à fait. L'année qui a suivi l'adop-

tion des Popeyes par les Hell's Angels, les Outlaws ont fait du *Choix de Satan*, un gang de Montréal, leur premier chapitre au Québec. Depuis, les
deux bandes n'ont cessé de s'entre-tuer.

Roy a pointé un type sinistre, accroupi au premier rang.

— La chasse s'est ouverte quand ce gars-là, un
Angel, a descendu un Outlaw à partir d'une voiture. Elle s'est prolongée pendant des années sans
période de fermeture.

— Ben tiens ! « Dieu pardonne, pas nous ! »
comme le proclame le slogan des Outlaws, a lancé
Sipowicz, sans relever le nez du cahier où il inscri-
vait son nom : Kuricek.

Je me suis demandé combien de fois par jour on
lui donnait du Sipowicz par erreur.

— Exact, a repris Roy. Mais les Outlaws du
Québec ont subi eux aussi de durs revers de fortune. Cinq ou six de leurs chefs sont derrière les
barreaux, et leur club a été incendié, il y a
quelques années. Aujourd'hui, la guerre voit plutôt s'affronter Angels et Rock Machine, un club
canadien. Mais pas directement, par clubs vassaux
interposés.

— Des types qui ont une vraie classe, ceux-là !
l'a coupé Sipowicz-Kuricek.

Roy a ignoré l'interruption.

— Les Rock Machine non plus n'ont pas
connu que des années de vaches grasses. Jusqu'à
ces derniers temps, on les croyait H.S., mais ils
semblent avoir repris du poil de la bête.

Nouvelle diapo : un type en béret donnant l'ac-
colade à un camarade en gilet de cuir, sur le dos
duquel s'épanouissait un bandit mexicain version
BD, un couteau dans une main, un pistolet dans
l'autre. Des bannières rouge et jaune, en demi-
cercle au-dessus et en dessous du dessin, identi-

fiaient le propriétaire du gilet comme l'actuel vice-président des Bandidos.

— Apparemment, les Rock Machine vivent une sorte de résurrection. Plusieurs de leurs membres ont été vus portant des badges les identifiant comme des Bandidos potentiels.

— C'est-à-dire... ? ai-je demandé.

— Qu'ils ont le droit de traîner dans les parages, le temps que les Bandidos se décident ou non à les adopter.

— Je comprends l'intérêt des Rock Machine dans l'affaire, mais pas vraiment celui des Bandidos, ai-je fait remarquer.

— Pendant des années, les Bandidos se sont contentés du marché local des amphètes et des stups. Et puis la prostitution leur permettait de mettre du beurre dans les épinards. Leur capitaine national manquait un peu de poigne dans la conduite du navire, il a été changé. La nouvelle direction a compris qu'elle avait intérêt à tenir ses chapitres d'une main de fer et, aussi, à se développer. Regardez la bannière du bas de celui-là.

Roy a désigné un type au fond de l'image.

— Le mot Québec a été remplacé par Canada. Si ce n'est pas une indication très claire des visées des Bandidos, je veux bien être pendu ! Cela dit, ils vont avoir du pain sur la planche.

Autre diapo : un groupe de motards sur une route à deux voies.

— Albuquerque, il n'y a pas deux mois, alors que les Bandidos se rendaient à une réunion organisée par le chapitre d'Oklahoma. Plusieurs d'entre eux ont été arrêtés pour infraction au code de la route. Dont le président international. Vous imaginez bien que nos collègues du Nouveau-Mexique n'ont pas raté l'occasion de le questionner sur toutes les têtes non répertoriées qu'ils avaient dans leurs fichiers. Il a admis que les Bandidos menaient actuellement une étude à l'échelle mondiale de tous les clubs désireux d'adhérer. Mais à propos, il n'a rien voulu dire sur l'état de ses négociations avec les Rock Machine, l'affaire ne doit pas encore être conclue. Il revenait justement d'une réunion de la Coalition nationale des motards où il avait tenté de trouver un terrain d'entente avec les Hell's Angels à propos des Rock Machine. Les Angels, qui ne voient pas d'un très bon œil les menées expansionnistes des Bandidos, lui auraient proposé de ne pas monter de chapitre au Nouveau-Mexique si, de leur côté, les Bandidos acceptaient d'abandonner leurs pourparlers avec les clubs du Québec.

— Autrement dit, les Rock Machine sont toujours dans le tableau ? a demandé Queue-de-cheval.

— Oui, mais si les Bandidos les adoptent, il risque d'y avoir un sacré changement dans l'équilibre des forces, a répondu Roy sur un ton sinistre.

— Les Rock Machine font encore figure de nouveaux venus, *n'est-ce pas ?*

— En fait, ils existent depuis 1977, mais ce n'est qu'en 1997 qu'ils ont ajouté CM à leur nom. Avant cela, ils ne se considéraient pas formellement comme un « club de motocyclistes ». Ça a été le petit cadeau de Noël inscrit sur leur carte de vœux de cette année-là.

— Leur carte de vœux ? me suis-je écriée, croyant que Roy plaisantait.

Et Kuricek d'expliquer :

— Au sens propre du terme ! Des amoureux de la tradition, ces types. Ça a fait jaser dans les parloirs, je vous dis pas !

Rires.

— Ils aiment bien s'envoyer leurs vœux, histoire de garder le contact, a renchéri Jacques Roy. D'un autre côté, le mauvais, ça permet aux bandes rivales de mettre à jour leurs fichiers.

Roy a fait apparaître à l'écran une carte de Montréal.

— À l'heure actuelle, Rock Machine et Hell's Angels se battent pour contrôler le trafic de la drogue dans la province tout entière. Et je vous prie de croire qu'il ne s'agit pas de picaillons. D'après le procureur général, le marché canadien rapporte au crime organisé entre sept et dix milliards de dollars par an. Le Québec représente une grosse part du gâteau.

Il a pointé deux quartiers de la ville.

— Les affrontements ont lieu dans le nord et dans l'est de Montréal, mais aussi à Québec. Depuis 1994, les attaques à la bombe et les incendies se chiffrent par centaines. Cent quatorze personnes ont déjà été tuées.

J'ai demandé :

— En comptant Marcotte, les jumeaux Vaillancourt et la petite Toussaint ?

— Vous avez raison, ça fait cent dix-huit. Et je ne parle pas des disparus ou présumés décédés.

— Ils peuvent en aligner combien dans les tranchées, ces soldats à la con ?

La question venait de Kuricek.

— Selon nos fichiers ? Grosso modo, deux cent soixante-cinq côté Angels, cinquante côté Machine.

— C'est tout ? !

J'étais sidérée qu'un si petit nombre puisse créer un tel chambard. La repartie de Kuricek m'a tout de suite rassurée :

— Faut pas oublier les seconds violons, bien sûr.

Il s'est laissé aller sur son dossier et l'air

contenu dans le rembourrage s'est échappé en chuintant.

— Les organisations de motards savent qu'elles peuvent compter sur leurs clubs vassaux, a précisé Roy. Des nullards qui exécutent le sale boulot à leur place.

— Et c'est quoi, ce sale boulot ? me suis-je étonnée, ne voyant pas laquelle de leurs activités pouvait être jugée propre.

— Distribution et vente de drogue, recouvrement des dettes, achat d'armes et d'explosifs, intimidation, meurtre. Ces porte-flingues sont la lie du monde des motards. Prêts à tout pour prouver aux autres qu'ils ont des couilles. Ce qui fait qu'il est presque impossible de coincer les grosses pointures. Ceux-là, ils sont plus fuyants que des anguilles. Et ils ont toujours une arme au bout du bras.

— Si, par hasard, t'arrives à en choper plusieurs d'un coup, ils font bloc et utilisent leurs babouins pour terroriser tes témoins, quand c'est pas carrément pour les dessouder.

L'explication de Kuricek m'a rappelé mes petits tas de chair écrabouillée dans la salle d'autopsie : tout ce qui restait des frères Vaillancourt.

— Les Heathens marchent avec les Rock Machine ? ai-je demandé.

— *C'est ça.*

— Et les Hell's Angels avec les Vipères ?

— *C'est ça.*

— Il y a qui, encore ?

— Voyons... Les *Rowdy Crew*, les *Jokers*, les *Rockers*, les *Evil Ones*, les *Death Riders*...

À cet instant, Martin Quickwater s'est encadré dans la porte. Avec son costume bleu marine et sa chemise blanche raide d'amidon, il avait tout d'un avocat fiscaliste. Après un signe de tête à Roy, il a

promené son regard sur l'auditoire. En m'apercevant, ses yeux se sont rétrécis, mais il a gardé ses
commentaires pour lui.

— *Ah bon !* M. Quickwater va pouvoir nous
entretenir des positions du FBI sur la question.

Mais il était écrit qu'il n'en serait rien, car
le constable avait des informations autrement
urgentes à nous communiquer.

La liste des morts allait encore s'allonger.

7.

Le lendemain à l'aube j'étais à Saint-Basile-le-Grand. Le club des Vipères se dressait, isolé, sur un terrain d'environ cinq mille mètres, ceinturé par une grille électrifiée truffée sur toute sa longueur de caméras de surveillance et de puissants projecteurs. On y accédait par un portail commandé depuis la maison. Les vantaux étaient grands ouverts et l'interphone est resté muet. Il y avait bien une caméra pointée sur nous mais, de toute évidence, personne ne devait plus nous observer depuis le poste de surveillance. À en juger d'après les véhicules de la police, du procureur et de la recherche criminelle stationnés sur les bas-côtés de l'allée, le mandat de perquisition avait déjà été délivré. Quickwater a franchi le portail et s'est garé au bout de la file. Il m'a lancé un regard de côté sans daigner prononcer un mot. Je lui ai retourné son amabilité et, ayant attrapé mon paquetage, suis descendue de voiture.

Boisé derrière la maison, le terrain était totalement dégagé sur l'avant jusqu'à la grand-route et coupé en deux par l'allée de terre que nous suivions, qui allait se fermer en boucle autour du bâtiment. Là, la chaussée était asphaltée et bordée de cônes de ciment hauts d'un mètre, interdisant tout stationnement à moins de quatre mètres cinquante des murs. On se serait cru en Irlande du Nord au début des années soixante-dix. Manifestement, les voitures piégées n'amusaient pas plus les motards du Québec que les habitants de Belfast. Une Ford Explorer noire était garée à la limite du macadam.

Le soleil marbrait déjà l'horizon de plaques jaunes ou roses qui déteignaient sur le pourpre pâle de l'aube à peine naissante. Une heure plus tôt, quand Quickwater était passé me prendre, le ciel était encore d'un noir d'encre et mon humeur itou. Cette balade au club des motards ne m'enchantait pas. Le trajet en tête à tête avec M. Imbu-de-sa-petite-personne ne m'avait pas déridée et la seule idée de devoir déterrer des motards me donnait le cafard. Les révélations de Quickwater, la veille, à la réunion du Carcajou, s'étaient abattues sur moi comme une douche froide. Elles m'avaient brusquement fait comprendre que ma décision de collaborer avec le Carcajou, prise dans le but de travailler sur l'affaire Emily Anne, ne serait pas une activité parallèle comme je l'avais supposé, mais bien une occupation à temps complet. Rien que de penser à l'immensité de la tâche, je me sentais aussi raplapla qu'à l'école, en face du tyran de la cour de récré. Je me suis concentrée sur la petite fille de neuf ans qui gisait à la morgue et sur sa famille brisée à tout jamais : c'était pour eux que je me trouvais ici.

Le Vipère qui avait éliminé les frères Vaillancourt s'était déballé. Confronté à la perspective d'une troisième arrestation et d'une inculpation pour meurtre au premier degré, il avait proposé de révéler le lieu où étaient ensevelis deux corps, en échange d'une réduction de peine. La Couronne avait accepté de rabaisser l'inculpation d'un cran. Meurtre au second degré. D'où ma présence ici au point du jour.

Tandis que nous remontions l'allée d'un pas lourd, l'aube a cédé la place au matin. Le soleil n'avait pas eu le temps de réchauffer l'air et je pouvais voir l'haleine s'échapper de ma bouche. Le gravier crissait sous nos pas. De temps à autre, un caillou roulait avec des ricochets jusqu'au caniveau. Des oiseaux jacassaient et pépiaient, furieux de notre intrusion.

« Fermez-la, saloperies de bestioles ! Pas même foutues de vous lever avant moi ! » ai-je grogné par-devers moi, pour me faire aussitôt la leçon : « Quickwater est un con, d'accord, mais ce n'est pas une raison pour faire ta gamine. Ignore-le et occupe-toi de ton boulot ! »

Juste à ce moment-là, le constable a déclaré qu'il devait retrouver son coéquipier, un nouveau temporairement détaché au Carcajou. Sans savoir de qui il s'agissait, Quickwater n'ayant pas jugé utile de m'apprendre son nom, j'ai été prise de pitié pour ce pauvre malheureux. Remontant mon paquetage sur l'épaule, j'ai emboîté le pas de mon compagnon.

Si une chose était claire, c'était que les Vipères ne remporteraient pas la médaille d'or du paysagisme, cette année. Le devant de la propriété était l'exemple type de ce contre quoi les écologistes se battent au Congrès américain. Le terrain, rasé jusqu'à la grand-route, n'était qu'un magma d'herbes mortes noyées dans une boue de dégel marron-rouge. Quant à la forêt de broussailles derrière la maison, son entretien était manifestement laissé au bon vouloir des quadrupèdes qui y avaient élu domicile.

Nous avons franchi la partie de route asphaltée.

Dans la cour de la maison, l'intention artistique de l'architecte m'est apparue dans toute sa grandeur. Inspirée à coup sûr par les plus fameuses prisons d'Amérique, car ne manquait à l'appel aucun des éléments de base propres au style carcéral : ni les murs de brique de quatre mètres de haut hérissés de caméras, de détecteurs de présence et de rampes lumineuses ; ni la moquette de ciment d'un mur à l'autre de la cour ; ni les panneaux de basket-ball. Les lieux s'agrémentaient d'un barbe-cue à gaz et d'une niche pourvue d'une chaîne suffisamment longue pour qu'un molosse se dégourdisse les pattes. La porte de la maison avait été renforcée par des vantaux d'acier et un blin-dage condamnait celle du garage.

Durant tout le trajet depuis Montréal, Quickwa-ter n'avait desserré les dents que pour me faire un bref historique de la propriété. Construite par un New-Yorkais qui avait fait fortune dans l'alcool aux grands jours de la prohibition, la demeure avait été achetée par les Vipères à ses héritiers au milieu des années quatre-vingt. Cependant, avant d'y accrocher leur blason, les motards avaient encore lâché quatre cent mille dollars pour doter l'endroit d'un système de sécurité adéquat, faire blinder toutes les portes et poser des vitres pare-balles à toutes les fenêtres du rez-de-chaussée. Cet aménagement ne servait plus à grand-chose à cette heure car, à l'instar du portail, la porte de la mai-son était grande ouverte. Quickwater est passé le premier. J'ai suivi.

Ma première réaction a été l'ébahissement, face à la somptuosité du décor. Ces types pourraient toujours organiser une vente aux enchères s'il leur fallait d'urgence trouver les fonds nécessaires pour verser une caution ou engager un avocat. Le matériel électronique à lui seul leur rapporterait de quoi ferrer des ténors du barreau.

La maison s'agençait autour d'un escalier métallique en colimaçon, qui partait de l'entrée au dallage noir et blanc. Au premier étage, à gauche, une salle de jeux avec billard et baby-foot ainsi qu'une télé et une console de mixage, dignes de figurer dans la salle de contrôle de la Nasa. Au-dessus du bar grand modèle et de sa collection d'alcools, trônait, enroulé sur lui-même, un serpent au crâne réduit à l'état de squelette, mais doté de splendides crocs à venin et de loupiotes en néon orange au fond des orbites. Les lieux étaient gardés par un agent de Saint-Basile qui nous a salués d'un signe de tête, tandis que nous poursuivions l'ascension.

Au deuxième, une salle de gym avec une bonne demi-douzaine de machines Nautilus, des balances et un assortiment de poids alignés par terre le long d'un mur en miroir. Nul doute que les Vipères faisaient grand cas de leur beauté.

Au troisième étage, un salon meublé dans le style « rage de motard fin de siècle », où le rouge profond de la moquette à longs poils livrait une bataille sans merci au doré des murs et au bleu des fauteuils et des canapés. Les tables en cuivre et verre fumé croulaient sous des collections de serpents sculptés. Toutes sortes de reptiles, en bois, en terre cuite, en pierre et en bronze, se prélassaient sur les appuis de fenêtres, et d'autres serpents dévidaient leurs anneaux du haut de la télé la plus gigantesque que j'aie vue de ma vie. Les murs s'ornaient d'affiches et d'agrandissements de photos-souvenirs prises lors de charmantes réunions : motards en sueur à califourchon sur leur engin faisant saillir leurs muscles, ou brandissant en chœur bouteilles et canettes de bière. Le

quotient intellectuel quasi général se situait nettement en dessous de la barre où la courbe amorce
un lent mais sûr déclin.

Nous avons repris notre petit bonhomme de
chemin à travers cinq chambres et une salle de
bains en marbre noir pourvue d'un Jacuzzi. La
douche, pour autant qu'on puisse en juger derrière
ses parois de verre, aurait aisément servi de terrain
de squash.

Nous avons enfin débouché dans la cuisine. À
droite, un téléphone mural et son ardoise magique
où s'étalaient un charabia de lettres – probablement un code –, ainsi que le nom d'un avocat du
coin. À gauche, encore un escalier. J'ai demandé à
Quickwater ce qu'il y avait au-dessus.

Aucune réaction.

— Encore une salle de jeux avec terrasse et une
salle de remise en forme pour dix personnes
facile ! m'a répondu un agent de Saint-Basile, de
l'autre bout de la pièce et en anglais.

Deux hommes assis à une table en bois se profi-
laient sur fond de fenêtre en encorbellement. L'un
avait les cheveux en bataille, l'autre était tiré à
quatre épingles. À la vue de ce dernier, le désarroi
m'a saisie. J'ai lancé un coup d'œil à Quickwater
qui a hoché la tête. Son mystérieux équipier
n'était autre que le sergent-détective Luc Claudel.
Ça, on pouvait dire que j'avais décroché le gros
lot ! Les frères Rapetou, c'était de la roupie de
sansonnet à côté de ceux-là. Et c'est moi qui allais
devoir me les taper tous les deux !

Claudel parlait en tapotant un document devant
lui, le mandat de perquisition probablement. Son
interlocuteur gardait les yeux fixés sur ses pieds
nus, tout en croisant et décroisant ses mains qui
pendaient entre ses genoux. Il avait un nez aquilin
qui partait nettement à gauche juste sous la bosse

72

et, sous cet appendice, une moustache plus fournie que celle d'un Gaulois. À en croire les regards furibonds que lançaient ses yeux noirs, il n'avait pas l'air ravi-ravi de nous voir débarquer dès potron-minet.

— Cet homme de Cro-Magnon a pour nom Sylvain Bilodeau, m'a révélé Quickwater. Luc est en train de lui expliquer qu'on est venus faire un peu de jardinage.

Bilodeau nous a gratifiés d'un coup d'œil panoramique, de Quickwater à moi. Prunelles dures, visage fermé, et il s'est de nouveau concentré sur ses doigts. Un serpent tricolore se déployait sur toute la longueur de son bras. Non, la métaphore de Quickwater ne rendait pas justice à nos cousins du paléolithique supérieur.

Claudel a ajouté quelque chose et s'est tu. Bilodeau a bondi sur ses pieds. Malgré son petit mètre soixante, c'était une réclame vivante pour les stéroïdes. Il est resté un moment sans rien dire, puis a lâché :

— Attends, mec, c'est de la merde, ce baratin ! Vous pouvez pas débouler ici et foutre le bordel partout !

Son joual [1] était tellement prononcé que je n'ai pas bien saisi son discours. Mais je ne crois pas me tromper pour ce qui était du sens.

— C'est pourtant ce que ce papier nous autorise à faire, a répondu Claudel en se levant à son tour et le fixant droit dans les yeux. Comme je te l'ai dit, tu as deux solutions : soit tu restes gentiment ici, sage comme une image ; soit on te dévie, menottes aux poignets, sur une auberge gratis,

---

1. Joual : Parler populaire québécois à base de français fortement anglicisé. (*N.d.T.*)

muni d'un bon de logement pour une durée illimitée. À toi de voir, le Tarin !

La chute avait été proférée sur un ton railleur. Somme toute, Claudel s'était plutôt bien tiré de la situation.

— Qu'est-ce que je suis censé faire, bordel ?

— Prévenir tes potes de ne pas rappliquer dans le secteur aujourd'hui, leur expliquer que c'est dans leur intérêt. En dehors de ça, ce que bon te semble. Aucune participation à l'activité générale n'est requise de toi. D'ailleurs, le caporal Berringer te tiendra compagnie et veillera à ce que tu ne te fatigues pas.

— Je fais que tenir la baraque, moi. Pourquoi fallait que vous vous pointiez ce matin ?

— La vie, c'est toujours une question de timing, a rétorqué Claudel en lui donnant de petites tapes dans le dos.

— Saloperie de bordel de merde ! a râlé Bilodeau en se dégageant d'une secousse pour aller se planter devant la fenêtre.

— Je te comprends, le Tarin, a réagi Claudel, les mains levées en signe d'impuissance. J'imagine facilement que les frères ne sauteront pas de joie en apprenant que tu pionces pendant la garde.

Bilodeau s'est mis à arpenter la pièce comme un animal en cage pour s'arrêter brusquement devant le plan de travail et se mettre à le marteler des deux poings.

— Bordel !

La rage faisait saillir les muscles de son cou. Au bout d'un moment, il s'est retourné et nous a dévisagés l'un après l'autre. Au milieu de son front, une veine a grossi comme un ruisseau sous la pluie. Son regard fixe, tandis qu'il pointait un doigt tremblant sur moi, m'a fait penser à Charles Manson.

— L'enfoiré qui nous a donnés a intérêt à tomber juste du premier coup, a-t-il bredouillé d'une voix étranglée par la rage. Parce que sinon, il est mort !

À cent mètres de là, planqué à l'arrière d'une Jeep banalisée, l'enfoiré en question attendait de nous conduire sur la tombe, conformément à l'arrangement qu'il avait passé avec la Justice en échange d'une réduction de peine. Rien n'avait pu le convaincre de descendre de voiture tant que nous serions dans la ligne de mire de la maison : ou il était sous bonne escorte ou il ne dirait rien.

Je me suis installée dans la Jeep à la place du mort, Claudel est grimpé à l'arrière. Quickwater est allé trouver le reste de l'équipe. Une fumée de cigarette à couper au couteau stagnait dans la voiture. Notre informateur avait la quarantaine et des cheveux roux et raides rassemblés en queue-de-cheval. Avec sa peau très pâle et ses yeux délavés couleur céleri en branches, il avait tout d'un reptile surgi des profondeurs marines. Son affiliation aux Vipères lui allait comme un gant. À l'instar de Bilodeau, il était de petite taille mais, à l'inverse de celui-ci, il n'avait pas du tout envie de prendre racine dans le secteur.

— Tu as intérêt à ce que ça marche, Rinaldi, lui a lancé Claudel, sinon tes parents peuvent déjà envoyer les faire-part de ton enterrement. Tu as la cote de popularité à zéro dans les sondages, à ce qu'on dit.

Rinaldi a tiré sur sa cigarette et gardé la fumée dans ses poumons. Quand il l'a exhalée par le nez, ses narines ont blanchi sous l'effort.

— C'est qui, la meuf ?

Son intonation bizarre évoquait les voix qu'on

déforme volontairement pour dissimuler l'identité de la personne interviewée.

— Le docteur Brennan. C'est elle qui va excaver tes trésors. Et toi, la Grenouille, tu feras tout ton possible pour l'aider.

Rinaldi a relâché l'air par la bouche avec un chuintement. Ses lèvres ont pâli à leur tour.

— Et tu te tiendras aussi tranquille qu'un macchabée à la morgue, d'accord ?

— Ça va, finissons-en !

— Je ne parle pas de la morgue pour le plaisir de faire un rapprochement, la Grenouille. La comparaison prendra tout son sens si tu nous as concocté une embrouille.

— J'invente rien. Y a deux mecs qui bouffent les pissenlits par la racine, j'vous dis ! Alors, me faites pas votre cinéma ! D'accord ?

— D'accord.

— Faut contourner la maison, a repris Rinaldi en pointant un doigt osseux, et un bruit de raclement est monté de ses poignets. Y a un sentier qui part sur la droite.

— Eh bien, voilà un début prometteur, la Grenouille.

Compte tenu du timbre coassant de sa voix, le surnom collait à merveille au prisonnier.

Claudel est descendu de voiture et a levé le pouce en direction de Quickwater, toujours près du fourgon technique, à une dizaine de mètres de nous. Je me suis retournée. Rinaldi avait les yeux rivés sur moi. À croire qu'il cherchait à déchiffrer mon code génétique. Voyant qu'il ne les détournait pas, j'ai fait ma têtue, moi aussi.

— Ma présence vous chagrine, monsieur Rinaldi ?

— Drôle de boulot pour une gonzesse.

— Forcément, puisque je suis une drôle de

gonzesse ! J'ai même pissé dans la piscine de Sonny Barger, une fois !

Que l'ancien chef des Hell's Angels ait jamais possédé une piscine était un mystère pour moi. Qu'importe, la phrase sonnait bien. Du moins, à mes oreilles, car sur la Grenouille elle a paru faire un flop. Il a fallu plusieurs secondes pour que ses lèvres s'étirent en sourire et qu'il esquisse un hochement de tête. Comme il écrasait son mégot dans le cendrier entre les deux sièges de devant, j'ai eu tout loisir d'admirer les deux éclairs sur son avant-bras accompagnés des mots : « Les vrais Dégueulasses ».

Claudel est remonté en voiture. Sans un mot, Quickwater s'est mis au volant. Nous avons contourné la maison. Direction, les bois. Rinaldi regardait par la fenêtre en silence. Nul doute que l'assaillaient de terribles démons.

La route indiquée par lui se résumait à deux ornières dans la gadoue. Véhicules et fourgon technique avançaient au pas. À un moment, Claudel et Quickwater sont descendus pour dégager une branche qui obstruait le chemin. Deux écureuils s'en sont enfuis, ahuris. Quickwater est revenu en nage et crotté jusqu'aux genoux, Claudel impeccable. On aurait dit qu'il se baladait en smoking. Je parierais qu'il garde son air guindé même quand il est en slip et T-shirt, au cas où il lui arrive de se promener dans cette tenue, bien sûr.

Il a desserré sa cravate d'un bon centimètre et a cogné à la vitre de Rinaldi. J'ai ouvert ma porte. La Grenouille attaquait déjà une nouvelle cigarette. Claudel a toqué à nouveau. La Grenouille a donné un bon coup sur la poignée. Sa portière s'est ouverte d'un coup et de la fumée s'est échappée.

— Jette ça avant qu'on nous branche tous sur poumons artificiels. T'as les cellules grises qui carburent ? Tu reconnais les lieux ?

— Y sont là, j'vous dis. Vous voulez bien fermer votre clapoir ! De Dieu, laissez-moi m'orienter !

Il s'est extirpé de la voiture et a promené les yeux autour de lui. Quickwater m'a décoché un de ses regards impassibles que j'ai ignoré pour entreprendre ma propre inspection du terrain.

L'endroit avait servi de décharge : canettes et sacs en plastique, bouteilles de bière et de vin jonchaient le sol. Il y avait même deux sommiers métalliques tout rouillés. On distinguait, dans l'herbe, de délicates empreintes de chevreuil qui s'entrecroisaient avant de s'enfoncer dans les bois.

— Je m'impatiente, la Grenouille, a lâché Claudel. Je vais faire comme avec les enfants et compter jusqu'à trois. Pour ne pas risquer de t'embrouiller avec les mathématiques supérieures.

— Vous allez la fermer, bordel...

— Du calme ! a jeté Claudel sur un ton menaçant.

— Ça fait des années que je ne suis pas venu ici. Y avait un appentis, mec. Si je le voyais, je saurais tout de suite vous conduire à l'endroit.

Et la Grenouille de s'enfoncer sous les arbres. Deux pas dans un sens, trois pas dans l'autre, comme un chien sur les traces d'un lièvre. On sentait ses certitudes décroître à chaque seconde qui passait. J'en venais moi-même à partager ses doutes.

Ce n'était pas la première expédition à laquelle j'assistais montée sur la seule foi des dires d'un indicateur. Bien souvent, le déplacement n'est qu'une perte de temps. Ce n'est un secret pour personne que les renseignements obtenus en garde à vue sont loin d'être sûrs, soit que la balance ment effrontément, soit que sa mémoire le trahisse. Par deux fois, LaManche et moi nous sommes ainsi lancés à la recherche d'une fosse septique censée renfermer un cadavre. Deux safaris sans la moindre fosse à l'horizon. L'informateur est retourné derrière les barreaux, laissant la note aux contribuables.

Rinaldi a fini par revenir à la Jeep.

— C'est plus haut.

— À combien d'ici ?

— J'suis pas géographe. J'saurai quand je verrai l'appentis.

— Tu te répètes, a fait Claudel en consultant sa montre avec ostentation.

— *Sacré bleu !* Si vous arrêtiez de me faire chier, hein ? Continuez plus loin, vous les aurez, vos macchabs !

— Je te conseille de ne pas te gourer si tu ne veux pas attraper le plus gros virus du millénaire.

Ils sont remontés en voiture et le cortège est reparti. Lentement. Vingt mètres plus loin, Rinaldi a agrippé mon siège à hauteur de mes épaules et s'est tendu vers le pare-brise.

— Arrêtez !

Quickwater a enfoncé la pédale de frein.

— Là ! On y est.

Il a désigné une masure en bois presque entièrement éboulée. Des morceaux de toit et des planches vermoulues étaient répandus çà et là. Tout le monde a mis pied à terre. Rinaldi a fait un tour complet sur lui-même. Après une hésitation, il s'est engagé dans les bois, selon une tangente formant un angle de quarante degrés avec l'appentis. Claudel et moi lui avons emboîté le pas à travers les taillis, nous frayant un chemin dans un entrelacs de vigne vierge et de lianes à ras du sol.

Sur les branches qu'il nous fallait écarter, les boutons étaient encore loin d'éclore. À présent, le soleil avait tout à fait émergé de l'horizon et les arbres jetaient sur le sol boueux de longues ombres inextricablement mêlées.

Rinaldi était planté en bordure d'une clairière, les mains pendant devant lui, les épaules arquées, tel un chimpanzé qui parade. Son expression n'avait pas vraiment de quoi nous rassurer.

— Qu'est-ce que ça a changé, mec ! Je m'rappelais pas qu'y avait tant d'arbres. On venait ici s'bourrer autour du feu de camp.

— Je me contrefous de tes réjouissances estivales. Tu nous fais perdre notre temps. Tu vas t'en cogner pour vingt-cinq ans ferme, et nous, on lira dans le canard que tu as été retrouvé sur le carrelage des douches avec un tuyau dans le cul.

C'était bien la première fois que j'entendais Claudel s'exprimer dans des termes aussi colorés.

Rinaldi a serré les mâchoires, mais il n'a pas pipé. Bien qu'il ait gelé ce matin, il ne portait qu'un T-shirt noir et un jean. Il grelottait. Les poils de ses bras minces et musclés se dressaient sur sa peau. Il a avancé jusqu'au milieu de la clairière. À droite, le terrain descendait en pente douce jusqu'à un petit cours d'eau. Coupant par un endroit recouvert d'aiguilles de pin, Rinaldi a gagné la berge et, après avoir regardé des deux côtés, a longé le ruisseau à contre-courant. Quickwater, Claudel et moi avons entrepris de le suivre. Vingt mètres plus loin, il s'est arrêté et a désigné une crique au pied d'un éboulis de grosses pierres. La terre était parsemée de branchages, de sacs en plastique, de boîtes de conserve vides et de tous les détritus divers et variés que le courant charrie et abandonne à chaque montée des eaux.

— Elles sont là, vos tombes de merde !

J'ai scruté son visage. Il s'était repris. Son incertitude avait cédé la place à une insolence arrogante.

— J'espère que t'as quelque chose de plus tangible à nous offrir parce que, sinon, le tuyau des douches a déjà ton nom dessus.

— Fais pas chier, mec, ça fait dix ans. Si la gonzesse connaît son turbin, elle va te les retrouver, tes reliques.

Dix ans d'inondations répétées.

L'angoisse qui m'étreignait depuis que nous étions arrivés sur les lieux s'est accrue d'un coup. J'ai scruté les parages, persuadée de n'y découvrir aucun indice susceptible de me faciliter la tâche, comme une dépression de terrain, une abondance d'insectes ou des traces dans la végétation. Je n'avais pas de stratigraphie à ma disposition, rien qui puisse révéler la présence d'une cache sous la terre. Claudel m'a interrogée du regard. Le cours d'eau gargouillait doucement derrière lui. Un corbeau a croassé au-dessus de nos têtes, un autre lui a répondu.

— S'ils sont là, je les retrouverai !

Ma voix avait plus d'assurance que mes pensées.

Quant aux corbeaux, ils se riaient de moi. Bel et bien.

8.

Vers midi, nous avions totalement déblayé un carré d'une cinquantaine de mètres de côté, en suivant les indications plutôt vagues de Rinaldi. En fait, il n'avait jamais vu les corps de ses propres yeux. Il agissait sur la foi d'une information interne fiable, selon laquelle les victimes auraient été invitées à un pique-nique, puis abattues dans les bois d'une balle dans la tête. Génial.

J'avais délimité la surface à fouiller et l'avais fait entourer d'une bande de plastique orange en rajoutant un mètre cinquante sur les côtés. Les corps étant rarement ensevelis à plus de deux mètres de profondeur, j'avais demandé un magnétomètre et un détecteur de 500 MHz qui m'avaient été livrés une heure plus tard.

En accord avec l'opérateur du radar, j'ai fait forer une carotte à l'extérieur de la zone de fouilles afin de connaître la densité générale du terrain, son degré d'humidité, les variations entre les strates, etc. Une fois scannées, ces données nous serviraient de base de travail.

L'opérateur effectuait sa dernière mise au point quand la Grenouille s'est avancé à pas feutrés pour une nouvelle petite visite, suivi de près par le garde attaché à sa surveillance. Le fait de se trouver toute une matinée sous protection de la police semblait avoir dissipé ses angoisses.

— Putain, qu'est-ce que c'est que ce bordel ? s'est-il exclamé en montrant les instruments qui paraissaient tout droit sortis de *Retour vers le futur*.

Claudel, qui venait de nous rejoindre, a aussitôt réagi :

— Dis donc, la Grenouille, à ta place je m'abonnerais à un de ces almanachs qui enseignent un mot par jour. Histoire d'élargir mes horizons, côté lexique !

— 'lez vous faire foutre !

Personnellement, ses gros mots ne me dérangeaient pas. Dans un sens, ils me donnaient l'impression de me retrouver chez moi, en terre étrangère. J'ai relevé les yeux pour voir s'il faisait le malin ou s'il s'intéressait vraiment à la question. J'ai lu de la curiosité dans son regard. Comme ce n'était pas davantage derrière les barreaux qu'il risquait d'approfondir ses connaissances scientifiques, je lui ai répondu :

— C'est un magnétomètre.

Il m'a regardée sans comprendre.

— Un appareil qui détecte les anomalies du champ magnétique.

J'ai désigné le détecteur-émetteur, sorte de traîneau à poignée, et le récepteur auquel il était relié par un gros câble, puis l'écran branché sur l'allume-cigare d'un des véhicules tout-terrain.

— L'ordinateur interprète les signaux émis par l'antenne qui est là-bas et les reproduit en graphiques ici.

— On dirait une tondeuse à gazon.

En jardinage non plus, il ne devait pas être le premier de sa classe.

— Si on veut. L'opérateur balaie le terrain à l'aide du détecteur qui émet des signaux. Ces signaux reviennent affaiblis au récepteur qui interprète alors les trois données obtenues : la puissance du signal original, la puissance de la résonance et le temps de réponse, c'est-à-dire celui qu'il a fallu à l'onde pour se réfléchir. Et l'imprimante sort les résultats.

Son regard me disait qu'il comprenait. Quant à Claudel, il faisait semblant de ne pas s'intéresser à mes explications, mais je voyais bien qu'il tendait l'oreille.

— Si un objet enfoui dans le sol fait obstacle à la pénétration de l'onde, la résonance est affaiblie. Cependant, l'objet n'est pas la seule chose à affecter la résonance, il y a aussi le champ magnétique, qui présente des différences entre l'objet lui-même et le terrain environnant. Plus un objet est enterré profondément, plus il faut de temps à l'onde pour effectuer l'aller-retour.

— Donc, votre machin peut vous dire si y a un macchab sous terre ou pas.

— Pas seulement les cadavres, tout objet faisant obstacle à la propagation de l'onde. L'appareil localise l'endroit exact où il est enseveli et donne des indications sur sa taille.

À présent, le regard de la Grenouille disait qu'il était perdu. J'ai recommencé :

— Quand on creuse un trou et qu'on y cache quelque chose, le terrain n'est plus jamais comme avant. Le fait de le combler l'a modifié : la terre de terrassement n'a plus la même densité que celle qui se trouve autour, ou bien c'est le champ magnétique qui est différent.

Cela avait beau être vrai, je doutais que ce soit le cas dans la situation. Dix années d'inondation tendent à égaliser les différences. Néanmoins, j'ai continué :

— Les objets enterrés, comme un câble, une mine qui n'a pas explosé ou un corps humain, n'ont pas les mêmes « signatures » que le sol autour. N'émettent pas les mêmes signaux, si vous préférez.

— Et poussière, tu retourneras à la poussière... Et le cadavre, il passe dans l'eau qu'on boira après ?

La question de Rinaldi n'était pas idiote.

— Un cadavre en putréfaction peut en effet altérer la composition chimique du sol et en modifier les propriétés magnétiques au point que les os et les chairs en décomposition qui y sont enterrés peuvent finir par réapparaître.

Ça aussi, c'était vrai, mais c'était loin d'être systématique. Néanmoins, j'ai préféré garder cette réflexion pour moi. D'ailleurs, l'opérateur du radar me faisait signe qu'il était prêt. J'ai crié :

— Quickwater ! Vous voulez bien tirer le détecteur ?

— Je m'en charge, est intervenu Claudel.

— OK. Ce n'est pas sorcier. Demandez à un gars de l'Identité de vous suivre en tenant le câble. Commencez là où se trouve le traîneau, juste en bordure de la zone de fouilles. Quand vous arriverez à la ligne de piquets la plus au nord, enfoncez deux fois le bouton qui est sur la poignée. C'est une télécommande. Ce double signal nous servira à établir le point de départ des lignes. Tirez l'appareil en marchant le plus droit possible, aux deux tiers de votre vitesse normale. Chaque fois que vous croiserez un poteau est-ouest, appuyez une fois sur le bouton, et appuyez deux fois quand vous serez arrivé tout au bout du terrain. Pour indiquer la fin de la ligne. Ensuite, on ramènera le traîneau à son point de départ et on recommencera d'un peu plus loin sur le côté en faisant une parallèle.

— On ne peut pas faire l'aller-retour dans la foulée ?

— Non, il faut balayer le terrain dans le même sens, sinon les données des parallèles seraient inversées et on ne pourrait pas les comparer. Nous allons balayer la surface selon un axe nord-sud, en faisant en gros trente passages. Ensuite, on répétera l'opération d'est en ouest.

Il a hoché la tête. J'ai repris :

— Je vais rester à côté du technicien et surveiller l'écran. Si je note quelque chose, je crierai au type qui vous suit de planter un fanion.

Une heure plus tard, le terrain avait été entièrement examiné et tout le monde déballait son sandwich près du fourgon technique. Douze fanions bleus flottaient à l'intérieur du champ de fouilles : trois sites avaient été repérés.

Les résultats étaient meilleurs que je ne l'espérais. De la ligne 3 à la ligne 13 de l'axe nord-sud, on notait des affaiblissements de résonance sur une longueur et une largeur sensiblement identiques. C'est surtout la ligne 11 qui m'intéressait. J'avais demandé une sortie sur papier des interprétations fournies par l'ordinateur et j'étudiais ces quadrillages tout en mangeant mon saucisson-fromage.

Les horizontales représentaient le terrain en coupe, tandis que les verticales représentaient le terrain en surface. Et nous disposions d'un calibrage des strates grâce à la carotte forée à l'extérieur du champ de fouilles. En raison des deux balayages effectués, nous avions un quadrillage nord-sud et un autre est-ouest. Les poteaux y étaient représentés par des pointillés.

À la verticale 11 du quadrillage nord-sud apparaissaient des courbes en forme de cloche, imbriquées les unes dans les autres. Elles m'ont aussitôt évoqué les côtes d'un squelette.

J'ai examiné les horizontales. Celle tout en haut, qui figurait la ligne du sol, était plate. La suivante présentait un tracé légèrement plus sinueux. Quant à la ligne correspondant à une profondeur d'un mètre quatre-vingts environ, elle révélait un affaiblissement de résonance non seulement à la verticale 11 sur le quadrillage nord-sud, mais également à la verticale 4 sur le quadrillage est-ouest. Autrement dit, en comparant les deux graphiques : à l'intersection des lignes 11 nord et 4 est.

Comparaison qui me donnait une idée de la taille et de la forme de l'objet obstruant. À cette vue, j'ai senti mon cœur s'emballer : l'anomalie en question mesurait à peu près un mètre quatre-vingts de long sur un mètre de large.

La taille d'une tombe.

À la profondeur d'une tombe.

— Ça donne quelque chose ? m'a demandé Claudel que je n'avais pas entendu approcher.

— On brûle.

— On s'y remet ?

— Et comment !

J'ai fini mon Coca *light* et grimpé dans la Jeep. Suivi du fourgon qui cahotait fortement, Quickwater a mis le cap sur le site que nous avions déterminé comme le mien : l'intersection 11 nord et 4 est. Nous étions convenus que Claudel et le constable se chargeraient respectivement des deux autres emplacements présentant des baisses de résonance sur les quadrillages. Ils pourraient commencer à creuser dès que leurs sites auraient été entourés d'une grille de protection. Ils retireraient la terre par couches très fines en examinant chaque pelletée selon la méthode que je leur avais apprise pour repérer les différences de couleur et de texture du sol, et ils m'appelleraient au moindre détail suspect. Chacune de nos équipes serait aidée par des techniciens de l'Identité judiciaire. Des photos seraient prises à différents stades de l'opération et on filmerait en vidéo les moments les plus intéressants.

Et c'est ainsi que nous avons procédé.

Claudel opérait au point 13 nord et 5 est, à quelque trois mètres de moi. Chaque fois que je relevais la tête, je l'apercevais, sanglé dans sa veste de sport, debout au-dessus de son équipe, donnant des ordres à ses hommes ou les questionnant sur la qualité de la terre.

Au bout d'une demi-heure, une pelle a tinté dans sa fosse. Le tranchant avait dû heurter quelque chose de rigide. Mon ventre s'est contracté, j'ai eu comme un étourdissement.

Aidée par l'équipe de Claudel – et sous son œil avisé –, je me suis chargée de gratter tout autour de l'objet.

Et voilà qu'il est apparu ! Rouillé et couvert de boue, mais reconnaissable entre mille.

— *Tabernac* ! Un couvercle de barbecue ! s'est écrié quelqu'un.

— Monsieur Claudel ! a lancé un autre technicien. Sortez les chaises et mettez la viande à griller, faut inviter des filles !

— Dis à Luc de pas se fatiguer, Jean-Guy ! l'a coupé un autre. On trouvera tout ce qu'il faut au bazar du coin.

— À votre place, je ferais venir le « sac à viande ». Vous allez me faire crever tellement c'est drôle, a répliqué Claudel sans se fendre d'un sourire. Creusez donc ! Il faut dégager ce truc et s'assurer qu'il ne cache pas de surprise.

88

Abandonnant son équipe, il m'a raccompagnée à mon site, 11 nord et 4 est. Je me suis remise à pelleter à partir du nord, laissant mon assistant s'activer aux pieds d'un Claudel qui jouait toujours les inspecteurs des travaux finis.

Vers deux heures de l'après-midi, nous avions creusé une fosse d'à peu près un mètre de profondeur sans découvrir quoi que ce soit. L'écran n'indiquait rien non plus. Et c'est alors que je l'ai vue. Une botte ! Elle reposait sur le côté, le talon légèrement pointé vers le haut. Je l'ai dégagée à la truelle. Mon assistant est venu y jeter un coup d'œil et a repris son travail. Claudel continuait d'observer en silence.

Quelques minutes plus tard, j'ai repéré la seconde botte. Retirant la terre à la main, une poignée après l'autre, j'ai réussi à dégager la paire. Bien que le cuir en fût détrempé et déteint, les œillets de laçage tordus et rouillés, elle était dans un état de conservation acceptable. J'ai noté dans un cahier à quelle profondeur et dans quelle position je les avais trouvées l'une et l'autre, puis un photographe a immortalisé ma trouvaille. Les ayant décrottées toutes les deux, je les ai posées sur un drap de plastique.

Aucune ne contenait de pied. Ce n'était pas bon signe.

Le ciel était d'un bleu de Delft et le soleil ardent. Une petite brise agitait les arbres. On entendait les branches s'entrechoquer et l'eau bouillonner doucement en passant sur les rochers. Eux, cela faisait une éternité que des glaciers les avaient laissés là. Une goutte de sueur a dévalé ma nuque. J'ai retiré mon sweat-shirt et l'ai lancé sur le tapis d'aiguilles de pin à côté de la fosse. Quant à savoir si c'était la chaleur ou le stress qui avait cravaché mes glandes sudoripares, je n'aurais su le dire.

C'est toujours comme ça, pendant les exhumations. Curiosité, attente, peur de l'échec. On se demande ce qu'on va trouver à la couche suivante. Et s'il n'y avait rien ou qu'on n'arrive pas à dégager l'objet, qu'on le détériore ? J'aurais bien attrapé une pelle et creusé tout droit. Mais forer un trou de mine n'est pas la solution. Si fatigante soit-elle, il faut utiliser la technique adéquate. Dans une affaire comme celle-ci, il était crucial de récupérer le plus grand nombre d'ossements et d'objets, de réunir toutes les informations possibles. Je me suis donc remise à la tâche, amollissant la terre avant de la transvaser dans des seaux en vue de l'examiner plus tard. Du coin de l'œil, je voyais mon assistant accomplir les mêmes gestes que moi sous le regard d'un Claudel toujours aussi muet, mais qui avait tombé la veste entre-temps.

Nous avons repéré les particules blanches en même temps, lui et moi.

— Diable, diable ! me suis-je écriée, le devançant.

Il m'a regardée, sourcils levés. Je lui ai fait oui de la tête.

— Ça m'a tout l'air d'être de la chaux. En général, ça indique qu'il y a quelqu'un à la maison.

À cette couche de particules succédait un lit de vase blanche et poisseuse. Et c'est alors que nous avons découvert le premier crâne. Il reposait, face tournée vers nous, comme s'il voulait contempler le ciel une dernière fois de ses orbites emplies de terre. Le photographe a hurlé la nouvelle, tout le monde est accouru.

Alors que le soleil entamait sa lente descente

vers l'horizon, deux squelettes sont apparus. Allongés sur le côté, l'un en position fœtale, l'autre les bras et les jambes tordus en arrière. La chair des crânes, des jambes et des bassins s'était décomposée et les ossements avaient pris la couleur thé foncé de la terre. Des socquettes pourries emprisonnaient encore les pieds et les chevilles, des lambeaux de tissu putréfié recouvraient les torses, des manches pendaient aux bras. On aurait dit des épouvantails bricolés à partir de squelettes. Des fils électriques entouraient les poignets et on apercevait des fermetures Éclair et de larges boucles de ceinture, coincées dans les vertèbres.

À cinq heures et demie, mon équipe avait mis au jour la presque totalité des restes. Sur le drap de plastique, dents et cartouches corrodées tenaient maintenant compagnie aux bottes. Penchés au-dessus de la collection, les photographes étaient à l'œuvre. C'est le moment qu'a choisi la Grenouille pour s'offrir une petite visite aux squelettes, non sans avoir longuement palabré avec son garde.

— *Allô ! Bonjour !* a-t-il lancé face à la tombe, la main levée vers un chapeau imaginaire, avant de se retourner vers moi. Ou devrais-je dire *bone*-jour [1], pour vous, madame ?

Je n'ai pas relevé son jeu de mots bilingue.

— Putain de Dieu ! Pourquoi qu'y z'ont que des bouts de chemise, leurs chaussettes et rien d'autre ?

Je n'étais pas d'humeur à lui faire un topo détaillé.

— Ouais, évidemment, a-t-il ricané, les yeux rivés sur la fosse. Y les ont forcés à marcher pieds

1. *Bone* signifie « os » en anglais. (*N.d.T.*)

nus et à porter leurs grolles. Mais où c'que sont passés leurs grimpants ?

— Vous l'avez dit vous-même : « Et poussière, tu retourneras à la poussière... »

— C'est plutôt : « Et merde, tu retourneras à la merde ! »

Sa voix en grésillait d'excitation, comme une radio de flics branchée à plein volume. Sa dureté m'a agacée. Tout simplement parce que la mort fait mal. Mal à ceux qui meurent, mal à ceux qui les aiment et mal à ceux qui les exhument. J'ai rétorqué durement :

— Vous avez tout faux. La merde, c'est ce qui dure le plus longtemps. Les fibres naturelles comme le coton d'un Levi's se décomposent beaucoup plus vite que les tissus synthétiques. Vos potes devaient avoir un penchant pour le polyester.

— Putain, la tronche qu'y se paient ! Y a rien d'autre avec eux ?

Il scrutait la tombe de ses yeux brillants de rat rongeant une carcasse. Il a encore ricané :

— Plutôt con, hein, d'aller à ce pique-nique ?

Oui, une décision mortelle, me suis-je dit tout en passant mon énervement sur ma truelle. Et que je te gratte à tour de bras ! Deux corps étaient étendus à nos pieds et ce misérable ne tenait plus en place de joie. Je me détournais pour voir où en étaient les photographes, quand j'ai aperçu Quickwater s'avançant vers moi. Il ne manquait plus que lui dans le tableau. J'ai espéré bêtement qu'il cherche quelqu'un d'autre, mais c'était moi, forcément. Je l'ai regardé s'approcher avec le même enthousiasme que si je venais de m'ébouillanter.

Il m'a décoché un de ses regards aussi impénétrables que le roc. Il sentait le pin et la transpiration. J'ai réalisé soudain que tout le monde, sauf lui, avait fait des pauses pour voir comment se passait l'exhumation. Lui seul n'avait pas levé le nez de son ouvrage de tout l'après-midi. Peut-être était-ce sa façon de me marquer ses distances. Pour ma part, je n'avais rien à y redire.

— Vous devriez venir voir quelque chose.

Son calme m'énervait. J'ai attendu qu'il s'explique. Bien inutilement, car il a tourné les talons. Il était d'une arrogance, ce con ! Persuadé que j'allais lui emboîter le pas.

L'ombre des arbres s'étirait de plus en plus, la température baissait sensiblement. Presque six heures. Mon saucisson-fromage datait de la préhistoire. Quickwater avait intérêt à ce que son spectacle vaille le coup. Prenant tout mon temps, j'ai traversé le champ de fouilles.

Surprise ! Son équipe et lui avaient creusé la totalité du site délimité, 3 nord et 9 est, sur une profondeur d'environ deux mètres.

L'objet à l'origine de ses interrogations reposait sur une sorte de socle, à un mètre de fond. Conformément à mes instructions, rien n'avait été déplacé.

— C'est ça ? ai-je demandé.

Quickwater a acquiescé de la tête.

— Rien d'autre ?

Il est resté muet.

J'ai regardé autour de moi. Les hommes avaient fait dans la dentelle. La grille de protection, toujours debout sur ses supports, était flanquée de cônes de terre fine. À croire qu'ils avaient passé au tamis la province entière !

J'ai reporté les yeux sur le macabre objet.

Ce qu'ils avaient exhumé là n'avait aucun sens.

9.

Des vaches meuglaient au loin. J'ai fermé les yeux et suis restée à les écouter. Quelque part, la vie s'écoulait, paisible et régulière. Elle avait un sens. Quand j'ai relevé les paupières, les ossements étaient toujours là. Je n'étais pas plus avancée pour autant.

Le soir tombait. Le paysage se dissolvait en fondu enchaîné comme dans les vieux films. On n'aurait pas le temps d'achever l'exhumation ce soir. Tant pis ! On allait extraire les ossements mis au jour et on s'en tiendrait là. C'est trop dangereux de travailler dans le noir, on risque de piétiner des indices. Ces tombes étaient là depuis longtemps, elles pouvaient y demeurer encore jusqu'à demain.

Quickwater ne m'avait pas quittée des yeux. J'ai regardé autour de moi, Claudel avait disparu. J'ai lâché :

— J'ai un mot à dire à votre collègue.

Sur ce, j'ai voulu retourner à mon site, mais Quickwater a exhibé un téléphone portable et composé un numéro avant de me passer l'appareil. Claudel a répondu presque immédiatement.

— Où êtes-vous ?

— Au pied d'un peuplier. Il fallait vous soumettre une requête en trois exemplaires ?

J'avais raté une bonne occasion de me taire !

— Votre collègue trouvait qu'on n'en avait pas assez avec deux squelettes, il nous en a dégoté un troisième.

— *Sacrebleu !*

— En fait, ce n'est pas vraiment un squelette. Apparemment, il n'a que la tête et deux os longs. Et il est célibataire.

— Où est le reste de son corps ?

— Vous êtes d'une perspicacité, détective Claudel, j'admire ! Je me perdais moi-même en conjectures, voyez-vous.

— Qu'est-ce que vous comptez faire ?

— Emporter ce qui a été exhumé et fermer le site pour la nuit. Que Saint-Basile appose des scellés et poste un agent à chaque sépulture. Ça ne devrait pas être très compliqué, vu que l'endroit est mieux gardé que Los Alamos.

— Les propriétaires vont râler.

— Moi aussi, j'avais d'autres projets pour le week-end.

Emballer les ossements, étiqueter les pièces à conviction, expédier le tout au laboratoire puis bâcher les fosses nous a pris un peu moins d'une heure. Le site confié à la police de Saint-Basile, je suis rentrée à Montréal avec Quickwater. Comme il fallait s'y attendre, le trajet s'est effectué dans un silence sépulcral.

De retour chez moi, j'ai appelé Ryan. Toujours pas de réponse. « Pourquoi, Andy, pourquoi ? ai-je murmuré comme s'il était à côté de moi. Je t'en supplie, fais que tout cela ne soit pas vrai ! »

Après une soirée qui peut se résumer ainsi : bain, pizza et dodo, l'aube m'a retrouvée avec toute l'équipe dans la petite crique élue comme lieu de pique-nique par les Vipères. De même que la veille, le ruisseau gargouillait, les oiseaux s'en donnaient à cœur joie et ma respiration s'élevait en volutes dans l'air frisquet du matin. Toutefois, cette journée se distinguait de la précédente par deux points : Claudel était resté en ville sous prétexte d'enquêter sur d'autres pistes, et le secret de notre découverte avait transpiré durant la nuit. Cela, nous nous en étions rendu compte dès la grand-route, en apercevant des véhicules parqués des deux côtés de la voie menant à la propriété. Au portail, la presse nous avait donné l'assaut en anglais et en français. L'ignorant dans une langue comme dans l'autre, nous avions présenté nos badges à l'agent en faction et pénétré sur les lieux.

J'ai retiré les draps de plastique qui recouvraient les tombes et me suis remise au travail, en commençant par la double sépulture. J'ai creusé sur environ deux mètres de profondeur sans rien débusquer d'autre que des os de la main et une seconde paire de bottes. Je suis passée à la fosse de Quickwater. Là, je n'ai cessé de m'ébahir à chaque pelletée de terre retirée : le site était complètement vide ! Pas le moindre bijou ou lambeau de tissu, pas de clefs ou de papiers d'identité, pas un seul cheveu ou un quelconque résidu. Le sonar lui-même n'a rien repéré. Autre détail bizarre : l'absence totale de larves ou de diptères fossilisés dans ce site 3 nord et 9 est, alors que la double tombe grouillait littéralement d'insectes. Qu'est-ce qui justifiait une telle différence ? Pour ma part, je ne voyais aucune explication.

À cinq heures, les fosses remblayées, j'ai chargé mon paquetage dans le fourgon technique. J'étais sale, fatiguée et j'avais de la bouillie à la place du cerveau. Une odeur de mort collait à mes vêtements et à mes cheveux. Mon unique désir était de rentrer chez moi et de passer une heure en tête à tête avec de l'eau et du savon.

Mais à peine la Jeep conduite par Quickwater a-t-elle pointé le nez au portail, qu'une équipe de télé nous a encerclés, fermement décidée à nous bloquer le passage. Nous avons dû nous arrêter tout à fait. Un type a tapé à mon carreau. Sourire Colgate et cheveux gominés. Tandis que le cameraman derrière lui me choisissait pour cible, il m'a noyée sous un flot de questions. Mauvaise idée, car je n'étais pas à prendre avec des pincettes. Le corps à moitié sorti par la fenêtre, je leur ai crié de se fourrer œilleton et micro dans un endroit bien précis de leur anatomie. Puis, roulant des yeux exorbités, j'ai réintégré l'habitacle et enfoncé le bouton qui remonte la vitre. Quickwater a démarré dans un rugissement de moteur. Planté sur la chaussée, son micro à la main, le reporter avait l'air éberlué.

N'ayant aucune conversation à attendre de mon chauffeur, je me suis calée dans mon siège et j'ai fermé les yeux. Les questions se catapultaient dans ma tête comme les tourbillons d'une rivière en crue. Qui était cette troisième victime ? Comment était-elle décédée ? Les analyses m'apporteraient-elles une réponse ? Je l'espérais. Pourquoi cette tombe clandestine ne renfermait-elle qu'une partie du corps ? Les Vipères nous fourniraient-ils des éclaircissements ? Probablement. Mais qui ou quoi nous dirait où se trouvait le reste du squelette ?

Il va de soi qu'avant d'enfermer les ossements dans des sacs séparés, j'avais recherché des signes d'intervention animale. Ours, loups, coyotes et autres prédateurs se mettent volontiers un petit en-cas humain sous la canine, pour peu qu'on ait la gentillesse de leur en offrir un, et leurs cousins chats et chiens ne font pas plus de manières. Pourtant, je n'avais relevé aucune trace pouvant me donner à penser que des charognards avaient joué les violeurs de tombe. Les fémurs et leurs articulations ne portaient ni creux ni éraflure et ils ne présentaient pas davantage de coupures ou d'entailles indiquant que le corps avait été démembré. La question demeurait donc entière : où était passé le reste du défunt ?

En ce mercredi soir, je m'attendais à rééditer le programme de la veille : bain, micro-ondes, Pat Conroy et dodo. En dehors du premier point, il s'est révélé totalement différent.

Je me désenroulais de ma serviette pour enfiler ma chemise de nuit en flanelle verte quand le téléphone a sonné. Birdie m'a suivie au salon.

— *Mon Dieu !* J'ai intérêt à me méfier. Encore un peu et tu vas me rafler la vedette.

Isabelle !

Star de la scène et de la télévision depuis plus de vingt ans, adorée du public québécois, elle ne peut faire un pas dans la rue sans que les gens se retournent.

— Ne me dis pas que j'ai fait la une des infos ? ai-je demandé, paniquée.

— Et comment ! Si tu n'as pas l'Oscar après ta prestation ! Une colère brute, une passion véritable...

— À ce point ?

— Pire. Mais les cheveux, ça allait.

— On a dit mon nom ?

— *Mais oui ! Docteur Brennan.*

Je me suis laissée tomber sur le divan. Devinant que la conversation allait durer, Birdie a sauté sur mes genoux.

98

— On n'a rien coupé au montage ?

— Pas une seconde, et tu peux me croire, j'ai l'œil. Dis, c'est ta maman qui t'a appris toutes ces jolies expressions ?

J'ai grogné une réponse inaudible. Inutile de me rappeler où j'avais dit aux journalistes de se fourrer leurs outils de travail.

— Mais ce n'est pas pour ça que je t'appelle, poursuivait Isabelle. Je voudrais t'inviter à dîner samedi. Une cure de mondanités me paraît tout indiquée dans ton état. Pour te faire oublier tes abominables motards. Et Ryan.

Ryan...

— Je n'ai pas vraiment le cœur à rire, ces temps-ci.

— Mes oreilles n'entendent que les oui. Tu vas me sortir tes perlouzes et t'asperger de parfum. Je me charge de te changer les idées.

— Tu ne t'es pas mis en tête de me jeter dans les bras de quelqu'un, j'espère ?

Pendant un moment, je n'ai entendu qu'un silence abyssal, et pourtant j'avais l'oreille collée à l'écouteur. Puis :

— Je te jure, Tempé, ton boulot te rend vraiment soupçonneuse ! Il n'y aura que des amis. Et une surprise aussi.

Pitié !

— C'est quoi, la surprise ?

— Si je te le dis, ce ne sera plus une surprise.

— Dis quand même.

— *Bon*. Un monsieur qui voudrait te rencontrer. Et que tu vas adorer connaître, j'en suis sûre. En fait, tu le connais déjà, mais pas vraiment. Et il n'a aucune envie de démarrer une idylle, si ça peut te rassurer.

En deux ans, Isabelle m'a présenté un bon nombre de ses amis. La plupart sont homosexuels et pratiquent des métiers ayant plus ou moins trait à l'art. Bonnets de nuit ou boute-en-train, ils sont tous assez uniques dans leur genre. Oui, une soirée de frivolités ne pouvait que me faire du bien.

— Bon. Tu veux que j'apporte quelque chose ?

— Rien du tout. Tu rappliques sur le coup de sept heures et sur ton trente et un.

J'ai retiré la serviette que je portais en turban et je me suis coiffée, puis je suis allée enfourner un gratin de fruits de mer dans le micro-ondes. Je programmais la durée de cuisson quand l'interphone a retenti.

Ryan ? Je me suis précipitée dans l'entrée.

Oui, Ryan qui venait m'annoncer que toute cette histoire n'était qu'une monstrueuse erreur. Mais... et si elle était vraie ? Voulais-je revoir ce monsieur ? Voulais-je connaître le baratin qu'il allait me débiter ?

Oui. Follement !

Prolonger l'introspection était inutile, car la personne dans le vestibule dont l'écran de contrôle me renvoyait l'image n'était pas Ryan, mais Jean Bertrand, son coéquipier. J'ai déclenché l'ouverture de la porte et suis allée dans ma chambre enfiler robe de chambre et chaussettes.

Au moment de franchir mon seuil, Jean Bertrand a marqué une hésitation, comme s'il cherchait à se ressaisir. Il y a eu un instant de gêne et puis il m'a tendu une main. Glacée.

— Salut, Tempé. Désolé de te prendre à l'improviste.

Ces derniers temps, le monde entier semblait s'être donné le mot pour le faire, ai-je pensé par-devers moi, tout en me contentant de hocher la tête. Bertrand avait les traits tirés et des cernes noirs. Pour un homme qui se pique d'élégance, il portait ce soir un jean délavé et un blouson de

100

daim. Il a voulu ajouter quelque chose, mais je l'ai coupé en lui proposant d'entrer au salon. Il a choisi le canapé, je me suis blottie dans le fauteuil en face. Il est resté un moment à m'examiner d'un air tendu, sans rien dire. Indéchiffrable. À la cuisine, le micro-ondes engrangeait de la chaleur à l'intérieur de mon poisson-riz-au-curry-carottes. Murée dans le silence, je me disais : « Ça va être ta fête, ma cocotte ! »

C'est lui qui a fini par craquer :

— C'est à propos de Ryan.

— Oui.

— J'ai eu tes appels, mais je ne pouvais pas te parler.

— De quoi s'agit-il, exactement ?

— Il est en liberté sous caution, inculpé de...

— Je sais.

— Ne te fâche pas, mais je ne savais pas quelle place tu tenais dans le tableau.

— Quoi ?! Non mais tu rêves, Bertrand ! Tu me connais depuis combien d'années ?

— Je connais Ryan depuis bien plus longtemps. Alors, tu vois, je dois être nul pour juger les gens.

— Apparemment, je ne vaux pas mieux que toi.

Je m'en voulais d'être aussi glaciale, mais aussi, que ne m'avait-il appelée plus tôt ? Il le savait, pourtant, que je ne pouvais compter que sur lui pour avoir des nouvelles. Et lui, il m'avait tout bonnement écartée de son chemin ! Comme un poivrot qui bouche le passage.

— Je ne sais pas bien que te dire. L'affaire est emballée plus serré que les nichons d'une vierge au bal des débutantes. À ce qu'on dit, Ryan ne trouvera même pas un boulot de livreur de journaux quand ils auront bouclé l'enquête.

— À ce point ?

Je tournicotais la frange d'un coussin, les yeux rivés sur mon doigt.

— Ils en ont assez pour l'enfoncer jusqu'au cou !

— Et c'est quoi exactement, ce qu'ils ont ?

— Des amphètes. Ils en ont retrouvé chez lui plus qu'il n'en faut pour faire exploser tout un pays en voie de développement. Et aussi des parkas volées. Pour plus de dix mille dollars.

— Des parkas ?

— Tu sais, ces blousons Kanuk qui font baver d'envie les gens.

— Quoi d'autre ?

Je serrais la frange si fort que j'en avais des élancements dans le poignet.

— Des billets aux numéros fichés et d'autres saloperies du même genre. Ils ont des témoins et des vidéos, a-t-il lâché d'une voix où vibrait l'émotion, et il a poussé un long soupir. Parce qu'il y en a des tombereaux, de merde ! Mais je ne peux pas t'en parler. Essaie de comprendre, Tempé. Je m'excuse si je t'ai laissée mariner dans ton coin, ça m'a pris du temps pour digérer tout ça... Probablement qu'il n'a jamais fermé la porte sur son passé, a-t-il encore ajouté d'une voix étouffée, comme s'il avait peur de croire à ses propres paroles.

Je savais qu'au collège, Ryan avait plongé dans l'alcool et la drogue et abandonné ses études pour la vie de voyou. Jusqu'à ce qu'un défoncé manque lui faire la peau en jouant du canif. Après, il s'était reconverti en flic et avait gravi les échelons jusqu'à devenir lieutenant-détective.

— On sait qu'il a été vendu. Pour moi, ça pouvait aussi bien être toi, la donneuse. Mais ça n'a plus d'importance, à présent. C'est un salaud, il n'a que ce qu'il mérite.

Nous sommes restés longtemps sans échanger un mot. Je sentais ses yeux fixés sur moi. Je me taisais et ne le regardais pas. Le micro-ondes a lancé ses bips et s'est tu. Le silence s'éternisait.

J'ai fini par dire :

— Tu crois vraiment qu'il est coupable ?

Je devais être rouge comme une pivoine, car un incendie me dévorait juste en dessous du sternum.

— J'ai passé tous ces derniers jours à rechercher des preuves qui le blanchissent. Rien, néant. Pas le moindre indice, pas un seul témoin à décharge, pas même un petit doute de rien du tout. Voilà ce que j'ai trouvé !

De l'index et du pouce, il a formé un zéro qui tremblait légèrement et s'est passé la main sur le visage.

— Enfin, ça n'a plus d'importance.

Il a poussé un profond soupir. Désespéré.

— C'est moche, Tempé. Tellement, que je me demande où j'en suis et où va le monde. Et même si la vie vaut le prix qu'on la paie.

J'ai relevé les yeux sur Bertrand. Son visage exprimait une tristesse infinie. Je devinais ses sentiments : d'un côté, il s'efforçait de ne pas mépriser un coéquipier qui avait succombé à l'appât du gain ; de l'autre, il le haïssait d'avoir trahi et de laisser un vide glacé derrière lui.

Il m'a promis de me prévenir s'il apprenait du nouveau.

La porte refermée sur lui, je suis allée jeter mon poisson à la poubelle et inonder de pleurs mes oreillers.

10.

Le jeudi, vêtue d'un tailleur bleu marine, je suis allée à Notre-Dame-des-Anges. Le vent soufflait en bourrasques et le soleil perçait difficilement à travers les nuages qui filaient dans le ciel. Je me suis garée près de l'église et j'ai joué des coudes dans la foule habituelle des curieux, des journalistes et des flics, sans repérer Charbonneau, Quickwater ou Claudel dans l'assemblée réduite de parents et d'amis qui grimpaient les marches. Les Noirs étaient en majorité, les Blancs en couples ou avec un enfant au moins : les camarades de classe d'Emily Anne et leurs familles, sans doute.

Près de la porte, sur ma droite, une vieille dame aux mains déformées par l'arthrite s'évertuait à rabattre le bas de sa robe gonflée par le vent. Une rafale a emporté son chapeau que j'ai réussi à bloquer contre le mur de l'église. Quand je le lui ai restitué, la dame l'a serré contre sa maigre poitrine en m'adressant un petit sourire. Son visage tout ridé m'a rappelé les poupées qu'on façonne à partir de pommes sauvages dans les Smoky Mountains.

— Vous êtes une amie d'Emily Anne ? m'a-t-elle demandé d'une voix cassée.

— Oui, madame...

Je ne me voyais pas lui détaillant mon implication dans l'affaire.

— Moi, je suis sa grand-mère.

— J'ai bien de la peine pour vous.

— J'ai vingt-deux petits-enfants mais Emily Anne, elle, était différente. Elle faisait tout bien, vous savez. Son école, sa danse classique, sa natation, son patin à glace. Je me disais qu'elle serait encore plus intelligente que sa maman.

— C'était une très jolie petite fille.

— C'est peut-être pour ça que Dieu l'a rappelée.

J'ai suivi des yeux la vieille dame tandis qu'elle avançait sur ses jambes vacillantes. Ses paroles m'avaient plongée dans mon propre passé. Je les avais entendues jadis, exactement les mêmes, et elles rouvraient en moi une douloureuse blessure. Je me suis durcie pour ne pas m'effondrer pendant la cérémonie.

L'église était fraîche et sentait l'encens, les cierges et l'encaustique. La lumière qui tombait des vitraux colorait toutes choses d'une teinte pastel. L'assistance avait délaissé les bancs les plus proches du chœur pour se masser au centre. Je me suis glissée dans une rangée au fond. Mains croisées, j'ai essayé de me concentrer. Les doigts moites et le corps parcouru de picotements, j'écoutais l'organiste enchaîner les morceaux.

Flanqué de cierges à l'avant et à l'arrière, un petit cercueil blanc couvert de fleurs reposait près de l'autel, des ballons accrochés aux poignées latérales. Et ces boules multicolores qui oscillaient doucement avaient quelque chose de choquant.

Au premier rang, j'ai aperçu Mme Toussaint

entre deux petites têtes. Penchée en avant, elle mordait son mouchoir, les épaules secouées de sanglots. Une petite main lui a caressé le bras. À cette vue, ma douleur s'est attisée.

J'étais dans ma paroisse de St. Barnabas. Au pupitre se tenait le père Morrison et, dans le cercueil, c'était mon petit frère qui gisait. Ne pouvant supporter les sanglots de ma mère, je tendais la main pour la consoler. Elle ne réagissait pas à mon geste, elle serrait plus fort ma petite sœur contre elle, inondant ses cheveux de larmes. Désespérée, je regardais la tête de Harry se mouiller sous les pleurs. J'avais six ans, et si l'on m'avait demandé de dessiner le monde tel que je le voyais, je l'aurais peint d'une seule couleur : noir. J'avais été incapable de sauver de la leucémie celui que j'aimais le plus au monde, Kevin, mon petit frère cadeau de Noël. Ayant passé des heures à prier sans réussir à éloigner la mort, ni à faire naître un sourire sur les lèvres de ma mère, j'en étais arrivée à croire que c'était moi qui étais mauvaise puisque mes prières demeuraient sans effet.

Près de quarante ans se sont écoulés depuis la disparition de Kevin, mais je porte toujours la douleur en moi. Immanquablement, les messes d'enterrement avec leur odeur particulière et leurs cantiques font se rouvrir ma plaie, et le chagrin enfoui au fond de mon cœur remonte au seuil de ma conscience.

J'ai regardé l'assistance. Charbonneau se tenait près d'un confessionnal. À cet instant, le prêtre est entré dans le chœur. Jeune, athlétique, l'air tendu. Il ressemblait davantage à un champion de tennis au moment de lancer la balle de match qu'à un homme de Dieu s'apprêtant à célébrer l'office des morts. Au signe de la croix, l'assemblée s'est levée. J'ai fait des gestes jadis familiers, les joues brûlantes et le cœur battant la chamade. J'ai tenté de me concentrer, mon esprit résistait. Les images qui envahissaient mon cerveau me ramenaient à mon enfance.

Une Noire énorme aux joues luisantes et aux cheveux rassemblés au sommet de la tête, en qui j'ai reconnu la dame en photo dans le journal, est allée se placer derrière un lutrin, à droite de l'autel, pour entonner *Amazing Grace*. Ensuite, le prêtre a évoqué l'innocence des enfants et, tour à tour, des membres de la famille sont venus parler d'Emily Anne, de ses brillantes dispositions et de l'amour qu'elle portait aux siens. Un oncle a rappelé sa passion pour les gaufres, sa maîtresse a loué sa curiosité intellectuelle et lu le devoir qui lui avait valu la médaille, et un élève de sa classe a récité un poème composé à son intention. Les cantiques ont repris. Le prêtre a distribué la communion et les pratiquants ont regagné leurs places en file indienne. Sanglots étouffés. Encens. Bénédiction du cercueil. Pleurs étranglés de Mme Toussaint.

Enfin, le prêtre a demandé aux sœurs d'Emily Anne et à ses camarades de classe de venir le rejoindre sur les marches de l'autel où il s'était assis. Il y a eu un instant de paralysie générale, puis les parents ont poussé les enfants pour les faire sortir des bancs. D'un pas timide, les petits sont montés à l'autel.

Alors le prêtre, s'adressant aux enfants, a dit qu'Emily Anne était au paradis, heureuse auprès du Bon Dieu et de son papa retrouvé, et que tout le monde devait se réjouir avec elle. Un jour, sa mère et ses sœurs iraient la rejoindre, ainsi que toute l'assemblée ici présente aujourd'hui.

Si le sermon ne brillait guère par l'originalité, la suite était inattendue. Sur un geste du père, les enfants de chœur se sont éclipsés vers la sacristie pour en revenir les mains chargées de ballons.

— Ces ballons sont remplis d'hélium, a expliqué le prêtre aux petits, c'est un gaz qui leur permet de voler. Vous allez tous en prendre un et vous sortirez derrière Emily Anne. Dehors, nous réciterons une prière d'adieu et, tous ensemble, nous lâcherons les ballons. Comme ça, en les voyant monter au ciel, Emily Anne saura que nous l'aimons.

Il a regardé les petits visages solennels qui se tendaient vers lui.

— Ça vous plaît, cette idée ?

Les têtes ont fait oui. Il a dénoué les ficelles qui retenaient les ballons et en a remis un dans chaque menotte. Puis, tandis que l'organiste entamait l'*Ave Maria* de Schubert, il a précédé les enfants au bas des marches. Les porteurs ont soulevé le cercueil et le cortège s'est ébranlé en direction de la sortie, se gonflant à mesure que se vidaient les rangs. Quand la file est arrivée à ma hauteur, je me suis glissée entre les bancs pour aller me placer au bout. Dehors, l'assistance avait formé un cercle tout autour des enfants. Mme Toussaint, soutenue par la choriste, se tenait derrière ses filles. Quant à moi, je suis restée au sommet des marches.

Les nuages s'étaient éparpillés en une multitude de moutons blancs. J'ai suivi l'envol des ballons, le cœur étreint d'un chagrin indicible. Rarement, au cours de ma vie, avais-je éprouvé une peine aussi profonde. Les joues baignées de larmes, j'ai réitéré dans mon cœur la promesse que je m'étais faite le jour où Emily Anne avait été tuée : oui, je retrouverais ces bouchers pour qui rien ne comptait et je les expédierais là où ils ne pourraient plus faire mourir les enfants ! N'ayant pas le pouvoir de ressusciter la petite fille, je procurerais au moins ce mince réconfort à sa mère.

Laissant Emily Anne aux siens, j'ai regagné ma voiture et pris la direction de la rue Parthenais. D'humeur à me noyer dans le travail.

Les enquêteurs du Carcajou avaient déjà identifié les squelettes trouvés à Saint-Basile : Félix Martineau, vingt-sept ans, et Robert Gately, trente-neuf, tous deux proches des *Tarantulas,* un club de motards aujourd'hui disparu mais actif à Montréal dans les années soixante-dix, quatre-vingt. Gately en était membre à part entière, Martineau postulant. Le soir du 24 août 1987, ils avaient quitté ensemble l'appartement de Gately, rue Hochelaga, pour se rendre chez des gens dont la copine de Gately ne connaissait ni le nom ni l'adresse. On ne les avait jamais revus.

J'ai passé la journée dans mon labo personnel à recomposer leurs squelettes et à vérifier d'après les ossements l'âge, le sexe, la race et la taille de chacun. Crânes et bassins confirmaient qu'il s'agissait bien de deux individus de sexe masculin. En raison de la différence d'âge et de taille, l'identification était beaucoup plus aisée que pour les frères Vaillancourt.

L'examen des crânes et des mâchoires achevé, je les ai remis à Marc Bergeron. Lui non plus n'aurait guère de mal à mener à bien sa tâche compte tenu du nombre de travaux dentaires. Quant à moi, je suis passée à l'étude des squelettes proprement dits. La plus grande des victimes présentait une fracture à la clavicule parfaitement remise. J'étais en train de la photographier quand Bergeron est entré dans ma salle, portant deux dossiers dentaires sous le bras.

De tous les gens que je connais, c'est incontestablement celui qui a l'allure la plus bizarre : tout en jambes, des cheveux pissenlit et l'air plus vieux que Mathusalem. Impossible de deviner son âge. Au labo, personne n'en a la moindre idée. Il a attendu que j'aie fini de prendre ma photo pour me confirmer que je ne m'étais pas trompée dans mon identification.

— Comment tu as fait pour obtenir tes dossiers aussi rapidement ? lui ai-je demandé.

— Je suis tombé sur des dentistes ravis de coopérer. Heureusement pour moi, ces messieurs prenaient soin de leurs quenottes. Gately, du moins. Mauvaises dents, travaux nombreux. Martineau n'était pas aussi pointilleux, mais ça a quand même été du gâteau : ce gros méchant motard avait encore quatre dents de lait. C'est assez rare à son âge.

Comme j'éteignais le rail lumineux auquel est suspendu l'appareillage photographique, il a ajouté :

— Tu as commencé la troisième victime ?

— Pas encore, mais je peux m'y mettre tout de suite et finir ça plus tard. On y jette un œil ensemble ?

Depuis ce matin, je ne rêvais que de cela. J'étais ravie que Bergeron m'offre l'excuse de mettre mon envie à exécution.

— Et comment !

J'ai rendu sa clavicule au squelette de gauche et demandé :

— Tu peux me dire qui est qui ?

Après avoir lu les chiffres inscrits à l'arrière des crânes posés sur son plateau, puis les étiquettes placées à côté des squelettes, il a restitué sa tête à chacun. D'un ample mouvement du bras, il a désigné l'homme à la clavicule cassée :

— Je te présente M. Martineau... Et voici Mister Gately, a-t-il conclu en rééditant son geste du bras droit.

— Un anglophone ?

— J'imagine. Son dentiste ne parle pas un mot de français.

— Je ne savais pas qu'il y avait des anglophones chez *les motards* québécois.

— Personnellement, je n'ai jamais entendu parler d'un seul, a renchéri Bergeron.

— Tu transmets la nouvelle à Quickwater et à Claudel ?

— C'est déjà fait.

J'ai pris sur l'étagère la boîte contenant les ossements de la troisième victime et les ai placés sur le tamis préalablement étendu au fond du bac de nettoyage. Ensuite, j'ai fait couler l'eau chaude. La terre est partie facilement des fémurs. Les ayant mis à sécher sur l'égouttoir, j'ai saisi le crâne. Son poids m'a surprise. Il devait encore contenir des matières cérébrales solidifiées. J'ai commencé par brosser la boue qui recouvrait l'arrière de la tête puis, ayant délicatement nettoyé le visage, j'ai posé le crâne à l'envers au fond du bac, de façon qu'il se remplisse d'eau par le cou. Après quoi, je me suis assise au bureau pour établir une fiche d'identification.

Revenue au bac, j'y ai découvert Bergeron faisant pivoter le crâne dans ses mains pour en avoir une vue latérale. Il en a étudié les traits un certain temps et a fini par lâcher tout bas « Ça alors ! », avant de me passer le crâne pour que je l'examine à mon tour.

Copiant ses gestes, je n'ai pu que répéter en écho :

— Ça alors !

11.

Un simple coup d'œil a suffi à me convaincre que ma première impression était fausse. La délicatesse du front et de l'occiput, l'étroitesse des pommettes, la petite taille des mastoïdes, tout dans ce crâne révélait que le squelette esseulé était du même sexe que moi. À l'aide de mon compas d'épaisseur, j'ai mesuré un des fémurs qui séchaient dans l'égouttoir. Sa tête, c'est-à-dire la boule qui s'insère dans la cavité pelvienne pour former l'articulation de la hanche, faisait trente-neuf millimètres de diamètre. Là encore, je pouvais grosso modo en déduire que son propriétaire était une femme. Et toute jeune, qui plus est ! Car une ligne transversale au sommet de l'os indiquait que le cartilage de croissance n'avait pas fini de se transformer en tissu osseux au moment de la mort.

J'ai repris mon examen du crâne : des sutures ondulées séparaient tous les os. Je l'ai retourné de façon à avoir une vue complète de la base. Juste en avant du foramen magnum, c'est-à-dire du trou occipital qu'emprunte la moelle épinière prolongeant l'encéphale, un espace entre le sphénoïde et l'occiput indiquait que la suture n'était pas refermée. Je l'ai montrée à Bergeron.

— C'était une enfant. Une adolescente.

Il a marmonné quelque chose, mais je ne l'ai pas écouté. Je venais de remarquer une anomalie sur le pariétal droit, au-dessus et légèrement en arrière du conduit auditif. Un rond d'un centimètre de diamètre environ, que je sentais parfaitement sous les doigts.

Sous le regard attentif de Bergeron, j'ai entrepris de frotter le crâne sous l'eau courante à l'aide d'une brosse à dents à poils doux, afin de le débarrasser de toute la terre. Un petit trou n'a pas tardé à apparaître.

— Une blessure par balle ? a demandé mon compagnon.

— Peut-être... Non. Je ne crois pas.

Si la cavité avait effectivement la taille d'une perforation causée par un projectile de petit calibre, ses arêtes, douces et lisses, rappelaient plutôt les alvéoles dans la pâte d'un baba au rhum.

— C'est quoi, alors ?

— Un défaut congénital peut-être ou bien un abcès. J'en saurai davantage quand j'aurai évidé le crâne et jeté un coup d'œil à la texture endocrânienne. Et puis les radios me donneront une idée de la structure interne de l'os.

Bergeron a consulté sa montre.

— Préviens-moi quand tu auras fini. Je radiographierai la denture selon plusieurs axes. À première vue, la mâchoire n'a pas l'air d'avoir subi de correction. La canine droite n'est pas dans l'alignement, c'est déjà une caractéristique. Je prendrais volontiers un panoramique de la mâchoire inférieure, aussi.

— Je ferai mieux la prochaine fois.

Il a ri.

— C'est déjà pas mal comme ça !

Bergeron parti, j'ai reposé le crâne à l'envers sur

113

son rond de caoutchouc. Ayant réglé le débit de l'eau de façon qu'un petit filet seulement pénètre dans le foramen magnum, je me suis remise à mes photos de Gately et de Martineau. J'en ai pris plusieurs, notamment les entrées de balles au bas du crâne.

À intervalles réguliers, j'allais nettoyer ma petite inconnue. La saleté s'évacuait par le cou. Un peu avant midi, alors que je retirais des sédiments, quelque chose a tinté dans la boîte crânienne. J'ai glissé mes doigts à l'intérieur. Un objet, mince et allongé, se prolongeant par un appendice, était encore enfoui dans le magma solidifié. Impossible de le déloger. J'ai replacé le crâne sous l'eau et me suis absorbée dans la lecture du rapport Gately. Je brûlais de curiosité.

À une heure de l'après-midi, l'objet flottait presque librement à l'intérieur de la boîte crânienne, uniquement retenu par sa pointe effilée. J'ai plongé le crâne entièrement dans l'eau et suis descendue à la cafétéria.

À mon retour de déjeuner, les résidus de saleté s'étaient liquéfiés et j'ai pu évider le crâne sans encombre par le foramen magnum. Retenant mon souffle, j'ai extirpé l'objet en question. C'était un tube d'une dizaine de centimètres de long et pourvu d'une valve à un bout. Je l'ai nettoyé et posé sur un plateau. Qu'était-ce ? Je n'aurais su le dire, mais j'étais persuadée de son importance. Je me suis mise en quête d'un pathologiste susceptible d'éclairer ma lanterne.

Comme, d'après le bulletin de service, LaManche se trouvait à une conférence sur la mortalité infantile, je suis allée frapper à la porte de Marcel Morin.

— Tu as une minute ?

— *Mais bien sûr !* m'a-t-il répondu d'une voix

chaude et passionnée qui rend hommage à ses origines haïtiennes.

J'ai déposé mon plateau devant lui.

— Ah, un implant chirurgical !

Derrière ses verres sans monture, ses sourcils se sont levés. Grisonnants, ses sourcils. De la même couleur que sa tignasse crépue qui commence à se dégarnir sur le front.

— C'est bien ce que je pensais. Tu peux m'en dire davantage ?

— Pas tellement, a-t-il fait, écartant les mains en signe d'impuissance. On dirait un shunt ventriculaire, mais je ne suis pas neurochirurgien. Tu devrais t'adresser à Carolyn Russell. On l'appelle parfois pour des consultations. Elle travaille au MNI.

Il a fait défiler les cartes sur son fichier rotatif et m'a griffonné son numéro. L'ayant remercié, je suis retournée dans mon bureau appeler l'Institut neurologique de Montréal. Le docteur Russell était en rendez-vous. J'ai laissé un message. Je venais à peine de raccrocher quand le téléphone a sonné.

Claudel.

— Vous avez parlé à Bergeron ?

— Il me quitte à l'instant.

— Eh bien, ça en fait deux qu'on va pouvoir transférer de la liste des manquants à l'appel à celle des zigouillés.

J'attendais qu'il poursuive. Il gardait le silence.

— Et ?

Il a fait durer sa pause.

— On a commencé les recherches sur Gately et Martineau. Personne ne sait rien. Normal, au bout de dix ans. Surtout que nos types avaient plutôt la bougeotte. Ça m'étonnerait que quelqu'un nous crache quoi que ce soit. On aurait retiré leurs grand-mères du trou qu'ils la joueraient motus et bouche cousue, tout pareil.

— Et Rinaldi ?

— La Grenouille s'en tient à sa version. Il prétend tirer ses connaissances de ragots ayant cours au club et selon lesquels ces deux-là auraient été invités à un raout sans savoir que c'était à leur propre enterrement.

— En chaussettes ?

— Affirmatif. Ces mecs n'ont pas tendance à se mettre sur leur trente et un. La Grenouille n'était pas là, ce jour-là. Il devait faire sa tournée de bonnes œuvres, probablement. Et de votre côté, du nouveau sur le troisième larron ?

— C'est *une* larronne.

— Une fille ?

— Oui. La Grenouille ne vous en a rien dit ?

— Pas un mot. Mais il se taira tant qu'il ne verra pas un avantage sérieux à parler. D'autres détails ?

— C'était une Blanche, dans les quatorze-seize ans.

— Si jeune ?

— Oui.

Un bruit de circulation me parvenait en arrière-fond. Claudel devait m'appeler d'une voiture.

— Je vais me procurer la liste des adolescentes disparues. Quelle date, approximativement ?

— Prenez toute la dernière décennie.

— Pourquoi remonter si loin en arrière ?

— Je dirais qu'elle est morte depuis au moins deux ans. Avec les éléments dont nous disposons, c'est difficile d'établir une date. Mais j'ai l'impression que cette tombe a été creusée plus tard.

— Qu'est-ce que vous voulez dire ?

— Je crois que la jeune fille a été enterrée

ailleurs, puis exhumée et transférée là où nous l'avons trouvée.

— Mais pour quelle raison ?

— Décidément, votre perspicacité m'épate, détective Claudel !

Je lui ai mentionné l'implant chirurgical.

— Qu'est-ce que ça veut dire, ça ?

— Je vous le dirai dès que je le saurai.

À peine avais-je raccroché que le téléphone a de nouveau sonné : Carolyn Russell pouvait me recevoir à trois heures. J'ai regardé ma montre. À condition d'être dans les petits papiers des dieux du parking, je pouvais y arriver à temps. J'ai rangé l'implant dans un tube en plastique et inscrit le numéro du dossier sur le bouchon. Je suis passée en coup de vent chez Bergeron pour lui dire qu'il pouvait disposer du crâne et j'ai foncé jusqu'à ma voiture.

Construit à la fin du XIXe siècle, l'hôpital Royal Victoria occupe plusieurs hectares au cœur de Montréal. Son complexe de pierres grises domine le campus universitaire McGill, tel un château médiéval la campagne de Toscane. Si l'Allan Memorial Institute, tristement célèbre pour les monstrueuses expériences sur la drogue menées en ses murs par la CIA à la fin des années cinquante, se trouve au bout de la rue Peel, l'Institut neurologique de Montréal, quant à lui, se situe à l'est du Royal Victoria et borde la rue de l'Université. Ses unités de recherches et d'enseignement, à savoir : l'hôpital neurologique de l'université McGill, le MNI et le tout récent institut de recherches sur les tumeurs du cerveau, jouxtent le stade de football, comme si la brique et le ciment des bâtiments tenaient à payer un tribut au gazon en cette ère où le sport et la recherche scientifique sont devenus les deux mamelles de l'éducation.

C'est dans les années trente que les Neuros, comme on les désigne, sont sortis du cerveau inspiré de Wilder Penfield. Hélas, ce neurochirurgien visionnaire n'était pas doté d'un génie comparable en matière de circulation automobile. Le sachant, j'ai préféré suivre à la lettre les indications du docteur Russell. Je me suis donc fendue de dix dollars pour accéder au parking du Royal Vic et j'ai commencé à faire des tours. Au troisième passage, alors que j'allais me résoudre à brancher ma radio sur FM 88.5, la station du parking qui répertorie les emplacements vacants, j'ai vu soudain s'allumer les feux arrière d'une Audi. Je me suis précipitée pour occuper sa place. Deux heures cinquante-cinq à ma montre. J'ai piqué un marathon le long de l'avenue des Pins.

Après une errance au pas de course dans les couloirs de l'hôpital, c'est à bout de souffle et en nage, la frange collée au front, que je me suis présentée au docteur Russell. Elle m'a dévisagée d'un air dubitatif avant de se lever, main tendue. Elle avait une poignée de main de déménageur, la soixantaine très ridée, des cheveux gris coupés court et coiffés sur le côté.

— Excusez mon retard. J'ai eu quelque difficulté à vous trouver...

C'était un euphémisme.

— Oui, on se perd facilement, m'a-t-elle répondu en anglais. Je vous en prie...

J'ai pris place dans le fauteuil qu'elle me désignait.

— Je n'aurais jamais imaginé que le MNI était aussi grand.

— Oh, si ! Nous y menons des activités très diversifiées.

118

— Le centre de recherches sur l'épilepsie est célèbre dans le monde entier, ai-je renchéri en me débarrassant de ma veste.

— Oui, notre hôpital est le premier au monde pour le nombre d'opérations dans ce domaine. C'est ici qu'a été inaugurée la technique de résection de la moelle. Cela fait plus de soixante ans que nous travaillons sur les fonctions cérébrales et la cartographie corticale, grâce à nos patients épileptiques. Nos travaux ont ouvert la voie à l'IRM ainsi qu'à la TEP qu'on pratique aujourd'hui.

— Je connais l'imagerie à résonance magnétique, mais qu'est-ce que la TEP ?

— La tomographie par émission de positons [1]. C'est une autre technique d'imagerie du cerveau permettant d'obtenir des informations sur la structure du cerveau et son métabolisme. Notre centre McConnell est l'un des leaders mondiaux dans ce domaine.

— Quelles recherches mène-t-on encore ici ?

— Oh, le MNI a été à l'origine de bien des découvertes, tant en théorie avec le concept d'épilepsie généralisée et focale qu'en pratique avec des améliorations notoires apportées à l'électroencéphalogramme par exemple ou, en chirurgie, avec de nouvelles méthodes stéréotaxiques sans cadre. Nous étudions aussi la rétroaction endocrinienne sur le fonctionnement du système nerveux et la localisation de la dystrophine dans les muscles, pour ne citer que ces recherches-là. Mais je pourrais continuer pendant des heures.

1. Tomographie par émission de positons : Technique d'imagerie médicale consistant à injecter une substance radioactive émettant principalement des positons, à recueillir les rayonnements par un capteur externe et à reconstruire par ordinateur une image en coupe de l'organe. (N.d.T.)

Mieux ne valait pas, même si mes sourires d'encouragement incitaient le docteur Russell à poursuivre. Ses propos, que j'étais loin de comprendre dans leur totalité, me convainquaient aisément de l'estime dans laquelle elle tenait son institution.

Elle s'est renversée dans son fauteuil en riant :

— Mais j'imagine que vous n'êtes pas venue pour m'écouter chanter les louanges des Neuros.

— Non, bien sûr, et je le regrette car c'est passionnant. Vous êtes vous-même très occupée, je m'en voudrais d'abuser plus que nécessaire.

Je lui ai tendu mon tube. Elle en a dévissé le bouchon puis, ayant fait glisser l'implant sur un papier posé sur son sous-main, elle l'a fait rouler à l'aide d'un crayon.

— Un vieux modèle. Cela fait des années qu'on ne le fabrique plus.

— Qu'est-ce que c'est ?

— Un shunt ventriculo-péritonéal. Utilisé dans le traitement de l'hydrocéphalie.

— L'hydrocéphalie ?

J'étais désarçonnée. Moins par le mot lui-même que par ce qu'il me révélait sur mon inconnue. Par combien de tragédies était-elle encore passée ? me suis-je demandé.

— On entend souvent dire que c'est de l'eau dans le cerveau. La formule n'est pas vraiment exacte, bien que ce soit effectivement la traduction littérale des termes grecs *hudôr* qui signifie « eau » et *képhalé* « tête ». En fait, il s'agit du liquide céphalo-rachidien, qui est produit de façon constante dans des espaces du cerveau appelés ventricules. Normalement, il circule à travers les quatre ventricules cérébraux, baigne la surface du cerveau et passe dans la moelle épinière, où il est résorbé par le sang. Grâce à quoi, la quantité de fluide et sa pression à l'intérieur des ventricules demeurent dans une fourchette acceptable. Mais il arrive que le circuit se bouche quelque part, il y a alors accumulation de liquide. Les ventricules gonflent et compriment les tissus voisins.

— Si je vous comprends bien, l'hydrocéphalie est donc un déséquilibre entre la production et l'écoulement du liquide céphalo-rachidien ?

— Exactement.

— L'excès de liquide fait grossir les ventricules, et la pression à l'intérieur de la tête augmente.

— Vous avez tout compris. L'hydrocéphalie peut être acquise ou congénitale. Ce qui ne veut pas dire héréditaire, mais que les conditions nécessaires à son apparition étaient présentes au moment de la naissance.

— Le crâne dans lequel j'ai trouvé ce shunt était de taille normale. Je croyais que l'hydrocéphalie avait pour résultat de faire grossir la tête ?

— Seulement chez les nourrissons, et si la maladie n'est pas traitée car, plus tard, les os du crâne sont soudés comme vous le savez.

— Quelle en est la cause ?

— Il y en a plusieurs. La prématurité du nourrisson, notamment. Là, le risque d'un mauvais écoulement du liquide céphalo-rachidien est très élevé. La plupart des bébés souffrant de spina bifida[1] sont atteints d'hydrocéphalie.

— Le spina bifida est bien un défaut de fermeture du tube neuronal, n'est-ce pas ?

1. Spina bifida : Malformation de la colonne vertébrale caractérisée par l'absence de soudure des deux moitiés d'un ou de plusieurs arcs vertébraux postérieurs. La fissure ainsi créée peut favoriser la hernie d'une portion des méninges et de la moelle. (*N.d.T.*)

— Oui. Le problème apparaît au cours des quatre premières semaines de gestation, bien souvent avant même que la mère sache qu'elle est enceinte. Le tube neuronal embryonnaire, qui se développe en cerveau et en moelle épinière en même temps que se développe la colonne vertébrale, ne se forme pas correctement, et cette anomalie au niveau de l'extrémité de la moelle épinière entraîne de graves perturbations dans la circulation du liquide céphalo-rachidien. Les dysfonctionnements qui en résultent sont irréversibles.

— C'est courant ?

— Beaucoup trop. On estime qu'aux États-Unis un bébé sur mille en est atteint. Au Canada, la proportion est d'un sur sept cent cinquante.

— Ne disposant pas des vertèbres de ma jeune fille, je n'ai aucun moyen de savoir si son arc vertébral s'était, ou non, correctement formé et si elle souffrait de spina bifida.

Le docteur Russell a hoché la tête.

— Il y a bien d'autres causes à l'hydrocéphalie, a-t-elle repris, et elle s'est mise à compter sur ses doigts. L'hémorragie cérébrale, l'inflammation tissulaire, la présence d'un caillot comme cela peut arriver dans les infections cérébrales de type méningite, l'apparition d'une tumeur. Tout cela peut gêner l'écoulement du liquide céphalo-rachidien, provoquer un gonflement des tissus et diminuer considérablement le drainage dans le cerveau. Et puis, il y a aussi certains types de kystes. Enfin, l'hydrocéphalie peut être familiale.

— Héréditaire, alors ?

— Oui, mais c'est rare.

— À quel moment ce shunt a-t-il été installé, diriez-vous ?

— Laissez-moi d'abord vous dire qu'on utilise

les shunts depuis une quarantaine d'années. À ce jour, c'est le seul moyen connu de prévenir ou de guérir l'hydrocéphalie. On les pose par intervention chirurgicale dans les ventricules cérébraux, en vue d'évacuer l'excès de liquide céphalo-rachidien. Le vôtre est un peu vieillot, mais tout à fait typique. Les shunts sont constitués en général d'un ensemble de sondes flexibles, munies de valves permettant de contrôler la vitesse d'écoulement du liquide et d'empêcher son reflux. Au début, on déviait le fluide vers une veine du cou, puis on a préféré l'atrium, l'oreillette droite du cœur. Ces shunts-là sont appelés ventriculo-atriens ou VA. On les utilise toujours, mais ils causent parfois des problèmes. D'infection notamment ou, plus rarement, d'arrêt cardiaque, quand un caillot de sang vient boucher l'extrémité du cathéter et que les vaisseaux sanguins des poumons ne sont plus irrigués proprement. À l'heure actuelle, on préfère utiliser le shunt ventriculo-péritonéal, le VP, qui dévie le liquide céphalo-rachidien vers le péritoine.

Elle a désigné le shunt que j'avais apporté.

— Celui-ci en est un, justement. Sur un patient vivant, vous pourriez sentir l'extrémité de la sonde sous la peau, à hauteur des côtes. Votre shunt n'est pas complet, il lui manque toute la seconde partie.

Elle a fait une pause, j'ai gardé le silence.

— Sauf de très rares exceptions, a-t-elle repris, la cavité du péritoine est suffisamment grande pour recevoir n'importe quelle quantité de liquide déversée par le shunt, c'est le premier avantage du drainage vers l'abdomen. Un autre est qu'en se contractant les intestins déplacent l'extrémité du cathéter et empêchent qu'il se bouche ou reste coincé dans les tissus cicatriciels.

— À quel moment de la maladie les pose-t-on ?

— Aussitôt qu'elle est diagnostiquée. L'abdomen d'un nouveau-né peut contenir jusqu'à quatre-vingt-dix centimètres de cathéter qui se déroulera à mesure que l'enfant grandit. En même temps que son torse.

— J'ai découvert un petit trou dans le crâne, près de la jonction pariéto-temporale.

— C'est le trou d'insertion. Il est percé pendant la trépanation afin d'installer la partie supérieure du shunt dans le cerveau. On le perce en général sous les cheveux, au sommet du crâne, derrière l'oreille ou parfois à l'arrière de la tête.

Son regard a basculé vers la pendule de métal en évidence sur son bureau. Elle a fait un rouleau du papier sur lequel reposait le shunt et l'a incliné doucement pour lui faire réintégrer son tube. Je l'aurais volontiers interrogée sur les troubles causés par l'hydrocéphalie, mais je savais son temps compté. Tant pis, je ferais les recherches moi-même. J'ai récupéré ma veste. Nous nous sommes levées en même temps. Je l'ai remerciée de son aide.

— Vous avez une idée de l'identité de votre jeune fille ?

— Pas encore.

— Vous voulez que je vous envoie une documentation sur l'hydrocéphalie ? Cela pourrait vous être utile de connaître les problèmes liés à cette maladie.

— Oh, oui, j'aimerais bien. Merci beaucoup.

12.

De l'Institut de neurologie, j'ai filé directement au Carcajou où Roy tenait une nouvelle réunion sur les motards. La conférence étant déjà commencée, je me suis glissée jusqu'à un siège libre dans le fond de la salle. Ma rencontre avec le docteur Russell avait soulevé en moi tant de questions que j'en avais la tête qui bourdonnait. Comment s'était déclarée l'hydrocéphalie de ma petite inconnue ? Était-elle gravement handicapée par la maladie ? Tombait-elle souvent malade, était-elle retardée mentalement ? Pour quelle raison une gamine dans cet état était-elle enterrée à côté d'un quartier général de motards ? Vivait-elle là de son plein gré ? Était-elle une victime innocente, comme Emily Anne Toussaint ?

Cette fois-ci, Roy avait choisi d'illustrer son exposé à l'aide de transparents. Je me suis concentrée sur la liste à puces apparue à l'écran.

— Les clubs de motards ont plusieurs caractéristiques en commun. La plupart ont repris la structure des Hell's Angels. Nous y reviendrons plus en détail.

Il est passé au deuxième point.

— Le recrutement obéit à des critères hautement sélectifs. Les postulants, également appelés « attaquants », doivent prouver qu'ils sont dignes de porter les couleurs.

Il a pointé le bas de la liste.

— Les couleurs ou « plaque d'immatriculation du club », les deux termes étant employés indifféremment, sont le bien le plus précieux du motard. Tout le monde n'y a pas droit. Comme les acolytes, par exemple, qui peuvent si besoin est, et sur autorisation expresse du gang, agir en son nom sans avoir été cooptés au sens strict du mot. Les gangs de motards mènent des activités criminelles et admettent tous, dans leur règlement, le recours à la violence s'il y va des intérêts du club ou de ses membres. Le souci premier étant d'amasser toujours plus d'informations, les gangs rivaux mais aussi la police font l'objet d'une surveillance intensive.

Le crayon de Roy s'est arrêté sur le dernier point de la liste.

— Le club proprement dit, bâtiment souvent fortifié et décoré avec soin. C'est l'endroit où les membres se retrouvent, et à partir duquel ils dirigent leurs opérations.

À quelle tâche les Vipères de Saint-Basile avaient-ils pu employer une hydrocéphale de seize ans ? me suis-je demandé, tandis que Roy plaçait un nouveau transparent sous le projecteur.

C'était une arborescence : « Structure politique d'une organisation de motards au niveau national ». Chaque rameau représentait un échelon de la hiérarchie en vigueur dans les clubs.

— Une organisation de motards, comme les Hell's Angels, est constituée de plusieurs chapitres nationaux. Ce sont eux qui décident, par vote de tous les membres au niveau national, d'adopter ou non un nouveau club. L'adhésion n'est effective qu'une fois la charte approuvée par tous les chapitres. On voit donc que l'admission ne se règle pas en cinq minutes. Nous en reparlerons en fin de séance, si nous en avons le temps. Le chapitre opère sur un territoire géographique bien défini et obéit à un règlement intérieur. Toutefois, s'il jouit d'un certain degré d'autonomie, il est tenu d'observer les règles de la constitution communes à tous les chapitres. Règles et règlements définissent aussi bien les droits et les devoirs des membres que ceux du gang.

Un autre transparent est apparu : « Structure politique d'une organisation de motards : le chapitre ».

— Chaque chapitre est doté d'un corps exécutif qui comprend un président, un vice-président, un secrétaire-trésorier et un lieutenant, tous élus par les membres et chargés de maintenir l'ordre à l'intérieur du groupe et la paix à l'extérieur.

Kuricek n'a pas été long à lancer :

— M'étonnerait que nos débiles locaux soient sélectionnés sur la liste préliminaire du Nobel de c't année.

Roy a calmé les rires d'un geste.

— Il y a aussi un capitaine de route, également élu en vue d'organiser les manifestations. Enfin, nous avons la base. La piétaille...

— Ainsi nommée parce qu'elle pue des pieds ! a de nouveau lancé Kuricek en se pinçant ostensiblement le nez.

— ... qui a le droit de s'exprimer sur toute question relative à la vie du groupe dans son ensemble. Le président tranchera. Certains clubs se dotent aussi d'un responsable de la sécurité, lequel a pour tâche de tenir à jour les informations recueillies sur les bandes rivales, les journalistes, les avocats, les juges, les officiels, les témoins et, vous vous en doutez, sur les fidèles serviteurs que vous êtes.

Ample geste du bras englobant l'assistance.

— Quel genre d'informations ? a demandé quelqu'un.

— Personnelles, financières, familiales. Copines, jules, numéros de téléphone, anniversaires, adresses, immatriculation des voitures, lieux de travail, habitudes. N'importe quoi. Tout ce qui leur tombe sous la main. La National Portrait Gallery n'aurait pas assez de salles pour accueillir la totalité de ces collections. Si l'individu surveillé fait partie des gens à abattre, son dossier peut comporter une liste de lieux *ad hoc* pour l'exécution.

— *Merde, alors !*

— *Esti !*

— Tout en bas de la hiérarchie, on trouve « Membres à l'essai » : les postulants, les acolytes et les femmes, a enchaîné Roy en désignant successivement de son crayon trois cases sur l'avant-dernière ligne du diagramme. Tout d'abord, le postulant, également appelé « attaquant ». Il doit obligatoirement être parrainé par un membre à part entière. En attendant d'être admis, c'est lui qui se tape le sale boulot, au club et pendant les raids. Il n'a pas voix au chapitre et n'est pas autorisé à assister à la messe.

— Quelle messe ? a demandé Queue-de-cheval qui arborait aujourd'hui un crâne d'argent à l'oreille.

— La réunion hebdomadaire du chapitre à laquelle tous les membres sont tenus d'assister.

— Combien de temps dure la période probatoire ?

— En moyenne, de six à douze mois. On reconnaît les postulants au fait qu'ils ne portent que la bannière inférieure.

— Celle qui indique le lieu d'implantation du chapitre, a précisé Queue-de-cheval.

— *C'est ça.* Vous trouverez plusieurs blasons reproduits dans le manuel. Certains sont de pures œuvres d'art.

Le crayon s'est déplacé sur la case centrale.

— Les acolytes doivent eux aussi être parrainés par un membre en titre. Certains postuleront par la suite, d'autres jamais. Quoi qu'il en soit, ils servent de soutien logistique au club là où il est implanté. Ils effectuent toutes sortes de boulots subalternes, mais ne participent à aucune des activités de l'organisation.

La case de droite, marquée « Acolytes femmes », était coupée en deux.

— Tout au bas de l'échelle, les femmes. Elles se divisent en deux catégories. Les « moitiés », épouses légitimes ou concubines, que les autres membres n'ont pas le droit de toucher sauf autorisation expresse ; et les « mamans » ou « brebis ». Celles-là, comment dire... Disons qu'elles ont des mœurs plus libres, a laissé tomber Roy, les épaules levées et les sourcils en arc de cercle.

— Le cœur grand comme le monde. Le monde des motards, bien entendu.

Dixit Kuricek.

— Tout membre portant couleurs a accès à leurs charmes. L'homme est le maître, quoi qu'il arrive ! Il peut vous paraître que les femelles de la case « moitiés » bénéficient d'une certaine protection, mais ne vous y trompez pas ! C'est toujours et partout le règne du machisme absolu. Les femmes sont achetées, vendues ou échangées comme des marchandises.

Kuricek n'a pu se retenir d'ajouter encore son grain de sel :

— La libération de la femme, c'est quand le

motard lui retire ses menottes, une fois son affaire terminée. Et encore, la nana gagne pas à tous les coups.

— Assez bien vu, a fait Roy. Les femmes étant des objets d'utilité, on les use jusqu'à la corde.

— À quoi ? ai-je demandé.

— En premier lieu, à calmer l'appétit sexuel du mâle. Mais aussi à faire la danseuse exotique dans les boîtes de nuit ou à pousser les clients à la consommation. Elle peut également être placée dans la rue, à dealer ou à faire le trottoir. Dans tous les cas, on ratisse ses gains. Une forme de partage du salaire, si on veut. Une fille de Halifax a avoué qu'elle remettait quarante pour cent du montant de ses passes à son maquereau Hell's Angel.

— Où est-ce qu'ils les pêchent, ces gonzesses ? a demandé quelqu'un.

— Dans les bars, sur le bas-côté des routes. Auto-stoppeuses, fugueuses, le casting habituel, quoi.

— Un petit tour en Harley, princesse ?

Pour ma part, je n'avais pas le cœur à rigoler aux singeries de Kuricek, j'avais l'estomac contracté. Le crâne et le shunt dansaient la sarabande devant mes yeux.

— Le plus incroyable, a poursuivi Roy, c'est que les bonnes volontés ne manquent pas. Comprenez-moi bien : il y a des victimes, bien sûr, parmi ces nanas. Qui sont retenues contre leur volonté. Mais une bonne partie d'entre elles sont ravies de vivre aux côtés de vrais durs. Drogue, alcool, amour à la belle étoile. La vie à tombeau ouvert, quoi ! et elles s'y donnent à fond. Cela dit, les femmes ne sont pas que des sources de profit ou de satisfaction sexuelle. Bien souvent, elles font office de passeurs, qu'il s'agisse d'armes ou de drogue. Il faut reconnaître qu'elles sont géniales pour se tirer d'affaire quand il y a une descente de police. Certaines font aussi des espionnes remarquables. Elles arrivent à se faire engager dans l'administration, au téléphone, aux archives. En un mot, partout où il y a des informations à glaner. Un bon nombre d'entre elles enregistrent sous leur nom les armes de leur chéri, soit parce qu'il est interdit de port d'arme, soit pour empêcher que ses biens soient placés sous séquestre.

Roy a jeté un regard à sa montre.

— Sur ces belles paroles, nous allons couper là. Des policiers du SPCUM nous ayant rejoints récemment, je ferai peut-être une troisième séance.

SPCUM. Le service de police de la Communauté urbaine de Montréal. Dont relevait Claudel. Bizarre qu'il n'ait pas assisté à la conférence d'aujourd'hui.

— Je mettrai une note au tableau, a dit Roy en guise de conclusion.

J'ai repris le chemin du labo, des questions plein la tête. L'inconnue de Saint-Basile avait-elle été victime de la folie des motards ? Quelque chose en elle me touchait et j'essayais de tirer un sens de ce que m'avait appris le docteur Russell. Cette pauvre gamine était morte sans avoir eu le temps de devenir femme. Si, pour l'heure, ses ossements ne me révélaient rien sur sa mort, ils me laissaient entrevoir certaines choses de sa vie. Le fait qu'elle ait été hydrocéphale allait certainement nous aider à l'identifier. D'après l'aspect du trou d'insertion, elle devait porter le shunt depuis un bon moment. Comment prenait-elle le fait d'avoir un tuyau dans le corps ? Se révoltait-elle ?

131

Le soir, dans son lit, palpait-elle la sonde qui courait sous sa peau ? Souffrait-elle d'autres désordres ? Les enfants de son âge étaient-ils méchants avec elle ? Était-elle bonne élève ou spécialiste de l'école buissonnière ? Les dossiers médicaux des adolescentes disparues nous apprendraient-ils son nom ?

Contrairement à la plupart des morts non identifiés qui étaient passés entre mes mains, je n'arrivais pas à me faire une idée de cette adolescente. Je ne pouvais que la baptiser la jeune fille de la fosse aux Vipères. Le fait qu'elle soit enterrée chez des motards était troublant. Sa mort était-elle liée aux meurtres de Gately et de Martineau ? Avait-elle été préméditée ou était-elle le fruit d'un tragique concours de circonstances ? Cette jeune fille avait-elle été, comme tant d'autres femmes, victime de la violence exacerbée des motards vis-à-vis de l'autre sexe ?

Tout en me frayant une voie dans les embouteillages de cette heure de pointe, je sentais le chagrin et la colère monter en moi. Chagrin pour une vie à peine vécue, et colère à l'encontre de ceux qui l'avaient brisée.

Sentiments qui n'ont pas manqué de me ramener à Ryan. Andrew Ryan et son intense regard bleu. Andrew dont l'odeur seule m'inondait de joie. Comment avais-je pu ignorer cette autre face de lui ! Menait-il vraiment une double vie ? Ma tête répondait oui, Bertrand m'avait juré que c'était la vérité. Alors, pourquoi mon cœur se refusait-il à l'admettre ? Je tournais en rond. Ma nuque me tirait et j'avais une sensation de martèlement répété derrière l'œil gauche.

J'ai tourné dans la rue Parthenais. Il y avait une place libre, je me suis garée. Moteur coupé, je me suis laissée aller dans mon siège. J'avais besoin d'un moment sans rien. D'un répit. Ce n'était pas du luxe. Je me le suis octroyé.

Oui, je dirais à Claudel ce que j'avais appris et, après, interdiction de toucher au moindre ossement ou de penser à Ryan de tout le week-end ! Interdiction de m'adonner à aucune occupation sérieuse avant lundi matin. À la rigueur, feuilleter le manuel des motards remis par Roy, mais c'est tout. Jusque-là, lecture, marché et mondanités chez Isabelle. Quand on serait lundi, je m'attacherais à remplir la promesse que je m'étais faite au sujet d'Emily Anne et j'y intégrerais mon inconnue.

Je retrouverais aussi ses meurtriers ! Je découvrirais le nom de ma jeune fille de la fosse aux Vipères !

13.

Il était sept heures quand je suis arrivée à la maison. Au labo, après avoir rangé sous clef les ossements et le shunt, j'avais appelé Claudel pour lui faire part de ma visite chez le docteur Russell. Nous étions convenus que je passerais en revue toutes les affaires des dix dernières années impliquant des squelettes incomplets tandis que, de son côté, il continuerait d'éplucher la liste des adolescentes disparues. Si lundi en fin de journée ni lui ni moi n'avions de résultat, nous transmettrions l'affaire au CPIC puis, si cela ne donnait rien non plus, au NCIC. Ce sont les centres nationaux, canadien et américain, d'informations sur les crimes. Oui, le plan se tenait. En le suivant, on avait des chances d'avancer.

Après m'être changée, j'ai bavardé un moment avec Birdie et suis allée à la gym, rue McKay. Une heure d'exercices plus tout le trajet à pied, escalier compris. Sur le chemin du retour, j'ai acheté un poulet rôti chez le boucher et fait provision de légumes et de fruits.

Ayant passé les haricots verts au micro-ondes, j'ai découpé mon poulet en deux et j'en ai rangé une moitié au réfrigérateur pour mon déjeuner du lendemain. Ensuite, j'ai sorti du placard ma bouteille de sauce barbecue Maurice's Piggy Park, mon trésor.

Si la ville de Montréal propose un éventail de toutes les cuisines du monde sans qu'aucun groupe ethnique manque à l'appel ; si elle peut se vanter de réunir les restaurants chinois, allemands, thaïs, mexicains, libanais parmi les meilleurs de la planète ; si elle peut offrir un en-cas sur le pouce à qui est débordé aussi facilement qu'un régal de plats rares au sybarite, elle a quand même un défaut : elle ignore tout de l'art simplissime d'accommoder un steak au gril. Au Québec, ce qu'on vous tend quand vous demandez de la sauce barbecue, c'est une soupe marronnasse, comparable au monoxyde de carbone en termes d'odeur ou de saveur. À condition d'être un explorateur chevronné, on parvient à mettre la main sur la version texane de cette potion, parfumée à la tomate celle-là. Dans ces conditions, je préfère importer la variante à base de vinaigre et de moutarde qui fait la gloire des régions orientales de Caroline du Nord ou du Sud. Une pure merveille ! À la vue de ce condiment doré, mes amis de Montréal font généralement la moue. Mais qu'ils en viennent à le goûter, ils y sont accros le reste de leur vie.

J'ai donc versé un peu de ma sauce Maurice dans un petit bol que j'ai transporté au salon en vue d'un dîner-télé. Neuf heures du soir. Le weekend ne faisait que commencer. Quel match suivre ? Le choix était cornélien : sur une chaîne, les Cubes mettaient une raclée aux Braves, sur une autre on rediffusait les temps forts de la NBA. J'ai opté pour les Hornets et, en bon supporter, j'ai applaudi à leur victoire à 102 contre 87 sur les Knicks.

Le dilemme a été tout aussi douloureux pour

Birdie. Attiré par les effluves montant de mon assiette autant que chassé par mes gesticulations, il a fini par se résigner à passer la soirée à l'autre bout de la pièce, le menton dans les pattes, ouvrant grands ses yeux chaque fois que je poussais un hurlement. À onze heures, il m'a suivie au lit. Après deux tours complets sur lui-même, il s'est roulé en boule entre mes genoux, sur la couverture. Quelques minutes plus tard, nous dormions tous les deux du sommeil du juste.

La sonnette de l'interphone m'a réveillée en sursaut. Son cui-cui, devrais-je dire, car elle a tout du pépiement d'un moineau pris de hoquets. Le rideau de ma fenêtre était gris pâle, le réveil affichait un gros huit et un gros quinze et Birdie avait déserté le creux de mes jambes. J'ai rabattu les draps, attrapé ma robe de chambre et me suis dirigée d'un pas mal assuré vers l'entrée.

Sur l'écran de contrôle, un œil vert, énorme. Involontairement, mes mains se sont portées à mon cou. J'ai fait un bond en arrière.

Cuiiiii-cuiiiiiiiii !

L'œil a cédé la place à des grimaces plein cadre. Mon neveu, face caméra, secouait la tête de côté en étirant sa bouche avec ses doigts. J'ai laissé entrer mon visiteur, tandis que le chat se frottait à mes jambes en levant vers moi des yeux jaunes tout ronds.

— Je n'en sais pas plus que toi, mon Birdie.

Kit a débouché du couloir, un sac marin dans une main et un paquet enveloppé de papier dans l'autre. Deux havresacs lui battaient les flancs. Un bonnet tricoté de toutes les couleurs était enfoncé sur sa tête. Assurément, du dernier chic au Guatemala.

— Tante T ! s'est-il écrié d'une voix forte, avec son accent traînant du Texas.

— Chut ! On est samedi matin.

Le doigt sur les lèvres, j'ai reculé en lui tenant la porte ouverte. Une odeur de feu de bois et de champignon m'a agressé la narine quand il est passé devant moi. Laissant choir armes et bagages, il m'a serrée dans ses bras. Lorsqu'il m'a enfin relâchée, ça a été pour me dire :

— Tes cheveux, tantine ? Super !

Non mais, ce culot ! Et de la part d'un type qui sortait tout droit des mains d'*Edward aux mains d'argent*, comme j'ai pu le constater quand il a eu retiré son bonnet.

— J'en connais de mieux placés pour faire ce genre de remarque, ai-je répliqué, ce qui ne m'a pas empêchée de ramener mes cheveux derrière mes oreilles.

Il m'a tendu son paquet enveloppé de papier.

— Un petit souvenir des eaux du Vermont. Salut, Birdie ! Ça va la vie, mon pote ?

Le chat est allé se réfugier dans la chambre, tandis que je scrutais le palier. Vide.

— Howard n'est pas avec toi ?

— Non point. Il a rapatrié ses fesses dans le Sud.

— Ah bon ?

J'ai refermé la porte, non sans éprouver un cha-touillis d'anxiété.

— Oui, mon commandant ! Il ne supportait pas d'être séparé de ses hydrocarbures. Du coup, j'ai décidé de rester dans le secteur. Si tu n'as rien contre.

— Pas du tout, Kit. J'en suis ravie.

Cela, c'est ce que j'ai dit tout haut parce qu'en voyant ses bagages, je me suis rappelé le dernier séjour de sa mère chez moi. Harry, ma sœur. Prétexte : une conférence censée durer cinq jours. Total : des semaines d'angoisse pour moi. Le fils avait-il une conception du mot « moment » identique à celle de sa mère ?

— Je suis HS, enchaînait-il. Ça te va si je prends une douche et pique un petit roupillon ? On s'est cassés avant que le soleil ait seulement l'idée de se lever.

— Dors aussi longtemps que tu voudras mais, après, tu me raconteras tes aventures. J'y compte.

J'aurais bien ajouté : « Surtout, passe-toi à la brosse à chiendent avant de te mettre au lit ! » mais je me suis retenue. Lui ayant sorti des serviettes et montré la chambre d'amis, j'ai sauté dans mon jean et mon T-shirt pour filer acheter *La Gazette* au dépanneur du coin. À mon retour, la salle de bains était jonchée de serviettes trempées et la porte de la chambre d'amis fermée.

Je suis allée renifler le cadeau de mon neveu, abandonné dans la cuisine. Du poisson, cela ne faisait pas un pli. Je l'ai enveloppé dans une couche supplémentaire de film étirable et l'ai fourré au réfrigérateur en attendant plus amples instructions. M'étant fait du café je me suis installée à la table de la salle à manger pour lire le journal. Là, mon week-end a basculé.

« Deux autres motards identifiés », titrait le journal, « 120 victimes à ce jour ». La suite était en page trois, première section.

Je m'attendais à un article plus ou moins circonstancié, mais certainement pas à tomber nez à nez avec moi-même, agenouillée devant une tombe, un crâne dans la main. La photo avait du grain. Prise au téléobjectif, certainement. N'empêche, j'y étais d'autant plus reconnaissable qu'elle s'accompagnait de la légende habituelle : anthropologue judiciaire américaine œuvrant pour

138

le laboratoire de sciences judiciaires et de méde-cine légale. Impossible d'affirmer qu'elle avait été prise au club des Vipères, ma tenue et mon équipement varient peu d'une excavation à l'autre, et rien ne permettait d'identifier les lieux en toute certitude.

L'article, illustré de trois autres photos – comme de juste le portrait des deux victimes, mais aussi le portail de la propriété des Vipères –, relatait l'exhumation de Gately et de Martineau et rappelait les circonstances de leur disparition, avant de faire en conclusion le point sur la guerre des motards, liste des morts à l'appui.

Que toutes ces informations aient pu être obtenues par les canaux officiels, d'accord ! Mais certainement pas la suivante. À savoir qu'une mystérieuse troisième victime avait été découverte ou, plutôt, une partie de ses restes.

Où et comment avaient-ils pêché la nouvelle ?

Un début de fébrilité m'a saisie. Si je n'apprécie guère la curiosité des médias en général, je suis très vite à cran lorsqu'elle se porte sur une affaire sur laquelle je travaille. Leur sollicitude risque de faire tout capoter.

En l'occurrence, qui pouvait leur avoir livré le tuyau ?

J'ai pris une inspiration. Longue et profonde. Suite à quoi, je suis allée réchauffer mon café.

Le secret avait transpiré. Et alors ? Ce n'était pas si grave. Sauf que cela n'aurait jamais dû se produire !

J'ai programmé le micro-ondes.

Cette fuite compromettait-elle d'une façon ou d'une autre le déroulement de l'enquête ?

La question demandait réflexion.

Les bips ont retenti, j'ai sorti ma tasse du four.

Non. À tout prendre, l'article pouvait même se révéler positif, inciter quelqu'un à livrer un nom.

Restait tout de même qu'une fuite de cette importance était inadmissible. À moins d'avoir été orchestrée d'en haut. Ce qui était peu probable, car on m'aurait tenue au courant de cette stratégie.

Donc, quelqu'un avait parlé à la presse. Quelqu'un au courant de la présence de ces mystérieux ossements. Mais qui ? Claudel ? Quickwater ? Un type de l'identité judiciaire, du labo ? Le docteur Russell ?

Arrivée à ce stade de mes réflexions, je me suis dit : « Brennan, ma vieille, tu ne vas certainement pas élucider la question pendant le week-end. Mieux vaut reporter la chose à lundi matin. » Et c'est ce que j'ai fait, en rebranchant mon cerveau sur les activités auxquelles j'allais me livrer d'ici là : lecture, marché et dîner ce soir chez Isabelle.

Et Kit ! Zut, je l'avais oublié, celui-là !

Je suis allée au salon téléphoner à mon amie.

— Tu n'as pas l'intention de me laisser tomber, j'espère ? s'est-elle écriée, à peine avais-je dit « C'est moi ».

De la musique jouait en arrière-fond. *Le Sacre du printemps*. Autrement dit, Isabelle était déjà en train de préparer le dîner. Elle ne cuisine qu'au son de Stravinski.

— Il se trouve que...

— Tu n'as pas chuté d'un 747 en plein vol ? Parce que c'est la seule excuse que je pourrais accepter. Sors-moi la tienne pour voir...

— Mon neveu a débarqué ce matin.

— *Oui...*

— Ça m'embête de l'abandonner pour son premier soir ici.

— Tu n'as qu'à l'amener !

— Il a dix-neuf ans !

— *Extraordinaire*. J'ai comme le souvenir d'être moi-même passée par cet âge. Dans les années soixante, je crois. Oui, il a bien fallu que je vive ces années-là pour arriver aux années soixante-dix. Si j'ai bonne mémoire, j'ai même dû prendre du LSD. En tout cas, je portais des fringues vraiment moches, en ce temps-là. Je t'attends à sept heures et demie avec ton chevalier servant !

J'ai raccroché, le petit doigt sur la couture du pantalon.

Étape numéro deux : convaincre mon neveu de passer son samedi soir à grignoter des côtelettes d'agneau au milieu d'un cheptel de vieux bonzes.

Il a émergé sur le coup de trois heures et quart, le cheveu en bataille et l'estomac dans les talons. Il a englouti le reste du poulet et demandé où faire sa lessive. Contrairement à mon attente, il n'a pas fait de chichis à l'annonce du dîner. Me rappelant ma sœur Harry à son âge, je ne m'attendais pas à découvrir en lui un côté aussi bon enfant. Cela dit, il était à Montréal pour la première fois. Il ne devait pas savoir où traîner ses bottes.

Je me suis gribouillé une note pour me rappeler de téléphoner à sa mère et j'ai passé les heures suivantes à finir une lettre de référence promise à un étudiant, à ranger ma chambre et à expliquer au gamin quel détergent utiliser avec quel tissu. Vers six heures, j'ai filé au Faubourg Sainte-Catherine acheter une bouteille de vin et un bouquet de fleurs.

Isabelle habite une étroite bande de terre au milieu du Saint-Laurent reliée à la Rive-Sud par le pont Champlain et à Montréal par deux autres ponts plus petits. Elle a pour nom l'Île-des-Sœurs. L'endroit, jadis peuplé par les religieuses grises, est désormais colonisé par l'ordre tout neuf des yuppies. Classé « lieu à usage mixte », il présente un choix d'habitations varié. Immeubles luxueux en copropriété, gratte-ciel locatifs, hôtels particuliers et maisons individuelles s'éparpillent avec goût parmi les clubs de tennis, les centres commerciaux, les voies cyclables et des espaces verts entretenus avec soin.

C'est à la suite de l'échec de son troisième mariage qu'Isabelle y a transporté ses pénates, au dernier étage d'un des immeubles jumeaux qui se dressent à la pointe nord de l'île. Résolue à entamer une nouvelle vie, elle a fait table rase de son passé en bloc – mari, maison et biens mobiliers –, pour n'emporter que ses trésors, ses photos et sa collection de CD. D'humeur je-m'en-foutiste, elle a exigé de son décorateur une atmosphère safari. Le résultat est à base de fibres naturelles et de peaux de tigre ou de léopard, dûment abattus avec l'accord de la ligue mondiale de protection des animaux. Dans le salon, les gravures de bêtes sauvages font écho aux sculptures africaines, disséminées sur la table basse à plateau de verre et piétement en pattes d'éléphant. Dans la chambre à coucher, une moustiquaire ondule au baldaquin du lit king-size.

Kit était emballé. Du moins en a-t-il donné l'impression. Pendant qu'Isabelle nous faisait faire le grand tour, il n'a cessé de la bombarder de questions sur l'origine de ses merveilles. Je buvais du petit lait. À défaut d'être convaincue de la sincérité de mon neveu, je n'ai plus douté de ses talents mondains.

Personnellement, le panorama m'attirait davantage et, sitôt présentée à la ronde et lestée d'un cocktail, je suis sortie sur le balcon. On attendait encore l'invité-surprise. Il bruinait. La berge opposée scintillait de couleurs inimaginables. La montagne se dressait, noire et massive, au-dessus du centre-ville, et on apercevait à mi-pente la croix illuminée.

La sonnette de l'entrée a tinté, Isabelle m'a crié de venir. J'ai pris une dernière goulée de cette vision splendide et suis rentrée. Le dernier invité tendait son trench-coat à Isabelle.

À sa vue, je suis restée bouche bée.

14.

— Vous ! me suis-je écriée.

J'admets que mon entrée en matière n'était pas des plus originales. J'ai compensé en lançant à Isabelle une œillade assassine qu'elle a ignorée superbement pour s'exclamer, rayonnante :

— *Oui !* Pour une surprise, c'en est une, hein, Tempé ? Je t'avais bien dit que vous n'aviez pas véritablement fait connaissance.

Le reporter que j'avais abreuvé d'injures devant le club des Vipères ! Journaliste d'investigation à CTV, je le remettais maintenant. Un sourire chaleureux remplaçait l'air éberlué que j'avais gardé de lui. Et sa main était dépourvue de micro.

— Lyle Crease, que tu as forcément vu sur le petit écran, poursuivait Isabelle. Quant à vous, Lyle, je ne vous apprendrai que le prénom du docteur Brennan : Tempé, avec l'accent sur la dernière syllabe. Les gens ont souvent du mal à le prononcer correctement.

J'ai tendu la main. Il s'est penché pour m'embrasser à la mode québécoise, d'abord sur la joue droite, ensuite sur la joue gauche. J'ai vite reculé en marmonnant quelque chose, espérant qu'il prendrait ma phrase pour ce qu'elle était : une réserve polie.

Isabelle a présenté Crease aux autres invités. Poignée de main aux hommes, baiser sur les deux joues aux dames.

— En l'honneur de notre beau Texan, je trouve que nous devrions tous pratiquer notre anglais ce soir, a lancé Isabelle, levant son verre en direction de Kit.

Expression soulagée de mon neveu pendant que les verres s'entrechoquaient gaiement.

— Je peux t'aider ? ai-je demandé à Isabelle sur un ton polaire, bien décidée à lui exposer entre quatre z'yeux ma façon de penser.

Elle a battu en retraite vers la cuisine.

— Non-non, tout est prêt. S'il vous plaît, que tout le monde se mette à table. Des cartons indiquent les places.

Merde. À coup sûr, j'allais me retrouver à côté du journaliste. Ça n'a pas raté, j'avais Lyle à ma gauche et Kit à ma droite.

Nous étions sept en tout. En partant de mon neveu, il y avait un vieil acteur que j'avais rencontré plusieurs fois mais dont le nom m'échappait bien qu'Isabelle l'ait redit en faisant les présentations, puis un couple que je ne connaissais pas. Madame antiquaire, Monsieur dans le cinéma.

Pendant qu'Isabelle faisait la navette entre cuisine et salle à manger, l'acteur a évoqué la dernière production du théâtre du Rideau-Vert, un *Hamlet* en français qui venait de quitter l'affiche et dans lequel il avait tenu le rôle de Polonius. Crease a raconté son interview d'un *hacker* canadien de seize ans qui, ayant craqué le réseau de l'armée américaine, s'était dépêché de téléphoner à la gendarmerie pour qu'on vienne l'arrêter.

— Voilà un gamin qui cherchait la célébrité, a décrété l'acteur.

— À sa place, j'aurais choisi le football, a rétorqué mon neveu, et je me suis dit que sa repartie n'était pas si nulle.

— Et vous ? a demandé Isabelle au couple tout en servant le vin. Qu'avez-vous fait de beau, ces derniers temps ?

Elle était arrivée au verre de Kit et m'interrogeait du regard. D'un signe, j'ai donné mon accord. Après tout, quelle importance ! Boire à dix-neuf ans est légal au Québec et, de toute façon, c'était moi qui conduisais. Kit ne s'est pas fait prier pour tendre son verre.

Claude-Henri Brault, producteur de son état, revenait d'un tournage de trois mois en Irlande, pendant que sa femme Marie-Claire sillonnait la Provence à la recherche d'antiquités pour sa boutique du Vieux-Montréal. À peine l'épouse s'était-elle emparée du crachoir qu'elle ne l'a plus lâché et nous avons eu droit à l'histoire du royaume d'Arles, à la dynastie des Anjou et à tous les Louis – une douzaine au bas mot – qui, au fil des siècles, changèrent la face de l'ébénisterie.

Entre deux bouchées de veau, j'épiais mon voisin. Cheveux et denture impeccables, vêtements sans un faux pli. Exactement comme dans mon souvenir. Seule fausse note : les pellicules sur le col du veston. Par ailleurs, un auditeur idéal, ce Crease. Les yeux rivés sur Marie-Claire, il hochait la tête comme si étoffes et marqueterie étaient en cet instant les choses les plus importantes au monde.

Profitant de ce que Marie-Claire nous faisait la grâce d'une pause pour reprendre sa respiration, Isabelle a infléchi le cours de la conversation avec une maîtrise d'aiguilleur du ciel. Mais le cap choisi était loin de mériter mes éloges.

— Tu peux nous parler de ces affreux gangs de motards sur lesquels tu travailles actuellement, Tempé ?

— Les motards ? s'est écrié Claude-Henri.

— Oui.

J'aurais volontiers fusillé mon amie du regard si je n'avais craint de manquer de tact. Je l'aurais même étranglée de mes propres mains. Mais là, cela aurait été carrément grossier.

— Vous avez participé à cette découverte dont parlait le journal ?

J'ai esquivé de mon mieux, tout en décochant à Isabelle un sourire acéré :

— Oui, mais comme le sait notre hôtesse, je ne peux...

— Qu'est-ce que tu traficotes avec des motards, tante Tempé ? m'a interrompue Kit, dont l'intérêt m'a paru s'aiguiser à la perspective d'abandonner le petit cours sur les meubles.

— Tu sais que je travaille pour le labo de médecine légale du Québec ?

Il a hoché la tête.

— La semaine dernière, j'ai été chargée par le directeur d'étudier plusieurs affaires de meurtres.

J'ai passé sous silence ma collaboration au Carcajou.

— Combien ?

— Un certain nombre.

— Plus que les Bee Gees ? a insisté Kit.

— Cinq.

— Cinq types refroidis en une semaine ? !

Il en avait les yeux ronds.

Le silence s'est fait autour de la table.

— Deux ont été tués en 1987, mais ce n'est que cette semaine qu'on a retrouvé leurs corps.

147

— *C'est bien ça !* Je l'ai lu dans le journal, s'est écrié Claude-Henri, la fourchette braquée sur moi. Et c'était vous sur la photo !

— C'était qui, les autres ? a insisté mon neveu que j'aurais volontiers étranglé, lui aussi.

— Deux hommes tués par une bombe, et une petite fille abattue accidentellement par des types qui tiraient d'une voiture sur un motard, qui est mort lui aussi.

— *Mon Dieu !* s'est exclamée Marie-Claire, trahissant à son tour la promesse de parler anglais.

J'ai regretté de ne pas avoir prêté plus d'attention à ses discours sur le vernis au tampon à l'époque de la Renaissance. Faute de ne pouvoir lui poser une question pertinente, j'ai opté pour le silence et me suis rabattue sur mon verre de Perrier.

— Vous ne comptez pas la jeune femme dont les ossements ont été retrouvés à Saint-Basile-le-Grand ?

La question venait de Crease. Posée sur un ton indifférent que démentait l'éclat de sa prunelle. S'il comptait me soutirer des renseignements, il allait en être pour ses frais.

— Non.

— On connaît son identité ? a-t-il continué, en levant son verre de vin.

— Non.

— De quoi parlez-vous ? a voulu savoir Kit.

J'ai mentionné succinctement les ossements découverts près de la tombe des motards.

— Nous ne savons pas si elle avait ou non des liens avec les Vipères. Elle aurait pu être enterrée là du temps de l'ancien propriétaire.

— C'est ce que vous pensez ? a demandé Crease.

— Je ne pense rien.

— C'est qui, ces Vipères ? a insisté Kit.

J'ai sur-le-champ révisé mon opinion sur ses bonnes manières.

— J'te crois pas ! a-t-il encore lâché, quand je lui ai expliqué qu'il s'agissait d'un club vassal utilisé par les Hell's Angels pour exécuter leurs basses œuvres.

— Tu sais, au cours des cinq dernières années, les Hell's Angels et leurs petits camarades armés ont causé la mort de près de cent vingt personnes dans cette seule province. Et je ne compte pas tous les gens qui ont disparu.

— Tu veux dire que les motards s'entre-tuent ?

— Exactement. Pour le contrôle du trafic de la drogue.

Là-dessus, l'acteur y est allé de son couplet :

— On devrait peut-être les laisser se massacrer. Considérer cela comme une sorte d'autorégulation entre sociopathes.

— Pas tant que des petites filles de neuf ans trouveront la mort dans ces affrontements. Comme Emily Anne Toussaint.

— Et comme cette autre fille aussi, peut-être ? a dit Kit.

— Peut-être, en effet.

— Vous croyez que vous pourrez le démontrer ?

— Je ne crois rien du tout, monsieur Crease. Claude-Henri, parlez-nous donc de votre film.

Laissant le producteur se lancer, Crease s'est emparé de la bouteille de chardonnay en vue de remplir mon verre. J'ai secoué la tête. Il a insisté. J'ai posé les doigts sur le bord. En riant, il les a écartés et m'a versé du vin d'autorité. J'ai arraché ma main à la sienne et me suis rejetée en arrière, furibonde. Je ne supporte pas les gens qui forcent les autres à boire.

La voix de Kit m'a ramenée au dîner. Isabelle venait de braquer les projecteurs sur lui.

— J'y suis allé avec mon père. Une idée à lui, pour qu'on se connaisse mieux. On a fait tout le trajet depuis le Texas à bord d'une vieille caravane Winnebago. Un crochet par Montréal pour rendre son chat à ma tante et on a continué sur l'est. On a passé la frontière avec le Vermont à Derby Line. Comparé à un voyage planifié par papa, le débarquement en Normandie, c'était de la gnognotte. Grâce à quoi, je me rappelle les noms de tous les endroits par où on est passés. On a dressé le camp du côté de Westmore. Au printemps, à la fraie, les saumons remontent la Willoughby en masse. Après, on a filé vers Manchester et jeté nos lignes dans le Battenkill. Mon père n'a pas pu s'empêcher de faire une razzia sur la fabrique Orvis. Tout ce matériel inutile qu'il a acheté, je ne vous dis pas ! Des cannes pour la pêche au lancer, d'autres pour la pêche à la mouche, et tout le tintouin. Après quoi, il a repris la route pour le Texas et moi, j'ai déboulé chez ma tante, une dénicheuse de motards à ce que j'apprends.

Sur ce, il a levé son verre pour me porter un toast et tout le monde l'a imité.

— Ça me fait un peu drôle, parce que mon père m'a justement acheté une moto, l'an dernier.

La nouvelle ne m'a surprise qu'à moitié. Howard, second mari de ma sœur dont il a divorcé quand Kit avait six ans, est un pétrolier texan qui a plus de fric que de plomb dans la cervelle et qui souffre d'un priapisme aigu le rendant inapte à la monogamie. Son idée de la paternité consiste à inonder fiston de cadeaux et d'argent. À trois ans, c'était les poneys et les voitures à moteur, à dix-huit les voiliers et même une Porsche.

— Quel genre de moto ? a demandé Isabelle.

— Une Harley Davidson, la passion de papa. Moi, j'ai une *Road King Classic*. Lui, une *Ultra Classic Electra Glide*. Des Evo toutes les deux. Mais sa préférée, c'est sa vieille *knucklehead*. Une antiquité ! Ces bécanes-là, on les a construites uniquement entre 1936 et 1947.

— Qu'est-ce que c'est exactement ? Je m'y perds un peu dans tous ces termes.

— C'est juste des appellations d'après la forme du moteur. L'*Évolution V2* a été lancée au début des années quatre-vingt. Au départ, on appelait ça une *blockhead*, mais le terme n'a jamais pris. Tout le monde dit Evo. Les motos qu'on voit aujourd'hui s'appellent des *shovelheads*. Elles ont été fabriquées de 1966 à 1984. Avant, entre 1948 et 1965, il y avait les *flatheads*, sorties pour la première fois de l'usine en 1929. C'est facile de reconnaître l'année de production. Il suffit de regarder la forme de la culasse.

Manifestement, la passion de mon neveu pour les deux-roues surpassait largement son intérêt pour les motards.

— En fait, toutes les Harley modernes descendent de la *Silent Grey Fellow*, la première moto à quitter le Milwaukee au tournant du siècle. Elle avait une puissance de trois chevaux pour un moteur de 400 centimètres cubes et, à l'époque, il ne fallait pas compter sur les poussoirs de soupape hydrauliques, les démarreurs électriques et autres moteurs à quatre cylindres en V ! a-t-il ajouté en secouant la tête d'un air admiratif. Le moteur actuel, le *Twin Cam*, a une cylindrée de 1400 centimètres cubes. La vieille FLH de 1971, de 1200 centimètres cubes, avait un taux de compression de 8,5 à 1. De nos jours, on arrive à des taux de 9,5 à 1. Ah, on en a fait du chemin depuis la *Silent Grey Fellow*, mais c'est quand même d'elle que descendent toutes les grosses américaines qui roulent aujourd'hui.

— Il y a d'autres fabricants de moto ? s'est enquis l'acteur.

— Forcément. Yamaha, Suzuki, Kawasaki, Honda, mais c'est juste des roues pour se déplacer ! a lâché Kit avec une moue de dédain. Il y a bien les Anglais, qui ont sorti des bécanes pas mal, à un moment : les Norton, les Triumph, les BSA. Mais toutes ces boîtes ont fermé boutique. Les BMW allemandes ont de la gueule, c'est vrai, mais je n'en donnerais pas un peso. Pour moi, les Harley, c'est le top.

— Ça vaut cher ? a demandé Claude-Henri.

Kit a haussé les épaules.

— C'est de l'équipement de luxe. Harley ne cible pas les petits budgets.

Mon neveu manifestait pour ses motos la même révérence et le même savoir que Marie-Claire pour les meubles anciens. Qui sait ? Sa visite allait peut-être se révéler une bénédiction et m'aider à comprendre le monde étrange des motards dans lequel je m'apprêtais à entrer.

Il était presque minuit quand nous nous sommes retrouvés dans l'ascenseur, moi rêvant de mon lit, Kit excité comme une puce et prêt à disserter des heures encore sur les motos, les invités et le dîner de ce soir. Effet du vin ou énergie de la jeunesse, je n'aurais su le dire. Quoi qu'il en soit, j'ai envié son allant.

La pluie avait cédé la place à un vent fort en provenance du fleuve qui malmenait branches et buissons et jonglait au ras du sol avec les feuilles mouillées. Kit a proposé d'aller chercher la voiture pendant que je l'attendrais à l'intérieur de l'immeuble. Je lui ai tendu les clefs, non sans avoir évalué son degré d'alcoolémie en toute impartialité.

Une minute plus tard, il s'arrêtait devant le perron. À peine étais-je assise au volant qu'il m'a jeté un rectangle marron sur les genoux.

— Qu'est-ce que c'est ?

— Une enveloppe.

— Merci. Tu l'as trouvée où ?

— Sous l'essuie-glace. Un admirateur, peut-être ?

Je suis restée à considérer l'objet. Matelassé. Du genre de ce qu'on utilise pour les envois fragiles. Fermé d'un côté par des agrafes et de l'autre par une tirette facilitant le décachetage. Mon nom s'y détachait, écrit au feutre rouge.

J'ai fixé les lettres, hypnotisée. Inquiète. Un tambour battait dans ma tête. Qui connaissait ma présence à l'Île-des-Sœurs, ce soir ? Qui avait reconnu ma voiture ? Aurions-nous été suivis, surveillés ?

J'ai tâté l'enveloppe d'une main méfiante. Elle renfermait quelque chose de dur.

— Qu'est-ce que t'attends pour ouvrir ? s'est écrié mon neveu.

Au son de sa voix, j'ai sursauté. Dans la lumière jaune et parcimonieuse qui venait de l'immeuble, son visage était blafard, sa silhouette noire et floue.

— Merde, Kit ! C'est peut-être...

Je me suis interrompue sans savoir vraiment ce que je voulais dire.

— Peut-être quoi ? a-t-il lancé en se tournant vers moi, calé contre la portière, un bras passé autour du siège. Ouvre ! Combien tu paries que c'est une blague d'un de tes copains flics qui a repéré ta bagnole et décidé de te fiche les jetons ?

Possible. J'avais déjà fait l'objet de farces plus

ou moins bonnes dans le passé. N'importe qui dans la police pouvait avoir reçu du central confirmation que la voiture était immatriculée à mon nom.

— Allez ! m'a encouragée Kit, et il a allumé le plafonnier. Si ça se trouve, c'est juste des billets pour le match des Expos.

J'ai tiré sur la languette et glissé la main à l'intérieur de l'enveloppe. Mes doigts se sont refermés sur un petit pot de verre rond. Que j'ai extrait et approché de la lumière.

À sa vue, la bile m'est remontée dans la gorge.

— Putain ! Quel est le salaud qui t'a fait ça ?

J'ai à peine entendu jurer mon neveu. Des spasmes rythmés à hauteur du gosier m'avaient obligée à ouvrir ma portière.

15.

Un œil blanchi et endommagé par endroits reposait, pupille tournée vers le haut, au fond d'un bocal hermétiquement fermé. Un reste de paupière déchiquetée flottait dans un liquide opaque, telle une larme demeurée en suspens. Une odeur de formol se dégageait du pot sous lequel était collé un papier.

Kit l'a déplié.

— *On t'a à l'œil !* a-t-il lu en français avec son drôle d'accent. Qu'est-ce que ça veut dire, tante Tempé ?

J'ai traduit. Les mains tremblantes, j'ai fourré bocal et message dans l'enveloppe et je l'ai posée au pied du siège arrière. L'odeur imprégnait l'habitacle tout entier. J'avais beau savoir que c'était un mirage olfactif, je ne pouvais contrôler mes haut-le-cœur. J'ai frotté mes paumes humides sur mon pantalon et empoigné le levier de vitesse. Ce n'est que lorsque nous avons tourné le coin du boulevard Île-des-Sœurs que mon neveu a demandé :

— C'est une blague, à ton avis ?

— Je ne sais pas.

J'ai eu l'impression de glapir. Kit a dû sentir

que je n'étais pas dans mon état normal, car il n'a pas poussé plus loin ses questions.

De retour à la maison, j'ai emmailloté le bocal dans plusieurs sacs de plastique et l'ai enfermé dans un Tupperware avant de le ranger dans le bac à légumes du réfrigérateur, vidé au préalable. Kit me regardait faire en silence, d'un air intrigué. J'ai fini par lâcher :

— J'emporterai ça au labo lundi.

— C'est un vrai œil, hein ?

— Oui.

— Tu penses que c'est une farce ?

— Il y a des chances, ai-je répondu sans y croire, pour ne pas l'inquiéter.

— Excuse-moi d'insister, mais si c'est le cas, pourquoi tu veux l'emporter au labo ?

— Pour rendre au plaisantin la monnaie de sa pièce. Lui fiche la trouille à mon tour. Ça marchera peut-être. Maintenant, moi, c'est dodo !

J'avais fait de mon mieux pour répondre sur un ton normal. Je l'ai embrassé avant d'ajouter :

— Demain, on fera quelque chose de rigolo.

— Génial. Ça t'embête si j'écoute un peu de musique ?

— Pas du tout !

Kit parti dans sa chambre, j'ai vérifié par deux fois que portes et fenêtres étaient bien fermées et l'alarme branchée. Dans ma chambre, je me suis interdit de regarder sous le lit ou dans les placards. Kit avait mis *Black Sabbath*. Jusqu'à deux heures et quart du matin, allongée dans mon lit, je suis restée à me demander combien d'appels scandalisés ces boum-boum métalliques se prétendant musique allaient générer de la part des voisins. Mais ce qui m'angoissait le plus, c'était de savoir qui pouvait être suffisamment monté contre moi pour m'adresser un message sous forme d'œil

156

humain. Une douche de vingt minutes n'avait pas réussi à me laver le cerveau, et c'est avec une odeur persistante de formol dans les narines que j'ai fini par sombrer dans le sommeil, l'estomac barbouillé et les poils hérissés sur la peau.

La matinée était bien avancée quand j'ai ouvert les yeux le lendemain, épuisée par une nuit entre-coupée de réveils en sursaut. L'œil dans le bocal m'est aussitôt revenu en mémoire. Qui m'avait fait cela et pourquoi ? Était-ce en rapport avec mon travail, était-ce l'œuvre d'un psychopathe qui m'avait prise pour cible ? Quoi qu'il en soit, il s'agissait de rester sur mes gardes. D'être hyper-vigilante et, en même temps, de ne plus y penser jusqu'à lundi matin. Ma matraque se trouvait tou-jours à sa place, les appels en mémoire des diffé-rents téléphones et l'alarme étaient branchés sur police secours. Bien. Dix heures du matin. Un soleil vif brillait. Le thermomètre du patio indi-quait cinq degrés Celsius, quarante degrés Fahren-heit : la canicule, pour un Québécois. Kit n'émer-gerait pas avant midi sonné. J'ai passé mon survêtement et suis allée à la gym. À pied. Les nerfs à fleur de peau et l'œil aux aguets.

Au retour, j'ai fait provision de *bagels* et de bonnes choses pour accompagner le fromage à tar-tiner. En voyant une charrette de fleuriste, l'idée m'est venue d'offrir un pot d'herbe à chat à Bir-die, histoire de rentrer dans ses bonnes grâces, car il m'ignorait depuis l'arrivée de Kit.

Mes achats n'ont pas remporté le succès escompté.

— Interdiction de prononcer les mots « lève-tôt » ou « aurore » ! a marmonné Kit en guise de bonjour, quand il a débarqué dans le salon aux alentours de une heure et quart, suivi du chat qui se traînait d'un air apathique.

— Et « bagel » ?

— Ça peut aller.

— Fromage à tartiner, saumon fumé, citron, oignon et câpres ?

— Efface câpres et envoie le programme.

Kit s'est assis à table. Quant à Birdie, il a considéré son herbe sans daigner m'adresser un regard de gratitude.

J'ai proposé :

— Des activités en plein air, ça te dit par ce temps ?

— Accepté.

— On peut faire le jardin botanique et une virée sur la montagne ou, si tu préfères, on se dégote des vélos et on va au Vieux Port. Ou bien on longe le canal Lachine.

— Les rollers sont autorisés sur ta voie cyclable ? On pourrait en louer.

— J'imagine...

— Néophyte, hein ? a lancé mon neveu à qui mon peu d'enthousiasme n'avait pas échappé. Tu sais que Harry est super-douée ?

— Mmm... Pourquoi dis-tu toujours Harry en parlant de ta mère ?

Kit, en effet, ne l'avait jamais appelée maman. Cela m'avait toujours étonnée.

— Je ne sais pas. Disons qu'elle n'a rien des mères de famille de *La Petite Maison dans la prairie*.

— Mais tu fais ça depuis que tu as deux ans !

— Comme maîtresse de maison accomplie, on repassera. Déjà à cette époque. Mais ne change pas de sujet, tu veux ? Tu es partante, oui ou non ?

— Bien sûr.

— Tu es un vrai chou à la crème, tante Tempé. Le temps de passer sous la douche et on y va.

Journée idyllique. Après des débuts un peu chaotiques, j'ai vite attrapé le rythme et me suis retrouvée à glisser comme si j'étais née des roulettes aux pieds. Ça m'a rappelé l'époque où, petite fille, je patinais sur le trottoir, n'évitant les piétons que pour me retrouver sur la trajectoire d'une voiture. Le soleil avait fait sortir des flopées de sportifs, les allées grouillaient de cyclistes, de skate-boardeurs et d'autres patineurs comme nous. Sans tourner encore avec beaucoup d'assurance, j'arrivais néanmoins à louvoyer entre les gens. La seule chose que je n'aie pas réussi à apprendre, c'est à m'arrêter net. De mon temps, on n'avait pas inventé les patins à freins. Quoi qu'il en soit, à la fin de l'après-midi, je me voyais voguer avec la légèreté de *Black Magic I* dans la coupe de l'America. Kit, lui, me trouvait la grâce d'un étron dévalant les égouts. Qu'importe, j'étais plus rembourrée qu'un bonhomme Michelin.

Vers cinq heures, nous avons rendu patins et protections pour aller *Chez Singapour* déguster un délicieux repas asiatique. Après, sur proposition de Kit, nous avons loué des cassettes en VF. *La Panthère rose* et *Quand l'inspecteur s'en mêle*, choix de mon neveu, persuadé que rien ne valait l'immersion totale pour accélérer son adaptation à la vie québécoise. Nous avons ri comme des bossus aux démonstrations de l'inspecteur Clouzot selon lesquelles on peut à la fois être partie du problème et partie de sa solution, et ce n'est qu'une fois dans mon lit, éreintée et moulue, l'estomac tendu par une orgie de pop-corn, que je me suis rappelé l'abominable bocal. « L'œil était au Frigidaire et regardait Brennan... » J'avais beau me tourner et me retourner, impossible d'y échapper ! Qui donc m'en voulait au point de laisser un message semblable sous mon essuie-glace ?

Lundi, il faisait doux encore malgré les nuages noirs qui plaquaient le brouillard au ras du sol. Il fallait rouler phares allumés. Au labo, j'ai porté le bocal au département de biologie. Je n'ai pas spécifié l'origine de l'échantillon puisqu'on ne me la demandait pas, et lui ai attribué un numéro fantaisiste. J'avais ma petite idée sur sa provenance et j'espérais me tromper, car ce que cela impliquait était par trop horrible. En attendant les résultats de l'analyse, que la laborantine me communiquerait sitôt reçus, je me tiendrais à carreau.

Le briefing du matin n'a pas duré longtemps : un concessionnaire Volvo pendu dans son garage, un mot épinglé à sa veste justifiant son suicide ; un pilote tué dans le crash de son monomoteur du côté de Saint-Hubert ; une femme poussée sous une rame de métro à la station Vendôme. Rien pour moi. J'allais pouvoir m'attaquer à l'identification de ma jeune fille de la fosse aux Vipères.

À partir des mots clefs *anthropologie, squelette, inconnu, femme* et *partiel*, j'ai lancé une recherche en vue d'obtenir la liste de toutes les affaires comportant des corps incomplets et non identifiés de sexe féminin. Les dix dernières années, période de ma collaboration au labo, comptaient vingt-six affaires codées LML. Celles remontant à une date antérieure précisaient seulement : squelette complet ou incomplet, sans autre détail.

À partir de cette liste, j'en ai appelé une deuxième, regroupant les corps privés de tête. Puis, j'ai voulu faire de même pour les fémurs. Impossible. Les données entrées dans l'ordinateur indiquaient seulement présence ou absence de crâne. Tant pis. J'allais devoir consulter les dossiers.

Sans perdre une seconde, je suis descendue aux archives. Une femme mince, que je n'avais jamais vue, trônait au bureau d'accueil. Jean et blouse paysanne, des cheveux blanc oxygéné, une peau blafarde, des yeux délavés. Monochromie parfaite que rompaient quelques mèches rouge cerise près des tempes et des taches de rousseur sur le nez. Aux oreilles, une ribambelle d'anneaux et de boucles dont j'aurais été bien incapable de faire le décompte.

— *Bonjour, je m'appelle Tempé Brennan.*

Je lui ai tendu la main. Elle s'est contentée de hocher la tête sans même me dire son nom.

— Vous êtes nouvelle ?

— Remplaçante.

— Excusez-moi, je ne crois pas vous avoir rencontrée.

— Voulez savoir mon nom ? Jocelyne Dion.

Un haussement d'épaules a ponctué sa phrase. Devant son amabilité, j'ai ramené ma main.

— J'ai besoin de consulter ces dossiers, Jocelyne.

Je lui ai remis ma liste où des numéros se détachaient en gras. Quand elle a tendu le bras pour la prendre, le léger tissu de sa blouse ne m'a rien caché de ses biceps. De toute évidence, cette Jocelyne n'allait pas à la gym uniquement pour tenir compagnie aux copines.

— Ça en fait beaucoup, je sais, mais c'est urgent. Vous pourriez me les sortir rapidement ?

— Pas de problème.

— J'ai besoin du dossier complet, pas seulement du rapport anthropologique.

Un infime changement d'expression, aussitôt

volatilisé, est passé sur son visage et elle a baissé le nez sur le papier.

— Vous les voulez où ?

Je lui ai indiqué le numéro de mon bureau et suis partie. Au bout de quelques pas, je me suis aperçue que je n'avais pas mentionné les photos. Je suis revenue dans le bureau. Le nez collé sur ma liste, Jocelyne remuait les lèvres en descendant les colonnes de son ongle laqué. Un côté de la feuille, puis l'autre. Au son de ma voix, elle a fait un saut de carpe.

— Je suis sur le coup ! m'a-t-elle lancé en se laissant glisser de son tabouret.

Bizarre, cette fille !

Je l'ai plantée là et suis retournée à mes rapports Gately et Martineau. Une heure plus tard, elle m'apportait les dossiers. J'ai passé les trois suivantes à les éplucher.

En tout, depuis mon arrivée à Montréal, j'avais travaillé sur six affaires de femmes sans tête. Deux d'entre elles n'avaient pas non plus de fémurs, mais elles étaient trop âgées pour être ma jeune fille de la fosse aux Vipères. Auparavant, sept squelettes de femme sans tête n'avaient pu être identifiés. Deux correspondaient en âge, mais les ossements retrouvés n'étaient pas recensés dans le détail et aucun dossier ne comportait de photos.

Je suis retournée à l'ordinateur. J'ai commencé mes recherches par l'affaire la plus ancienne. Découverts à Salluit, un village du Grand Nord tout au bout de la péninsule d'Ungava, à deux mille kilomètres d'ici, les restes avaient été conservés cinq ans, rephotographiés, puis remis à qui de droit à fins d'enterrement ou de destruction. Aucune photo non plus dans l'ordinateur. Étrange.

Je suis passée à l'affaire la plus récente. Lieu de récupération du corps : Sainte-Julie. À moins de vingt kilomètres de Saint-Basile-le-Grand ! Mon cœur s'est mis à battre plus vite. Retour au dossier : là non plus, pas de photos. Et rien dans les annexes n'indiquait que l'affaire ait été résolue. Les dieux étaient-ils à ce point avec moi ? Cela valait la peine d'aller jeter un coup d'œil à ma réserve.

Ce petit local tout en longueur m'a été attribué à mon arrivée au labo. J'y conserve sous clef tout un tas de dossiers dont j'ai hérité, ainsi que des ossements dont je n'ai pas voulu me défaire pour une raison ou pour une autre.

Des cartons s'alignaient le long des murs, rangés par ordre chronologique. Les affaires les plus anciennes étaient classées tout au fond. Celle que je cherchais se trouvait sur l'étagère du haut. Grimpée sur une chaise, j'ai descendu le carton. L'ayant porté jusqu'à la table, j'ai enlevé la poussière et soulevé le couvercle. À gauche, un gros tas de vertèbres et de côtes dont les articulations portaient des traces de morsure d'animaux. Les fémurs étaient là. Pas de doute là-dessus.

Zut ! J'ai tout sorti pour vérifier que le contenu correspondait à l'inventaire. Apparemment, rien ne manquait. Déçue, j'ai remis le carton à sa place. Après m'être lavé les mains, j'ai réintégré mon bureau de l'autre côté du couloir. Il me fallait au moins un sandwich au thon et une crème au caramel pour me ragaillardir.

« La vie est incertaine, commence par le dessert ! » proclame l'affichette qu'un de mes collègues d'université à Charlotte a collée sur sa porte. Forte de ce conseil, à mon avis excellent, j'ai descendu tout mon dessert en contemplant la rivière, les pieds croisés sur l'appui de fenêtre. Parfois, mon esprit fonctionne mieux quand je laisse les idées s'associer d'elles-mêmes, sans les forcer à se réunir, comme un berger son troupeau.

Un fait était certain : le crâne et les fémurs trouvés à Saint-Basile n'étaient pas les parties manquantes d'un squelette déjà exhumé. Exhumé au Québec, du moins.

Bon.

Si Claudel n'était pas plus chanceux que moi avec sa liste des disparues, la prochaine étape serait le CPIC. Ensuite, si cela ne donnait rien non plus, on appellerait le centre américain d'informations criminelles. Après tout, rien ne m'autorisait à croire que ma jeune fille était originaire d'ici. Elle pouvait fort bien être venue du Sud. Des États-Unis.

Comme l'affirme le psy dans la série *Ally McBeal*, rien ne vaut une chanson pour combattre le stress.

Runnin' down the road tryin' to loosen my load
Got a world of trouble in my head...
Descendant le chemin, accablé sous le poids,
J'ai tout un monde de problèmes dans la tête...

C'était mon cas, en effet.

> *Slow down, you move too fast*
> *Got to make the morning last...*
> Ralentis, tu vas trop vite
> Laisse durer le matin...

Armée de ce principe, je tendais une main paresseuse vers mon sandwich quand l'immonde cadeau laissé sur mon pare-brise s'est imposé à mes yeux. En un instant, j'ai été transformée en glaçon. J'avais la chair de poule de la tête aux pieds.

« Oublie ! me suis-je dit. Si ça se trouve, ce n'est qu'un œil de porc. Ta photo était dans le journal. N'importe quel connard a pu le mettre sur ta voiture pour rigoler. Si quelqu'un t'observe, ce n'est qu'un imbécile à l'esprit tordu, qui n'a rien d'autre à foutre dans la vie que d'emmerder son voisin. »

I am woman watch me...
Je suis femme, regarde-moi... disait la chanson.

Ça, non, alors ! Pas question !

It's a beautiful day in the neighborhood...
Il fait beau, la vie est belle par ici...

Seigneur ! Mieux valait me concentrer sur le programme de la journée : boucler les rapports Gately et Martineau, finaliser ceux des jumeaux Vaillancourt, appeler Claudel et contacter éventuellement le CPIC et le NCIC.

« Pas d'angoisse, Brennan, tout va bien. Tu fais seulement ton boulot ! »

Hélas, cette idée n'a pas eu le temps de faire son chemin dans ma tête.

Le téléphone a sonné, réduisant à néant la sérénité que je m'étais donné tant de mal à atteindre.

16.

— Ne quittez pas, je vous prie, je vous passe
M. Crease !

Je n'ai pas eu le temps de placer un mot que le
journaliste était déjà en ligne.

— Vous ne m'en voulez pas de vous appeler au
bureau, j'espère ?

Je n'ai pas pipé. Je n'en pensais pas moins.

— Je tenais à vous dire que j'ai passé une soirée délicieuse, samedi. Je serais ravi de vous
revoir.

D'un original achevé !

— Auriez-vous un moment pour dîner avec
moi cette semaine ?

— Je regrette, je suis débordée, ces temps-ci.

J'aurais pu être libre comme l'air pour les mille
ans à venir, je n'aurais pas dîné avec lui. Les types
qui se croient tout permis, je déteste !

— La semaine prochaine, alors ?

— Non, je ne crois pas.

— Je comprends. Puis-je avoir votre neveu
comme prix de consolation ?

— Quoi ?

— Kit. Je l'ai trouvé fabuleux.

Fabuleux, mon gamin ?

— Je pourrais l'emmener chez un de mes copains qui possède un atelier de motos avec tous les gadgets possibles et imaginables pour customiser une Harley. Je suis sûr que ça l'amuserait.

Oh, je n'en doutais pas. Farfouiller dans une caverne d'Ali Baba ne pouvait que lui plaire, mais si quelque chose ne m'amusait pas, moi, c'était de voir Kit tomber entre les griffes d'un beau parleur comme ce Crease. Il était beaucoup trop influençable. J'ai admis du bout des lèvres :

— Probablement.

— Alors, je lui passe un coup de fil, si c'est cool pour vous.

Cool ? Une colique, oui !

— Si vous y tenez.

Cinq minutes ne s'étaient pas écoulées que ce cher Quickwater s'encadrait dans ma porte. Il m'a considérée de ses yeux de poisson mort et a laissé choir un dossier sur ma table.

— Je peux savoir de quoi il s'agit ?

— Formulaires.

— À remplir ?

Il s'apprêtait à ignorer ma question quand son coéquipier nous a rejoints. Je l'ai aussitôt apostrophé :

— Si je comprends bien, vous revenez les mains vides ?

— Aussi vides que le coffre-fort d'Al Capone ! a lancé Claudel. Rien qui corresponde de près ou de loin à notre descriptif. Bergeron bosse toujours sur les dents. Dès que vous les aurez remplis, a-t-il ajouté en désignant les papiers jetés par Quickwater, Martin s'occupera du NCIC et je m'attaquerai au CPIC.

Le CPIC ou *Canadian Police Information Center* de même que son homonyme américain, le NCIC ou *National Crime Information Center*, rattaché quant à lui au FBI, sont deux bases de données électroniques offrant aux forces de l'ordre la possibilité d'accéder rapidement aux renseignements qui leur sont nécessaires. J'ai eu recours plusieurs fois au CPIC, mais je connais mieux l'organisme américain.

Fondé en 1967 afin de regrouper divers renseignements policiers tels que les immatriculations d'automobiles, d'armes et de biens personnels, le signalement des voitures volées et des personnes en fuite ou recherchées par la police, le NCIC s'est vu adjoindre de nouvelles sections au fil des années de sorte que des dix mises en place au départ, on est passé aujourd'hui à dix-sept. Il comporte ainsi un registre de toute immatriculation délivrée dans un État de l'Amérique, un répertoire des dossiers confidentiels des services secrets, une liste des étrangers en fuite, une autre des gangs de criminels et des terroristes, un index des personnes disparues et des corps non-identifiés. Tous les commissariats centraux, comme tous les bureaux des shérifs des États-Unis, de Porto Rico, du Canada et des îles Vierges peuvent se connecter à l'ordinateur central de Clarksburg, en Virginie occidentale, étant entendu que les demandes de renseignements doivent être soumises exclusivement par des représentants de l'ordre. Et ceux-ci ne s'en privent pas. Si, au cours de sa première année d'existence, le NCIC a enregistré deux millions de requêtes, de nos jours il en traite autant quotidiennement.

L'index des personnes recherchées se subdivise en plusieurs sections. Celle des personnes disparues, créée en 1975, recense les individus recherchés non pas « pour délit », mais parce qu'ils sont en situation de danger potentiel : fugueurs, handicapés, personnes kidnappées ou disparues dans une catastrophe. Toute disparition signalée à un commissariat, que ce soit par un parent, un tuteur légal, un médecin, un dentiste ou un oculiste, est aussitôt transmise à l'ordinateur central. Depuis qu'en 1983, cet index s'est agrémenté d'une nouvelle section regroupant les corps non-identifiés, entiers ou incomplets, il est désormais possible d'établir par recoupement si un cadavre récupéré est celui d'un individu faisant l'objet de recherches.

C'était ce gros paquet que Quickwater avait jeté sur mon bureau.

— Si vous remplissiez les formulaires pour le NCIC, on pourrait travailler en même temps sur les deux réseaux, dit Claudel. Les données sont grosso modo les mêmes, seuls les codes varient. Ça vous prendra combien de temps ?

— Donnez-moi une heure.

Ne disposant que de trois os en tout, je n'aurais guère de cases à cocher.

Sitôt les détectives sortis, je me suis attelée à la tâche, me reportant à la table des matières pour trouver les codes nécessaires. J'ai commencé par la section des cadavres non-identifiés. Un diagramme de corps humain était joint. J'ai mis un « R » signifiant « récupéré » dans les cases 1, 9 et 10 correspondant au crâne et aux fémurs gauche et droit, et un « N » partout ailleurs pour indiquer « non récupéré ». J'ai écrit « F » pour femme, « B » pour Blanche, et donné une taille approximative. J'ai laissé en blanc les cases réservées aux dates de naissance et de décès et j'ai inscrit « SHUNT CERB », pour shunt ventriculaire, au paragraphe des observations particulières, sans oublier de mettre une croix en face de cet objet sur la liste des appareils et accessoires jointe au diagramme. Voilà. Signes particuliers : néant, puisque nous n'avions connaissance d'aucune caractéristique de type fracture, difformité, tatouage, verrue, grain de beauté ou cicatrice, et que nous ignorions quels vêtements, bijoux ou lunettes portait notre inconnue au moment de sa disparition.

En l'absence d'empreintes digitales et d'informations sur le groupe sanguin et la cause du décès, j'ai laissé le reste du document en blanc. Le lieu de la découverte du corps était le seul renseignement complémentaire que je pouvais fournir.

J'en étais à inscrire le nom de l'agence demanderesse et le numéro de l'affaire dans les cases réservées à cet effet quand le constable est réapparu. Je lui ai tendu le formulaire. Il l'a pris sans un mot, a hoché la tête et est reparti.

Mais qu'est-ce qu'il avait, ce type ?

Vision-flash de l'œil dans le petit pot de confiture.

Serait-ce lui ?

Impossible.

Toutefois, mieux valait ne pas lui mentionner non plus qu'à Claudel l'immonde cadeau qui m'avait été offert. C'est auprès de Ryan que j'aurais voulu prendre conseil. Mais voilà, Ryan n'était plus là. J'étais seule et bien seule pour affronter cette horreur.

Les rapports Gately et Martineau achevés, je les ai portés à taper au secrétariat. Au retour, quelle n'a pas été ma surprise de découvrir Claudel installé dans mon bureau, une sortie d'imprimante à la main.

— Vous aviez vu juste pour l'âge, mais trop court pour la date de la mort. Dix ans, ce n'était pas assez.

Il s'est tu. J'ai gardé le silence, attendant qu'il veuille bien poursuivre de lui-même.

— Elle s'appelait Savannah Claire Osprey.

En français, cela donnait Os-pri, avec l'accent sur la dernière syllabe. Quant au prénom, il était typique du Sud-Est des États-Unis, peu de gens ailleurs appellent ainsi leur fille. C'était déjà un début, et il avait de quoi piquer ma curiosité. Je me suis laissée tomber dans mon fauteuil.

— Elle était d'où ?

— Shallotte, en Caroline du Nord. C'est chez vous, non ?

— Non. Moi je suis de Charlotte.

Charlotte, Charlottesville, les deux Charleston, les Canadiens ont du mal à prononcer correctement ces noms. Comme bien des Américains, d'ailleurs. J'ai abandonné depuis longtemps l'espoir de leur faire entendre la différence. Cela dit, rien ne justifiait la méprise, Shallotte étant une petite ville de la côte.

— La disparition a été enregistrée en mai 1984, ânonnait Claudel, les yeux sur son rapport. Deux semaines après son anniversaire. Seize ans.

— Quel cadeau !

— *Oui.*

Comme rien d'autre ne venait, j'ai déclaré de ma voix la plus suave :

— Toute information en votre possession me sera utile pour confirmer cette identité, monsieur Claudel.

Il a fait durer sa pause.

— Entre le shunt et les caractéristiques dentaires, l'ordinateur a craché le nom tout de suite. J'ai réussi à avoir en ligne l'enquêtrice chargée de l'affaire à l'époque. C'est la mère qui a signalé la disparition et puis, de but en blanc, elle a tout laissé tomber. Au début, les médias ont fait leur cirque habituel, et les choses se sont calmées. L'enquête a duré des mois sans donner aucun résultat.

— C'était une enfant à problèmes.

Autre pause, plus longue encore.

— Aucun problème, de drogue ou de discipline, n'a été rapporté, et elle n'était pas considérée comme une fugueuse potentielle. En raison de son hydrocéphalie, elle n'avait pas très bonne mémoire et, aussi, une mauvaise vue, mais elle n'était pas retardée. Elle allait dans une école normale et travaillait bien, même si elle était souvent hospitalisée pour des complications relatives au shunt, l'appareil ayant tendance à se boucher, semble-t-il. Ces périodes étaient précédées de léthargie et de maux de tête, parfois d'incohérence. Selon une théorie, elle aurait pu partir et se perdre.

— Partir toute seule, à l'aventure ? ! C'est quoi, l'autre théorie ?

— Le père.

Claudel a consulté son carnet.

— Dwayne Allen Osprey, un charmeur au casier plus long que le Transsibérien. Il était assez porté sur le *Jim Beam* et aimait bien se défouler sur sa famille quand il avait fait le plein. Dans sa première déposition, avant qu'elle se rétracte, la mère a affirmé qu'il n'aurait jamais aimé sa fille et que cela aurait été de mal en pis avec les années. Du genre à envoyer la gamine valdinguer contre un mur en gueulant qu'elle avait de l'eau à la place du cerveau.

— Il l'aurait tuée ?

— C'est une éventualité. Whisky et fureur font un cocktail détonant. Les choses seraient allées trop loin, la petite serait morte et il se serait débarrassé du corps.

— Et comment aurait-elle abouti au Québec ?

— Question fichtrement perspicace, docteur Brennan !

172

Sur ce, il s'est levé et a tiré sur les manchettes les plus immaculées et raides d'amidon que j'aie vues au cours des dernières décennies. Je l'ai fusillé d'un regard signifiant « Crève, tête de nœud ! », auquel il n'a pas réagi car il avait déjà passé la porte.

Je me suis laissée aller contre mon dossier en poussant un soupir.

« Pas perspicace ma question, monsieur Claudel ? Je vous prie de croire que si ! Tellement, même, que je vais lui apporter une réponse, foi de Brennan. »

17.

Comme d'habitude, Claudel m'avait fait sortir de mes gonds. Pour me calmer, je me suis mise à respirer lentement. Cinq heures moins vingt. Avec de la chance, j'arriverais encore à joindre Kate Brophy au SBI de Raleigh. Elle a décroché à la première sonnerie.

— Salut, Kate. C'est Tempé.

— Salut, ma belle ! Te revoilà à Dixie ?

— Non, j'appelle de Montréal.

— Tu te ramènes bientôt, qu'on s'en envoie derrière la cravate ?

— Tu sais bien que ces beaux jours sont finis.

— Désolée, j'avais oublié.

Notre rencontre remonte à une époque où je m'adonnais à la boisson comme une ado s'éclate pendant les vacances. À la différence que j'avais trente ans passés et de lourdes responsabilités : j'étais mariée, mère de famille, prof d'université et chercheur. Peu à peu, sans m'en rendre compte, j'avais intégré la grande famille des champions en beaux discours. « Boire, moi ? Bien sûr, un verre de bordeaux, le soir à la maison, une petite bière après les cours, un verre ou deux à une soirée, le week-end. L'alcool ? Je m'en passe très bien. La preuve, je ne bois jamais seule... M'a-t-on déjà vue en retard au boulot ? Non, l'alcoolisme, ce n'est pas mon problème. »

Sauf que le verre s'était progressivement transformé en bouteille et que mes beuveries n'exigeaient plus la compagnie d'une âme sœur. Ce qui rend Bacchus si attirant, voyez-vous, c'est que rien n'est exigé du consommateur, ni billet d'entrée, ni commande minimum. Et, avant qu'il ait le temps de dire ouf, il se retrouve, le dimanche, à cuver ses excès au fond de son lit pendant que son rejeton n'a que les parents de ses copains pour applaudir ses exploits au foot. À présent, j'en ai fini avec ça. Rideau, le spectacle a quitté l'affiche.

— C'est drôle que tu m'appelles, poursuivait Kate à l'autre bout du fil. Il n'y a pas cinq minutes, je parlais avec un enquêteur des motards que tu as recollés dans les années quatre-vingt.

Je n'avais pas non plus oublié cette affaire : deux gars entreprenants qui s'étaient mis en tête de fourguer leur came dans un secteur tenu par les Hell's Angels, et qu'on avait récupérés tout emmêlés dans des sacs en plastique. Et c'était moi que l'expert médical de Caroline du Nord avait chargée de faire le tri.

Mes premiers pas dans le monde de l'anthropologie judiciaire, une révélation !

Jusque-là, je n'avais étudié que des squelettes exhumés lors de fouilles archéologiques. Leurs maladies, l'espérance de vie aux temps de la préhistoire, c'était passionnant, certes, mais quelque peu éloigné du quotidien, alors que cette affaire contemporaine suscitait en moi un sentiment d'urgence et une excitation que ne m'avaient encore jamais procurés les morts du passé. Brusquement, je me découvrais en mesure de rendre à des victimes le nom dont elles avaient été dépossédées et de soulager la douleur de leurs proches en leur livrant la clef d'une douloureuse énigme. Je contribuais, par mes efforts aux côtés des représentants de l'ordre, à identifier des criminels et à faire reculer l'insécurité dans les villes d'Amérique. Et c'est ainsi que j'avais changé d'orientation. Parallèlement, je m'étais mise au régime sec. Deux choix de vie que je n'avais jamais regrettés.

— Qu'est-ce que tu fabriquais à Quantico, l'autre jour ? ai-je demandé à Kate.

— J'avais conduit deux analystes de chez nous suivre un entraînement au VICAP. Quand j'ai appris que Tulio tenait cette réunion, j'ai décidé d'aller renifler ce qu'il y avait de neuf du côté des motards.

— Et alors ?

— C'est le même tabac que dans les autres clubs mondains, sauf qu'on s'y entre-tue plus volontiers.

— Cela fait des années que je n'ai pas travaillé sur une affaire de motards en Caroline. Qui tient le haut du pavé, ces temps-ci ?

— Les trois plus gros.

— Hell's Angels, Outlaws et Pagans ?

— Pour vous servir, madame. Les Bandidos nous snobent encore. Les temps sont d'ailleurs assez calmes, mais ça pourrait changer le mois prochain quand les Hell's Angels tiendront leur manifestation à Myrtle Beach.

— Chez nous, ça chauffe déjà. Mais ce n'est pas pour ça que je t'appelle. Tu aurais entendu parler d'une Savannah Claire Osprey, par hasard ?

Kate n'a pas répondu. Tout ce que j'entendais au bout des kilomètres qui nous séparaient, c'était un bruit d'océan dans un coquillage, jusqu'à ce qu'elle finisse par lâcher :

— C'est une blague ?

— Pas le moins du monde.

Je l'ai entendue prendre une profonde inspiration.

— C'est l'une des toutes premières affaires sur lesquelles j'ai travaillé pour le compte du SBI en Caroline du Nord, ça ne date pas d'hier... Savannah Osprey, une gosse de seize ans avec des problèmes de santé à n'en plus finir. Bonnes fréquentations, pas d'usage de stups, partie de chez elle un après-midi et pfuitt ! évaporée dans la nature ! Du moins, c'est ce que dit l'histoire.

— Elle aurait fait une fugue ?

— Les flics ont soupçonné le père, mais ils n'ont rien pu prouver.

— Tu penses qu'il y était pour quelque chose ?

— Possible. C'était une gamine timide avec des lunettes grosses comme ça, qui sortait rarement de chez elle, qui n'avait pas de petit ami et qui était le souffre-douleur de son père, tout le monde le savait. En voilà un qu'on aurait dû enfermer ! s'est écriée Kate sur un ton dégoûté. Il a fini par l'être, d'ailleurs, mais beaucoup plus tard. Pour une affaire de drogue, je crois. Il est mort cinq ans après la disparition de sa fille.

Ses révélations me laissaient pantelante, comme si j'avais reçu un coup de poing au plexus.

— C'était une merde, un salopard, alors que la petite était vraiment pathétique, enchaînait Kate. Cette affaire m'a tellement chamboulée que j'ai gardé ses restes. Je les ai encore quelque part, au bureau de l'expert médical. Il m'appelle de temps en temps pour me demander quoi en faire. Je lui dis chaque fois de les conserver.

— Qu'est-ce que tu dis ?

J'étais agrippée au téléphone, le souffle coupé.

— Ses parents ne l'ont jamais identifiée, mais je suis sûre que c'est elle.

— Tu veux dire qu'on a retrouvé son corps ?

— Neuf mois après sa disparition, un corps de femme a été découvert dans les bois, du côté de Myrtle Beach. C'est ce qui a braqué les lumières sur le père. À l'époque, il travaillait comme livreur pour une fabrique de tartes au fromage blanc. Il changeait souvent de boulot, ce type. Et justement, le jour de la disparition de sa fille, il avait fait une livraison à Myrtle Beach.

J'étais tellement abasourdie que je n'arrivais plus à formuler ma question.

— L'analyse des restes n'a pas permis l'identification ? ai-je demandé au bout d'un moment.

— Non, il en manquait trop, et ce qu'on avait retrouvé était trop abîmé. Les analyses d'ADN n'existaient pas dans ce temps-là. Mais pourquoi tu me demandes tout ça ?

— Il y avait un crâne parmi les restes ?

— Non. Ni crâne, ni mâchoire, c'était ça, le hic. Le corps avait été caché sous une tôle rouillée. Les charognards avaient dû se donner rendez-vous parce qu'on en a retrouvé des morceaux éparpillés dans tout le voisinage. On s'est dit que le crâne et les mâchoires avaient été emportés. Les os récupérés sous la tôle étaient intacts, mais ils n'ont pas été très bavards. Quant aux autres, ils étaient tellement bouffés que ça a été difficile d'en tirer autre chose que le sexe. À l'époque, c'était le médecin légiste qui faisait office d'anthropologue. D'après son rapport, les ossements ne permettaient de déterminer ni l'âge, ni la taille, ni la race.

Normal, me suis-je dit. Un simple médecin légiste n'a pas les connaissances requises pour ce travail. Il ne connaît pas les signes microscopiques qui révèlent l'âge de la victime, il ignore qu'il suffit d'un fragment de fémur pour calculer la taille d'un squelette.

— Qu'est-ce qui te fait croire qu'il s'agissait de Savannah ?

— Le petit porte-bonheur en argent retrouvé à côté du corps. Un oiseau. La mère a prétendu qu'elle ne l'avait jamais vu, mais j'ai bien compris qu'elle mentait. J'ai fait des recherches. Ça représentait un faucon-pêcheur. Or un « Osprey » – un balbuzard –, c'est un oiseau de la famille des faucons-pêcheurs.

Quand j'ai mentionné le crâne et les fémurs découverts au Québec, Kate n'a pu retenir un cri :

— Putain !

— La mère vit toujours dans le coin ?

— Je vais me renseigner. Moi, tu sais, depuis qu'on a réussi à cloner la brebis, je ne jure plus de rien !

— Tu as toujours le dossier ?

— Tu parles !

— Avec des radios *ante mortem* ?

— À la pelle !

Je n'ai pas mis longtemps à prendre ma décision :

— Sors tes ossements, Kate, j'arrive.

Patineau m'ayant donné son aval, j'ai réservé une place sur un vol du matin pour Raleigh. Ce soir-là, Kit et moi avons dîné tard. Ravi de sa prochaine virée avec Crease, il n'a pas versé de larmes à l'idée que je m'absente. Ni lui, ni moi n'avons mentionné le paquet du labo laissé dans l'entrée que j'allais emporter avec moi en Caroline du Nord.

L'avion était bourré des habituels étudiants, hommes d'affaires et golfeurs qui allaient passer le week-end à Pinehurst, Marsh Harbour ou Oyster Bay. Destination autrement plus enviable que le labo où je me rendais pour analyser les restes de la malheureuse jeune fille enfermés dans le sac de sport à mes pieds. D'aspect inoffensif, ce sac, mais je ne sais comment auraient réagi mes voisins en apprenant la nature de son contenu. À l'aéroport, les douaniers qui opèrent la machine à radiographier les bagages ne s'étaient pas posé de questions. Cela fait longtemps que je voyage entre le Canada et les États-Unis avec ce genre de colis. Les formalités seraient-elles aussi simples à Raleigh ?

J'ai gardé le nez tourné vers la fenêtre tandis que l'hôtesse proposait des boissons. Nous avons fini par émerger du brouillard et, dans le soleil du matin, les nuages se sont colorés en rose luminescent. Très loin en bas, sur le tapis de brume, notre avion faisait une ombre minuscule.

Ombre fantomatique sur fond de paysage informe.

Illustration parfaite de la jeune fille à mes pieds, quand bien même je connaissais son nom.

Pourvu que ce voyage m'apporte des renseignements me permettant de préciser son image jusqu'à faire d'elle un être doté d'une personnalité propre, ai-je espéré du fond de mon cœur.

18.

Kate était venue me chercher à l'aéroport de Raleigh-Durham. De là, nous sommes allées au labo du SBI où elle avait retenu une salle et déjà transporté les ossements qu'elle conservait chez l'expert médical. Comme nous en étions convenues la veille, nous allions y prélever des échantillons que je remporterais à Montréal pour les faire analyser. Telle était la solution qui nous avait semblé la meilleure.

J'ai enfilé des gants et ouvert mon paquet tandis qu'elle sortait de l'armoire une longue boîte blanche et la déposait sur la table d'autopsie. Elle s'est reculée pour me céder la place. Le cœur battant, comme toujours en de telles circonstances, j'ai entrepris d'en dénouer les ficelles. L'un après l'autre, j'ai disposé les os sur la table selon leur emplacement anatomique : côtes, vertèbres, bassin, os longs. Les traces qu'ils portaient provenaient bien de charognards, le médecin légiste ne s'était pas trompé. Tous, hormis les plus petits, étaient rongés au point de ne plus présenter de bords ou de cartilages intacts. Symphyses pubiennes et crêtes iliaques avaient totalement disparu. Quant aux clavicules, il n'en restait que des fragments.

Un fait sautait aux yeux : les deux fémurs manquaient.

Le squelette reconstitué, j'y ai ajouté les os trouvés à Saint-Basile. S'ils ne le complétaient pas, ils ne faisaient pas doublon.

Kate a fini par rompre le silence :

— La taille et le développement musculaire ont l'air de correspondre. Elle devait être toute petite.

— D'après les calculs que j'ai faits à partir des fémurs, elle devait mesurer environ un mètre cinquante-sept. Voyons ce que disent tes tibias. Une formule permet de calculer l'âge de l'individu à partir d'un bout pas plus grand que ça, ai-je ajouté en lui montrant la petite partie au milieu de l'os que je m'apprêtais à entailler.

Malgré une marge d'erreur relativement grande, le résultat obtenu entrait dans la fourchette déjà indiquée par le fémur.

— Ça y est ! s'est écriée Kate qui, de son côté, s'était plongée dans un dossier gros comme l'annuaire de Manhattan. Un mètre cinquante-quatre.

Elle avait pris une enveloppe rangée entre les pages du dossier et la secouait pour en faire sortir des photos, tout en disant :

— Quand on pense que ses camarades de classe ne savaient rien sur elle ! Pourtant Shallotte n'est pas si grand. C'est si triste..., a-t-elle soupiré en me tendant un instantané. Elle était de ces gens dont personne ne se souvient. Née en 1968, morte en 1984. Elle n'avait pas tiré le gros lot, la pauvre ! Une famille miséreuse, pas d'amis. Enfin, on sait aussi qu'elle n'était pas très grande.

À la vue de cette gosse en maillot de bain une pièce assise sur une couverture, j'ai éprouvé moi-même un élan de pitié. Elle avait des bras d'une maigreur d'épouvantail, l'un recroquevillé sur le milieu de la poitrine, l'autre tendu en avant pour chasser le photographe. Sa peau était si pâle à côté du tissu qu'elle en semblait presque bleue. Elle se cachait le visage, baissant la tête, mais la personne qui avait pris la photo avait appuyé sur le bouton juste au moment où elle relevait les yeux de sorte que ses globes paraissaient énormes derrière les verres épais de ses lunettes. À l'arrière-plan, un trait horizontal marquait la délimitation entre le sable et l'eau.

Je regardais ce pauvre visage et il me déchirait le cœur. Qu'est-ce qui pouvait pousser quelqu'un à agresser un être aussi fragile ? Avait-elle été violée, tenue sous la menace d'un couteau, puis étranglée et abandonnée aux chiens ? S'était-elle rendu compte qu'elle allait mourir ? Avait-elle hurlé alors, terrorisée, tout en sachant que personne n'entendrait ses cris ? Était-elle morte chez elle, et son corps avait-il été transporté ailleurs ? Qu'avait-elle éprouvé au moment de mourir, de la peur, de la résignation, de la haine, de l'indifférence ou simplement de la surprise ? Avait-elle souffert ?

— ... comparer les os du crâne, disait Kate, en sortant des radios d'une large enveloppe. Cette série-là a été prise quatre mois avant sa disparition.

Comme elle les insérait sous les pattes du négatoscope, je suis allée chercher dans mon sac celles que j'avais prises moi-même à Montréal et les ai placées à côté des siennes afin de les comparer. J'ai commencé par les clichés des sinus frontaux, ainsi qu'on appelle les cavités au-dessus des orbites. Petites ou grandes, constituées d'une seule ou de plusieurs alvéoles, celles-ci sont uniques en chaque individu. Exactement comme les empreintes digitales.

Sur les radios *ante mortem*, les sinus remontaient haut dans le front en formant une sorte de crête de coq. La configuration était parfaitement identique sur mes clichés. La perforation effectuée pour insérer le shunt était visible sur les deux séries de clichés, de même forme et située au même endroit. Le doute n'était pas possible : le crâne découvert à Saint-Basile était bien celui de Savannah Claire Osprey !

Le séquençage d'ADN, que j'avais réclamé avant de quitter Montréal, à partir d'une molaire supérieure et d'un spécimen de tissu osseux prélevé sur un fémur, était désormais inutile, puisque les restes trouvés à Saint-Basile-le-Grand étaient identifiés.

Toutefois, si ce crâne était celui de Savannah, rien n'indiquait qu'il appartienne, ainsi que les fémurs, au squelette incomplet récupéré à Myrtle Beach. Cela, seule une comparaison de séquençage d'ADN me permettrait de l'affirmer. Pour effectuer les analyses, l'idéal, bien sûr, serait de retrouver à Raleigh des échantillons de tissu et de sang provenant directement de Savannah ou d'un de ses parents, mais aurais-je cette chance ? Dans ces circonstances, mieux valait prélever des échantillons sur les ossements de Myrtle Beach, en espérant qu'il serait possible d'en obtenir un séquençage d'ADN. J'ai donc entrepris de découper à la scie à os un morceau de deux centimètres et demi de long dans chacun des tibias et des péronés.

Kate me regardait en silence entailler ces os desséchés, pieusement conservés par elle de si longues années, et d'où jaillissaient maintenant des jets de poussière blanche. Au bout d'un long moment, elle a fini par dire :

— Ça m'étonnerait que l'hôpital ait conservé des spécimens provenant d'elle, ça fait quand même un bail qu'elle est morte.

— Va-t'en savoir. Tout peut arriver.

Et, de fait. Des calculs biliaires retrouvés par hasard, des frottis vaginaux, des taches de sang et d'autres résidus bien plus extravagants n'ont-ils pas permis de découvrir des traces d'ADN ?

— Et si nous ne localisons personne de sa famille ?

— En comparant le séquençage effectué à partir des os de Myrtle Beach et celui obtenu à partir des os de Saint-Basile, nous saurons déjà s'il s'agit d'une seule et même personne. S'ils sont identiques, nous aurons identifié le squelette de Myrtle Beach parce que, pour le moment, nous ne pouvons mettre de nom que sur le crâne de Saint-Basile. Le mieux, évidemment, serait de retrouver un échantillon d'ADN provenant directement de Savannah.

— Et si on n'en retrouve pas ?

— Je comparerai les échantillons au microscope à fort grossissement. Avant de partir de Montréal, j'ai demandé qu'on me prépare des lames avec un spécimen prélevé sur un fémur. Au retour, j'en ferai préparer avec ceux-là.

— Ça te dira quoi ?

— L'âge, pour commencer. Je verrai si c'est le même dans les deux groupes. Et puis la microstructure du tissu osseux m'apprendra peut-être quelque chose.

Vers une heure, j'avais étiqueté et numéroté mes quatre prélèvements. De son côté, Kate avait rempli les papiers nécessaires à leur sortie d'Amérique. Nous avons opté pour un déjeuner rapide au

Wendy's local, avant de nous attaquer à l'étude des dossiers.

Tandis que nous étions attablées chacune devant un cheese-burger-frites, Kate m'a appris ce qu'elle savait des derniers moments de la petite Osprey. La semaine précédant sa disparition s'était déroulée sans incident. Savannah n'avait pas eu à se plaindre de sa santé et elle se réjouissait d'un événement qui devait avoir lieu à l'école. Quoi exactement ? Les parents ne s'en souvenaient pas. Le jour de sa disparition, en tout début d'après-midi, elle avait révisé son examen de maths sans manifester d'inquiétude. Vers les deux heures, elle était sortie pour aller acheter quelque chose au drugstore. À pied. On ne l'avait jamais revue.

— C'est la version du père, a conclu Kate.

— Il était chez lui ce jour-là ?

— Jusqu'à trois heures et demie. Après, il est allé à Wilmington chercher une commande à livrer à Myrtle Beach. Heure du départ confirmée par son employeur. Arrivée un peu plus tard que prévu, pour cause d'embouteillage.

— La maison et le camion ont fait l'objet d'une perquisition ?

— Non. On n'avait rien contre lui pour étayer une demande de mandat.

— Et la mère ?

— Brenda ? Un drôle d'oiseau, celle-là !

Kate a mordu dans son hamburger et s'est essuyé la bouche avec une serviette en papier.

— Elle était à son travail au moment des faits. Femme de ménage dans un motel, je crois. Selon sa déposition, il n'y avait personne à la maison quand elle est rentrée à cinq heures. À la nuit tombée, étant toujours sans nouvelles de sa fille, elle a commencé à s'inquiéter et, vers minuit, prise de

186

panique, elle est allée déclarer sa disparition au commissariat.

Kate a fini son Coca.

— Au début, elle a été assez coopérative et, soudain, deux jours plus tard, revirement complet : Savannah serait partie avec des amis ! Dès lors, on aurait parlé à un rôti de porc congelé qu'on aurait eu autant de succès. C'est la police de Shallotte qui nous a mis sur le coup et obtenu des médecins et du dentiste les renseignements à enregistrer au NCIC alors qu'en général, ce sont les parents ou les tuteurs qui les fournissent.

— Comment tu expliques ça ?

— Son mari a dû la menacer.

— Qu'est-ce qu'il est devenu, lui ?

— Cinq ans après la disparition de sa fille, un 4 juillet, il est allé avec des copains camper et faire la fête tout en haut de Chimney Rock. Il s'était pris de passion pour les sommets, semble-t-il. Le lendemain, dans la nuit, il est redescendu s'imbiber en ville. Au retour, ce fier-à-bras a dû rater un tournant à force de pousser la chansonnette, j'imagine, parce qu'on l'a retrouvé dans la gorge de Hickory Nut, éjecté de sa voiture. Il avait la tête plus large que sa roue de secours. Sa bagnole avait dû lui passer dessus. En gros, sa mort a mis un point final à l'enquête, a conclu Kate, en rassemblant ses emballages pour aller vider son plateau dans la poubelle.

Comme nous sortions du restaurant, un vieux Noir coiffé d'une casquette des Yankees nous a saluées du « Hey » traditionnel de la région, tout en arrosant les fleurs du patio à l'aide d'un long tuyau. Une senteur de terre humide et de pétunia se mêlait à l'odeur de graillon. Le soleil était au zénith et le ciment du sol aveuglant. Le temps de traverser le parking pour atteindre la voiture, j'avais la tête et les épaules en feu.

— Tu crois que c'est lui ? ai-je demandé à Kate dans la voiture, quand nous avons eu sanglé nos ceintures.

Elle n'a pas répondu tout de suite.

— Je ne sais pas. Il y a des détails qui ne collent pas.

Je l'ai laissée trier ses idées, sans la presser.

— Dwayne Osprey buvait. Et c'est sûr qu'il était mauvais comme une teigne. Mais il est tout aussi sûr que le fait qu'il habite Shallotte privait bien des localités voisines de l'idiot du village auquel elles ont droit. Ce que je veux dire par là, c'est que ce type, c'était : « Plus con, tu meurs ! » Pas le genre à zigouiller sa fille et à la transporter dans une autre ville, sans laisser une seule trace. Il faut des neurones pour ça ! En plus, il s'en passait des choses, cette semaine-là.

— Quoi donc ?

— C'était la mi-mai. Tous les ans à cette date, les motards tiennent un rallye monstre à Myrtle Beach. Pour tous les Hell's Angels des chapitres du Sud, la présence est obligatoire. En général, un grand nombre de Pagans se pointent aussi. Toute la semaine, l'endroit a été bourré de motards, des Outlaws aux *Rubbies*...

Rubbies ? Que voulait dire ce terme ? En argot de Montréal, cela signifie « dingo ». Voyant mon air perdu, Kate a décrypté :

— *Rich urban bikers* – riches motards des villes. C'est d'ailleurs comme ça que j'ai écopé de l'affaire. Mon patron s'est dit que les gangs y étaient peut-être pour quelque chose.

— Et c'était le cas ?

— Ça n'a pas été prouvé.

— Et c'est ton avis ?

188

— Zut ! J'en sais rien, Tempé ! C'est vrai que Shallotte se trouve sur la I-17, la route de Myrtle Beach, et que motels et fast-foods se comptent par douzaines tout du long. Avec la circulation qu'il y a eu en Caroline du Sud cette semaine-là, la gamine a aussi bien pu tomber sur un barjot qui avait fait une halte, histoire de se taper son casse-croûte.

— Et qui l'aurait l'assassinée ? Mais pourquoi ?

Question idiote, comme j'ai pu m'en rendre compte à la réponse de Kate :

— Des gens se font bien descendre parce qu'ils roulent trop près, parce qu'ils portent du rouge alors que c'est le bleu la couleur du gang ou parce qu'ils font leurs courses chez le mauvais commerçant. Quelqu'un a pu la tuer simplement parce qu'elle portait des lunettes !

Ou par inadvertance, me suis-je dit. Comme Emily Anne Toussaint.

De retour au labo du SBI, nous nous sommes partagé la lecture des innombrables pièces du dossier de police : rapports médicaux et dentaires, factures de téléphone, comptes-rendus d'arrestations, transcriptions d'interrogatoires, dépositions des voisins, rapports de planques. Rédigés à la main, ceux-là. La police de Shallotte et le SBI n'avaient laissé de côté aucune piste. Les voisins avaient participé aux battues dans les bois, sondé étangs et rivières. En vain. Partie de chez elle, Savannah Osprey s'était tout simplement volatilisée. Neuf mois plus tard, un cadavre avait été retrouvé à Myrtle Beach. Pensant qu'il pouvait s'agir de la petite Osprey, le coroner de Horry County avait informé les autorités de Caroline du Nord et fait expédier les restes à Chapel Hill, à fins d'analyses. Dans son rapport, l'expert médical avait conclu à l'impossibilité, en l'état des connaissances scientifiques, d'identifier formellement le squelette comme étant celui de Savannah, nonobstant la présence de plusieurs éléments tendant à le prouver. Et c'est ainsi que, officiellement parlant, la jeune fille n'avait jamais été retrouvée.

La dernière pièce du dossier, datée du 10 juillet 1989, était l'interrogatoire de Brenda Osprey, suite à la mort de son époux. Elle s'en tenait à sa version de la fugue.

Il était sept heures du soir passées. J'avais le dos cassé et les yeux qui pleuraient à force d'être restée penchée des heures entières à décrypter des pattes de mouche. J'étais rompue, découragée et j'avais raté mon avion. Et tout cela, pour apprendre trois fois rien. Kate n'était pas en meilleur état.

— Et maintenant ? lui ai-je demandé.

— On va te trouver un hôtel et dîner. Après on verra.

Ça avait quelque chose d'un programme.

Après avoir réservé une chambre à la *Red Roof Inn,* sur la route I-40, et une place sur le vol du matin, j'ai appelé Kit. Pas de réponse. Bizarre. Je lui ai laissé un message et mon numéro de portable. Ensuite, nous avons quitté le labo, chacune avec ses ossements, pour aller les entreposer au bureau de Kate, au Q.G. du SBI plus haut dans la rue Garner.

C'est une charmante demeure d'un étage en brique rouge ornée de festons crème, bien différente du mégalithe de ciment ultramoderne qui abrite le labo de criminologie. Avec ses pelouses amoureusement entretenues et son allée de chênes vénérables, elle fait un joli pendant au petit magasin d'antiquités, de l'autre côté de la rue. Nous nous sommes garées le long du trottoir et, chargées de nos paquets, nous avons remonté l'allée.

À droite, une haie ronde délimitait une plate-bande où s'épanouissaient œillets d'Inde et pensées. Au centre, sur une pelouse où s'élevaient trois mâts, un officier en uniforme était en train d'amener les couleurs dans un cliquètement de haubans métalliques et de claquement de tissu. Et sa massive silhouette de gréeur se découpait en contre-jour sur le ciel, où le soleil était en train de disparaître derrière le centre d'entraînement de la patrouille routière. Nous avons franchi la porte de l'immeuble au verre frappé des armoiries du « Département de Justice de Caroline du Nord, Bureau de Recherches de l'État » et, après avoir montré patte blanche à l'officier de service, sommes montées au premier étage où nous avons enfermé nos ossements sous clef dans le petit bureau de Kate.

— Qu'est-ce qui te ferait plaisir pour le dîner ?

— De la viande ! me suis-je écriée sans l'ombre d'une hésitation. Bien rouge et avec du gras. Du vrai !

— Tu n'as pas eu ton compte avec les cheese-burgers de midi ?

— D'après un article que je viens de lire, c'est l'augmentation du taux de lipides dans l'alimentation qui aurait permis à l'Homo habilis de devenir l'homme que nous sommes. C'est le gras qui expliquerait la transition. Alors, compte tenu du travail que nous exigeons de nos synapses, de bonnes grosses côtes au barbecue me paraissent tout indiquées.

— C'est aussi mon avis.

Le bœuf s'est révélé idéal en la circonstance. À moins que ce soit le fait de ne plus avoir les yeux rivés sur des photocopies floues. Quand le dessert est arrivé, nous abordions la question centrale.

Les ossements du Québec étaient ceux de

Savannah, cela ne faisait aucun doute aux yeux du jury que nous formions, Kate et moi. Toutefois, nous en étions encore au stade des délibérations en ce qui concernait les restes trouvés en Caroline. Était-il pensable qu'une hydrocéphale de seize ans, timide et à la vue basse, quitte sa maison et parcoure près de deux mille cinq cents kilomètres pour aller mourir dans le Nord ? Ne fallait-il pas plutôt considérer que certains os, pas tous, appartenant à une jeune fille décédée, avaient été transportés de quelque part en Caroline du Sud jusqu'au Québec pour y être enterrés ?

Seconde proposition : si l'on excluait la possibilité d'un tel transport pour considérer que la victime avait trouvé la mort à Montréal, il fallait alors convenir que les restes trouvés à Myrtle Beach *n'étaient pas* ceux de Savannah.

Théorie à laquelle Kate a refusé de se rallier, tout en admettant qu'elle était plausible.

Troisième proposition : les restes de Myrtle Beach étaient bien ceux de Savannah, mais certains os en avaient été soustraits. Les photos de la récupération que j'avais étudiées nous permettaient-elles d'envisager cette éventualité ? Non. Rien ne tendait à prouver qu'on ait prélevé une quelconque partie des ossements. D'après l'état du cadavre, la mort devait remonter à neuf mois, date qui coïncidait avec la disparition de Savannah ; et rien n'indiquait non plus qu'une tombe ait été creusée par la suite, comme au club des Vipères.

Donc, en supposant que les ossements de Myrtle Beach étaient ceux de Savannah, on se trouvait en présence de plusieurs cas de figure :

— ou bien Savannah était morte à Myrtle Beach ;

— ou bien Savannah était morte ailleurs et son corps avait été transporté à Myrtle Beach ;

— ou bien Savannah avait été démembrée et certaines parties de son corps apportées – ou laissées – à Myrtle Beach, tandis que le crâne et les fémurs avaient été séparés du reste et transportés au Canada.

La question clef demeurait donc : comment Savannah, vivante ou morte, entière ou en morceaux, était-elle entrée au Québec ?

— Tu crois qu'on pourrait demander la réouverture du dossier ? ai-je demandé pendant que nous attendions la note.

— J'en doute. À l'époque, tout le monde était convaincu que Dwayne avait fait le coup. L'enquête piétinait depuis longtemps. Sa mort y a mis un point final.

Ignorant les protestations de Kate, j'ai tendu ma carte bleue au serveur.

— Et maintenant ?

— C'est mon opinion que tu veux ? Tout d'abord, c'est un coup de poignard dans le dos que tu viens de me porter en ce qui concerne l'addition.

— D'accord, d'accord ! Ensuite... ?

— Le crâne de Savannah a été retrouvé sur la propriété de motards québécois, a dit Kate en levant le pouce. Ça fait un. Tu m'as bien dit que les Vipères étaient alliés aux Hell's Angels ?

J'ai hoché la tête.

— Et de deux ! Troisièmement, les Hell's Angels tenaient justement réunion à quelques kilomètres de chez Savannah, la semaine où elle a disparu.

Le majeur est allé rejoindre les autres doigts.

— Enfin, le squelette a été retrouvé dans le parc de Myrtle Beach, à un jet de pierre du lieu de rassemblement des motards. Et de quatre !

Les yeux plantés dans les miens, elle a laissé tomber :

— Ça vaudrait le coup de creuser dans cette direction.

— Mais tu l'as déjà fait.

— Sauf que maintenant j'ai une donnée supplémentaire : le Québec.

— Qu'est-ce que tu proposes ?

— D'éplucher mes dossiers sur les gangs, on y trouvera peut-être quelque chose. Au début des années quatre-vingt, un vent de folie a soufflé sur les motards de Caroline.

— Tes fiches remontent aussi loin ?

— Ça fait partie de mon boulot que de réunir les informations historiques. Tu sais, le Rico a souvent besoin de connaître le climat de l'époque quand il enquête sur d'anciens homicides.

Signé par Nixon en 1970, le Rico, ou *Racketeering Influenced and Corrupt Organizations Act,* est une loi à laquelle on recourt fréquemment dans la lutte contre le grand banditisme.

— Et puis, les membres des gangs passent souvent d'un chapitre à l'autre. Ça sert, de savoir qui était où et quand, lorsqu'on recherche des témoins. J'ai des tonnes de documents, y compris photos et vidéos.

J'ai écarté les bras :

— Et moi, j'ai toute la nuit !

— Dans ce cas, allons jeter un œil à mes motards !

Et c'est ce que nous avons fait jusqu'à ce que mon portable sonne.

À cinq heures vingt-trois du matin.

L'appel venait de Montréal.

19.

Contrairement à leur nom, les Appartements du Soleil n'étaient guère pimpants. Il est vrai que donner à ce bâtiment de quatre étages, sinistre et décrépi, un nom correspondant à son aspect aurait été l'exemple même du mauvais marketing. Barbecues rouillés, chaises de jardin bon marché, poubelles et instruments de gymnastique s'entassaient sur les balcons exigus aux balustrades doublées de plastique turquoise. Des tiges jaunasses et desséchées, reliques de la saison passée, pointaient dans de rares jardinières. Quant aux fenêtres aux carreaux noirs de crasse, elles étaient à jamais scellées par des couches de peinture cache-misère. Toutefois, en matière de chauffage, les locataires auraient été malvenus de se plaindre. Bien que le printemps ait profité de mon escapade d'un jour en Caroline du Nord pour effectuer sa percée, les radiateurs de l'immeuble continuaient de lutter pied à pied contre les frimas, comme d'irréductibles fantassins. La température, qui atteignait déjà vingt degrés Celsius quand j'avais atterri, avait encore augmenté. Et cette subite canicule hâtant la putréfaction, l'odeur dans l'appartement était quasiment insoutenable.

De là où je me tenais, j'avais une vue globale sur le capharnaüm. Cuisine à gauche, salon à droite, chambre et salle de bains en face. Outils, journaux, bouquins, bouteilles et appareils cassés s'empilaient jusqu'au sommet des armoires, et le plancher n'était qu'un sordide fatras de matériels de camping, de pièces de rechange pour autos et motos, de pneus, de cartons, de clubs de hockey et de sacs marins fermés par des boucles en métal. À croire que le maître de céans projetait une journée vide-grenier. Mais puanteur et saleté auraient découragé le plus motivé des chineurs.

À un bout de la pièce, une pyramide de canettes de bière vides atteignait presque le plafond, enca-drée par trois posters déchirés sur les bords et mal punaisés dont des coins s'enroulaient vers le centre. À droite, une affiche des *Grateful Dead* pour leur concert du 17 juillet 1983 représentait un poing fermé d'homme blanc, symbole de la pureté aryenne. En haut à gauche, un pénis coiffé de Ray-Ban et baptisé *Hot Rod* – la bite en chaleur – pointait vers un vagin d'où sortait une cigarette allumée. En dessous venait *l'Astro-queue*, comme l'indiquait le titre en caractères gras, un phallus en majesté dans un cercle de vignettes dont chacune illustrait un signe du zodiaque et s'accompagnait d'une petite prophétie. J'ai préféré rester dans l'ignorance de l'avenir qui m'attendait.

Les seuls meubles bons pour le service étaient : dans la cuisine une table et sa chaise en Formica, dans la chambre à coucher une paire de lits jumeaux et dans le salon un fauteuil, lequel se trouvait momentanément inutilisable, étant occupé par un corps au torse et aux membres noircis et ratatinés sous un magma sanguinolent. En regar-dant de près ce ramassis de chairs, on pouvait y reconnaître un crâne éclaté, repérer des os, un morceau de narine assorti de son jabot de moustache et même un œil entier. La mâchoire du bas pendait, intacte, offrant au curieux le spectacle d'une langue pourpre sertie de dents cariées. Une main secourable avait récupéré des éclats d'os et des cuillerées du pudding cérébral pour les mettre à l'abri dans un sachet à fermeture étanche qui reposait maintenant sur les genoux du cadavre, de sorte que le défunt semblait monter la garde devant son propre cerveau. Un grand morceau de peau pendait à un bord du fauteuil, lisse et brillant comme un ventre de poisson.

Le mort était assis en face d'une petite télé d'où saillait un portemanteau faisant office d'antenne et dirigé sur le fauteuil, comme un doigt tendu montre un objet surprenant. Personne ne s'étant inquiété d'éteindre le poste, on entendait Montel interviewer des messieurs à qui leurs mamans avaient piqué leurs maîtresses. Je me suis demandé ce que les intervenants auraient pensé de leur macabre spectateur.

Dans la chambre à coucher, un type de l'Identité était en train de projeter de la poussière afin de procéder au relevé des empreintes. Un collègue faisait de même dans la cuisine et un troisième, une femme, filmait le salon au caméscope, après avoir pris des dizaines de photos de la victime et de l'environnement.

LaManche était venu, puis reparti. Le corps n'étant ni carbonisé, ni en état de décomposition avancé, mes services n'étaient pas vraiment nécessaires. Mais cela, on ne l'avait su qu'après. Comme les premiers rapports faisaient état d'un corps et d'un incendie, j'avais été désignée pour en assurer l'identification et prévenue qu'on viendrait me prendre à ma descente d'avion. Je volais déjà entre Raleigh et Montréal lorsque plus amples détails avaient été connus et il avait été décidé de ne rien changer au plan pour ne pas compliquer la situation. Et c'est ainsi que j'avais eu l'ineffable plaisir d'être accueillie par Quickwater et conduite directement ici.

Les Appartements du Soleil étant situés dans le quartier de Pointe-Saint-Charles, sur l'île de Montréal, au sud-ouest du centre-ville, le meurtre relevait de la compétence du SPCUM. D'où la présence de Michel Charbonneau à l'autre bout de la pièce.

En bras de chemise et dégoulinant de sueur, le col ouvert et sa courte cravate pendant sous le premier bouton, le teint plus blanc que du Maalox et les cheveux encore plus hérissés que d'ordinaire, l'enquêteur tirait à tout moment de sa poche un mouchoir pour s'éponger le front. Il ne supporte pas la chaleur, Charbonneau. À l'âge de quinze ou seize ans, quand il travaillait au Texas dans les champs de pétrole, ce fut la canicule qui eut raison de sa passion pour la vie de cow-boy et qui le décida à retourner dans sa ville de Chicoutimi d'où, par la suite, il gagna Montréal et s'engagea dans les forces de l'ordre municipales.

Quickwater est sorti de la cuisine. La victime étant liée aux gangs de motards, le Carcajou était également sur l'affaire. Le constable est allé rejoindre Charbonneau et tous deux ont regardé œuvrer les spécialistes en relevé de taches de sang, derrière la victime, dans un coin de la pièce. À l'aide d'une équerre gris et blanc, Ronald Gilbert délimitait sur le mur un champ dont son assistant immortalisait soigneusement les taches, d'abord en photo, ensuite en vidéo. Puis tous deux recommençaient l'opération une deuxième fois avec un fil à plomb et une troisième avec un compas coulissant. Entre chaque série, Gilbert entrait les mesures dans un ordinateur portable. Ils allaient en avoir pour un sacré bout de temps, il y avait du sang partout. Du sol au plafond et sur toutes les affaires entreposées le long des murs.

Je me suis approchée des enquêteurs.

— *Bonjour. Comment ça va ?*

— Ça boume, toubib ? a répondu Charbonneau dans son anglais truffé d'expressions québécoises et d'argot texan passé aux oubliettes depuis des décennies.

J'ai lancé : « Coucou, monsieur Quickwater ! », mais le constable, visiblement agacé de devoir prendre en compte ma présence, n'a pivoté que d'un seizième de tour, les yeux rivés sur l'équipe du sang.

Les techniciens en étaient à filmer une guitare acoustique, appuyée contre une cage à oiseau rouillée. Sur une casquette de sport bordeaux coincée entre le mur et la cage, on pouvait lire les dernières lettres d'un mot du même répertoire que les posters lubriques : « *-cocks* » – « *-bites* ».

Claudel n'était pas là. Il n'allait plus tarder, m'a appris Charbonneau, il vérifiait les dires d'un suspect. Et d'ajouter sur un ton dégoûté :

— Vraiment queq' chose, ces mecs ! Pas plus de moralité que des mouches à merde.

— On est sûr que c'est un coup des motards ?

— Ouais. Le type, là, qu'a pas trop l'air dans son assiette, c'est Yves Desjardins. Nom de rue : Cherokee. De son vivant un *Predator.*

— Quelle place tiennent-ils sur l'échiquier, ceux-là ?

— Club vassal des Hell's Angels.

— Comme les Vipères *?*

— Exact.

— Alors, c'est une attaque des Rock Machine *?*

— Probable. Pourtant, Cherokee la ramenait pas des masses, ces derniers temps. L'avait un truc au foie. Non. Cancer du côlon. Pas étonnant, avec ce qu'ils se tapent au p'tit-dej, ces gonzes !

— Qu'est-ce qu'il a fait pour se mettre à dos ces gens ?

— Il avait un petit bizness de pièces détachées.

Son large mouvement du bras pour désigner le fouillis m'a offert un panorama intégral de l'auréole sous son bras.

— Il devait trouver que les pignons et les carburateurs rapportaient pas assez, parce qu'on a dégoté deux kilos d'héroïne dans ce bon vieux tiroir à slips. La cachette idéale, vu qu'il devait pas en changer souvent. C'est peut-être la dope qu'a motivé la visite surprise, va-t'en savoir ! À moins que ce soit des représailles pour la mort de Marcotte.

— *L'Araignée ?*

Charbonneau a fait un signe affirmatif.

— Il y a des traces d'effraction ?

— Une fenêtre brisée dans la chambre, mais c'est pas par là qu'ils ont radiné.

— Ah bon ?

— Vu les carreaux dans la rue, je dirais qu'on a cassé la fenêtre de l'intérieur.

— On sait qui ?

Il a levé les paumes en signe d'ignorance.

— Mais alors, comment les tueurs sont-ils entrés ?

— Il a dû leur ouvrir.

— Drôle d'idée !

— Cherokee était rusé comme un pitbull et juste un peu moins caressant. Mais, du fait qu'il avait dépassé l'âge habituel du décès pour les gens de sa profession, il a dû se croire immortel.

— Avec un cancer ?

— Ouais. Venez, je vais vous montrer quelque chose.

Je l'ai suivi jusqu'au fauteuil. L'odeur était plus forte près du corps, mélange nauséeux de laine brûlée, d'essence, d'excréments et de chair en décomposition.

— Visez-moi ces tatouages ! a dit Charbonneau d'une voix assourdie, le nez enfoui dans son mouchoir.

La main gauche du cadavre reposait sur le bras du fauteuil en faisant un angle bizarre, les doigts vers le sol. Sur le poignet crasseux de l'autre, posée sur ses genoux, on devinait une pyramide de crânes tatoués. Quinze en tout, empilés comme les mystérieuses offrandes peintes sur les murs des cavernes préhistoriques. Sauf que nos ancêtres européens n'avaient pas songé à représenter leurs trophées avec des yeux de couleur différente. Ici, treize crânes avaient des yeux noirs, deux des yeux rouges.

— Un peu comme des encoches sur la crosse d'un fusil. Noir pour les hommes abattus, rouge pour les femmes, a fait Charbonneau en écartant son mouchoir, le temps de prononcer cette phrase.

— Ce n'est pas très malin d'afficher son score.

— Que voulez-vous, c'est la vieille école ! De nos jours, les motards ont tendance à plus écouter leurs avocats.

Compte tenu de la quantité de sang perdue et du relâchement de la peau, la mort devait remonter à deux jours.

— Comment l'a-t-on trouvé ?

— Comme les trois quarts du temps, un voisin qui s'est plaint de l'odeur. Fou, non ? Quand on voit le merdier !

Impossible de savoir à quoi ressemblait cet homme de son vivant, si ce n'est qu'il avait des

201

caries et portait la moustache. Son résidu de tête, rejeté en arrière, avait laissé sur le tissu une tache de sang qui lui faisait comme une corolle. À l'endroit des impacts, la chair du visage était ramassée en granules.

— Ça fait un peu effets spéciaux, trouvez pas ? a lancé Charbonneau en désignant la carpette noircie sous les pieds de la victime.

Le dessous du fauteuil n'avait rien à envier au tapis. Quant à Cherokee, il était couvert de suie. Sa main gauche, le bas de son jean et ses bottes étaient complètement roussis. En dehors de cela, l'incendie n'avait guère fait de dégâts. Il avait été allumé devant le fauteuil, et l'odeur d'essence portait à croire qu'on avait utilisé un produit activant. Les flammes avaient seulement léché le corps. Le feu avait dû s'éteindre de lui-même par manque de combustible alors que les tueurs étaient déjà loin.

Charbonneau a de nouveau écarté son mouchoir.

— Signée motards, c'te saloperie. Tu descends la cible et tu y fous le feu. Sauf que ces types, ils seraient recalés chez les scouts tellement qu'y sont nuls pour allumer un feu de camp.

— Bizarre, non, qu'un type qui deale dans le jardin du voisin ouvre sa porte à ses assassins ?

— Peut-être que son côlon lui était remonté dans le cerveau ? Peut-être qu'il avait sa dose et qu'il planait ? Est-ce qu'on sait seulement comment qu'y pensent, ces abrutis, si jamais ça leur arrive ?

— Cet appartement aurait été son « club » ?

— Y a eu des précédents.

Sur ces entrefaites, Claudel a débarqué et Charbonneau est allé rejoindre ses collègues. Si j'étais curieuse de savoir ce qu'avait donné l'interrogatoire du suspect, je n'étais pas maso au point d'offrir à Quickwater et à Claudel le plaisir de se liguer contre moi. J'ai préféré m'intéresser au travail des spécialistes du sang. Ils venaient d'achever le mur ouest, de l'autre côté de la pièce, et entamaient l'angle nord. Je suis allée me joindre à eux.

J'avais beau me tenir à l'endroit le plus éloigné du cadavre, dos à la fenêtre, son odeur me poursuivait. L'air était irrespirable. Cependant, comme disait Charbonneau, la décomposition n'était qu'un élément du cocktail. Au départ, il y avait les relents de moisi, d'huile de moteur, de bière, de sueur et d'années de graillon. Difficile d'imaginer qu'un être humain puisse vivre dans une telle puanteur !

Deux heures et quart. Il était temps d'appeler un taxi. Par les vitres sales, j'ai aperçu l'habituelle armada de la police. Les voitures de la presse ajoutaient à la confusion. Des curieux s'étaient attroupés sur les trottoirs et sur les perrons voisins. Du balcon de chez Cherokee au trottoir, il n'y avait pas deux mètres. Un fourgon de la morgue s'est arrêté au pied de l'immeuble. Deux types en ont sauté pour aller ouvrir les portes arrière. Quand ils ont sorti la civière, j'ai entendu le claquement sec des roues qui se dépliaient. En zigzaguant pour éviter bosses et ornières, ils ont poussé le chariot vers l'entrée. Dans la lumière, l'eau huileuse des flaques avait des miroitements iridescents. Charmants, les abords des Appartements du Soleil !

Un instant plus tard, les employés de la morgue frappaient à la porte. Claudel est allé leur ouvrir, puis est retourné auprès de ses collègues. M'armant de courage, j'ai traversé la pièce pour rallier leur groupe. Claudel n'a pas interrompu son discours en me voyant approcher.

— Vous voyez ce mur crade ? disait-il, en désignant d'un ample mouvement du bras les spécialistes en relevé du sang plongés dans leur travail, il est propre comme un sou neuf à côté de son blouson ! Il aurait fait une balade aux abattoirs qu'il ne serait pas revenu plus taché ! Un mauvais, ce type, mais pas sadique. Il n'arracherait pas les ailes à une mouche.

— Pourquoi il tenait tant à le garder, son cuir ? a demandé Charbonneau.

— Par radinerie, je suppose. Ça lui faisait mal au cœur de lui dire au revoir. Et puis, il ne devait pas penser qu'on l'épinglerait aussi vite. Cela dit, il avait quand même pris le temps de l'essuyer avant de le fourrer sous son lit. Au cas où.

— Et il a été vu ici lundi soir ?

— Juste après minuit.

— Ça colle avec les estimations de LaManche sur l'heure du décès. C'est quoi son baratin, à ce George ?

— Disons qu'il n'est pas accablé de souvenirs. La faute à la boisson, peut-être.

— Quels liens avec la victime ?

— Il traîne avec les Heathens depuis pas mal d'années. Comme ils le laissent rouler avec eux et dealer un peu d'herbe pour son compte, il se croit important. Mais il est si bas dans l'échelle qu'il lui faut un tuba pour amener l'air à ses poumons.

Claudel s'est interrompu pour donner par geste son aval à un des employés de la morgue qui l'avait interpellé et dépliait maintenant un sac de récupération sur la civière pendant que son collègue enveloppait la main gauche de Cherokee dans un sachet en papier. J'ai reporté les yeux sur Claudel. Pas une goutte de sueur au front, pas un cheveu qui dépasse, pas un faux pli au pantalon.

204

Une réclame Armani au beau milieu d'un cauche-mar ! Ahurissant. Totalement incongru.

— L'a dû se dire que ce meurtre, c'était sa chance de gravir les échelons, disait Charbonneau.

— Parti comme il est, le George Dorsey va plu-tôt faire du surplace pendant un bon bout de temps, a rétorqué Claudel.

— On a des motifs suffisants pour le mettre à l'ombre ? a demandé Quickwater.

— À défaut d'autre chose, j'invoquerai le cra-chat sur la voie publique, d'après mes sources il aurait fait passer le mot qu'il ne cracherait sur aucun boulot. En fait, on l'avait à l'œil pour une autre histoire, je n'ai eu qu'à faire circuler son portrait. Un témoin a dit qu'il se trouvait ici juste après les coups de feu. Quand je me suis pointé chez lui pour discuter gentiment de la chose, je suis tombé sur le blouson plein de sang. Ça ne vous suffit pas, comme motif ?

Sur ce, la radio de Claudel a grésillé. Il s'est éloigné vers la porte pour parler dans son micro et a fait signe à Quickwater qui, après avoir échangé quelques mots avec lui, m'a désignée à Charbon-neau, puis a montré la porte. L'enquêteur a levé le pouce et Quickwater lui a fait au revoir avant de sortir sur le palier.

Super ! J'étais la petite sœur à qui on ne demande pas son avis. S'il y a deux choses qui m'énervent, c'est le sentiment d'être prise au piège et celui d'être inutile. Là, j'étais servie, j'éprouvais les deux d'un seul coup. La colère me picotait les sinus. Et cela, d'autant plus qu'une chose me tarabustait. Les scènes de crime, ce n'est pas ma partie, d'accord, mais celle-ci avait un je-ne-sais-quoi qui sonnait faux. En tout cas, elle ne correspondait en rien à ce que j'avais retenu des conférences du Carcajou.

Et puis zut, après tout ! Puisqu'on m'avait fait venir, autant apporter ma pierre à l'œuvre commune. Claudel étant de retour auprès de nous, je l'ai interpellé :

— Vous ne trouvez pas la méthode un peu inhabituelle, pour se débarrasser de quelqu'un ?

Il m'a dévisagée d'un air pincé.

— Pardon ?

— Le fusil, vous ne trouvez pas ça bizarre pour des motards ? Et l'incendie qui ne prend pas ?

Charbonneau a levé les épaules, un sourcil en arc de cercle. Comme Claudel gardait le silence, j'ai insisté :

— Le côté mal fichu de la scène m'étonne. Dans les affaires que j'ai examinées, les moyens employés étaient autrement plus efficaces.

— Faut un début à tout, a dit Charbonneau. L'assassin a peut-être été interrompu.

— Justement ! Je croyais que les motards surveillaient les moindres faits et gestes de leurs cibles et qu'ils choisissaient pour les exécuter des endroits où personne ne risquait de les déranger !

— Avec un motard refroidi qui menait en solo son petit trafic de drogue, inutile de chercher le nom de l'assassin sur la liste des paroissiens de l'église d'à côté ! a répliqué Claudel.

— Tout aussi inutile d'accepter la première théorie qui s'offre à nous sous prétexte qu'elle se case pile là où ça nous arrange ! ai-je rétorqué sur un ton ironique.

Le regard dont Claudel m'a enveloppée m'a révélé son archangélique patience.

— Je ne doute pas de vos talents de sourcier pour exhumer les cadavres, madame Brennan, mais ils ne me semblent pas indispensables dans la présente enquête.

— Difficile d'identifier le tueur si on ignore

qui a été tué, monsieur Claudel. Est-ce vous qui vous chargerez de recoller la victime ?

— Découvrir son identité ne devrait pas présenter de difficultés insurmontables, compte tenu que nous avons ses empreintes digitales.

Je le savais, bien sûr, mais avec sa suffisance Claudel faisait sortir ce qu'il y avait de pire en moi. Charbonneau s'est croisé les bras en soupirant bruyamment. Claudel a consulté sa montre. Éclat doré d'un bouton de manchette avant que son bras ne retombe.

— Le sergent-détective Charbonneau et moi-même allons vous reconduire.

Autrement dit : la discussion était close.

— Merci.

J'ai jeté un dernier regard au fauteuil où était mort Yves Desjardins, dit Cherokee. Il était vide à présent. Un nuage porto rappelait l'endroit où sa tête avait reposé, et les traînées sombres et incurvées laissées à hauteur des oreilles ressemblaient aux serres d'un rapace fondant sur sa proie.

Déjà près de la porte, Claudel me tenait le battant ouvert d'un air condescendant. Pour ne pas exploser j'ai serré la poignée de mon sac à m'en rentrer les ongles dans la paume, mais je n'ai pu résister à l'envie de lui lancer une pique au passage :

— Vous n'êtes pas sans savoir que j'agis en qualité d'agent de liaison entre le laboratoire et le Carcajou. Que cela vous plaise ou non, vous êtes professionnellement tenu de partager vos déductions et vos informations avec moi. Je n'en attends pas moins.

Sur ce, je suis sortie en plein soleil.

20.

Le temps avait beau être radieux, je broyais du noir, assise au fond de la banquette arrière. Si je m'étais proposée comme liaison entre le labo et le Carcajou, c'était poussée par le désir d'aider à résoudre l'affaire Toussaint. Certainement pas pour me retrouver tous les jours avec un nouveau crime sur les bras. Et voilà que j'avais écopé de Savannah Claire Osprey et de Cherokee Desjardins. Par ailleurs, deux victimes aussi différentes l'une de l'autre que Charles Manson l'était de Dame Tartine, même si Savannah n'avait pas vécu dans un beau palais de beurre frais.

Je ne pouvais pas davantage chasser de mon esprit l'image de cette gamine aux jambes de sauterelle dans son costume de bain trop grand, que l'horreur que nous venions de quitter. Le duo assis à l'avant pouvait être convaincu que ce dernier meurtre était l'œuvre des motards, je gardais du sinistre spectacle comme une impression de mise en scène.

Savannah et Cherokee, Cherokee et Savannah, Ronald et Donald Vaillancourt, Robert Gately et Félix Martineau. Pour ne rien dire d'Emily Anne Toussaint, la petite fille qui aimait les gaufres, la danse classique et le patin à glace. Des vies qui n'avaient d'autre lien entre elles que celui, posthume, de faire l'objet d'une enquête d'homicide.

Nous roulions en silence. De temps à autre, la radio se mettait à crachoter, dans sa diligence à passer d'un canal à l'autre pour répondre à tous les besoins de la police. Il y avait un bouchon dans le tunnel Ville-Marie avant la sortie de la rue Berri. À la vue du flot de voitures qui se dirigeait vers le Vieux-Montréal, le cafard m'a saisie. Qu'est-ce que je faisais en compagnie d'un Monsieur-je-sais-tout et de son collègue, un crâne de jeune fille coincé entre les pieds et des visions de motards en bouillie plein la tête, alors que j'aurais pu dîner tranquillement avec un amant ou prendre un verre avant d'aller danser place Jacques-Cartier ?

Sauf que je ne pouvais plus m'offrir le plaisir d'un verre.

Sauf que je n'avais pas d'amant.

Et Ryan... ?

Arrivée à ce stade de mes réflexions, je me suis secouée : « Arrête, Brennan, sinon c'est la dépression assurée ! Personne ne t'a forcée à quitter l'archéologie où tu pouvais disserter à loisir en te sachant écoutée. C'est toi qui as demandé à pratiquer ce métier. Alors, cesse de pleurnicher et retrousse tes manches ! »

Charbonneau s'est arrêté rue Parthenais. Sur un merci laconique, j'ai claqué la portière et entrepris de longer la grille de fer forgée de la S.Q. en direction de l'entrée principale. Tout à coup, mon portable a sonné. J'ai posé mon sac de voyage sur le trottoir pour fouiller à l'intérieur, mais l'appareil était au fond de ma serviette.

— Tante Tempé ?

Kit, enfin ! Je l'avais appelé plusieurs fois de Raleigh sans jamais parvenir à le joindre.

— Tu as eu mes messages ?

— Ouais. Mauvais timing. À mon retour, je me suis fourré la tête sous les oreillers en me disant que tu n'aimerais pas que je te rappelle si tard.

Une pause. J'ai attendu la suite.

— J'étais avec Lyle.

— Deux jours entiers ?

— Oui. Il est vachement chouette, tu sais.

Chouette, ce type ?

— Il m'a emmené à l'atelier de motos, poursuivait Kit. Il n'exagérait pas. Ce stock qu'ils avaient, putain ! Plus qu'à l'usine Harley... *Scusa* pour le gros mot.

— M-mm.

Tout en l'écoutant, j'ai posé ma serviette à terre juste à côté du sac de voyage et me suis penchée, l'épaule en avant, pour les soulever ensemble. De la musique hip-hop sortait d'une caravane garée de l'autre côté de la rue. Avachi contre la portière, le chauffeur pianotait sur son volant, l'autre bras passé autour du siège.

— Je serai là vers six heures. Qu'est-ce qui te ferait plaisir pour le dîner ?

— C'est pour ça que je t'appelle. Lyle m'a proposé d'aller avec lui au studio assister à l'enregistrement du journal télévisé de ce soir.

Tandis qu'il parlait, un type a déboulé d'un immeuble en face pour s'arrêter net sur le perron, cigarette au bec. Il était hirsute, avec des mèches droit sur le crâne et d'autres raplaties et tout emmêlées comme si quelque chose venait de lui exploser au visage. Il portait un gilet de jean à même la peau et avait des bras tout bleus, couverts de tatouages. Tirant lentement sur sa cigarette, il a balayé la rue du regard et entrepris de descendre les marches d'un pas chaloupé. Quand je suis entrée dans son champ de vision, ses yeux se sont rétrécis comme ceux d'un fox-terrier à la vue d'un rat. Deux jets de fumée ont jailli de ses narines. Il a expédié son mégot d'une pichenette et franchi les quelques mètres qui le séparaient de la fourgonnette. À peine a-t-il grimpé auprès du fan de musique qu'ils ont démarré, me laissant transformée en iceberg au milieu du trottoir, sous le beau soleil de cet après-midi.

— ... déjà assisté ? demandait Kit au téléphone.

— Quoi ?

— Au journal. Tu y as déjà assisté ?

— Oui, c'est très intéressant.

— J'aimerais bien voir ça si tu n'es pas contre.

— Bien sûr. De toute façon, je suis crevée.

— Tu as trouvé qui c'était ?

Je n'ai pas compris de quoi il parlait.

— La fille. C'était bien celle que tu croyais ?

— Oui.

— Super. Je peux le dire à Lyle ?

— Ce n'est pas encore officiel. Attends que le coroner l'annonce.

— T'inquiète. Bon. À plus, alors.

— OK.

— Tu es sûre ?

— Ça ira, Kit. J'ai été menacée par des types plus costauds que toi.

— Merci d'enfoncer le couteau dans la plaie.

— Salut.

Ce saligaud de Lyle Crease voulait-il se servir de mon neveu pour obtenir des informations ?

Au labo, j'ai rangé les restes de Savannah dans l'armoire où je conserve mes pièces à conviction et je suis allée demander à Denis, l'assistant en histologie, de me préparer des lames à partir d'une paire d'échantillons prélevés sur les os de Myrtle Beach, ce qu'il ferait en y découpant au microtome des lamelles de quelques centaines de microns d'épaisseur, puis en les colorant pour que je puisse les étudier. L'autre paire, je l'ai portée à la section d'ADN et j'en ai profité pour me renseigner sur l'œil que j'avais laissé à analyser. Pendant que j'attendais la réponse de la laborantine, j'ai senti une barre se former lentement à hauteur de mes cervicales. Voyant que je me frottais le cou, elle m'a demandé à son retour si j'avais mal à la tête, avant de m'informer que les résultats n'étaient pas prêts.

En dernier lieu, je suis allée rendre compte de mon voyage à LaManche. Il m'a écoutée sans m'interrompre une seule fois, même pendant que je lui montrais les radios et des copies des dossiers médicaux de l'hôpital de Raleigh. Quand je me suis tue, il a retiré ses lunettes et s'est mis à masser la ligne rouge qui barrait son nez. Carré dans son siège, impassible, il a seulement dit :

— Je vais prévenir le coroner.

— Merci.

— Vous avez averti le Carcajou ?

— Quickwater, et brièvement. Tout le monde est focalisé sur le meurtre de Cherokee Desjardins en ce moment.

Élégante façon de présenter les choses car, en voiture, Quickwater avait à peine prêté l'oreille à ce que je lui disais. J'ai ajouté :

— J'en parlerai demain à Roy.

— Cet agent de Caroline du Nord croit que la petite a été tuée par des motards ?

— Kate Brophy ? Oui. À son avis, c'est une possibilité sérieuse.

— A-t-elle connaissance de liens entre des gangs de Montréal et de Myrtle Beach ?

— Non.

LaManche a pris une longue inspiration et expiré lentement.

— 1984, ce n'est pas hier...

Et de m'exprimer ses réserves dans son français très précis. Face à la brillance du Saint-Laurent qui semblait l'auréoler d'or, je sentais faiblir mon assurance et, vues de son bureau, les suppositions que j'avais échafaudées avec Kate commençaient à me paraître un peu tirées par les cheveux à moi aussi. Ce qui m'avait semblé si juste hier se nimbait à présent d'un halo d'incertitude, comme dans les rêves lorsque réalité et fiction se mélangent.

— J'ai laissé en plan l'étude des dossiers dès que j'ai été prévenue du meurtre de Cherokee. L'agent Brody m'a confié pas mal de documents du SBI. Des photos, notamment. Je les transmettrai demain au Carcajou. On verra s'il en sort quelque chose.

LaManche a rechaussé ses lunettes.

— Le squelette de Caroline n'a peut-être rien à voir avec nos ossements.

— Je sais.

— Dans combien de temps aurons-nous les résultats d'ADN ?

— Ils n'ont pas voulu me donner de délai, ai-je répondu en réussissant à ne pas lever les yeux au ciel malgré toute mon envie. Ils sont débordés. Les analyses des Vaillancourt leur prennent un temps fou.

J'avais parfaitement enregistré le regard agacé de la laborantine en découvrant l'étiquette *Department of defense* sur les spécimens que j'avais rapportés de Raleigh.

LaManche a hoché la tête d'un air entendu.

— Toutefois, puisqu'il s'agit d'un décès inexpliqué et de restes découverts au Québec, nous allons cataloguer l'affaire comme homicide, en espérant que la *Sûreté du Québec* nous suivra.

Le téléphone a sonné. J'ai rassemblé mes papiers pendant qu'il répondait. Quand il a eu raccroché, j'ai dit :

— L'affaire Cherokee ne colle pas avec les méthodes qu'emploient habituellement les motards. Mais qui peut dire ce qui pousse les gens à tuer ?

Est-ce parce qu'il pensait à ce que venait de lui annoncer son interlocuteur et qu'il se griffonnait un pense-bête ? est-ce parce qu'il a cru que j'étais passée à un autre sujet ? toujours est-il qu'il m'a répondu :

— M. Claudel se montre parfois cassant, mais ça s'arrange toujours au bout du compte.

Bizarre qu'il mentionne Claudel, que voulait-il dire par là ? La sonnerie de son téléphone m'a empêchée de lui poser la question. Il a décroché puis, tenant l'appareil contre sa poitrine, a levé les yeux vers moi :

— Vous aviez autre chose à me dire ?

Façon polie de m'indiquer la porte.

Au sortir de son bureau, j'étais tellement étonnée de la remarque de LaManche que j'en ai presque catapulté Jocelyne, l'intérimaire des archives. Pendant que nous rattrapions de justesse nos dossiers, je l'ai bien regardée. Elle arborait aujourd'hui de grands anneaux de perles et des mèches couleur violette d'Afrique. À la lumière crue des néons, la teinte prune de ses paupières inférieures ressortait sur sa peau, d'un blanc velouté comme l'intérieur d'une pelure de citron. L'idée m'a traversée qu'elle était albinos. Je ne sais pourquoi, j'ai eu envie de lui dire un mot gentil.

— Vous avez fait votre trou, Jocelyne ?

Elle a dardé sur moi un regard indéchiffrable.

— Le travail ne vous paraît pas trop lourd ?

— J'arrive à le faire.

— Je n'en doute pas. Je voulais dire, c'est toujours difficile d'être la nouvelle quelque part.

Elle allait répondre quand une secrétaire est sortie en trombe d'un bureau voisin. Elle en a profité pour déguerpir.

« En voilà une à qui des petits cours de charme ne feraient pas de mal, me suis-je dit. En se mettant avec Quickwater, ils pourraient réclamer un prix de groupe. »

J'ai passé le reste de l'après-midi à trier les papiers accumulés sur mon bureau. Les messages provenant des médias sont allés directement à la corbeille, ceux émanant des forces de l'ordre ont eu droit à une réponse. Une demande d'identification était signée de Pelletier, le plus âgé de nos pathologistes. Il s'agissait de vieux os cassants, trouvés par un propriétaire d'Outremont en creusant un trou dans sa cave, et qui, à première vue, ne semblaient pas humains. Cela pouvait attendre.

Ma table plus ou moins en ordre, je suis rentrée chez moi et j'ai passé une soirée d'un raffinement extrême dans la plus vieille cité française du continent américain : pizza, bain et base-ball. Au huitième tour de batte, Birdie est parti se rouler en boule sur le lit de la chambre d'amis. À onze heures et quart, quand je suis allée me coucher, il s'est étiré et s'est installé à sa place dans le fauteuil de ma chambre.

J'ai sombré presque aussitôt dans un sommeil peuplé de rêves décousus : Kit me faisait des signes d'un bateau à bord duquel se trouvait également Ryan ; Isabelle servait à dîner ; un Cherokee Desjardins décapité ramassait ses chairs à la pince à épiler et les laissait choir une à une dans un sachet en plastique.

Dans un demi-sommeil, j'ai entendu Kit rentrer. J'étais trop groggy pour l'appeler. J'ai perdu la notion des choses alors qu'il s'activait encore dans la cuisine.

Le lendemain, j'étudiais les ossements de Pelletier quand Denis est entré dans mon labo en brandissant *Le Journal de Montréal*, ouvert sur une photo de moi au club des Vipères.

— *C'est la gloire !*

L'article, bref, rapportait les déclarations du coroner à propos du mystérieux squelette découvert en même temps que les corps de Gately et de Martineau, et désormais identifié comme étant celui d'une Américaine de seize ans du nom de Savannah Claire Osprey, disparue en 1984.

— *Promotion ou mise à l'écart ?* s'est inquiété Denis, à propos de la légende de la photo qui faisait de moi un membre à part entière du Carcajou.

J'ai souri et me suis remise au travail tout en me demandant comment Claudel et Quickwater considéraient la chose. Pour l'heure, j'avais identifié deux côtes d'agneau, des morceaux de ragoût et plus d'os de poulet grillé que je n'avais l'intention d'en compter. L'examen achevé, j'ai pondu un rapport circonstancié, en soulignant qu'il ne s'agissait pas de restes humains. Il était aux alentours de dix heures quand je suis allée le porter au *pool* des secrétaires.

De retour dans mon bureau, j'ai appelé le Carcajou. Jacques Roy était en rendez-vous et ne serait pas libre avant la fin de l'après-midi. J'ai laissé mon nom et demandé qu'il me rappelle. Claudel était absent, Charbonneau aussi. Je leur ai laissé à tous deux un message identique et me suis abîmée dans la contemplation du Saint-Laurent. Frustrée. « Mais appelez-moi donc, nom d'un chien !... S'il vous plaît ! » J'ai songé à joindre les détectives sur leurs bips, mais la situation ne m'a pas paru l'exiger.

Je ne pouvais pas me mettre à étudier la micro-structure des tibias de Myrtle Beach, les lames de microscope n'étant pas prêtes. Je ne pouvais pas davantage plancher sur les séquençages d'ADN, ne disposant pas encore des résultats, à supposer qu'il soit possible de lancer les analyses à partir de tels échantillons. Appeler Kate Brophy à Raleigh ? Non, ce ne serait pas gentil de lui mettre la pression. D'autant qu'elle était aussi intéressée que moi par l'affaire, si ce n'est davantage. De toute façon, elle m'appellerait dès qu'elle aurait du nouveau. Que faire, alors ? Aller en bas jeter un œil à l'autopsie de Cherokee, histoire d'apaiser mes doutes concernant les auteurs de ce meurtre ? LaManche devait déjà s'y être attelé, à l'heure qu'il était. Non ! J'en avais par-dessus la tête des motards à disséquer.

Eh bien, j'allais mettre de l'ordre dans les dossiers prêtés par Kate. Rappelée d'urgence au Canada, je n'avais pas eu le temps de les étudier tous. Nous nous étions contentées d'effectuer un tri sommaire et de fourrer ceux qui nous semblaient importants dans ma serviette, avant de faire viser les bons de sortie et de filer à toute berzingue jusqu'à l'aéroport.

J'ai vidé ma serviette sur mon bureau. Photos à gauche, chemises à droite. J'ai commencé par la pile de gauche. Les photos portaient toutes au dos une série de codes, ainsi que la date, le nom de la personne représentée, le lieu, et l'événement.

La première représentait un certain Martin DeLuccio, dit « Deluxe », immortalisé le 23 juillet

217

1992 à Wilmington en Caroline du Nord, lors d'un rallye de motards. Bandana autour de la tête et gilet de jean avec écusson des Outlaws : un crâne souriant et des pistons croisés. Chapitre de Lexington, précisait la bannière inférieure. Du haut de son bolide, une Michelob dans la main gauche, Deluxe me regardait droit dans les yeux. Les siens étaient cachés derrière des lunettes noires dont les verres avaient la taille d'une pièce d'un franc. Ses traits exprimaient un tel vide sidéral qu'il devait avoir besoin de conseils pour dérouler du papier-toilette.

J'allais passer à Eli Hood, surnommé Robin des Bois, quand mon téléphone a sonné. Contrairement à mon attente, ce n'était pas Roy, mais une voix rocailleuse. Absence du *e* final dans l'énoncé de mon prénom, prononciation parfaite de mon nom de famille : un anglophone de toute évidence. J'ai répondu en anglais.

— C'est moi.

Une longue pause a suivi, entrecoupée d'un cliquètement de pièces tombant dans l'appareil. J'ai répété :

— Docteur Brennan à l'appareil !

Il y a eu des raclements de gorge, suivi d'un : « Ici, George Dorsey. »

Mon ordinateur interne a scanné inutilement ma mémoire.

— C'est vous qu'avez décreusé ces mecs ? a enchaîné la voix.

Elle m'arrivait un peu étouffée, comme si l'interlocuteur parlait derrière sa main.

— Oui.

— J'ai lu votre nom dans le journ...

Je l'ai coupé aussi sec. Les médias, c'était à Claudel et à Quickwater de se les coltiner.

— Si vous voulez des informations, adressez-vous aux détectives chargés de l'enquête.

— Z'êtes bien au Carcajou ?

— Pas au sens où vous l'entendez. L'officier responsable...

— Ce connard a la tête si loin dans le trou de balle qu'y lui faudrait un sonar pour remettre la main dessus !

La louange avait de quoi forcer mon attention.

— Vous avez rencontré le constable Quickwater ?

— J'peux pas parler à un abruti qu'en a rien à glander, pendant que l'autre emmerdeur rêve que de me coincer les burnes.

— Pardon ?

— Ce lèche-cul de Claudel. Y m'ferait bouffer de la merde pour avoir sa promotion.

Un épais silence est tombé. À croire que l'appel venait du bathysphère du commandant Cousteau.

— Doit être en train de peaufiner un montage pour CNN, a repris l'inconnu.

Il commençait à m'énerver. Mais, d'un autre côté, peut-être détenait-il une information utile, me suis-je dit et j'ai demandé :

— Vous appelez à propos des squelettes découverts à Saint-Basile ?

Bruits d'étouffement.

— Mais non, putain !

Brusquement, mon cerveau a fait tilt. George Dorsey, le suspect arrêté par Claudel pour le meurtre de Cherokee !

— Vous avez été inculpé, monsieur Dorsey ?

— Ben non, bordel.

— Sur quelles charges êtes-vous en garde à vue ?

— Possession. J'avais six sachets sur moi quand y m'sont tombés sur le poil.

— Pourquoi vous adressez-vous à moi ?

— Parce que ces connards veulent pas m'écouter. C'est pas moi qu'a refroidi Cherokee. J'm'en voudrais, un taf aussi merdique !

J'ai senti mon cœur s'emballer.

— Qu'est-ce que vous voulez dire ?

— Les frères non plus, y régleraient jamais le problème comme ça.

— Vous voulez dire que les gangs n'ont rien à voir là-dedans ?

— Évidemment ! Z'êtes chiée, vous !

— Alors, qui a tué Cherokee ?

— Z'avez qu'à ramener vos fesses si vous voulez que j'vous cause.

Je n'ai pas réagi. Un bruit de soupape a troué le silence : la respiration de Dorsey.

— Mais c'est pas pour vos beaux yeux, hein ? Donnant-donnant !

— Quelle raison aurais-je de vous croire ?

— Z'inquiétez pas, z'êtes pas mon type. C'est juste que ces branleurs s'croient au jour J de leur carrière. Mais y z'ont beau m'avoir débarqué sur Omaha Beach, y s'plantent dans les grandes largeurs.

— Vos connaissances historiques m'impressionnent, mais en vertu de quoi devrais-je vous croire, monsieur Dorsey ?

— Z'avez une meilleure piste ?

J'ai laissé la question en suspens. Aussi nul soit-il, George Dorsey venait de marquer un point.

Et puisque aujourd'hui, tout le monde semblait s'être donné le mot pour m'ignorer...

J'ai regardé ma montre : onze heures vingt.

— Je serai là dans une heure.

21.

Pour des raisons de logistique, le *Service de police de la Communauté urbaine de Montréal* est divisée en quatre centres opérationnels, chacun possédant ses propres forces d'intervention, d'analyse et d'enquête, ainsi qu'un centre de détention provisoire où tout individu placé en garde à vue attend lecture de son acte d'inculpation, sauf ceux arrêtés pour meurtre ou agression sexuelle, regroupés, eux, dans un centre situé à l'est de la ville, près de la place Versailles. Arrêté chez lui pour possession de stupéfiants, Dorsey avait donc été conduit au centre opérationnel CO-Sud, à l'angle de la rue Guy et du boulevard René-Lévesque.

Ce quartier, en bordure du centre-ville, est à la fois séparatiste et fédéraliste. D'importantes minorités de Chinois, d'Estoniens, d'Arabes et de Grecs côtoient les Québécois « pure laine » et les Canadiens anglais, largement majoritaires. Dans cet assemblage d'églises et de bars, de boutiques et de sex-shops, de bâtisses interminables et de vieux immeubles sans ascenseur vivent aussi bien des miséreux que des nantis, des étudiants que des agents de change. Les meurtres d'Emily Anne

Toussaint et de Cherokee Desjardins relevaient tous deux de cette juridiction.

Juste avant de pénétrer dans le parking, j'ai doublé un piquet de grève rue Guy. Panneaux et banderoles réclamaient des augmentations de salaire. J'ai souhaité intérieurement bonne chance aux manifestants. En ce qui me concerne, cela fait sept ans que mon salaire n'a pas bougé. Que la raison en soit l'instabilité politique ici ou la stagnation économique du Canada en général, le fait est que le Québec vit à l'heure des restrictions budgétaires et des réductions d'effectifs.

Je suis entrée par la porte principale. Au comptoir de droite, j'ai demandé à voir George Dorsey. L'agent de service, une femme, a posé son morceau de génoise sur le comptoir et levé sur moi des prunelles où se lisait l'ennui.

— Vous êtes sur la liste ?

— C'est le prisonnier qui m'a réclamée. Tempérance Brennan.

Elle a frotté ses mains potelées l'une contre l'autre et vérifié qu'aucune miette ne collait plus à ses doigts avant de se mettre à taper sur son clavier. Le texte qui défilait à l'écran s'est reflété dans ses lunettes. Quand il s'est immobilisé, elle m'a lancé : « Le Carcajou ? » sur un ton soupçonneux que n'aurait pas désavoué Ralph Nader [1].

J'ai répondu par un vague « Mmm ». N'était-ce pas ce que prétendait le *Journal* ?

— Vous avez une pièce d'identité ?

Elle a enfin relevé la tête. Je lui ai remis mon laissez-passer de la *Sûreté du Québec*.

— Pas de badge ?

---

1. Ralph Nader : Chef de file des consommateurs, candidat malheureux à la Maison-Blanche. (*N.d.T.*)

— C'est tout ce que j'avais sous la main.

— Vous allez devoir laisser vos affaires. Signez ici.

Elle a inscrit quelques mots dans la main courante et m'a tendu son stylo. J'ai inscrit l'heure et signé. Puis je lui ai remis mon sac à bandoulière par-dessus le comptoir.

— Ça va prendre un moment.

Mlle Génoise-au-chocolat est allée remiser mon bien dans une consigne métallique et s'est entretenue au téléphone. Dix minutes plus tard, une clef a tourné dans une porte verte située à ma gauche. Le battant s'est ouvert sur un gardien à ce point squelettique que son uniforme pendait sur lui comme des habits sur un cintre. Il m'a fait signe de le rejoindre. Un second gardien a promené sur moi un détecteur de métal et m'a signifié de suivre le numéro un. Au rythme des clefs qui tressautaient à sa ceinture, j'ai tourné à droite et longé un couloir éclairé au néon, truffé de caméras de surveillance au mur et au plafond. Tout au bout, dans une grande cellule fermée de ce côté-ci du couloir par une cloison vitrée et de l'autre par des barreaux peints en vert, une demi-douzaine de types paressaient, les uns assis sur des bancs de bois ou allongés par terre, les autres pendus aux barreaux comme des primates en cage. À côté de cette cellule à pochetrons se trouvait une porte métallique, verte elle aussi, et portant les mots *Bloc cellulaire* écrits en blanc sur le côté droit. Au-delà s'étirait un comptoir où un surveillant était en train de ranger un paquet dans un casier surmonté des lettres XYZ. Un Xavier devait être attendu. Un pensionnaire qui ne verrait plus ni ceinture, ni lacets, ni lunettes, ni bijou, ni tout autre effet personnel jusqu'à ce qu'il quitte ces lieux.

— Votre homme est là, a dit le gardien en désignant du menton une porte marquée *Entrevue avocat*.

De l'autre côté de la cloison, Dorsey allait passer par une porte identique, à la différence près qu'elle porterait la mention *Entrevue détenu*.

J'ai remercié le gardien et suis entrée. La salle était petite. Murs jaunes, plinthes vertes, tablette en Formica rouge, tabouret de bois fixé au sol, téléphone mural. Que l'on soit visiteur ou prisonnier, le décor n'était pas fait pour remonter le moral.

George Dorsey était assis derrière une large baie vitrée, le dos rond, les mains pendant entre ses genoux.

— Sonnez quand vous aurez fini, m'a dit le gardien et il a refermé la porte, me laissant face à face avec le prisonnier.

Dorsey n'a pas esquissé un geste. Il ne m'a pas lâchée des yeux pendant tout le temps qu'il m'a fallu pour traverser la salle et décrocher le téléphone. Comme le Christ dans la chambre de ma grand-mère, avec sa couronne d'épines et son front dégoulinant de sang. Où qu'on aille dans la pièce, son regard vous suivait. « Tu vois, il ouvre les yeux ! s'extasiait ma grand-mère. Regarde, maintenant ils sont fermés ! » Ce portrait m'angoissait tellement que j'ai passé mon enfance à éviter sa chambre. Dorsey avait les mêmes yeux que le Christ du tableau.

Je me suis assise, mains croisées sur la tablette. Je n'en menais pas large. L'homme de l'autre côté de la vitre était mince et noueux. Nez en bec d'aigle, lèvres en lames de rasoir, crâne rasé et tatouage en guise de cheveux : un éclair dont la pointe arrivait à sa tempe gauche juste là où démarrait une cicatrice qui barrait sa joue et allait se perdre dans les poils de son bouc. Malgré son regard aigu, il donnait l'impression de ne pas avoir fermé l'œil depuis un bon moment.

J'ai attendu qu'il rompe le silence. De dehors me parvenaient des éclats de voix et des fracas de chocs métalliques. Une éternité s'est écoulée et Dorsey a souri. Ou plutôt, ses lèvres ont disparu, cédant la place à de petites dents jaunes. Il n'y avait pas de gaieté dans ses yeux.

D'un geste saccadé, il a décroché le combiné et l'a porté à son oreille.

— Z'avez des couilles.

J'ai haussé les épaules.

— Z'avez des cigarettes ?

— Je ne fume pas.

Il a ramené ses jambes sous lui et s'est mis à frotter de haut en bas son cou-de-pied le long de son mollet. Il se taisait.

Il a fini par lâcher :

— J'ai rien à voir avec ce turbin, à Pointe-Saint-Charles.

Turbin dont, personnellement, je n'arrivais pas à chasser la vision.

— Vous me l'avez déjà dit.

— Ce connard de Claudel a décidé de me couper la bite. Y croit que si y m'presse assez, j'dirai que c'est moi qu'a foutu le feu à Cherokee.

Son frottement s'est accéléré.

— Le sergent-détective Claudel fait son travail.

— Le sergent-détective Claudel serait pas foutu de lâcher un pet droit.

Opinion qu'il m'était arrivé de partager.

— Vous connaissiez Cherokee Desjardins ? ai-je demandé.

— De réputation.

Il s'est mis à caresser machinalement un graffitti creusé dans la tablette.

— Vous saviez qu'il dealait ?

Il a haussé les épaules. J'ai attendu.

— Pt'être que c'était pour son usage personnel, savez ? Médical. J'crois qu'il était malade.

Il a passé le doigt dans les poils de son menton et s'est de nouveau concentré sur l'entaille.

— Vous avez été vu près de chez Desjardins à l'heure où il a été tué et on a trouvé chez vous un blouson plein de sang.

— C'est pas à moi.

— Les gants non plus n'appartenaient pas à O.J. Simpson.

— J'suis pas assez con pour garder un petit souvenir d'un mec que j'aurais dessoudé.

Là, il marquait un point. J'ai insisté :

— Qu'est-ce que vous faisiez dans le coin ?

— C'est pas vos oignons !

Il s'est jeté en avant, appuyé sur les coudes. Mon cœur a fait un bond dans ma poitrine, mais j'ai réussi à ne pas ciller.

— Et c'était pas pour refroidir Cherokee !

Ses paupières s'étaient rétrécies. Il devait être en train de concocter une embrouille à me faire avaler. Le silence a duré.

— Vous savez qui l'a tué, George ?

— Z'allez vite en besogne, dites donc ! a-t-il lancé, et il a posé le menton sur ses doigts dans une attitude maniérée. J'peux vous dire Tempé, moi ?

— Je ne suis pas venue faire des mondanités. Vous avez demandé à me parler.

Sans cesser de triturer le cordon du téléphone, il s'est tourné de côté, une jambe tendue vers le mur, et s'est mis à marteler la plinthe de sa chaussure orpheline de lacet. Dans le couloir, quelqu'un appelait un Marc. J'attendais. Il a fini par laisser tomber :

— Ce boulot-là, c'est un gag pour *Colombo*. Sauf que Peter Falk, il était pas dans le casting.

Il s'est retourné vers moi et m'a fixée droit dans les yeux, cherchant à me faire baisser le regard. À ce petit jeu-là, c'est lui qui a perdu. Il a ouvert et refermé les doigts à plusieurs reprises. Les lettres FTW tatouées sur ses phalanges se sont allongées et rétractées en cadence.

— C'était pas un show quatre étoiles. J'dirai que ça pour le moment.

— Nous l'avons vu tout seuls que c'était du travail bâclé. Si vous ne me dites rien, je ne vois pas ce que je peux faire pour vous.

Dorsey s'est de nouveau penché en avant, en appui sur ses avant-bras.

— Vot' pote Claudel, y s'goure si y pense que j'suis qu'un torcheur de merde pour les Heathens. J'suis pas un con, et eux non plus.

Il se tenait si près de la vitre que j'aurais pu compter les points noirs sur son nez.

— C't un mensonge, bordel. C'est pas moi qu'a tué Cherokee.

J'ai scruté ce visage à quelques centimètres du mien. Le temps d'un battement de cœur, le masque s'est dissous. J'ai lu la peur et l'incertitude dans ces yeux sombres et amers. Et autre chose aussi : la candeur. Puis les paupières se sont rétrécies et la bravade est revenue.

— J'vais pas tourner autour du pot. Vous aimez pas comment nous, on mène nos affaires et, nous, on aime pas plus vot' soi-disant vertu à la con. Continuez à me mettre sur le gril, et le type qu'a fait la peau à Cherokee s'en tirera. Ça fait pas un pli.

— C'est tout ce que vous avez à me dire, monsieur Dorsey ?

Ses yeux ont plongé dans les miens et j'ai senti

sa haine de façon presque palpable, puis il s'est mis à inspecter ses ongles avec une nonchalance appuyée.

— J'suis p't-être au courant d'aut' chose...

— De quoi ?

— J'vous dis rien, moi, mais y a pas que Cherokee qu'a fait les gros titres, ces temps-ci.

J'ai carburé à toute allure. De quoi parlait-il ? Des assassins de *l'Araignée* et d'Emily Anne Toussaint ?

Je n'ai pas eu le temps de lui poser la question qu'il s'était rejeté en arrière, les lèvres retroussées en une mimique railleuse.

— Vous avez quelque chose de drôle à me dire ?

Il a trituré les poils de son bouc et a changé le combiné de main.

— Dites à ce cul de m'lâcher les baskets !

Je me levais pour partir quand ce qu'il a ajouté m'a clouée sur place.

— Travaillez avec moi et je vous donne des infos sur la fille.

— Quelle fille ? ai-je demandé, me forçant au calme.

— La petite chérie qu'vous avez déterrée.

La rage m'a prise. J'en avais le cœur qui cognait dans ma poitrine. Les yeux vrillés dans les siens, j'ai jeté :

— Parlez !

— Donnant-donnant ?

Ce rat avait beau écarter les babines en un semblant de sourire, ses yeux demeuraient plus noirs que le neuvième cercle de Dante.

— Vous mentez !

— Moi ? Mais la vérité, c'est la pierre angulaire sur quoi j'ai bâti toute ma vie, comme on dit.

Avec ses sourcils levés et sa main tournée

paume vers moi, il se voulait l'image de l'inno-cence. Je tremblais de fureur.

— Allez vendre vos salades ailleurs !

J'ai raccroché rageusement et j'ai filé jusqu'à la porte. J'ai sonné brutalement. Si je n'ai pu entendre la dernière phrase de Dorsey, j'ai vu son expression au moment de passer le seuil : ses lèvres me disaient qu'il garderait le contact.

Le retour au labo m'a pris presque une heure. Suite à un accident sur la 720, seule une des voies allant vers l'est était ouverte à la circulation. Dans le tunnel Ville-Marie, le bouchon s'étendait sur des kilomètres. Le temps de réaliser la situation, je n'ai plus été en mesure de me déporter vers la rampe de sortie et n'ai eu d'autre solution que d'avancer au pas, comme tout le monde et en par-tageant l'agacement général.

Dans ma tête, Dorsey tenait le devant de la scène. Aussi fébrile qu'une goutte d'eau sur un gril, ce type. Pourtant, quelque chose était passé dans son regard quand le voile s'était déchiré. Se pourrait-il qu'il soit innocent ?

J'ai enclenché la vitesse, avancé de quelques centimètres et me suis remise au point mort.

Claudel ferait-il fausse route ? Ce ne serait pas la première fois.

Une ambulance roulait sur la bande d'arrêt d'urgence, expédiant sur les murs du tunnel des jets de lumière rouge dans une cadence de pulsa-tions cardiaques. Les questions se bousculaient dans ma tête :

Comment Claudel allait-il réagir en apprenant ma visite à la prison ? J'imaginais sans peine la réponse.

Dorsey avait-il réellement des tuyaux sur

Savannah Osprey ou cherchait-il seulement à sauver sa peau ? J'étais bien incapable de le dire.

J'ai avancé de deux mètres cinquante.

Ce type était répugnant. Il était le symbole même du mépris envers la société en général et les femmes en particulier. Pourtant, l'espace d'une nanoseconde, j'avais entrevu sa vérité, j'en étais certaine. Mais cela ne me disait pas si je pouvais le croire.

Que gagnerais-je à le faire ? Et que risquerait la police à lui promettre de ratisser plus large pour retrouver les tueurs de Cherokee s'il livrait des renseignements sur la petite Osprey ? Surtout, comment faire valider cet échange de bons procédés sans passer par Claudel ?

Quarante minutes plus tard, j'atteignais enfin le lieu de l'accident. Une voiture gisait sur le flanc. L'autre, collée à la paroi, avait fait un tête-à-queue, et dans la lumière de ses phares, des milliers d'éclats de verre scintillaient sur la chaussée. Dépanneuses et véhicules de la police s'étaient répartis en demi-cercle autour des carcasses de voitures, à la manière des chariots aux temps de la conquête de l'Ouest. Des mécaniciens positionnaient les griffes d'une grue au-dessus de la voiture retournée. Allais-je retrouver son occupant au labo ?

L'embouteillage a fini par se résorber. J'ai foncé et quitté le tunnel à la sortie De Lorimier. Encore quelques croisements et j'y serais.

Arrivée au douzième étage, je n'ai eu qu'à sortir de l'ascenseur pour comprendre qu'un drame s'était produit, en entendant le téléphone de l'accueil clamer sa détresse dans le désert. J'ai traversé le vestibule en comptant les sonneries. Cinq, une pause, et ça a repris.

230

J'ai inséré ma carte à puce et franchi les portes de verre coulissantes. Réfugiée près des toilettes des femmes, la réceptionniste triturait un Kleenex. Elle avait les yeux rouges et une secrétaire, un bras passé autour de ses épaules, s'efforçait de la réconforter. Sur toute la longueur du couloir, les gens chuchotaient d'un air tendu. On se serait cru dans la salle d'attente d'un bloc opératoire.

Flash-back. Quinze ans plus tôt :

Je laisse Katy à ma sœur, le temps d'aller faire les courses. Au retour, à peine passé le coin de ma rue, un sentiment de panique, fait tout à la fois d'hébétude et d'excitation, me saisit à la gorge. Exactement l'émotion qui m'étreint aujourd'hui.

Succession de plans en accéléré : plan large de Harry et des voisins massés sur le trottoir, alors qu'ils ne se connaissent pas. Gros plan de ma sœur, des traînées de rimmel sur les joues. Gros plan de ses mains qui se tordent.

Où est Katy ? Nulle part en vue.

Je marchande avec le destin. « Seigneur adoré, pas ma fille ! Tout, mais pas mon bébé ! »

Regards compatissants des voisins pendant que je bondis hors de la voiture.

C'est McDuff... Il a surgi sous les roues d'une Buick. Tué sur le coup. Mon caniche. Dieu soit loué ! Le chagrin viendra plus tard. Moche, mais supportable. Katy est vivante !

J'ai dévisagé mes collègues avec la même angoisse que jadis. Que s'était-il passé ?

De l'autre côté de la deuxième porte vitrée, Marcel Morin était en conversation avec Jean Pelletier. J'ai ouvert à l'aide de ma clef et foncé vers eux.

Au bruit de mes pas, ils se sont tus et ont tourné la tête. Le regard de Morin révélait son émotion.

— Qu'est-ce qui se passe ?

— LaManche. Il a eu un malaise pendant l'autopsie de Cherokee Desjardins.

— Quand ça ?

— À l'heure du déjeuner. Il était seul dans la salle. Lisa l'a trouvé par terre en rentrant de sa pause, inconscient. Il respirait avec difficulté.

— C'est grave ?

Pelletier a lâché un grognement.

Morin a secoué la tête.

— Il est entre les mains de Dieu.

22.

Le lendemain matin, avant même de prendre ma douche, j'ai appelé l'hôpital. L'infirmière n'a guère été prolixe : l'état de LaManche s'était stabilisé, il demeurait en soins intensifs, aucune visite n'était autorisée. Pour pallier mon sentiment d'impuissance, j'ai commandé des fleurs.

La chambre de Kit était fermée. Nous étions vendredi, notre dernière conversation remontait à l'avant-veille. Était-il seulement rentré dormir hier ? La note sur la porte du réfrigérateur, que j'avais trouvée à mon retour du labo, disait qu'il reviendrait tard. Prière de ne pas le réveiller demain.

J'ai obtempéré. À dix-neuf ans, mon neveu avait passé l'âge d'avoir une nounou pendue à ses basques, c'est vrai, mais d'un autre côté, je tenais à savoir ce que ma sœur attendait de moi en termes de surveillance. Et surtout pour combien de temps.

Pour l'heure, Kit prenait possession des lieux, lentement mais sûrement. Pizzas surgelées, sandwiches grecs, hot-dogs, haricots rouges en conserve et *Mellow Yellow* avaient envahi le réfrigérateur. Sur le plan de travail, biscuits salés et chips mexicains s'intercalaient entre des beignets, des *Lucky Charms* et des gâteaux à la noix de coco. La télé avait été transformée en station de jeux et les fils serpentaient comme des spaghettis sur le plancher du salon. Des CD jonchaient le buffet ou le tapis. Un jean en boule, des chaussettes et un slip avaient colonisé l'assise d'un fauteuil et un Stetson le bras d'un autre. Deux paires de bottes gisaient dans l'entrée, là où on les avait retirées. À croire qu'un chanteur de country avait emménagé chez moi !

Avant de partir, j'ai remplacé la note de Kit par une autre de ma main, l'informant de mon retour vers cinq heures et requérant le plaisir de passer le dîner en sa compagnie.

Au labo, l'atmosphère était lourde. À la réunion du matin, Morin nous a rapporté sa conversation avec Mme LaManche : le patron était toujours dans le coma, les médecins attribuaient son état à un arrêt cardiaque. Les affaires du jour n'ont pas fait l'objet de débats, nul n'ayant le cœur à plaisanter. Un homme avait été écrasé par la chute d'un arbre à Dollard-des-Ormeaux ; un couple avait été retrouvé mort dans son lit, double suicide apparemment ; une noyée avait refait surface non loin de Rivière-des-Prairies.

Rien pour l'anthropologue que j'étais. Tant mieux. Cela me donnerait le temps de me plonger dans les dossiers des motards de Caroline et d'aller voir Jacques Roy au Carcajou s'il avait un moment à me consacrer.

La réunion terminée, je suis allée à la cafétéria. Ronald Gilbert, le spécialiste en relevé des taches de sang, s'y trouvait, debout au comptoir avec le technicien de son département qui lui avait servi d'assistant chez Cherokee Desjardins. Dans la queue au distributeur, j'ai surpris des bribes de leur conversation. Ils parlaient de l'affaire. J'ai retenu mon souffle pour mieux tendre l'oreille.

— Dieu merci, ce n'est pas toujours aussi compliqué, disait Gilbert. Mais pour ta première sortie, tu as quand même décroché la timbale !

— La veine du débutant, j'imagine.

— J'aurais aimé en parler avec LaManche avant de mettre ça dans le rapport. À présent, il ne faut plus y compter.

— Il va comment ?

Gilbert a levé les épaules. Il a remué son café et jeté le bâtonnet dans la corbeille. Je les ai suivis des yeux tandis qu'ils s'éloignaient. Leur conversation avait ravivé mon impression de malaise à propos de l'affaire Cherokee. Comment se faisait-il qu'en dehors de moi, personne ne trouve rien d'anormal dans ce crime ? Qu'est-ce qui me faisait douter de la bonne orientation de l'enquête, quel détail précisément ?

J'ai rajouté du lait dans mon café et emporté ma tasse dans mon bureau. Les pieds sur le rebord de la fenêtre, je l'ai bu en suivant la progression d'une barge sur le Saint-Laurent.

Un détail me gênait dans l'affaire Cherokee, mais quoi ? Le fait que le tueur ne soit pas entré par effraction ? Avec les années, on peut devenir négligent. Le fait que l'incendie n'ait pas pris ? Pour Charbonneau, quelque chose s'était mal passé et l'assassin s'était enfui. Plausible : un grain de sable suffit à faire capoter les plans les plus minutieusement concoctés. Exemple : le Watergate.

Par ailleurs, que voulait dire Gilbert en parlant de timbale ? Que trouvait-il de si compliqué dans cette affaire ? De quoi voulait-il discuter avec LaManche ?

Et moi, qu'est-ce que j'attendais pour aller lui

poser ces questions ? Encore une fois, qu'on se rappelle le Watergate !

Sans plus tergiverser, je suis allée frapper à la porte de son bureau. Oserais-je dire qu'un dieu grec était assis devant l'ordinateur ? Les boucles brunes de ses cheveux et de sa barbe m'évoquent toujours la mythologie. Pivotant sur sa chaise, il m'a considérée par-dessus ses lunettes.

— Vous avez une minute ?

— Autant que vous voudrez.

— C'est à propos de l'affaire Desjardins.

— Oui. Je vous ai vue là-bas. Comment se fait-il que vous travailliez sur ce cas ?

— Je n'y travaille pas vraiment. J'avais été appelée parce que les premiers rapports faisaient état d'un corps calciné. Tout compte fait, il n'était pas en si mauvaise condition.

— Qu'est-ce qu'il vous faut !.. Une nature morte à la matière grise.

— Oui, bien sûr... Justement, j'aimerais en parler avec vous. Je comptais interroger LaManche. Mais maintenant...

Je me suis interrompue, ne sachant comment formuler mes réserves. Il avait l'air désorienté.

— Les enquêteurs sont convaincus que c'est un crime de motards, ai-je repris. Mais quelque chose me turlupine. Il y a là un élément... hors sujet, si je puis dire.

— Hors sujet ?

J'ai évoqué ce que j'avais appris aux séances d'information du Carcajou pour conclure :

— Je sais bien que je suis novice mais peut-être cela me permet-il de voir les choses différemment. Avec un œil neuf.

— Et qu'est-ce qu'il vous dit, votre œil ?

— Que ce crime a été fait n'importe comment.

— Quoi d'autre ?

236

— Que la victime aussi a agi n'importe comment. Ouvrir la porte à ses assassins ! Je vois mal un ancien membre de club, qui deale en solo sur un secteur tenu par un gang, agir aussi bêtement !

Je me suis gardée d'évoquer mes doutes quant à la culpabilité de Dorsey. Moins j'en dirais sur ma visite à la prison, mieux cela vaudrait.

Gilbert m'a regardée longuement.

— Claudel trouve que vous êtes une enquiquineuse patentée qui doit toujours se mêler de tout, m'a-t-il lancé avec le sourire.

— Je le tiens moi-même dans la plus haute estime.

Il est parti d'un éclat de rire, la tête renversée en arrière.

— Qu'est-ce que vous savez sur les analyses de taches de sang ? a-t-il demandé quand il a eu recouvré son sérieux.

— Pas grand-chose, à vrai dire.

— Prête pour un cours intensif ?

J'ai hoché la tête.

— Eh bien, allons-y.

Il s'est calé dans son fauteuil, les yeux au plafond comme s'il y cherchait la meilleure façon de réduire ses années d'expérience à un petit cours vite fait, bien fait. Il devait avoir la même expression au tribunal, quand il s'efforçait d'expliquer les choses au jury.

— En raison des effets conjugués de la gravité et de la tension en surface, une goutte de sang qui tombe d'elle-même est sphérique. Quand vous vous piquez le doigt, par exemple. Le sang se rassemble sur le côté du doigt incliné vers le bas jusqu'à former une goutte qui, au bout d'un moment, finit par tomber. Ça paraît simple, n'est-ce pas ?

— Oui.

— Eh bien, ça ne l'est pas ! Car toutes sortes

de forces contraires entrent en jeu en même temps. D'un côté, on a l'attraction terrestre et le poids croissant du sang qui « tirent » la goutte vers le bas ; de l'autre, on a la tension sur le pourtour de la goutte, qui tend à réduire la surface de sang exposée et, par là même, fait subir à la goutte une « poussée vers le haut ».

Il appuyait ses dires avec des mouvements de la main censés reproduire l'action des forces en présence.

— La goutte n'est capable de tomber que lorsque les forces d'attraction sont devenues supérieures aux forces de poussée. Au départ, la goutte est de forme oblongue. Mais, au cours de sa chute, elle s'arrondit en raison du frottement de l'air. Sous l'effet de la force d'attraction, la pression à l'intérieur de la goutte augmente et l'oblige à se modeler de façon que son pourtour présente la plus petite surface possible : celle d'une sphère. Il n'en va pas ainsi de tous les liquides. Les larmes, par exemple, conservent en général leur forme allongée. Dans les analyses de taches de sang, la forme de la goutte est un élément capital... Toute éclaboussure est le résultat de la force déployée pour que le liquide jaillisse et vienne s'immobiliser sur une surface, après avoir franchi une certaine distance. Le processus est le même, que cela se passe à l'intérieur d'un crâne ou dans une flaque à terre. Le sang, mis en mouvement sous l'effet d'une force, se divise en sphères. Les gouttes effectuent un parcours jusqu'à ce qu'elles rencontrent un obstacle. Et voilà l'éclaboussure.

J'ai hoché la tête.

— En atterrissant sur la surface en question, les gouttes perdent leur forme typique pour devenir des taches ou des traînées. Il faut faire l'interprétation de ces différents types de traces, de ces salis-

238

sures, étudier ces gouttes qui ne sont *plus typiques*, en raison de l'action violente qu'elles ont subi, puis refaire à l'envers le trajet parcouru, en partant de l'endroit où elles ont atterri pour remonter à leur point de départ, l'objectif étant de déterminer ce qui s'est produit à l'origine, et dans quel ordre. Autrement dit : localiser l'endroit précis où se trouvaient les personnes présentes sur les lieux en cet instant, découvrir quelle arme a été utilisée et si des objets, et lesquels, ont été déplacés... Pour répondre à toutes ces questions, il faut examiner le changement de forme de la goutte et deviner ce qui l'a forcée à passer de l'état de sphère qu'elle avait au départ à celui de salissure qu'on a maintenant sous les yeux. Et c'est complexe, car il faut prendre en compte des données très diverses.

Il s'est mis à compter les différents points sur ses doigts.

— Premièrement, les propriétés de la cible : la goutte réagit différemment si elle atterrit sur une surface rigide ou sur une surface souple, comme du tissu, par exemple. Deuxièmement, la forme de la tache. Elle, il faut l'étudier très soigneusement et, surtout, indépendamment de la surface atteinte, car le rapport entre sa largeur et sa longueur nous indique très exactement l'angle de l'impact. Troisièmement, la taille de l'éclaboussure. Nous savons que les forces de basse amplitude impriment à la goutte une vitesse lente qui occasionne de larges éclaboussures, alors que les forces de haute amplitude, qui propulsent le sang plus rapidement, produisent des taches plus petites.

Il s'est arrêté, le pouce retenant son annulaire replié.

— Vous me suivez toujours ?
— Oui.

— Enfin, la vitesse de l'impact. Réduite, moyenne ou grande, selon la vitesse de la goutte au moment où elle atteint la cible. Mais cela est assez relatif.

— Donnez-moi des exemples.

— Je vais faire mieux. Suivez-moi.

Nous sommes sortis dans le couloir. Il est allé prendre dans une armoire frigorifique en acier une bouteille d'un litre, étiquetée *Sang de bœuf* et, tout au bout d'un autre couloir, s'est arrêté devant une porte dépourvue de signalisation.

Elle ouvrait sur un vaste cagibi aux murs tapissés de larges feuilles de papier tachées de sang presque de haut en bas. On aurait dit une foire aux massacres. Flaque de sang le long d'une plinthe ; éclaboussures et traînées sur les murs ; et, tout au fond, des dégoulinades annotées au crayon, partant de taches à hauteur du genou.

— Notre salle d'expérimentation, a dit Gilbert en déposant la bouteille à ses pieds après s'être placé sur une grande feuille de papier étalée par terre. Regardez.

Il a trempé une tige en bois dans la bouteille et a laissé le sang goutter devant lui.

— Les gouttes qui tombent d'elles-mêmes, comme le sang d'une blessure, se meuvent à vitesse réduite et produisent ce qu'on appelle des impacts lents. C'est-à-dire qu'au moment de l'impact, le sang se déplaçait à petite vitesse : en gros, de zéro à un mètre cinquante par seconde. Dans ces cas-là, la tache est large et son diamètre supérieur à trois millimètres.

Les taches qu'il venait de faire étaient rondes.

— En revanche, le sang qui jaillit d'une blessure causée par un objet contondant ou d'une entaille, comme un coup de couteau, se déplace plus rapidement. Sans que la vitesse soit fulgurante, cependant. De un mètre cinquante à sept mètres cinquante par seconde. On parle alors d'impact à moyenne vitesse.

Tout en parlant, il avait versé un peu de sang de bœuf dans une assiette. M'ayant fait signe de reculer, il a donné un coup de bâton dans le liquide. Le sang a giclé sur le mur. Je me suis avancée. Les taches étaient plus petites que celles à ses pieds.

— Vous voyez ? Les impacts à moyenne vitesse occasionnent des éclaboussures différentes. En général, ces taches-là ont un diamètre allant de un à quatre millimètres. Enfin, il y a les éclaboussures qui résultent d'impacts à grande vitesse. Et là, les taches sont encore plus petites. Venez voir !

Ayant reposé son bâton par terre, il est allé au fond de la salle et m'a désigné une surface sur le mur. On l'aurait dite peinte à la bombe.

— Impact à grande vitesse. Quand on voit une éclaboussure de ce type, on sait tout de suite que le sang se déplaçait à plus de trente mètres par seconde. Autrement dit, que la blessure a été causée par une arme à feu, une explosion ou un outil mécanique. Ça ressemble assez à de la bruine. En général, chaque tache prise séparément a un diamètre inférieur à un millimètre. Mais vous vous doutez bien que toutes les éclaboussures ne rentrent pas gentiment dans l'une de ces trois catégories. La façon dont le sang jaillit vient compliquer les choses, car il peut être éclaboussé, projeté ou lancé.

— Comment ça ?

— Ces éclaboussures que vous voyez là résultent d'impact à vitesse intermédiaire, entre réduite et moyenne. Elles diffèrent des catégories que je viens de vous exposer et vous allez comprendre pourquoi. Prenez une flaque de sang. Les éclaboussures seront différentes si l'on a marché ou couru dedans. Quelqu'un marchant dans la flaque fera « gicler » le sang. Les éclaboussures seront longues et étroites, réparties autour d'une tache centrale ronde, et accompagnées de quelques autres taches seulement, rondes elles aussi. Mais si on a couru dans la flaque, si on y a tapé des pieds ou si on y a frappé un grand coup, le sang n'aura pas « giclé », il aura été « projeté ». C'est le cas du sang qui jaillit d'une artère ou d'une blessure à la tête, quand la victime est frappée alors qu'elle se trouve à terre. Dans ce cas-là, la forme de l'éclaboussure est différente. Elle est longue et elle irradie encore à partir d'une tache centrale, mais c'est cette tache centrale qui varie : elle n'est plus ronde comme avant, elle a des bords irréguliers. Et enfin, il y a le sang « lancé ». Lequel provient de l'arme elle-même, de l'objet qui a provoqué la blessure. Laissez-moi vous montrer.

Il est retourné prendre son bâton. L'ayant trempé dans le sang, il l'a fait tournoyer. Le sang a volé du bâton et frappé le mur à sa droite. Je me suis rapprochée pour étudier les taches.

— Vous vous rappelez que plus grande est la force, plus petites sont les taches. Eh bien, le sang lancé produit des taches plus petites que celles résultant d'un impact à vitesse réduite. De plus, comme le sang lancé provient d'un objet lui-même en mouvement, l'éclaboussure présente un tracé rectiligne ou légèrement incurvé. Et les taches qui la composent sont grosso modo uniformes tout du long.

— Si je comprends bien, en vous fondant sur la taille et la forme de l'éclaboussure, vous pouvez déterminer la nature de l'agression ?

— Oui. Dans la plupart des cas, on arrive même à localiser l'endroit précis où l'attaque a eu lieu. Retournons dans mon bureau. Je vais vous montrer autre chose.

Il est allé s'asseoir à son ordinateur et a tapé une commande sur le clavier.

— Chez Cherokee, vous nous avez vus filmer tous les endroits salis en incluant dans le champ une équerre et un fil à plomb.

— Il servait à quoi, le fil à plomb ?

— À déterminer le sens de la coulure par rapport à la verticale.

Gilbert a appuyé sur une touche. Des formes ellipsoïdales marron sont apparues à l'écran.

— Les plans tournés en vidéo ont été scannés image par image et enregistrés sur le disque dur sous forme de bitmaps. Avec ce logiciel, je peux appeler les images d'une même tache toutes ensemble à l'écran pour les mesurer. Ce qui me donne deux angles : l'angle de direction et l'angle d'impact.

Il a enfoncé d'autres touches et un ovale blanc est venu se superposer sur la tache au centre de l'écran.

— L'angle de direction est celui formé par l'axe de l'ellipse et la verticale du fil à plomb. On l'appelle l'angle gamma. Il va de zéro à trente-six degrés et indique le sens de l'éclaboussure. Alors que l'angle d'impact ou angle alpha est calculé, lui, à partir de la forme de l'ellipse et va de zéro à quatre-vingt-dix degrés.

— Comment ça ?

— Vous vous rappelez qu'une goutte de sang est sphérique quand elle traverse l'espace ? Eh bien, la trace qu'elle laisse au moment où elle s'aplatit sur la cible correspond à la surface balayée par le sang.

Il a accompagné son explication d'un geste de la main.

— Au début, à l'endroit où elle atterrit, la goutte produit une traînée, petite d'abord et qui va s'élargissant. La partie la plus large de cette traînée, celle où la goutte est tombée, correspond à la partie la plus grosse de la goutte, à son diamètre. Ensuite, la traînée se rétrécit jusqu'à finir en pointe. Vous voyez celle-là ?

Il a désigné un ovale allongé suivi d'un petit point. J'avais vu de nombreuses taches semblables dans la salle d'expérimentation.

— On dirait un point d'exclamation.

— C'est justement le nom qu'on lui donne. Cela se produit lorsqu'une petite partie de sang se détache de la goutte initiale et rebondit pour former la tête de la traînée. Vu de dessus, on dirait un têtard ou un point d'exclamation selon que l'extrémité est effilée ou qu'un petit bout s'en est complètement détaché. Dans un cas comme dans l'autre, la trajectoire du sang est claire.

— Vous voulez dire que le sens des pointillés qui composent l'éclaboussure indique la direction dans laquelle allait le sang ?

— Exactement. Ce logiciel analyse tous les angles de chaque tache et m'en sort la liste. À partir de ces données, je peux déduire le point d'origine du sang. Croyez-moi, c'est beaucoup plus facile de nos jours, à l'ordinateur, qu'en utilisant des fils, comme on le faisait dans le temps.

— Explication, s'il vous plaît ?

— Oh ! Excusez-moi. Autrefois, on faisait partir un fil de la cible, à l'endroit exact de l'impact, et on le tendait en suivant la trajectoire des gouttes. En répétant l'opération à partir de plusieurs points de la scène du crime, on obtenait tout un réseau de fils qui remontaient de la tache jusqu'à la source du sang, là d'où il avait jailli. Ce qui nous donnait l'« assiette », comme on appelle ce point de convergence générale. Cela prenait un temps infini et la marge d'erreur était grande. De nos jours, l'ordinateur trace des lignes virtuelles à partir des données enregistrées.

Gilbert a promené les doigts sur les touches du clavier. Autre image : à gauche de l'écran, une verticale, la coordonnée X ; en bas, une horizontale, la coordonnée Y. Une douzaine de lignes se croisaient en formant un arc géométrique ayant l'aspect d'un X.

— Ce sont les lignes virtuelles dont je vous parlais. Vues de dessus, et tracées à partir de douze taches. Autrefois, avec des fils réels, ç'aurait été assez compliqué d'obtenir ce point de vue. Et c'était bien dommage de devoir s'en passer parce qu'il nous livre des informations cruciales. Il nous donne un aperçu du modèle... Ce logiciel me permet aussi d'obtenir une vue latérale, a encore dit Gilbert en cliquetant sur les touches.

Nouvelle image à l'écran. Des lignes plongeaient d'en haut à gauche vers en bas à droite, pour converger en un point situé aux deux tiers de l'écran à partir du bas, et s'évaser légèrement comme les tiges rigides d'un bouquet de fleurs.

— La vue latérale nous indique la hauteur à laquelle se situe le point de départ du sang. En combinant la vue d'au-dessus et la vue latérale, on obtient très précisément les coordonnées spatiales du point de convergence. En hauteur et en plan. Et on sait à quel endroit se tenait la victime.

Il s'est calé dans son fauteuil et m'a regardée.

— Maintenant, qu'est-ce que vous vouliez savoir à propos de l'appartement de Cherokee ?

— Tout ce que vous pourrez me dire.

Et, pendant les quarante minutes qui ont suivi,

je l'ai écouté sans l'interrompre. Avec une patience et une méticulosité remarquables, Gilbert m'a promenée dans tout l'appartement de Cherokee, m'expliquant le détail du bain de sang.

Ce que j'ai appris grâce à lui m'a convaincue qu'en s'obnubilant sur les motards, Claudel nous entraînait sur une fausse piste.

23.

La myriade de petits points à l'écran rappelait l'exemple de peinture à la bombe que j'avais vu dans la salle d'expérimentation, à la différence qu'ici, les taches comportaient de la chair et de petits éclats d'os parfaitement reconnaissables.

— Une partie du mur nord, a dit Gilbert. Juste derrière le fauteuil de la victime. Ces taches sont des « lancers avant ».

— Avant ?

— Oui, par rapport à la trajectoire de la balle ou de l'objet ayant servi à porter le coup. Le sang qui jaillit de l'endroit où la balle ressort du corps produit un lancer avant, c'est-à-dire allant dans le même sens que la balle. Alors que le sang qui sort à l'endroit où la balle est entrée dans le corps produit une éclaboussure de type « lancer arrière ». Regardez ceci.

Gilbert a enfoncé une touche, une nouvelle image a envahi l'écran. C'était également un jet d'aérosol, mais les pointillés en étaient plus espacés que sur l'image précédente et constitués uniquement de sang. Sans aucune particule de chair.

— C'est une tache sur la télé. Quand les balles ont atteint Cherokee, le sang a volé en arrière.

— Vous voulez dire qu'il a été abattu dans le fauteuil ?

— Exactement.

Gilbert a enfoncé une série de touches. Une photo du fauteuil vide est venue se substituer à la précédente. Des lignes couraient en diagonale à partir du mur et de la télé pour se rencontrer en un point situé au-dessus du fauteuil, à hauteur de la tête de la victime.

— Mais ces coups de fusil, c'est la cerise sur le gâteau, car Cherokee était déjà mort. Ou, tout du moins, en bonne voie de l'être. Regardez ça !

Nouvelle frappe sur le clavier. Apparition de taches plus larges, toutes de taille différente.

— Angle nord-ouest. Impact à vitesse moyenne. Il y en avait partout.

— Mais...

— Attendez !

Il a fait apparaître une nouvelle photo. Les taches, légèrement plus grandes que sur l'image précédente, étaient de taille à peu près identique entre elles, mais de formes diverses. Allant du rond à l'ovale.

Zoom arrière. L'éclaboussure est apparue dans sa totalité : une longue ligne incurvée, se terminant aux deux extrémités par des gouttes.

— Photo du plafond.

— Du plafond ?

— Oui, et c'est un lancer arrière. Le sang est expédié par un objet en mouvement, comme mon bâton tout à l'heure, quand l'agresseur remonte son bras en arrière pour prendre son élan et interrompt brusquement son geste pour repartir en avant. La plus grande quantité de sang vole de l'objet au cours de ce mouvement arrière. Du moins s'il est effectué avec assez de violence.

Mais il arrive qu'un peu de sang tombe de l'arme pendant le mouvement avant.

Gilbert a désigné le centre de la ligne incurvée.

— Ici, le sang a été expédié lors du mouvement arrière, alors que là, c'était pendant le mouvement avant.

Il indiquait maintenant des taches le long de la traînée.

Il m'a fallu un moment pour comprendre.

— Vous voulez dire que Cherokee a été frappé avant d'être abattu ?

— Exactement. Et même à plusieurs reprises, car nous avons identifié quatre autres traînées de ce type. Or, en règle générale, on considère que la blessure provoquée par un objet contondant est l'unique source du sang répandu ou, en tout cas, la première dans le temps, et on estime que le nombre de coups portés est égal au nombre de traînées plus deux.

— Pourquoi plus deux ?

— Parce qu'au premier coup, le corps n'étant pas blessé, l'arme ne porte pas de sang pendant le mouvement arrière, alors qu'au second coup, elle s'est imprégnée de sang et en expédie pendant la remontée du bras. Et peut-être aussi pendant le mouvement vers l'avant pour assener le troisième coup.

— Je comprends.

— Vous voyez cette éclaboussure ? C'est un impact à moyenne vitesse. Elle se trouvait tout en bas des murs et sur les affaires entassées dans le coin.

Gilbert a tapé sur son clavier. D'autres lignes sont apparues, qui convergeaient, celles-ci, en un point situé à moins de soixante centimètres du sol.

— Je pense que Cherokee a été frappé dans cet endroit de la pièce, près de l'angle du mur. Qu'il est tombé par terre, où il a été frappé plusieurs fois. C'est seulement après qu'il a été abattu dans le fauteuil.

— Frappé avec quoi ?

Gilbert a fait une moue.

— Ça, ce n'est pas mon rayon.

— Mais il a fallu le traîner pour l'installer dans le fauteuil, cela aurait dû laisser des traces sur le plancher !

— L'agresseur les a peut-être effacées. L'examen du sol n'a rien fourni d'intéressant. Il y avait beaucoup de sang partout et trop de gens avaient piétiné dans la pièce.

— Et le feu a pu les faire disparaître.

— Les taches sur le tapis, en tout cas. On pourrait faire une étude au Luminol, mais ça ne changerait rien à ce que me disent mes traînées.

Je réfléchissais à ce que venait de m'expliquer Gilbert quand il a repris :

— Et ce n'est pas tout !

— Vous en avez encore beaucoup, comme ça ?

Il s'est remis à taper sur son clavier et une photo d'impact à grande vitesse a de nouveau envahi l'écran. On aurait dit un nuage dont on aurait évidé une partie, comme un dessin au pochoir.

— Ça aussi, c'est le mur derrière la tête de Cherokee.

— On dirait de la dentelle en pâte, vous savez, ce qui en reste quand on a découpé des gâteaux avec des moules.

— On appelle ça une « forme évidée ». C'est le souvenir, comme qui dirait « matérialisé », de l'objet qui a intercepté une partie du sang au vol.

— De quel objet s'agit-il, ici ?

— Je n'en sais rien, il n'était plus là.

Je suis retournée en hâte vers mon bureau. Les images que je venais de voir dansaient devant mes yeux au son des paroles de Dorsey : *C'est un gag pour* Colombo. *Le type qu'a fait la peau à Cherokee aura tout le temps de se tirer.*

J'ai attrapé mon téléphone et appelé le Carcajou. Jacques Roy était parti pour Val-d'Or et ne serait pas de retour avant lundi. Agacée, j'ai demandé à parler à Claudel. Absent. De même que son collègue. Je leur ai laissé des messages. J'ai songé à les contacter sur leurs bips, mais je me suis abstenue. Il n'y avait pas urgence.

Je venais à peine de raccrocher quand le téléphone a sonné.

— À quelle adresse veux-tu que j'envoie la plus grosse corbeille de fruits du monde ?

Ma sœur. Hors d'haleine, comme d'habitude. À croire qu'elle venait de déménager un piano.

— Salut, Harry. On peut savoir ce qui te met dans cet état, aujourd'hui ?

— L'aïkido.

J'ai préféré ne pas creuser la question.

— Dis, mon bébé chéri ne t'oblige pas à chercher le réconfort dans la bouteille ?

— Ça se passe bien, Harry !

— Tu es toujours aussi aimable, le vendredi ?

— J'ai des complications au boulot. Quoi de neuf, de ton côté ?

— Kit et Howard ont remis ça. Tu es au courant, j'imagine.

— Quoi donc ?

— La sacoche de golf...

J'avais subodoré un problème entre le père et le fils, mais je n'avais pas voulu embêter mon neveu en l'assommant de questions. Quant à la sacoche, l'histoire remontait à l'époque où Kit avait quinze ans. Il l'avait volée au club de golf de son père et

abandonnée dans la mare du quinzième trou, lestée d'une bouteille de tequila dans la poche
arrière. Le père s'étant offert une séance de culture physique sur la personne de son fils, celui-ci
avait pris et la mouche et la poudre d'escampette.
Une semaine plus tard, quelle n'avait été ma surprise en voyant un taxi s'arrêter devant chez moi à
Charlotte, avec quatre-vingt-seize dollars au
compteur et mon neveu en guise de passager ! Les
derniers kilomètres en auto-stop lui avaient paru
un peu longuets, voyez-vous ! Katy et lui s'étaient
immédiatement entendus comme larrons en foire,
et Kit était resté tout l'été chez nous.

— Quel est le motif de la dispute, ce coup-ci ?

— Une canne à pêche, semble-t-il, mais je ne
connais pas les détails. Il est sage, ce chenapan ?

— Je ne l'ai pas beaucoup vu. Je crois qu'il
s'est fait des amis.

— Tu m'étonnes ! Dis, si tu pouvais te
débrouiller pour qu'il reste un petit bout de temps
chez toi, ça m'arrangerait. Howard et lui ont
besoin de mettre un peu d'air entre eux.

— Il n'y a pas assez de kilomètres entre Austin
et Houston ? Ou Howard aurait-il soudain démé-
nagé à Houston pour se rapprocher de vous
deux ? !

— Le problème, Tempé, c'est que j'ai un
voyage au Mexique prévu depuis longtemps. Si je
ne pars pas demain, je perds mon acompte, et
Antonio l'aura vraiment mauvaise. Bien sûr, je
ferai comme tu voudras. Tu n'as qu'un mot à dire.

Cet Antonio était probablement la raison de la
toute nouvelle passion de ma sœur pour les arts
martiaux. Chez Harry, les centres d'intérêt se succèdent au rythme des fiancés.

— Je n'ai pas envie de laisser Kit une semaine
tout seul à la maison, poursuivait-elle. Et comme

je ne peux pas l'expédier chez son père... Alors que tant qu'il est avec toi... Et si, comme tu le dis, tout va bien...

— Tu sais que j'adore l'avoir...

Je me suis retenue d'ajouter que la date n'était pas forcément bien choisie, mais Harry a dû sentir ma réticence car elle a répété :

— Si ça te gêne un tant soit peu, dis-le. Je préfère annuler mon voyage plutôt que...

— Quel genre de surveillance tu attends de moi ?

— De surveillance ? !

On aurait dit que Harry tombait des nues.

— Le guider, lui donner des conseils. Ce que font les parents, quoi. Je sais que c'est un boulot ingrat, mais il faut bien que quelqu'un s'y colle.

— Attends, mais je rêve ! Il a dix-neuf ans, Tempé ! Si tu comptes lui mettre un fil à la patte, tu peux attendre que la Belle au Bois dormant ouvre ses mirettes au son du réveil téléphoné. Ce môme, il est né pour danser le boogie ! Vérifie seulement qu'il est entier, qu'il passe une fois par jour à la maison, et qu'il n'est pas recherché par les flics. Et, aussi, empêche qu'il transforme ta maison en débit de boissons pour ados de son âge. Il n'a pas été élevé le petit doigt en l'air, tu sais.

L'idée ne m'avait pas effleurée.

— Tu n'es pas obligée de l'asseoir devant un panier de perles. Qu'il range ses affaires et fasse la vaisselle de temps en temps, ce sera déjà bien !

Un flash de mon salon dévasté est passé devant mes yeux tandis qu'elle continuait :

— D'ailleurs, je vais l'appeler pour bien lui spécifier que ta maison n'est pas un entrepôt pour toutes les vieilleries qui lui tomberont sous la main.

— Tu reviens quand ?

— Dans dix jours.

— Et s'il veut rentrer au Texas avant ton retour ?

— *No problemo*. Howie lui a déposé onze cents dollars sur son compte. Mais fais-lui bien comprendre que le Texas plus tôt que prévu, c'est Austin, pas Houston ! Et remonte-lui le moral avant le départ. Tu sais y faire, grande sœur. Et lui, il t'adore.

Et hop ! Un petit coup de lèche pour faire passer la pilule !

— Je m'en souviendrai quand il ira mettre au clou l'argenterie de grand-mère. Bon, amuse-toi bien. Et laisse-moi un numéro où te joindre.

Je raccrochais quand ma porte s'est ouverte sur Claudel. Masque tendu, mâchoires crispées. Ça promettait ! Il est venu se planter devant mon bureau.

— *Bonjour, monsieur Claudel !*

Comme je n'attendais pas de réponse, je n'ai pas été déçue.

— Vous êtes allée à la prison sans que je vous y autorise.

— Elle vous appartient ?

— Vous n'êtes pas enquêteur.

Il était clair qu'il se donnait du mal pour ne pas hausser le ton.

— Vous n'êtes pas habilitée à vous mêler d'une enquête dont je suis chargé sans m'en référer préalablement.

— C'est Dorsey qui m'a appelée.

— Vous n'aviez qu'à l'envoyer paître !

— S'il m'a appelée, c'est parce qu'il avait l'impression que vous ne vouliez pas l'écouter.

— Il se sert de vous pour brouiller mes cartes.

— Vous ne vous demandez jamais si vous vous trompez, Claudel ?

— Je n'ai pas de compte à vous rendre. Surtout dans un domaine qui n'est pas le vôtre.

— L'arrestation de Dorsey ne repose pas sur grand-chose.

— En tout cas, c'est mon pas grand-chose *à moi*, madame.

— Il se trouve que vous êtes convaincu que le meurtre de Cherokee a été perpétré par des motards et que, moi, je suis temporairement détachée au Carcajou.

— Croyez que je ferai tout ce qui est en mon pouvoir pour modifier cette situation.

— Vraiment ?

J'ai senti le rouge me monter au front. Quant à Claudel, il était à deux doigts d'exploser.

— Je ne vais pas en discuter avec vous, madame Brennan. Ne vous mêlez pas de mon enquête, un point c'est tout !

— Je n'ai pas d'ordres à recevoir de vous !

— C'est ce qu'on verra !

— On a déjà travaillé ensemble, et avec succès.

— Cela ne fait pas de vous un enquêteur, et cela ne vous autorise pas davantage à vous impliquer de force dans une affaire qui m'a été confiée.

— Vous ne surestimerez jamais assez combien vous me sous-estimez, *monsieur* Claudel.

Il a pris une longue respiration, bouche ouverte, et a lâché d'une voix plate :

— Toute discussion est inutile !

Sur ce point, j'étais parfaitement d'accord avec lui.

Raide comme un passe-lacet, il s'est dirigé vers la porte. On aurait dit un écuyer lors d'une séance de dressage. Arrivé au seuil, il s'est retourné et, menton pointé en l'air, a laissé tomber sur un ton glacial :

— George Dorsey a été inculpé de meurtre au premier degré en fin de matinée.

J'ai senti l'air s'embraser.

L'instant d'après, il avait disparu.

J'ai respiré lentement. Une fois, deux fois, et encore une troisième. J'ai relâché mes doigts qui s'étaient recroquevillés malgré moi et je me suis rassise, le nez tourné vers la fenêtre. Douze étages plus bas, des enfants jouaient dans la cour de l'école.

L'inculpation de Dorsey me mettait en rage. Que cette tête de lard de Claudel fasse la sourde oreille à tout ce que je disais et veuille en outre me faire virer du Carcajou me vexait au plus haut point. Par-dessus le marché, je m'en voulais terriblement de n'avoir pas su me contrôler pendant la discussion. J'avais perdu patience et j'ai horreur de ça. Mais le pire était encore de devoir reconnaître que Claudel m'en imposait toujours, que j'en étais encore à quémander l'approbation d'un type qui n'avait que mépris pour moi. Je n'étais plus une débutante, quand même ! Cela m'irritait d'autant plus qu'en l'occurrence, il était en tort vis-à-vis de moi. Il aurait dû m'informer des résultats de l'interrogatoire de Dorsey. Partager les informations, c'est cela travailler en équipe. Et c'est encore plus vital quand le travail en question est une enquête policière ! Pour ma part, si j'avais failli à informer Claudel, c'était par rétorsion. Parce qu'il m'excluait systématiquement du cénacle des initiés. Le hic, évidemment, c'était que l'enquête lui avait été confiée à lui. Différence de taille entre sa position et la mienne. En me rendant à la prison, je lui avais fourni les verges pour me battre.

Et puis zut ! Qu'il aille se faire voir ! J'avais bien trop de choses à faire pour me laisser démonter. Dossiers à classer, papiers à signer, messages téléphoniques auxquels répondre. Pour ne rien dire des documents de Kate : une mallette entière à trier !

L'énumération s'est interrompue d'elle-même quand mes yeux se sont posés sur les piles de photos qui attendaient depuis des mois mon bon vouloir sur la commode-classeur. Oui, mettre de l'ordre dans des affaires anciennes, voilà qui allait me changer des motards et me sortir de ce bourbier.

Et c'est à cela que j'ai consacré le reste de ma journée au labo.

Sur le chemin du retour, je me suis arrêtée au « Métro » de la rue Papineau pour acheter de quoi faire une sauce Puttanesca. Ne sachant pas si Kit aimait les anchois, j'ai fait comme avec ma fille quand je lui prépare un plat exotique sans savoir si elle l'aime : j'ai décidé d'en mettre sans le lui dire. Qu'il le découvre tout seul !

Las, mes projets culinaires n'étaient qu'une vue de l'esprit car, à la maison, le comité d'accueil se composait en tout et pour tout du chat. Les bottes et les vêtements avaient déserté le salon ; un bouquet de la taille de Rhode Island égayait la table de la salle à manger ; et une note de Kit sur la porte du réfrigérateur m'apprenait qu'il était désolé, mais vraiment désolé, de faire faux bond à sa tante chérie à qui il consacrerait son dimanche tout entier. Promis, juré ! Deux lunes illustraient le message : la première avait des larmes au coin des yeux et un U renversé en guise de bouche, la seconde un grand sourire.

J'ai laissé tomber sans douceur mes achats sur le plan de travail et me suis traînée d'un pas lourd dans ma chambre. J'ai envoyé valser mes chaussures. J'en avais marre de ces vendredis entre chat et télé. Il n'y avait plus qu'à inviter Claudel, pour que ce soit le pompon ! J'ai expédié mes vêtements sur une chaise et passé un jean et un sweat-shirt tout en m'abreuvant de reproches : « C'est de ta faute, Brennan. Ça t'apprendra à être un peu aimable avec les gens. » Pour couronner le tout, je me suis cassé un ongle en fouillant dans le fond du placard à la recherche de mes baskets *Topsiders*.

La déprime s'est abattue sur moi. Je n'avais pas éprouvé un tel sentiment d'abandon depuis des années.

Soudain, l'idée m'est venue d'appeler Ryan.

Non !

Je suis allée à la cuisine ranger les courses. Impossible de chasser le souvenir de Ryan. Les pensées se livraient un duel dans ma tête :

Appelle-le !

Non, c'est du passé !

Aurais-tu oublié ce petit endroit au creux de son épaule, ce muscle qui accueille si bien ta joue, où tu te sens tellement en sécurité, tranquille, protégée... ? Appelle-le !

Tu l'as déjà fait sans aucun résultat !

Parle-lui !

Tu veux entendre des bobards qui ne tiennent pas debout ?

Il est peut-être innocent...

Les preuves sont accablantes, Jean Bertrand te l'a dit.

Ma détermination s'est évanouie en même temps que le bocal de tomates s'écrasait par terre. J'ai fini de vider les sacs et les ai fourrés en boule sous l'évier. Le bol du chat rempli, je suis passée au salon écouter le répondeur.

Il clignotait. Mon estomac a fait un saut périlleux. J'ai enfoncé le bouton.

Isabelle.

J'ai touché terre avec le désespoir du gymnaste qui vient de rater sa prestation.

Il y avait encore deux messages.

Le premier était de Harry. Pour Kit.

Le second, également pour lui.

En l'écoutant, j'ai senti se hérisser dans mon cou le fin duvet à la lisière de mes cheveux.

Ma respiration s'est bloquée dans ma gorge.

24.

Le message laissé pour Kit émanait d'un certain Prêcheur. Indécodable, si ce n'est qu'il y était question de Harley et d'un rendez-vous. La voix, inquiétante, ne suggérait pas la vision d'un concessionnaire chic des environs de Montréal. Devais-je attendre le retour de mon neveu pour en savoir davantage ? Non, à quoi bon. Sans même que j'y pense, j'ai composé le numéro de Ryan.

Répondeur.

À présent, j'étais au fond du trou. Que faire, sinon me mettre au lit ?

J'ai dormi par à-coups. Mes rêves se télescopaient comme les pièces de couleur d'un kaléidoscope, ne s'ordonnant en tableau que pour s'éparpiller aussitôt et former de nouvelles scènes tout aussi dénuées de sens. Dans la plupart d'entre elles paradait mon neveu : Kit au volant de sa camionnette, roulant sous une ogive de verdure ; Kit les bras chargés de fleurs ; Kit à moto, avec Savannah en croupe, fonçant sur une route bloquée aux deux bouts par des groupes de motards.

À un moment, j'ai perçu le bip de l'alarme, puis de violents hoquets, suivis de vomissements, et enfin la chasse d'eau.

Entre deux images, mon inconscient a cru bon de proposer comme bande sonore de ces différents sketches une rengaine tirée du *Seigneur de la danse*. Et là, ça a été comme les mites dans la moquette : plus moyen de m'en débarrasser !

Dance, dance, wherever you may be...
Danse, danse, où que tu te trouves...

Je me suis réveillée. Des lueurs grises teintaient à peine le bord du store. Remontant mes jambes en chien de fusil, j'ai rabattu un oreiller sur ma tête et l'ai coincé avec mon bras.

Je suis le seigneur de la danse, dit-il...

À huit heures, j'ai renoncé. À quoi bon m'énerver dans mon lit ? L'ennui n'était pas tant de se lever tôt que d'être obligé de le faire. Dans le cas présent, j'allais me lever parce que je l'avais décidé. J'ai écarté mes couvertures. Armée de l'excellent principe érigé par moi en loi Brennan et selon lequel il est inutile de se mettre sur son trente et un quand on ignore de quoi sera faite la journée, je me suis glissée dans ma tenue de la veille, celle dans laquelle j'avais fait le poireau pour un unique admirateur, mon chat !

Laissant à la machine Krups le soin de me passer un café, je suis allée me planter devant la porte-fenêtre. Une pluie régulière faisait luire les troncs et les branches et s'agiter les feuilles des buissons. Dans la cour, l'eau s'évacuait en rigoles le long des joints du dallage. Il n'y avait que les crocus pour être à la fête. Inutile de me raconter des salades, c'était la journée idéale pour faire la grasse matinée. Je me suis grondée : « Puisque tu ne trouves pas le sommeil, trouve-toi une occupation ! »

Une veste jetée sur les épaules, j'ai foncé au coin de la rue acheter *La Gazette*. À mon retour, Birdie était roulé en boule sur une chaise de la salle à manger, prêt pour le rituel du samedi.

Du *Quaker Harvest Crunch* dans un bol, un peu de lait par-dessus et hop ! sur la table de la salle à manger à côté du journal. Retour à la cuisine pour le café. Bien. J'étais parée pour un long moment de lecture. Birdie suivait mes allées et venues d'un œil confiant, sachant qu'une partie de mes céréales lui était destinée.

Le Canada avait été montré du doigt par un comité des Nations unies pour sa façon de traiter les Indiens.

Danse, danse...

Le parti de l'Égalité fêtait son dixième anniversaire. On se demande bien ce qu'ils célébraient, ceux-là, vu qu'ils n'avaient pas obtenu un siège aux dernières élections ! Né d'une crise linguistique, ce parti s'était gardé de monter le sujet en épingle pendant toute la décennie, se maintenant à coups de subventions. Ce qu'il leur aurait fallu, c'était un nouvel embrasement linguistique.

Tiens, le canal Lachine allait faire peau neuve ! Pas trop tôt. Une opération qui allait coûter plusieurs millions de dollars.

M'étant versé une seconde tasse de café, je suis allée porter son lait à Birdie.

Le canal Lachine, mais c'est là que nous avions patiné avec Kit, dimanche dernier !

Long d'une quinzaine de kilomètres, ce plan d'eau n'a pas toujours servi de dépotoir, comme tendraient à le faire croire les toxines et déchets qui s'y entassent aujourd'hui. Construit en 1821 pour contourner les rapides du même nom et permettre aux navires de relier l'Europe aux Grands Lacs, il a longtemps été partie intégrante de l'économie de la ville. Mais, depuis que la voie maritime du Saint-Laurent a été creusée en 1959, les choses ont bien changé. Certains bassins puis son embouchure ont été comblés avec la terre provenant de la construction du métro, et la navigation a fini par y être interdite. Le quartier, aujourd'hui délabré et snobé par le public, n'a guère que sa voie cyclable à offrir. D'après l'article, un plan d'urbanisme prévoyait la réhabilitation du sud-ouest de la ville. Le canal allait donc devenir la pièce maîtresse de la renaissance de tout le secteur, de même que le parc du Mont-Royal, tracé il y a quelque cent vingt-cinq ans par Frédéric Law Olmstead. C'était peut-être le bon moment d'y acheter un appartement, me suis-je dit en revenant m'asseoir à table.

Qu'y avait-il encore d'intéressant dans le journal ?

La GRC, c'est-à-dire la gendarmerie, allait devoir réduire son budget de vingt et un millions de dollars pour couvrir les augmentations de salaire. J'ai revu le piquet de grève rue Guy et j'ai souhaité *bonne chance* à tous.

Les Expos l'avaient cédé aux Mets à trois contre dix. Eh bé ! Finalement, New York n'avait peut-être pas eu tort d'allonger quatre-vingt-onze millions de dollars pour s'acheter les talents de Piazza.

L'inculpation de Dorsey était en page cinq, à côté d'un reportage sur les délits dans le cyberespace. L'article ne m'a rien appris, sinon que le prisonnier avait été transféré du commissariat de Co-Sud à la centrale de Rivière-des-Prairies.

À dix heures, j'ai appelé Mme LaManche à l'hôpital. L'état de son époux était stationnaire, il ne pouvait toujours pas parler. Bien qu'épuisée, elle a décliné mon offre de l'aider. J'ai souhaité de tout mon cœur que ses filles soient auprès d'elle pour la soutenir moralement.

Le journal lu, à quoi m'occuper ?

J'ai trié le linge et lancé une machine de blanc.

Et si j'allais à la gym ? En short de basket-ball, T-shirt et souliers de cross, j'ai fait un footing de la maison jusqu'à l'angle de la rue McKay et de la rue Sainte-Catherine, et je suis montée au dernier étage par l'ascenseur.

Vingt minutes de tapis de marche, dix minutes de grimpette sur l'appareil imitant l'escalier, une demi-heure de lever de poids. Ma routine. Ce que j'aime chez Stones Gym, c'est qu'on arrive, on fait ses exercices, et au revoir ! Pas de chichis hi-tech, pas de moniteurs particuliers et un nombre minime de tenues choisies en vue d'épater la galerie.

Dehors, la pluie avait cessé. Les nuages s'effilochaient, laissant entrevoir un carré de bleu prometteur au-dessus de la montagne.

J'ai retrouvé une maison aussi silencieuse que celle dont j'étais partie. Birdie faisait passer son lait aux céréales à l'aide d'une bonne sieste, et mon neveu digérait autre chose, à quoi je préférais ne pas penser.

Danse, danse...

Le répondeur ne clignotait pas. Mon dernier appel avait eu sur Ryan autant d'effet que les précédents. OK, Ryan. Message reçu, cinq sur cinq.

Ayant pris ma douche, je me suis installée à la grande table. Les dossiers de Kate ont succédé au journal. Photos à gauche, papiers à droite. J'ai commencé par les photos.

Après un rapide coup d'œil à Martin De Luccio, dit « Deluxe », à Eli Hood, surnommé « Robin des

Bois », et à une douzaine d'autres motards de même acabit, barbus, barbichus, moustachus ou pas rasés depuis plusieurs jours, je suis passée à l'enveloppe suivante. Des photos en couleurs. Portraits sur fond de parking, de piscine de motel ou de barbecue. Flous, pour la plupart, et mal cadrés, comme si on les avait pris à la hâte et en catimini. Événements insignifiants immortalisés par un simple quidam, touriste ou vendeur des rues. Rencontres de hasard, brefs instants où le quotidien avait croisé le maléfique. Peur et fascination en Kodakolor. On imaginait le photographe, profitant que sa femme et ses gosses étaient partis aux toilettes pour sortir son appareil. On devinait ses mains moites, on entendait presque son cœur cogner dans sa poitrine. Et leur côté amateur donnait à ces photos un attrait et une vie dont étaient dépourvus les clichés de la police.

J'en ai pioché une dans le tas : station-service Esso. Six types sur des Harley dépouillées de tout accessoire. Entre eux et l'objectif, vingt mètres de distance et tout un univers. Je sentais de façon tangible l'admiration du photographe, la répulsion et la fascination que le monde des motards exerçait sur lui.

J'ai consacré l'heure qui a suivi à passer en revue les différentes enveloppes. Qu'ils soient photographiés par la police ou par M. Tout-le-monde, à Sturgis dans le Dakota du Sud, ou à Daytona Beach en Floride, les événements et les participants y étaient étrangement similaires : rallyes, virées, bars, discussions.

À une heure de l'après-midi, j'en avais ma claque. Il était temps d'avoir une petite conversation avec Kit. M'armant de courage, je suis allée frapper à sa porte.

— Kit ?

— Hmm !

— Il est plus d'une heure. Je voudrais te parler.

— Ouais ?

— Tu es debout ?

— Hmm !

— Ne te rendors pas !

— Cinq minutes.

— P'tit-dej ou déjeuner ?

— Ouais.

Considérant que sa réponse se rapportait au second terme de ma question, lequel avait ma nette préférence, j'ai préparé des sandwiches jambon-fromage-concombres salés. Je dégageais la table pour le déjeuner quand la porte de Kit s'est ouverte. A succédé un remue-ménage dans la salle de bains et mon neveu est apparu sur le seuil du salon. J'ai senti ma détermination faiblir. Il avait le tour des yeux grenat, le teint porridge trop cuit et les cheveux à la Jim Carrey.

— 'jour, tante T, a-t-il marmonné, et il s'est passé les deux mains sur le visage.

Un bout de tatouage a dépassé de la manche de son T-shirt.

— Encore un peu, et tu pourras me dire bonsoir.

— 'scuse-moi. Je suis rentré tard.

— Oui. Un sandwich au jambon ?

— Bien sûr. T'as du Coca ?

Il avait la voix pâteuse.

— *Light*.

— Ça ira.

Je suis allée chercher deux canettes au réfrigérateur. À mon retour, Kit fixait le sandwich avec l'air dégoûté de quelqu'un découvrant un cafard écrasé.

— Mange, ça ira mieux.

— Ça va... Faut juste que je mette mes yeux en face des trous.

Tu parles ! Il aurait couvé la variole qu'il n'aurait pas eu plus sale mine. Il avait le blanc des yeux parcouru de veinules roses et ses cheveux empestaient le tabac froid.

— Je connais, Kit. Tantine est déjà passée par là !

Et de fait. Bouche sèche, mains qui tremblent, kilos de plomb au niveau du plexus, rien de tout cela n'a de secret pour moi. Lourdeur au réveil, nausée, martèlement dans le crâne, je n'ai rien oublié des lendemains de fête.

Kit s'est de nouveau frotté les yeux et a caressé la tête de Birdie. Je n'avais pas besoin d'un dessin pour deviner qu'il aurait préféré se trouver à mille lieues de moi.

— Mange, tu te sentiras mieux.

— Ça va.

— Prends une bouchée, je te dis.

Il a levé les yeux et m'a souri. Mais, très vite, les coins de sa bouche sont retombés, ses muscles étant incapables de tenir l'effort sans intervention manifeste de sa volonté. Il a mordu une bouchée de la taille d'une pièce de dix centimes et a tiré sur la languette du Coca.

— Miam...

Tête renversée en arrière, il a bu une longue gorgée. Il était clair qu'il n'avait pas envie de m'entretenir de ses nouveaux amis. Moi non plus, en vérité. D'ailleurs, cela en valait-il la peine ? Après tout, il avait dix-neuf ans. Il avait fait la bringue et il avait la gueule de bois. Qui n'a pas connu ça ?

Bien sûr, mais il y avait la voix sur le répondeur. Et ce tatouage tout neuf. Si, ça valait le coup de parler. Et même de creuser la question. À coup

sûr, mes paroles ne transformeraient pas la situation. Kit était jeune, invulnérable et il était « né
pour danser le boogie », comme disait sa mère.
N'empêche, c'était mon devoir d'essayer.

— Qui c'est, le Prêcheur ?

Il a levé les yeux vers moi, tout en faisant rouler
sa boîte de Coca sur la table.

— Un mec que j'ai rencontré.

— Où ça ?

— À la boutique Harley où je suis allé avec
Lyle.

— Quel genre de type ?

Haussement d'épaules, puis :

— Rien de spécial. Juste un type.

— Il t'a laissé un message.

— Ah bon ?

— Écoute-le. Moi, je n'ai pas pu le déchiffrer.

— M'étonne pas. Il est un peu barjot, le Prêcheur.

C'était le moins que l'on puisse dire.

— Comment ça ? ai-je insisté, décidée à en
savoir davantage.

— J'sais pas. Un peu à côté de la plaque. Mais
il pilote une base de *Panhead* 64 qui est une pure
merveille ! Tu as trouvé mon mot ? a-t-il ajouté
après avoir descendu une gorgée de Coca. Excuse-
moi si je t'ai fait veiller tard.

Visiblement, il cherchait une échappatoire. Il ne
m'aurait pas comme ça.

— Qu'est-ce que c'était, cet événement capital ?

— Un match de boxe.

Il avait répondu d'une voix dénuée d'expression. Il devait avoir de la mie de pain à la place du
cerveau. En tout cas, sa tête en avait la couleur.

— Tu t'intéresses à la boxe, maintenant ?

— Pas vraiment. Mais ces types, oui. Alors, j'y suis allé.

— Quels types ?

— Ceux que j'ai rencontrés.

— À la boutique Harley ?

Il a haussé les épaules.

— Et ton tatouage ?

Il a relevé sa manche. Un scorpion surmonté d'une sorte de casque étendait sa patte en travers de son biceps gauche.

— Ça signifie quoi ?

— Rien. Je trouve ça hyper-classe, c'est tout. Ça en jette, hein ?

Je ne pouvais qu'abonder.

— Ta mère va me tuer !

— Harry ? Elle en a un sur la fesse gauche !

Il a prononcé les derniers mots avec une inflexion de la voix toute britannique.

Le silence est tombé.

Je suis le seigneur de la danse, dit-il...

Je mangeais mon sandwich, Kit tripotait sa canette entre deux minuscules bouchées.

— Je t'en rapporte une ? a-t-il fini par dire, en reculant sa chaise.

— Non, merci.

À son retour, j'ai repris l'interrogatoire.

— Tu as bu beaucoup, hier ?

— Trop.

Il s'est gratté la tête des deux mains et ses cheveux sont passés du style Jim Carrey à celui d'Alfalfa.

— Mais rien que de la bière, tante T. Rien de plus fort. Et ici, j'ai l'âge légal.

— Et ça s'est arrêté à l'alcool ?

Il a laissé retomber ses bras pour me dévisager d'un air choqué.

— Si tu peux être sûre d'une chose, c'est que

le mec en face de toi, il dit *niet* aux produits chimiques. Mon petit corps n'est pas forcément celui de l'Adonis du XXIᵉ siècle, mais il est zone interdite aux amphètes et au reste.

— Tu m'en vois ravie.

Je l'étais sincèrement. Cela dit, Kit n'était pas tout seul. Je me devais d'enfoncer le clou :

— Et le Prêcheur et sa bande ?

— Hé, vis ta vie et t'occupe pas du voisin !

— À ce petit jeu-là, on ne gagne pas à tous les coups, tu sais.

En fait de coup, je m'en suis moi-même donné un aux fesses, mentalement. C'était mon devoir de poursuivre.

— Ce sont des motards, ces types ?

— Sûr. Tu verrais leurs Harley, j'en bave...

« Allez, ma vieille ! Plus direct, cette fois. »

— Ils sont affiliés à une bande ?

— Je leur pose pas toutes ces questions, tante T. Si tu veux savoir s'ils portent des couleurs, la réponse est non. Est-ce qu'ils traînent avec des mecs qui en portent ? Ouais, il y a des chances. Mais j'ai pas l'intention de vendre mon bateau pour faire de la retape pour les Hell's Angels, si c'est ça qui t'inquiète.

— Les motards des gangs se fichent éperdument que tu les regardes avec des yeux de merlan frit ou que tu postules pour devenir membre. Si jamais tu les gênes un tant soit peu, ils te boufferont tout cru et te recracheront dans l'autre monde comme un pépin de raisin. Et moi, je n'ai pas envie que ça t'arrive.

— J'ai vraiment l'air si con ?

— Tu as l'air d'un gamin de dix-neuf ans qui débarque de Houston, qui est fasciné par les Harley et qui se fait une image romantique de *L'Équipée sauvage*.

— De quoi ?

— Le film de Laszlo Benedek.

Regard vide de Kit.

— Avec Marlon Brando.

— Ce nom-là, je l'ai déjà entendu.

— Laisse tomber.

— Je fais que m'amuser. Tâter un peu à la liberté.

— Comme un chien qui met la tête à la fenêtre d'une voiture, jusqu'au jour où il laisse sa cervelle sur un panneau indicateur.

— Ils ne sont pas aussi mauvais.

— Pas mauvais, eux ? Il leur manque une case sur le plan moral, tu veux dire !

— Ils disent des trucs pas bêtes. De toute façon, je sais ce que je fais.

— Justement pas. Ces dernières semaines, j'en ai appris sur les motards plus que j'aurais voulu en savoir. Et rien de bien, crois-moi. Oh, je suis certaine qu'ils couvrent leurs enfants de joujoux à Noël, mais ça ne les empêche pas d'être des truands qui méprisent les lois et n'hésitent pas à employer la violence.

— Qu'est-ce qu'ils ont donc de si affreux ?

— Ils sont inconscients, traîtres, et ils s'attaquent aux faibles !

— Qu'est-ce qu'ils font ? Ils extirpent les bébés du ventre de leur mère avec des cintres ? Ils violent les bonnes sœurs ? Ils descendent les petits vieux dans les fast-foods ?

— Pour commencer, ils font commerce de drogue !

— On peut en dire autant de tous les laboratoires pharmaceutiques.

— Ils posent des bombes en se fichant de bien savoir si elles tueront des femmes et des enfants. Ils enferment les hommes dans des malles, les

271

conduisent dans des lieux reculés pour leur péter la cervelle, quand ce n'est pas pour les découper à la scie. Après, ils entassent les morceaux dans des sacs-poubelle et les jettent dans le port à partir du dock du ferry.

— Putain, tu vas pas me faire tout ce cinéma pour quelques bières avec des copains !

— Ce n'est pas un monde pour toi.

— Je n'ai fait qu'aller à un mach de boxe à la con !

Il a planté son regard vert dans le mien. J'ai vu sa paupière inférieure tressaillir. Les yeux fermés et la bouche ouverte, il a appuyé fortement sur ses tempes en tournant. Le sang devait faire du sur-place derrière ses orbites.

— Je t'aime comme mon fils, Kit. Tu le sais.

Il continuait d'éviter mon regard, mais son dos affaissé m'avouait qu'il était embêté. J'ai insisté :

— Et j'ai confiance en toi, tu le sais aussi. Je veux que tu comprennes qui sont ces gens. Ils seront hyper-sympa avec toi, ils répondront à toutes tes questions sur les Harley, ils se mettront en quatre pour gagner ta confiance et après ils te demanderont juste un coup de main. Sauf que ce petit service de rien du tout fera partie d'une transaction illégale, et qu'ils se seront bien gardés de te mettre au courant.

Nous sommes restés un long moment sans échanger un mot. Dans la cour, les moineaux se battaient pour entrer dans la cloche-mangeoire. Brusquement, gardant toujours la tête baissée, Kit m'a interpellée :

— Et toi, tante T, tu t'amuses à quoi, ces temps-ci ?

— Pardon ?

— Tu filerais pas un mauvais coton, toi aussi ?

— Quoi ?

— De merde à cloaque, on peut se serrer la main, non ?

— De quoi tu parles ?

— Tu n'en fais pas, des secrets, toi ? Tantôt, tu me fais voir un truc, tantôt tu m'en dissimules un autre...

— Je te cache des choses, moi ?

Il me fixait sans ciller, de ses yeux au blanc couleur eau rosée.

— Je t'ai entendue, l'autre soir, chez Isabelle ! Et tout à l'heure aussi, quand tu as dit que tu avais vu plus de merde en deux semaines que les trois quarts des gens au cours de toute leur vie ! Je l'ai vu, ton œil dans l'enveloppe, et je t'ai vue filer comme un dard pour une destination inconnue, un mystérieux paquet sous le bras ! Est-ce que je t'ai posé des questions, moi ?

Il a détourné les yeux et s'est remis à tournicoter sa canette.

— Non ! Parce que tu me claques la porte au nez chaque fois que j'essaie de t'interroger. Alors pourquoi je te raconterais tout, moi ?

— Kit, je...

— Et je le vois bien, que tu as un problème avec ce Ryan ! Tu es plus à cran qu'un mage de secte au moment de payer son tiers provisionnel.

J'ai ouvert la bouche, rien n'en est sorti.

— Tu m'asticotes sous prétexte que je me défoncerais, et moi, j'ai le droit de savoir que dalle sur ce qui se passe ici ?

J'étais trop ahurie pour répondre.

Gêné de son éclat, Kit se mordillait la lèvre inférieure, en fixant le plancher. Sa tête se détachait en sombre sur les rideaux de mousseline illuminés par le soleil.

— C'est pas pour me plaindre, a-t-il repris,

mais quand j'étais petit, tu étais la seule à m'écouter. Harry était...

Il se frottait les doigts à la recherche du mot juste.

— Bon, Harry, c'est Harry, on va pas épiloguer. Mais toi, tu m'écoutais, tu me parlais. Et maintenant, tu me traites comme si j'étais un retardé mental !

Il n'avait pas tort. C'est vrai que j'étais restée évasive quand il m'avait interrogée. Je vis seule et ne discute des cas sur lesquels je travaille qu'avec mes collègues. Exclusivement. Avec le reste du monde, je dévie systématiquement la conversation quand on m'interroge. Je n'avais pas réservé à Kit un traitement de faveur. Et voilà que, ce matin, j'exigeais de but en blanc qu'il fasse une exception pour moi. Qu'il me rende compte de tous ses faits et gestes.

— Ce que tu dis est à la fois juste et injuste. Je reconnais que je n'ai pas répondu à tes questions, mais ce n'est pas par amour des cachotteries, je suis tenue au secret. Ça fait partie de mon métier. Je n'ai pas le droit de discuter des enquêtes en cours. Tu veux savoir ce que j'ai fait ?

Il a haussé les épaules.

— M'en fiche. Comme tu voudras.

J'ai regardé ma montre.

— Va prendre ta douche pendant que je dessers. On va aller se balader sur la montagne, je te raconterai des choses. Ça marche ?

— Ça marche.

Réponse à peine audible.

25.

Les gens d'ici l'appellent la montagne, mais n'allez pas croire qu'elle cherche à rivaliser avec les pics escarpés des montagnes Rocheuses ou avec les nobles sommets des Smoky de ma Caroline. Vestige d'un ancien volcan, le mont royal est un mamelon aux flancs modelés en pentes douces par des millions d'années et qui repose aujourd'hui au cœur de la ville, tel un gros ours endormi. Cependant, bien que sa hauteur soit dérisoire et son absence de majesté un fait établi, la montagne fait plus que donner son nom à la ville : elle en est la colonne vertébrale. Au-delà de l'université McGill, sur la pente est, commence Westmount, quartier à prédominance anglophone, tandis que l'université de Montréal et le quartier français d'Outremont occupent le flanc nord. À ses pieds s'étend le centre-ville. Là, les mondes de la finance, de l'industrie et des loisirs cohabitent avec les résidents sans souci d'appartenance linguistique.

Avec ses promontoires, ses parcs et ses cimetières, avec ses rochers moussus et ses sentiers de sous-bois, la montagne est aux beaux jours le paradis des amoureux, des promeneurs et des mordus du pique-nique, pour devenir, durant les mois d'hiver, celui des patineurs et des passionnés de luge ou de balade en raquettes. Pour moi, comme pour tous les Montréalais, elle est surtout le sanctuaire où l'on vient s'abriter du tumulte.

En ce début d'après-midi, la température était à la petite laine, même s'il n'y avait plus un nuage dans le ciel. Nous avons traversé le boulevard de Maisonneuve et remonté la rue Drummond. Laissant à droite un grand immeuble circulaire posé sur une base cintrée en forme de proue de frégate, nous avons grimpé un escalier de bois et débouché sur l'avenue des Pins.

— Qu'est-ce que c'est, ce bâtiment ? m'a demandé Kit.

— Le pavillon McIntyre des sciences médicales, qui fait partie de l'université McGill.

— On dirait l'immeuble des disques Capitol à Los Angeles.

— Mouais.

À mi-hauteur de la pente, l'air s'est empli d'une forte odeur de sconse.

— *Une mouffette*, comme on dit ici.

— En français, c'est joli à l'oreille, mais ça pue autant que notre saleté du Texas ! a répondu Kit en se bouchant le nez. Ça t'ennuie si on accélère ?

— Pas du tout.

Pure contrevérité de ma part car j'étais hors d'haleine. Arrivés tout en haut, nous avons traversé l'avenue des Pins une seconde fois et suivi une petite route en lacet jusqu'à un soubassement de ciment que nous avons escaladé avant de bifurquer à droite, pour gravir un autre sentier et grimper encore une volée de marches en bois. Ouf ! Nous étions au sommet. Un peu plus et je réclamais un défibrillateur de toute urgence ! Je me suis arrêtée pour reprendre mon souffle, laissant Kit continuer au pas de charge jusqu'au panorama. Quand ma respiration a bien voulu redescendre de la stratosphère, je suis allée le rejoindre près de la balustrade.

— C'est sublime ! a-t-il dit, en plissant les paupières pour mieux discerner les deux mâts de cuivre sur le réservoir McTamish.

Il avait raison. Du haut de la montagne, la vue est une pure merveille. La ville semble dérouler son spectacle sur la scène d'un théâtre en rond. Au premier plan s'élèvent les gratte-ciel, les immeubles à toits plats, les cheminées d'usines et les clochers des églises du centre. Viennent ensuite le port, les docks et le Saint-Laurent, voie fluviale de la ville. Enfin, tout au fond, par-delà les monts Saint-Bruno et Saint-Hilaire, s'étirent les Cantons-de-l'Est.

Kit a repéré sur les tables d'orientation les lieux que je lui désignais : la Place-Ville-Marie, le stade de football de McGill, l'hôpital Royal Victoria, l'Institut et l'hôpital neurologiques de Montréal. La vue de ce bâtiment m'a rappelé le docteur Russell et les tristes choses qu'elle m'avait apprises au sujet de Savannah Osprey.

— Viens, Kit ! Je vais te dire ce que j'ai fait ces derniers temps.

Après avoir monté les quelques marches d'un large escalier de pierre et louvoyé entre des bicyclettes abandonnées sur le flanc, nous avons pris place sur un banc de bois près de l'entrée du chalet. Des pigeons roucoulaient doucement dans l'épais feuillage au-dessus de nos têtes.

— Par où commencer ?

— Par le début.

— D'accord, gros malin !

— La province de Québec détient la gloire

douteuse d'être l'unique endroit de la planète où se déroule actuellement une guerre de motards.

— Entre Rock Machine et Hell's Angels, comme tu l'as dit chez Isabelle ?

— Exactement. L'enjeu est le contrôle du trafic de drogue.

— Quelle drogue ?

— Cocaïne principalement.

Une cargaison de Japonais a déboulé du parking et s'est tracé un chemin jusqu'à la rambarde où ils ont entrepris derechef de se photographier les uns les autres, dos à la vue, selon toutes les combinaisons possibles et imaginables.

— J'ai été appelée à travailler sur la question, il y a environ deux semaines, quand deux Heathens, un club vassal des Rock Machine, sont morts dans l'explosion de la bombe qu'ils s'apprêtaient à poser au club des Vipères.

— Et c'était qui, ces exploseurs explosés ?

— Le Clic et le Clac Vaillancourt. Des jumeaux.

— Les Vipères marchent avec les Hell's Angels ?

— Oui. Le tireur qui les a abattus a été arrêté.

— Tireur-Vipeur... Marrant.

— Et l'enquête a conduit à la découverte des deux corps dont nous avons parlé au dîner.

— Enterrés sur la propriété des Vipères ?

— Oui.

— Il est où, leur club ?

— À Saint-Basile-le-Grand.

Une étrange expression est passée sur les traits de Kit, mais il n'a pas fait de commentaire.

— Les corps ont été identifiés par la suite comme étant ceux de deux *Tarantulas*, un club qui n'existe plus mais qui était actif dans les années soixante-dix, quatre-vingt.

— Et la fille que tu as retrouvée là-bas ?

— Savannah Claire Osprey. Elle était de Shallotte, en Caroline du Nord. C'est pour cela que je suis allée à Raleigh. Elle avait seize ans quand elle a disparu.

— Qui l'a tuée ?

— Ça, j'aimerais bien le savoir.

— Et comment s'est-elle retrouvée là ?

— Même réponse. Mais laisse-moi revenir en arrière. Avant la découverte de Saint-Basile, un autre monsieur a été assassiné, un certain Richard Marcotte, dit *l'Araignée*. Lieutenant des Vipères. Abattu en bas de chez lui par un tueur à bord d'une voiture, peut-être sur ordre des Heathens en représailles pour le Clic et le Clac.

— Eh bien, voilà qui va faire économiser de l'argent aux contribuables !

— Pas vraiment, parce que la population a quand même versé son écot en la personne d'une petite fille, atteinte par une balle perdue.

— Ah oui. Celle qui avait neuf ans. Elle est morte ? a-t-il demandé, le regard vrillé dans le mien.

J'ai hoché la tête.

— Elle s'appelait Emily Anne Toussaint. C'était le jour où Howie et toi m'avez déposé le chat.

— La vache !

— Depuis, je travaille sur ces motards. Alors, tu peux imaginer mon manque d'enthousiasme quand je vois que tu les fréquentes.

— Et que tu découvres mon tatouage...

— Et la liste ne s'arrête pas là.

J'ai surpris une étincelle dans ses yeux, bien qu'il se tienne dans l'ombre de l'avant-toit.

— La semaine dernière, un autre motard a été tué. Yves Desjardins, surnommé Cherokee.

— De quel côté, lui ?

— Predator. Allié des Hell's Angels.

— Le score est donc de deux partout ?

— Peut-être pas. Parce que Cherokee n'était plus tout jeune et plus vraiment dans le coup depuis un bon moment. Et aussi parce qu'il avait un petit réseau de coke à lui.

— Ce qui veut dire qu'il a pu être effacé par des gens de son bord ?

— C'est possible. On n'a pas encore toutes les données du problème. Pour le moment, on piétine.

En dernier lieu, j'ai mentionné à Kit la maladie de LaManche.

— Peut-être que c'est les autres qui l'ont eu, ton patron.

— Qui ça, les autres ?

— Les Hell's Angels. Peut-être qu'il y avait quelque chose dans le cadavre du type qu'il autopsiait qu'il ne fallait pas qu'il voie ?

— Je ne crois pas, Kit.

— Ils lui ont peut-être fait ingurgiter un poison, tu sais, ces trucs qui ne laissent pas de trace ?

— Les salles d'autopsie sont gardées et surveillées.

— Il y a peut-être une taupe à votre labo !

J'ai éclaté de rire.

— Toi alors ! Ne nous laissons pas emporter par notre imagination.

Il a tourné la tête et regardé les sommets brumeux, loin derrière les Japonais. Dans notre dos, une porte a claqué et les pigeons se sont enfuis des marches.

— Je me sens vraiment nul, tante T ! Ton patron est entre la vie et la mort, tu jongles avec les cadavres, et moi, je te tombe sur le poil avec un poisson que j'abandonne dans ta cuisine pour aller faire le mariole en ville.

Les Japonais revenaient vers nous.

— Et moi, j'étais trop occupée pour suivre à la loupe tout ce que tu faisais. Enfin... On continue ?

— Les randonnées, j'adore !

Nous avons contourné le chalet et emprunté l'un des nombreux chemins de terre qui sillonnent la montagne. Nous marchions en silence, regardant les écureuils détaler dans les feuilles mortes, ravis que le printemps soit de retour. Les arbres résonnaient de pépiements, de trilles et de gazouillis. À un moment, nous nous sommes arrêtés pour écouter un musicien qui jouait une adaptation de l'*Hymne à la joie*. Sous son chapeau à oreillettes, il avait une concentration de virtuose pendant un concert symphonique.

Nous marchions en direction de l'ouest quand, soudain, le dôme de l'oratoire Saint-Joseph a surgi à l'horizon. J'en ai profité pour raconter à Kit les tribulations du cœur du frère André. Volé sur l'autel de la crypte, il avait abouti à notre labo au terme d'une véritable chasse à l'homme à laquelle la population s'était ralliée en masse. Depuis, il avait réintégré ses quartiers au sous-sol de l'église, dans un reliquaire désormais placé sous surveillance. On apercevait au sud la tour jaune pâle de l'École polytechnique de l'université de Montréal. Treize femmes y avaient été massacrées en 1990, mais j'ai préféré ne pas relater l'événement à Kit, pour ne pas assombrir une aussi belle journée.

Mon neveu n'a pas fait montre d'une semblable délicatesse à mon égard. Il a abordé le sujet Ryan, alors que nous nous engagions dans la descente. J'ai esquivé de mon mieux :

— C'est un ami.

— Harry m'en a parlé. Il est détective, n'est-ce pas ?

— Oui. Il travaille pour la Sûreté du Québec.

Je l'avais présenté à ma sœur quand elle était venue à Montréal. L'étincelle qui s'était produite entre eux au premier contact ne m'avait pas échappé. Obligée de quitter la ville dans les jours qui avaient suivi, je n'avais jamais su si le feu avait pris. Je n'avais pas osé interroger Ryan, mais je lui avais battu froid un bon bout de temps après cela.

— Et qu'est-ce qui lui arrive, à lui ?

— Il a des pépins.

— De quelle sorte ?

Une *calèche* allant dans la direction inverse à la nôtre est passée sur le lacet au-dessus de nous. Le clappement de langue du cocher et le claquement des rênes sur le cou du cheval ont volé jusqu'à nous.

— Il serait mêlé à une histoire de drogue.

— Usage ?

— Vente.

Malgré tous mes efforts, je n'avais pu empêcher ma voix de trembler. L'écho des sabots a diminué et s'est éteint tout à fait.

— Je vois... Et tu l'aimes bien ce type ?

— Oui.

— Plus qu'oncle Peter ?

— Ça ne te regarde pas, Kit.

— 'scuse-moi.

Pour changer de sujet, je lui ai demandé ce qu'il avait fait de son poisson.

— Je l'ai mis au congélateur.

— Voilà ce que je propose : on sort Mme Truite du frigo et on passe en revue les *motards,* le temps qu'elle décongèle. Après, on se la fait griller au barbecue et, encore après, on va s'offrir des bières chez Hurley's.

— D'accord, sauf que c'est un saumon.

Nous avons coupé par l'Hôpital Général et par le chemin de la Côte-des-Neiges. Arrivée en bas de la montagne, j'ai levé la tête vers la croix.

— Tu l'as vue, la nuit quand elle brille ?

— Oui. C'est super.

— D'en bas, oui. De près, c'est seulement des ampoules entassées sur du grillage. Comme Andrew Ryan, tu vois. De loin, ça brille. Mais de près, c'est n'importe quoi.

26.

Dans mes cours d'introduction à l'anthropologie, je me réfère toujours aux agriculteurs du Berawan pour démontrer l'absurdité de nos coutumes funéraires. Selon les croyances de cette peuplade de l'île de Bornéo, dont les villages sont faits d'une unique maison communale, l'âme des morts ne s'envole vers la vie éternelle qu'une fois le corps entièrement décomposé. Avant cela, elle erre dans les limbes, coupée du monde des vivants mais sans avoir intégré celui des morts. C'est une période très délicate, car les esprits malveillants qui parcourent le monde en quête d'un corps dans lequel s'incarner peuvent élire celui du défunt. Et celui-ci revient alors à la vie sous forme de mort vivant contre qui la mort est sans pouvoir. Inutile de dire que les villageois n'apprécient guère qu'il rôde dans le voisinage.

En apprenant de l'ethnographe américaine les traditions qui sont les nôtres, les habitants du Berawan furent dégoûtés. Horrifiés, même. À leurs yeux, embaumer les morts, les embellir à grand renfort de cire et de cosmétiques, les enfermer dans des cercueils et des caveaux étanches sont des actes de pure folie. En agissant ainsi, nous ne faisons pas seulement perdurer une situation déjà bien pénible pour des êtres qui nous sont chers ; avec nos cimetières, nous offrons de véritables réserves à zombies aux esprits malveillants.

Voilà ce à quoi je pensais, en contemplant les funérailles d'un certain Bernard Silvestre. Le poisson prenant une éternité à décongeler, j'avais décidé de poursuivre ma revue des photos prêtées par Kate en compagnie de mon neveu. Le motard en question reposait dans un cercueil ouvert, moustache et rouflaquettes parfaitement lissées, mains pieusement jointes sur sa veste de cuir noir. Dix hommes en jean et lourdes bottes étaient accroupis en demi-cercle devant le catafalque, quatre autres montaient la garde aux coins. N'étaient l'uniforme de leur fraternité et leur aspect minable, ils avaient tout du chœur antique.

En arrière-plan, d'un bord à l'autre de la photo, s'alignaient des sculptures florales qui, par leur préciosité, rappelaient en petit les compositions qui célèbrent le *Rose Bowl* de Los Angeles, si ce n'est que les rubans exprimaient ici des condoléances, et non des vœux de victoire aux équipes disputant le traditionnel match du jour de l'an. L'un, en bleu sur jaune, disait « Au Rusé », un autre « Au revoir, B.S. », en rose et rouge ton sur ton celui-là, tandis qu'au centre de l'image, juste derrière le cercueil, un chiffre treize en œillets témoignait des rapports du Rusé avec l'herbe et les amphétamines. La médaille, toutefois, revenait indéniablement à la mosaïque de pétales, en haut à droite de la photo, représentant une moto et son pilote, avec barbe, lunettes et ailes d'ange dans le dos. Il y avait même les bannières, au-dessus du casque et sous la roue avant, mais elles étaient indéchiffrables.

— Tu sais des choses sur ce Rusé ? m'a demandé Kit.

— Non. Mais son enterrement n'a pas l'air d'avoir été de la petite bière !

— Ouais. Suffit de voir comment sa bière à lui était capitonnée !

Il a retourné la photo.

— Tu as vu, il est crevé quand j'avais à peine trois ans !

Il y avait encore deux images de la foule aux obsèques, toutes deux prises de loin : l'une au cimetière, l'autre sur le parvis de l'église. On ne comptait pas les casquettes au ras des yeux et les foulards qui dissimulaient le bas du visage.

— L'assistance éplorée ne semblait pas vouloir étaler son chagrin. Collection de la police, je suppose.

J'ai passé mes photos à Kit. Plongé dans la contemplation de celle qu'il avait entre les mains, il m'a laissée le bras tendu.

— La vache, ces chromes ! Ça, c'est de l'engin ! Pas étonnant que le mec ait roulé droit au cimetière.

J'ai fait le tour de la table pour venir regarder par-dessus son épaule. C'était le portrait en pied d'une moto à côté de la tombe.

— Un peu trop dénudée pour mon goût.

— C'est ça la beauté ! De la puissance à l'état brut. Au départ, il devait avoir une poubelle et...

— Une poubelle ?

— Une moto de la police. Probablement une FLH Touring, dont il a viré tout ce qui n'était pas indispensable, pare-brise, arceaux de protection, caissons à bagage, pour se faire poser des pièces carénées exprès pour lui.

À mon avis, on avait retiré tout ce qui faisait le

charme d'une motocyclette mais, évidemment, je n'étais pas expert.

— Explique-moi.

— Prends la roue avant, a répondu Kit en désignant les éléments l'un après l'autre. Étroite. Le réservoir, en forme de cercueil. Le garde-boue arrière, rehaussé, et la selle en fuseau. Ça, c'est ce qu'il y a de plus cool sur cette bécane, ça te donne vraiment l'impression de chevaucher le moteur.

Il a posé le doigt sous la roue avant.

— Il a fait rallonger l'avant et rajouter un barreau de singe.

Probablement le large guidon cintré qui oblige le pilote à conduire le corps rejeté en arrière, me suis-je dit.

— Ce boulot, en peinture et en moulure, je te dis pas ! Merde alors, j'aimerais bien la voir de près, cette œuvre d'art. Dommage seulement qu'il n'y ait pas de barre à filles, sinon ça serait la perfection.

— Un bar ? Avec des filles qui servent des cocktails ?

— *Une* barre. À l'arrière de la selle. Pour que les nanas puissent se tenir.

Ce bolide n'était pas moins bizarre que son propriétaire, un type plus chevelu que le Wookie de *Star Wars*. Avec ses jambières, ses bracelets de cuir et son gilet couvert d'insignes et de blasons, c'était la terreur incarnée.

— Je vais donner des coups de fourchette à M. Saumon. S'il persiste à jouer au glaçon, on l'explosera au micro-ondes.

Et c'est ce que nous avons fait, car le poisson ne voulait rien entendre. Après, nous l'avons jeté sur le barbecue pour lui donner un petit fini bien grillé. J'ai mis du beurre dans les haricots verts et j'ai tourné la salade, laissant à Kit le soin de découper le produit de sa pêche.

Nous venions à peine de déplier nos serviettes quand le téléphone a sonné. J'ai décroché. Une rude voix de mâle a réclamé Kit. Sans mot dire, je lui ai tendu l'appareil.

— Salut, mec, quoi de neuf ?... Impossible, a dit mon neveu, les yeux fixés sur une tache sur la table de verre.

Pause.

— Ça marche pas.

Il a changé le téléphone de main et s'est mis à gratter de l'ongle la salissure.

— Pas ce soir.

La voix à l'autre bout du fil me parvenait, âpre et fâchée bien qu'étouffée par l'oreille de Kit. Un aboiement de chien enfermé à la cave. Je me suis tendue.

— C'est comme ça.

La voix s'est faite plus forte, agitée. Évitant mon regard, Kit est sorti de table pour continuer sa conversation loin de mes oreilles. J'ai piqué un haricot vert avec ma fourchette, je l'ai mâchouillé et je l'ai avalé. J'ai répété l'action, mécaniquement. Mon appétit s'était envolé.

Cinq bouchées plus tard, Kit était de retour. Son expression m'a fait mal. J'aurais voulu le prendre dans mes bras et lui caresser les cheveux en arrière comme lorsqu'il était petit, mais ce qui lui arrivait n'était pas du domaine de l'écorchure au genou. Lui exprimer ma tendresse, au cas où il l'aurait acceptée, n'aurait fait qu'accroître son malaise. Je ne pouvais que constater son désarroi.

Sur un grand sourire, épaules levées et paumes tournées vers moi, il s'est rassis à table et s'est absorbé dans la découpe du poisson, m'offrant le spectacle de son crâne.

— C'est vachement bon, a-t-il fini par lâcher, les yeux levés sur moi, en attrapant son thé glacé. Oui, c'était un de ces mecs. Et, non, je n'y vais pas.

Brusquement, je me suis senti une faim de loup.

L'appel suivant a retenti alors que nous finissions de débarrasser la table. Kit a décroché. Les clapotis et les soufflements du lave-vaisselle m'ont empêchée d'entendre ce qu'il disait. Au bout d'un instant, il a passé la tête par la porte.

— C'est Lyle. J'ai dû lui dire que j'aimais les brocantes parce qu'il nous invite à un « vide-greniers », demain.

— À un quoi ?

— Un genre de marché aux puces dans un bled qui s'appelle Hudson. Il a pensé que ce mot-là te convaincrait peut-être.

Le double langage m'a laissée de glace. J'aimais bien me balader à Hudson, mais pas au point d'y passer l'après-midi avec Crease.

— Vas-y sans moi, Kit. C'est très joli par là-bas, c'est le pays des chevaux. J'ai plein de trucs en retard à faire.

— Comme quoi ?

— Me faire couper les cheveux, par exemple.

— Dans ce cas...

Il est reparti dans le salon. J'ai fini d'essuyer le plan de travail, sidérée de me sentir rassurée de savoir mon neveu avec ce journaliste plutôt qu'avec le Prêcheur. Et pourtant, il était plus visqueux qu'une anguille, ce reporter. Pour les entourloupes, il en aurait remontré à un bonimenteur de foire. Que pouvait-il trouver d'intéressant à un gamin de dix-neuf ans ? Je n'étais pas inquiète pour Kit. Il ne se laisserait pas embobiner, j'en étais sûre. Néanmoins, j'allais cuisiner Isabelle à propos de Crease. En attendant, ne pas m'énerver inutilement. Me donner un coup de peigne et emmener le gosse écouter les cornemuses, comme promis.

De tous les bistrots de Montréal, Hurley's est assurément celui qui ressemble le plus à un pub irlandais. J'ai beau ne plus lever le coude, j'aime toujours autant ce genre d'atmosphère. La faute à mes gènes gallois, probablement. L'endroit a remporté le même succès auprès de Kit qu'auprès de sa mère, le soir où je l'y avais emmenée. Montrez-moi l'individu que ne dérident pas cornemuse et mandoline et la vue de tant de Nijinski atteints de la danse de Saint-Guy ! Nous sommes restés là-bas jusqu'à minuit passé.

Le lendemain matin, j'étudiais les photos abandonnées la veille quand Lyle Crease a débarqué. Tenue de baroudeur : pantalon de grosse toile, chemise blanche à manches longues, anorak avec *CTV News* brodé sur le cœur. Ses cheveux avaient tout du moulage en plastique.

— Kit sera prêt dans un instant. Il ne s'est pas réveillé, ce matin.

— Pas de problème ! a gloussé le journaliste avec un sourire entendu que je ne lui ai pas retourné.

Nous parlions anglais.

— Je peux vous offrir un café ?

— Non, merci. J'en ai déjà bu trois.

Et de me dévoiler des kilomètres de jaquettes dentaires avant d'enchaîner :

— Ce temps splendide ne vous fait pas changer d'avis ?

— Non, non. J'ai une foule de choses à faire. Merci quand même. Vraiment.

— Eh bien, une autre fois peut-être ?

« Compte dessus et bois de l'eau claire ! »

aurais-je volontiers dit tout haut, tandis que nous restions plantés dans l'entrée. Il a repéré le portrait de Katy.

— Votre fille ? Un charme fou, a-t-il dit en allant le prendre. Étudiante ?

— Oui.

Son regard fureteur a dévié vers la salle à manger.

— Des marguerites, mes fleurs préférées ! Vous devez avoir un amoureux drôlement transi ! Je peux ?

Crease est allé renifler le bouquet. J'aurais eu autant de plaisir à voir *L'Exorciste* se baguenauder dans mon appartement. Ses yeux ont glissé sur les photos, éparpillées sur la table.

— Je vois que vous êtes plongée dans les archives...

— Voulez-vous vous asseoir ? ai-je proposé en indiquant le sofa du salon.

Il venait de reposer une photo piochée dans le tas et en étudiait une autre.

— Je crois savoir que vous participez à l'enquête Cherokee Desjardins.

— De loin, seulement.

Je me suis dépêchée de rassembler le reste des clichés.

Profond soupir de Crease, les yeux fixés sur l'image :

— Le monde devient complètement fou !

Moi, main tendue pour récupérer la photo des funérailles de Silvestre :

— C'est bien possible.

Il est allé s'asseoir sur le divan comme je l'y invitais du geste et, croisant les jambes, a lancé :

— Si je ne me trompe, Dorsey a été inculpé de meurtre et transféré à Rivière-des-Prairies.

— Je l'ai entendu dire, en effet.

291

— Vous croyez que c'est lui ?

— Je ne participe pas vraiment à l'enquête, vous savez, ai-je répondu sèchement, agacée par ses questions.

— Et la petite Osprey ? Quoi de neuf sur ce front ?

L'envie me démangeait de lui répliquer : « Et si tu t'occupais du tien, de front, et de ta mèche ridicule ? » quand, par bonheur, Kit a fait son apparition. Avec son Levi's ses bottes et son chapeau texan, il était le portrait craché de *Macadam Cowboy*. J'ai bondi sur mes pieds.

— À votre place, je ne tarderais pas, sinon toutes les bonnes affaires se seront envolées.

— Quelles bonnes affaires ? a demandé Kit.

— Les cannes à pêche et les T-shirts Elvis.

— Je serais plutôt à la recherche d'une Madonna en plastique.

— Pour les Madones, je te conseille la cathédrale.

— Je ne parlais pas de la maman du petit Jésus.

— Fais gaffe, toi ! ai-je lancé, en le menaçant du doigt.

— C'est mon petit nom, la Gaffe ! Christopher Howard, dit Kit ou la Gaffe. Gaga, pour les intimes.

Il a porté deux doigts à la lisière de son chapeau, tandis que le journaliste me disait au revoir. Main glissant du haut de mon épaule pour s'arrêter à hauteur du coude et effectuer une pression des doigts, assortie d'un regard lourd de sous-entendus.

— Prenez soin de vous.

Ce que j'ai fait au plus vite, sous forme d'une longue douche.

Fleurant bon le santal, j'ai entrepris de consulter mes e-mails. Pas de quoi faire trembler la planète ! Problèmes soumis par des étudiants auxquels j'ai proposé des solutions ; photo d'un crâne bizarroïde adressée par un pathologiste qui voulait connaître mon point de vue et l'a eu ; lettre de mes trois nièces de Chicago, filles de la sœur de Peter, pour m'informer des dernières tribulations de la large famille lettonne de mon ex-mari ; enfin, photo assez rigolote d'un cochon sur fond de gratte-ciel, envoyée par un collègue de l'Institut de pathologie des forces armées que j'ai remercié.

À une heure et demie, j'ai éteint l'ordinateur et appelé Isabelle.

Sortie, évidemment.

Cherchant un prétexte pour mettre le nez dehors, j'ai décidé d'aller chez le poissonnier acheter des crevettes géantes. Je n'avais pas traversé la rue qu'une photo à la devanture de *Coiffure Simone* a brisé mon élan. Portrait en noir et blanc d'une dame élégante et sans chichis, à l'air désinvolte et cependant responsable. J'allais poursuivre mon chemin quand j'ai aperçu mon reflet dans la vitrine. Une vraie tête de sorcière ! Une petite coupe ne me ferait pas de mal, d'autant que c'était l'excuse que j'avais donnée à Kit. Cela faisait des siècles que je n'étais pas allée chez le coiffeur, et la boutique offrait un rabais de cinq dollars le dimanche. Dollars canadiens, soit trois dollars cinquante américains. Cela dit, un autre aspect de la question méritait réflexion : cette coupe-là me prendrait-elle plus que les dix minutes que j'accorde à cette partie de ma toilette le matin ? Non. Et une nouvelle coupe de cheveux pouvait me donner de l'allant... Elle pouvait aussi me défigurer... Oui, mais les cheveux, ça repousse !

Sur cet argument frappant tiré du répertoire de ma mère, j'ai poussé la porte.

Des heures plus tard, je dînais en tête à tête avec des kangourous qui se boxaient furieusement pour prendre le contrôle du clan. Eux, ils étaient sur *Discovery Channel* mais, dans le salon, c'est moi qui subissais les regards furibonds de mon chat pendant que je mangeais mes crevettes.

— Fais pas ta mauvaise tête, Birdie. Ça repousse, les cheveux. Et ton soutien moral ne me serait pas de trop.

En vérité, j'aurais adoré que cela se produise avant le retour de Kit. De l'exaltation qui m'avait soulevée à l'idée d'avoir une tête toute neuve, j'étais tombée dans l'hébétude à la vue du résultat. J'étais terrassée, que dis-je ? plus bas que terre ! et je me creusais la cervelle pour trouver un moyen astucieux de ne pas me montrer en public dans les semaines à venir. Certes, le développement des télécommunications m'offrait une variété de choix : téléphone, fax, courrier électronique. Et puis, il restait toujours la solution du bon vieux chapeau.

N'empêche, à dix heures du soir, j'étais aussi déprimée que l'avant-veille : épuisée par un excès de travail ; mésestimée par mes collègues ; rejetée par un homme qui me préférait des truands avant même que de remplir ses fonctions d'amant ; angoissée pour mon patron qui gisait entre la vie et la mort ; anxieuse pour mon neveu en virée avec le roi de l'esquive. Et, pour couronner le tout, une tronche comme si on m'avait passée au désherbant ! Bref, j'étais déjà dans le quatrième dessous quand le téléphone a sonné. Et là, j'ai carrément sombré de Charybde en Scylla.

— *Ici Claudel.*

De surprise, j'en ai répondu en anglais.

— Je ne pouvais vous cacher la nouvelle : George Dorsey a été assassiné, il y a deux heures de cela.

— Par qui ?

— Il est mort, madame Brennan ! Tué parce que vous ne pouvez pas vous empêcher de fourrer votre nez partout !

— Moi ?

Mais je parlais à la tonalité...

Impossible de me concentrer sur rien, le reste de la soirée. J'ai à peine enregistré le retour de Kit et son verdict sur sa journée : gé-niale.

Dorsey assassiné parce que je fourrais mon nez partout...

Quelle injustice de me faire porter le chapeau, alors que c'était lui qui avait demandé à me voir. Serait-il encore vivant si Claudel, Charbonneau ou Quickwater étaient allés à la prison à ma place ? Non. C'était l'exemple même du type qui se fait buter parce qu'il est une menace pour d'autres. Ce sont des choses qui arrivent. Je n'y étais pour rien. Claudel était injuste, je ne méritais pas ça !

Phrase que je n'ai cessé de me répéter tout au long de la nuit.

27.

Le lendemain matin à sept heures et demie j'étais au labo. L'immeuble était calme comme une tombe, personne n'arriverait avant une heure au moins. J'aime cette paix et, aujourd'hui, j'avais bien l'intention de la mettre à profit.

Je suis passée dans mon bureau prendre ma blouse de travail avant d'aller à mon labo, de l'autre côté du couloir. J'allais travailler sur les ossements de Savannah rangés sous clef dans ma réserve. Et zut pour Claudel ! Qu'il règle son problème avec moi comme il l'entendait.

Armée d'une loupe, j'ai entrepris d'examiner le crâne et les fémurs à la lumière d'une lampe à fibre optique. Millimètre par millimètre. Corvée que j'effectuais sans grand espoir de découvrir quelque entaille passée inaperçue et susceptible de m'apprendre comment ces os avaient été séparés du corps.

J'étais plongée dans mon travail quand des coups à la porte m'ont fait relever la tête. Derrière le carré de verre, Claudel. Droit comme un I, à son habitude. Et sans un cheveu qui dépasse, lui. Rudolf Valentino !

Je suis allée lui ouvrir.

— Jolie cravate ! ai-je dit en lui ouvrant.

— Merci.

Une amabilité de pitbull. Pourtant mon compliment était sincère. Car il s'agissait bien d'une merveille. En soie mauve pâle, et à coup sûr sortant de chez un grand couturier. En harmonie parfaite avec le tweed de son veston.

— Qu'est-ce qui lui est arrivé, à Dorsey ? ai-je demandé après avoir éteint la lampe, en me dirigeant vers le lavabo pour me laver les mains.

— Il est tombé dans les douches sur un tournevis cruciforme pendant que le surveillant lisait dans le couloir. Encore un qui devait avoir du retard dans ses lectures.

J'ai eu un flash de Dorsey au parloir : ses dents de rat lorsqu'il souriait.

— Quand il a fini par se rendre compte que l'eau ne faisait plus le même bruit, Dorsey avait le nez dans la bonde et le torse perforé en trente-huit endroits.

— Seigneur !

— Il n'était pas mort. Dans l'ambulance, il a eu le temps de parler. D'où ma présence ici.

J'ai attrapé un essuie-main en papier. La franchise de Claudel me désarçonnait.

— Le médecin n'a pas tout compris, mais il a retenu un nom. Brennan.

Ma main s'est immobilisée sur la serviette.

— C'est tout ?

— Il s'efforçait de maintenir le blessé en vie. C'est à cause de son chien qu'il s'est rappelé le nom.

— Son chien ?

— Un setter irlandais qui s'appelle comme vous.

— C'est un nom très courant.

— À Galway peut-être, pas chez nous. Vous

297

avez parlé de Cherokee Desjardins avec lui, n'est-ce pas ?

— Oui, mais personne n'est au courant.

— Sauf tout le monde au CO-Sud.

— On était dans une salle d'entretien, et seuls.

Claudel n'a pas répondu. Je me suis rappelé le couloir et la cellule des poivrots, à trois mètres du parloir.

— On a dû me voir.

— Oui. En général, c'est le genre d'information qui revient aux oreilles des intéressés.

— Aux oreilles de qui ?

— Dorsey marchait avec les Heathens. Ils auront cru qu'il cherchait à sauver sa peau et n'auront pas apprécié.

J'ai senti comme une barre à hauteur de ma nuque. Ma visite serait-elle à l'origine de l'agression, après tout ? Jetant ma serviette en papier dans la corbeille, je me suis rebiffée :

— Dorsey n'a pas tué Cherokee. Je ne le crois pas.

— Vraiment ?

— Oui.

— Vous aurait-il clamé son innocence ?

— Bien sûr, mais ce n'est pas la raison.

— Écoutons ça ! a rétorqué Claudel en se croisant les bras.

L'ayant mis au courant de ce que m'avait appris Gilbert, j'ai conclu :

— Tuer les gens à la matraque, ça vous paraît signé motards ? Leur genre, c'est plutôt d'entrer et de tirer sur tout ce qui bouge.

— Le dernier motard repêché dans le Saint-Laurent avait été tabassé à coups de marteau.

— Et la forme évidée sur le mur ? Si c'était pour s'emparer de l'objet qui se trouvait là qu'on avait tué Cherokee ?

— Quelqu'un a pu le déplacer. Ou la voisine le piquer.

— Un objet couvert de sang ?

— Je l'interrogerai quand même.

Claudel, visiblement, était à bout de patience. Je n'en ai pas tenu compte :

— Et pour quelle raison Cherokee aurait-il ouvert sa porte à un tueur ?

— C'était peut-être un copain.

Plausible.

— Les analyses balistiques ont donné quelque chose ?

Il a secoué la tête.

— Qui s'occupe du meurtre de Marcotte ?

— Kuricek. Et de celui de la petite Toussaint.

Kuricek, le flic qui ressemblait à Andy Sipo-wicz.

— Et de son côté à lui, il y a des progrès ? ai-je demandé.

Claudel a levé les mains en signe d'ignorance.

— Dorsey prétendait justement avoir des infor-mations à échanger à ce sujet.

— Tous des dégénérés ! Ils inventeraient n'im-porte quoi...

Il a fait une pause et, les yeux rivés sur sa manche, s'est appliqué à saisir une miette inexis-tante.

— Je voudrais vous parler d'autre chose.

Il s'est interrompu en entendant claquer la porte d'à côté. Les employés du labo arrivaient au tra-vail. Désignant mon bureau du menton, il a repris :

— On peut ?

Intriguée, je l'ai laissé m'ouvrir le chemin. Ayant pris place dans le fauteuil en face de moi, il a sorti une photo de sa poche intérieure et l'a posée sur mon sous-main. Copie conforme des portraits de groupe de motards de la collection de

Kate, mais plus récente et de meilleure qualité. Au centre de l'image, mon Kit ! Entouré de types en blousons de cuir.

— Prise la semaine dernière dans un établissement appelé la Taverne des Rapides, a laissé tomber Claudel en évitant mon regard. C'est bien votre neveu, là ?

— Je ne vois pas qu'il porte d'insigne de club, ai-je rétorqué sèchement.

— Ce sont des Rock Machine.

Je commençais à en avoir sacrément marre de ces motards sur celluloïd. Il a posé une seconde photo devant moi : Kit encore, à califourchon sur une Harley, maintenant, et en grande conversation avec deux autres motards. D'aspect soigné ceux-là, mais portant l'uniforme : bandana, bottes et gilet en jean orné dans le dos d'un Mexicain en sombrero, lourdement armé. La bannière du haut indiquait : Bandidos, celle du bas : Houston.

— Prise au grand marché de Galveston.

— Que voulez-vous dire ? me suis-je écriée, consciente que ma voix avait monté d'un ton.

— Rien. Je vous montre des photos.

Claudel me dévisageait d'un air bougon, calé dans son fauteuil. Regard intense. Il a étendu les jambes et croisé les pieds. Moi, j'ai croisé les bras. Pour lui cacher le tremblement de mes mains.

— Mon neveu s'est pris de passion pour la culture deux-roues depuis que son père lui a offert une Harley Davidson.

— De nos jours, les motards ne font pas que rouler crinière au vent.

— Sa présence à ce rassemblement est forcément le fait du hasard, mais je lui parlerai.

J'ai rendu ses photos à Claudel.

— Christopher Howard est fiché à la police de Houston, a-t-il encore lâché.

Si ma sœur avait été dans la pièce, je crois que je l'aurais hachée menu.

— Il a été arrêté ?

— Il y a quatre mois. Pour possession de stupéfiants.

C'était ça la raison d'Howard d'emmener Kit pêcher dans le Nord ! Je comprenais maintenant.

— Je sais ce que valent les conseils dans la situation, enchaînait Claudel, mais faites attention, tout de même.

— Attention à quoi ?

Il m'a scrutée un long moment, comme s'il hésitait à me confier quelque chose.

— L'ambulancier a encore compris une chose.

Le téléphone y est allé de sa sonnerie. Je l'ai ignoré.

— Gosse de Brennan, a laissé tomber Claudel.

J'ai cru qu'un incendie embrasait ma poitrine. Ma fille ? Ces types seraient-ils au courant de l'existence de Katy ? S'agissait-il de Kit ? Me détournant pour dissimuler ma peur, j'ai demandé :

— C'est une menace ? Un avertissement ?

Claudel a levé les épaules en signe d'ignorance.

— L'ambulancier n'a pas l'habitude d'écouter ce que racontent les malades pendant le transfert.

— Vous pouvez préciser ? ai-je demandé, les yeux toujours fixés sur le mur.

— Je ne voudrais pas vous inquiéter, mais Quickwater et moi...

Je ne l'ai pas laissé finir :

— Celui-là, rien qu'à le voir, on en pisse de rire !

— C'est un bon détective.

— Un con, oui ! Chaque fois que je lui parle, il fait comme s'il était sourd.

— Forcément, puisqu'il l'est !

— Quoi ?

— Sourd.

J'en suis restée bouche bée, incapable de trouver une repartie.

— Plus exactement assourdi, précisait Claudel. Ce qui n'est pas la même chose.

— Comment ça ?

— Il s'est pris un tuyau de fer sur le crâne en séparant des gars qui se battaient. Pour se venger, ils lui ont tiré près de l'oreille avec un fusil hypodermique jusqu'à épuisement de la batterie.

— Il y a longtemps ?

— Bientôt deux ans.

— Et il a perdu l'ouïe définitivement ?

— Jusqu'à ce jour, en tout cas.

— Ça va revenir ?

— Il l'espère.

— Mais... comment fait-il... ?

— Il se débrouille très bien.

— Je veux dire, pour communiquer ?

— Il lit sur les lèvres. Il a appris en un temps record, à ce qu'il paraît. Ce n'est pas étonnant, il a une mémoire exceptionnelle. En tout cas, il est passé maître en la matière. Pour communiquer à distance, il utilise le courrier électronique, le fax ou le répondeur télématique.

— Qu'est-ce que c'est que ça ?

— Un appareil qui transcrit le vocal en texte. En gros, c'est un clavier de machine à écrire et un coupleur acoustique, montés en parallèle. Chez lui, il a un modem spécial qui fonctionne au même baud que ce boîtier de dialogue. Comme le répondeur télématique et le fax sont branchés sur la même ligne, la communication bascule sur l'un ou sur l'autre. On a le même appareil au Carcajou et les mêmes logiciels, de sorte qu'on reste en contact sans problème.

— Et s'il n'est ni chez lui, ni au bureau ?

— Il utilise un boîtier portable qui fonctionne sur pile.

— Mais comment fait-il avec les gens qui n'ont pas ce système ? Avec vous quand vous n'êtes pas au Q.G. ?

— Une messagerie assure le relais. Elle transcrit mes paroles en texte et Quickwater le lit sur son écran. S'il était sourd-muet, il devrait taper ses réponses, que le système traduirait en vocal à son interlocuteur. Mais pour lui, c'est plus simple, car il parle bien.

Comment pouvait-on être sourd et policier ? Le fait impliquait tant de choses que je n'arrivais pas à les saisir toutes d'emblée.

— Mais quand il doit rédiger un rapport au retour d'une mission, comme lorsqu'il est allé au FBI par exemple, il faut bien qu'il ait pris des notes en même temps qu'il lisait sur les lèvres. Comment fait-il, si les gens parlent dans le noir ou s'il ne peut les voir ?

— Il utilise un système de traduction simultanée assistée par ordinateur. Il vous en expliquerait le fonctionnement beaucoup mieux que moi. En gros, un sténotypiste assure la frappe, et le texte apparaît pour ainsi dire simultanément sur son écran à lui. Un peu comme les prompteurs à la télé. Au FBI, ils ont des sténotypistes qui se déplacent, mais l'appareil peut être branché en réseau de sorte que le sténotypiste et Quickwater n'ont pas besoin d'être dans la même pièce.

— Ils utilisent un téléphone et un ordinateur ?

— Exactement.

— Mais comment Quickwater se débrouille-t-il pour le reste ?

Façon détournée de demander comment il pouvait réagir face à un danger. Se mettre à couvert, s'il n'entendait pas son agresseur par exemple.

— Quickwater est limité physiquement, c'est certain. Mais il a de l'expérience, il aime son métier, il a été blessé en service et nul à ce jour ne peut affirmer que sa surdité est définitive. Alors, l'administration doit bien s'en accommoder.

J'allais revenir à Dorsey quand Claudel s'est levé et a déposé un papier sur mon bureau.

À coup sûr, d'autres mauvaises nouvelles en perspective.

— L'analyse du sang sur le blouson retrouvé chez Dorsey, a laissé tomber le détective.

Je n'avais qu'à regarder sa tête pour connaître le résultat.

28.

Claudel est parti, me laissant en plein chaos mental. L'analyse d'ADN avait établi que le sang sur le blouson était celui de Cherokee. En conséquence, Claudel avait raison et moi, tort. Dorsey avait tué Cherokee. Et il ne savait rien sur Savannah Osprey. Il m'avait raconté ce boniment pour sauver sa peau, et j'étais tombée dans le panneau. Résultat de ma visite à la prison : il s'était fait descendre.

Mais était-ce la vraie raison de son assassinat ? Avait-il été tué parce qu'il était le meurtrier de Cherokee ou parce qu'il ne l'était pas ?

De toute façon, quelle importance ! Dans un cas comme dans l'autre, quelqu'un avait eu peur qu'il me parle. Oui, j'étais bien la cause de la mort de Dorsey.

J'avais l'intérieur des paupières en feu.

« Ne pleure pas, ma vieille. Je t'interdis de pleurer ! »

J'ai ravalé ma salive.

Et Quickwater ? Contrairement à ce que j'avais cru, il ne passait pas son temps à fulminer, il se concentrait pour lire sur les lèvres. En fin de

compte, qui de nous deux s'était mal comporté ?
Mais aussi, je ne pouvais pas deviner !

Et Kit, sur ces clichés de filature ? Devant Claudel, j'avais soutenu qu'il s'agissait d'une rencontre fortuite, mais qu'en était-il en réalité ? Mon neveu traficoterait-il avec les Bandidos ? Cela expliquerait la subite apparition de ce Prêcheur dans le tableau. Quel était le véritable mobile de Kit pour venir à Montréal ? Sa dispute avec son père ? Son amour pour son imbécile de tante ?

Et l'œil sur le pare-brise ? Kit l'avait-il vraiment trouvé là ?

Claudel avait pondu un rapport. Et moi, où en étais-je du mien ?

J'ai bondi sur mes pieds et foncé dans le couloir. Louvoyant entre des secrétaires croulant sous les dossiers et des laborantins qui poussaient des chariots, j'ai atteint l'escalier et suis montée au treizième étage. Direction : la section d'ADN. Par la vitre, j'ai repéré tout au fond du labo la personne que je cherchais : Robert Gagné. Il m'a saluée d'un joyeux « *Bonjour, Tempé. Comment ça va ?* » avant de s'exclamer :

— Tu as changé de coiffure, on dirait.

Avec ses cheveux admirablement coupés, bouclés, noirs et argentés aux tempes, il était bien placé pour me faire la remarque !

— On dirait.

— Tu vas les faire repousser ?

— Difficile de les en empêcher !

— Ça te va bien, c'est sûr..., a-t-il marmonné en reposant sa pipette. Et d'enchaîner : Si je comprends bien, ce Dorsey va être condamné. Tu aurais vu le sourire de Claudel, quand je lui ai appris les résultats. Enfin, disons qu'il a froncé le nez.

— Dis, tu as eu le temps de faire ma comparaison ?

— Ton objet au numéro farfelu ?

Hochement de tête de ma part.

— Cet œil à comparer avec le LML 37729 ? a-t-il encore demandé, en se dirigeant vers une étagère bourrée de dossiers.

— Oui.

Ce Gagné, il a une mémoire d'éléphant pour les chiffres !

Il a passé en revue le casier du milieu et en a extrait une chemise, qu'il a parcourue pendant que j'attendais gentiment.

— La comparaison a bien été effectuée, mais le rapport n'est pas encore tapé.

— Et... ?

— C'est son petit frère.

— Sans doute possible ?

— Aucun. Œil et tissus proviennent du même individu.

« Ou des mêmes individus s'il s'agit de jumeaux », me suis-je dit tout en regagnant mon étage. Ainsi, je ne m'étais pas trompée. L'œil appartenait en effet à l'un des jumeaux Vaillancourt. Un Vipère devait l'avoir récupéré dans les décombres et conservé, dieu sait pour quelle raison macabre. Mais qui l'avait mis sous mon pare-brise ?

Du couloir, j'ai entendu mon téléphone sonner. J'ai piqué un sprint. C'était Marcel Morin. À en croire le vrombissement de scie en arrière-fond, il appelait d'une salle d'autopsie.

— Tu nous as manqué à la conférence de ce matin.

— Désolée.

— Dis, tu pourrais descendre me donner un coup de main ? Hier, un corps a été découvert dans le container d'un cargo à quai depuis quinze jours au motif de réparations à effectuer sur une partie du fret.

— Gros, le container ? Comme ceux qui vont sur les camions dix-huit roues ?

— *C'est ça.* D'après le capitaine, il ne peut s'agir que d'un clandestin.

— Le bateau bat quel pavillon ?

— Malaisie. J'ai commencé l'autopsie, mais la décomposition est trop avancée. Je n'ai pas les compétences.

— Je descends.

J'ai fait un crochet par mon labo. Jocelyne s'y trouvait, penchée sur ma table, comme j'ai pu le constater par la vitre. La délicieuse intérimaire portait aujourd'hui une jupe de cuir qui couvrait à peine le haut de ses bas résille. Au bruit de la porte, elle s'est redressée. Les perchoirs à bouvreuil qu'elle avait aux oreilles se sont mis à jouer les balançoires dans une cour d'école.

— De la part du docteur Morin.

J'ai saisi le formulaire qu'elle me tendait, surprise que Morin ne m'en ait pas touché mot.

— À mourir, votre nouvelle coupe !

Se fichait-elle de moi ? Je n'aurais su le dire au son de sa voix, faible et monocorde. Quoi qu'il en soit, elle était encore plus pâle que d'habitude, et ses cernes tout sombres faisaient comme des virgules sous ses yeux cerclés de rouge.

— Merci, Jocelyne.

J'hésitais à poursuivre, craignant d'être indiscrète.

— Vous allez bien ?

Ma question a paru la bouleverser.

— Ça va. C'est juste mes allergies. Au printemps, ça ressort, a-t-elle bredouillé, et elle s'est enfuie en me lançant un regard perplexe.

J'ai remisé les ossements Osprey dans leur boîte et suis descendue faire la connaissance du clandestin malais, ou plutôt des asticots qui batifolaient dans ses chairs comme en terrain conquis. Je leur ai tenu compagnie toute la matinée.

À midi, remontant dans mon bureau, j'ai découvert un Kit installé dans mon fauteuil, ses pieds chaussés de grosses bottes sur le rebord de la fenêtre, un feutre à la Frank Sinatra piqué sur l'arrière du crâne. Notre rendez-vous pour le déjeuner, pris par l'intermédiaire du réfrigérateur, m'était complètement sorti de la tête. J'ai masqué ma surprise derrière mon admiration pour sa débrouillardise.

— J'ai seulement laissé mon permis de conduire au garde et il m'a autorisé à monter, a-t-il expliqué en secouant le passe bleu des visiteurs épinglé à son col. Voyant que je me morfondais dans votre hall d'accueil, une dame m'a pris en pitié et conduit jusqu'ici... Oh, oh ! Laisse-moi zyeuter !

Il avait ramené ses pieds sous lui et pivoté sur son siège. Un instant, j'ai cru que j'avais du noir sur la figure.

— Voilà ce que j'appelle la boule à zéro ! T'es pas fâchée, au moins ?

Les deux index pointés sur moi, il a conclu :

— Ça te rajeunit, tu sais.

Je me suis contentée de répondre : « Allonsy ! » et j'ai attrapé mon chandail sur le perroquet. Ça devenait lancinant, ces commentaires sur mes cheveux !

Nous avons déjeuné d'un sandwich et frites dans un café et Kit m'a relaté sa partie de campagne avec Lyle Crease, dont l'événement culminant avait été l'achat du feutre qu'il avait sur la tête. Quant aux Madonna et autres leurres pour la pêche, néant. Le soir, avant d'aller à la salle de rédaction, ils avaient dîné de viande fumée chez Ben's.

— De quoi vous avez parlé ?

— Tu sais, c'est le grand manitou là-bas, s'est extasié Kit, la bouche pleine de fromage et de saucisson. C'est dingue les choses qu'il peut savoir ! Sur la radio, sur la télé. Sur les bécanes aussi, il en connaît un rayon. Il s'intéresse à tout !

Ce qui m'intéressait, quant à moi, c'était de savoir si Crease se servait de mon gamin pour obtenir des renseignements sur mes enquêtes.

— Il t'a posé beaucoup de questions ?

— Un peu.

D'un coup sec, Kit a tiré une serviette en papier du distributeur en inox au bout de la table, pour s'essuyer le menton.

— Sur quoi ?

Il a fait une boule de la serviette et s'est tendu pour en attraper une autre.

— Je ne peux pas te dire, sur tout. Il est incroyable, tu sais. Tout le passionne.

Encore un peu, et mon neveu allait tomber dans l'idolâtrie. Après tout, cela ne me dérangeait pas. Un Crease onctueux valait mieux qu'un Prêcheur au ton rogue.

Après le déjeuner, Kit a insisté pour remonter au labo avec moi. Je lui ai fait faire un petit tour des lieux, histoire de lui prouver que, dans son monde à elle, sa tantine n'était pas non plus un sous-fifre. Kit n'a fait que deux commentaires, que je me rappellerais plus tard en regrettant de ne pas y avoir prêté plus d'attention. Le premier concernait Jocelyne, que nous venions de croiser devant la photocopieuse :

— C'est qui, cette Nana-la-Terreur ?

— Une employée des archives.

310

— Combien tu paries qu'elle a des balafres et des brûlures partout sur le crâne ?

— Elle fait de l'allergie.

— C'est ça, parle-moi des sprays pour le nez !

La seconde remarque se rapportait à la collection d'armes à feu du département de balistique, qu'il a qualifiée de « mignonne ».

Kit parti, je suis retournée à mon identification du passager clandestin. Vers quatre heures et demie, je savais qu'il s'agissait d'un individu de sexe masculin, âgé de moins de trente ans. Ayant envoyé les os à bouillir à l'étage au-dessus, je me suis lavée et changée avant de passer dans mon bureau récupérer mon sweater.

Je tendais le bras pour l'attraper quand j'ai aperçu une photocopie couleur, placée en évidence sur mon sous-main.

Chic, une photo ! Deux heures au moins que je n'en avais pas vu. Elle devait appartenir à la série de Claudel, me suis-je dit en la prenant pour la regarder.

Non, impossible. Malgré ses couleurs vives et sa définition parfaite, c'était quand même la photocopie d'une vieille image craquelée. Elle représentait des motards, hommes et femmes, sur une aire de repos ou dans un camping. Dans le fond, des pins Loblolly auxquels manquait la cime. Sacs à dos, glacières et sacs en papier s'entassaient sur des tables en bois rapprochées en U. Le sol était jonché de canettes et de bouteilles vides. Au premier plan, contre un pied de table, il y avait un grand sac de plastique au logo en partie visible : -*ggly Wiggly* dans un carré.

Aucune indication au dos de l'image.

J'ai raccroché mon sweater et me suis assise, loupe en main. Quelques instants plus tard, mes suppositions se voyaient confirmées par un King

Kong en gilet de jean. Son bras énorme, égayé d'une swastika et prolongé d'une mitaine en cuir d'où émergeaient des phalanges ornées du sigle F.T.W., était posé en travers de sa poitrine, telle une autoroute traversant son T-shirt. Le texte imprimé sur le tissu était caché, mais les deux mots tout en bas étaient clairement lisibles.

Myrtle Beach !

Le cœur battant, j'ai entrepris de scruter tour à tour les visages grossis sous le verre de ma loupe. Je n'ai pas été longue à repérer dans la mer de têtes hirsutes une silhouette maigrichonne appuyée contre un arbre. La tête penchée de côté, ses bras maigres comme des allumettes recroquevillés sur la poitrine. Des lunettes lui mangeaient la figure et l'un des verres renvoyait un rayon de soleil.

Savannah Claire Osprey !

Elle était trop loin pour que je puisse lire son expression, mais je la sentais tendue. Peur, excitation, gêne ?

J'ai continué l'inspection. À côté d'elle, un gars, tête renversée, buvait une Miller au goulot. Avec ses cheveux aux épaules et sa barbe à mi-poitrine, il sortait tout droit de *La Vie et la Mort de Cormac l'ébouillanté*.

Lui faisait pendant, de l'autre côté, un homme aux cheveux courts, très grand et à la moustache et la barbe hirsutes. Sa tête étant dans l'ombre, c'est sa bedaine couleur Tricostéril qui sautait aux yeux. Un gros ceinturon apparaissait sous les bourrelets. Impossible de déchiffrer l'inscription gravée sur la boucle ovale. J'ai relevé le verre grossissant, puis je l'ai rabaissé, sans grand résultat. Frustrée, j'ai fait remonter ma loupe le long du torse jusqu'au visage de l'homme dans l'espoir d'un déclic quelconque. Pas de chance ! Je suis redescendue étudier la boucle de ceinture, penchée sur la loupe à la toucher du nez.

Soudain, quelque part entre mes synapses, une étincelle a jailli ! Serait-ce possible ?

Retour immédiat au visage. Non, ce type-là était beaucoup plus gros... Mais il y avait tout de même une ressemblance... Non, je ne pouvais rien affirmer, j'étais arrivée trop tard sur les lieux, les dégâts étaient trop importants.

George Dorsey aurait-il su quelque chose, après tout ?

Le cœur battant, j'ai attrapé mon téléphone.

29.

À peine Claudel a-t-il eu décroché que j'ai plongé, tête la première.

— Je ne vous ai pas tout dit. Dorsey ne m'a pas seulement parlé de Marcotte, il a également prétendu avoir des informations sur Savannah Osprey.

— La fille trouvée à Saint-Basile-le-Grand ?

— Oui. J'ai l'impression qu'il disait la vérité.

— Ben voyons !

Je n'ai pas relevé le sarcasme.

— Est-ce vous qui avez laissé une photo sur mon bureau ?

— Non.

— Eh bien, quelqu'un l'a fait. C'est un vieil instantané pris lors d'un rassemblement de motards.

— D'une grand-messe, peut-être ?

— Plutôt d'un pique-nique ou d'un rallye.

— Et alors ?

J'ai respiré un grand coup. Surtout, empêcher ma voix de trahir mon excitation !

— Il y a aussi Savannah Osprey.

— Vous m'en direz tant !

— La photo a été prise à Myrtle Beach.

— Comment le savez-vous ?

— Un des fidèles porte un T-shirt Myrtle Beach.

— Mon fils a une chemise des *Chiefs* de Kansas City.

— Je sais faire la différence entre le chèvre-feuille et le pissenlit. Et j'ai reconnu un sac à provisions *Piggly Wiggly*.

— C'est quoi, votre « cochon sinueux » ?

— Une chaîne de supermarchés implantée dans la région de Myrtle Beach.

— Drôle de nom pour un supermarché !

— J'ai l'impression qu'un des pique-niqueurs est Cherokee Desjardins.

Silence de mort pendant un moment, puis :

— Qu'est-ce qui vous fait croire ça ?

— Il y a marqué Cherokee sur sa boucle de ceinture.

— Et à quoi il ressemble, votre type ?

Il commençait à m'énerver avec son scepticisme.

— À un pitbull à la laisse qu'on tiendrait tranquille en le gavant de bouts de viande à longueur de temps.

— Je veux dire, est-ce que le type au ceinturon ressemble à Cherokee Desjardins ?

— On ne voit pas bien ses traits. Et je n'ai pas eu le plaisir de contempler le visage de ce monsieur au temps où il en avait un.

Re-silence, suivi d'une expiration.

— Je vais chercher des photos de Desjardins et vous les apporterai demain matin.

— On peut probablement agrandir l'image.

— Faites-le. Mais vite. On s'attend à des problèmes à cause du meurtre de Dorsey. Toute l'escouade est en alerte.

J'ai repris le chemin de la maison, en proie aux doutes sur mes capacités.

Dorsey était mort. Par ma faute ?

Claudel ne croyait pas une seconde que le type sur la photo puisse être Cherokee. Si je me trompais cette fois encore, je lui aurais fourni une raison supplémentaire de me trouver nulle. Or, je m'étais déjà trompée sur toute la ligne au sujet de Quickwater, j'avais agi comme une imbécile avec lui.

Et avec Ryan, m'étais-je trompée aussi ?

Et avec Kit ?

D'où sortait cette photo déposée sur mon bureau ? Pourquoi n'y avait-il pas un mot l'accompagnant ou un message téléphonique ? Seul un enquêteur ou quelqu'un du labo pouvait l'avoir laissée sur ma table, personne d'autre n'aurait pu pénétrer dans ma salle.

Je conduisais comme un automate, sans prêter réellement attention à la circulation.

Et si je débarquais chez Ryan ? M'ouvrirait-il ? Probablement pas. De toute évidence, il avait choisi de se couper du monde. Mais comment pouvait-on l'accuser de toutes ces horreurs ? Un criminel, lui ? Non, je ne pouvais y croire.

Et Kit ? Avait-il partie liée avec les Bandidos ? Dealait-il ? Était-il en danger ?

Et Dorsey ? Qu'avait-il voulu dire dans l'ambulance ? De qui parlait-il ? De Katy ? Ma fille serait-elle menacée par ces truands ? Impossible. Elle était à bord d'un bateau, à des milliers de miles marins. Sa dernière lettre était postée de Penang. Mais qu'est-ce que je me racontais ? ! Dorsey avait bien été descendu, lui, alors qu'il était en prison et gardé par des surveillants en armes ! Quand *les motards* décidaient de vous faire la peau, la distance ne comptait pas.

J'ai frappé le volant du bas de la main.

« Merde ! »

En tout cas, si Ryan et Katy étaient injoignables, Kit ne l'était pas. Je pouvais faire quelque chose pour lui. À commencer par mettre les choses à plat. Je me suis juré de le faire avant le coucher du soleil.

« Ou avant son lever », me suis-je dit, alors que je m'engageais dans la rampe du parking de mon immeuble. Je n'avais aucune idée de l'heure à laquelle il rentrerait. Qu'importe, je l'attendrais aussi tard qu'il le faudrait !

Cela n'a pas été nécessaire, car un « Salut, tante T ! » parfumé au cumin et au curcuma m'a accueillie dès le pas de la porte. J'ai abandonné ma serviette dans l'entrée en m'écriant :

— Hmm... Miam-miam !

Chat et neveu étaient vautrés sur le canapé du salon au milieu d'un amoncellement de pages de journal. Le système Sony avait été rebranché et des fils serpentaient sur le plancher.

— J'ai fait un stop à *La Maison du cari*. Je me suis dit que c'était mon tour de faire la popote.

Des sonorités des *Grateful Dead* sortaient des écouteurs qui pendaient à son cou.

— Super. Qu'est-ce que tu as pris ?

— *Uno momento !*

Il a jeté ses écouteurs sur le divan à quelques centimètres de Birdie, qui a sursauté aux braillements soudains de Jerry Garcia tout contre ses oreilles, et il a filé chercher une feuille de papier à la cuisine.

— Tu attends une délégation du congrès de l'État ? me suis-je enquise, quand il a eu fini d'énumérer un menu constitué de neuf plats.

— Non point, madame. N'ayant pas le bonheur

de connaître vos préférences, j'ai concocté un pot-pourri de recettes régionales.

Imitation parfaite du ton et de l'attitude d'un restaurateur, pour conclure dans le plus pur texan :

— Pas de panique ! Après le passage du troupeau, y aura plus une herbe à brouter dans les pâturages.

— Le temps de me changer et on se met à table.

— Attends, faut d'abord que tu voies ça !

Il a plongé au cœur de *La Gazette* et en est remonté avec la première section, qu'il a ouverte et pliée en deux avant de me la tendre, le doigt sur un gros titre.

LES GANGS FRAPPENT EN PRISON.

L'article relatait l'assassinat de George Dorsey, associé des Heathens, soupçonné de meurtre sur la personne d'Yves Desjardins, dit Cherokee, lui-même membre des Predators mais inactif depuis plusieurs années. La mort présentant toutes les caractéristiques d'une exécution, on était en droit de supposer qu'elle avait été commandée en représailles pour l'élimination de Desjardins. L'article évoquait l'explosion des jumeaux Vaillancourt et la fusillade au cours de laquelle Richard Marcotte dit *l'Araignée* et la petite Toussaint avaient trouvé la mort. Les funérailles de Dorsey se tiendraient dès que le coroner aurait autorisé la remise de la dépouille à sa famille. La police, concluait l'article, inquiète d'une possible escalade de la violence, allait multiplier les mesures préventives pour empêcher que l'enterrement ne soit utilisé comme une occasion de revanche par les sympathisants des Heathens.

J'ai relevé la tête. Kit me dévorait des yeux.

— Ça va être rock, cet enterrement.

— Il n'est pas question que tu y ailles !

— Avec toute cette surveillance, ils seront sages comme des images.

— Non !

— Je vois d'ici les bolides. Et rien que des Harley !

— Je ne veux pas que tu y assistes, de près ou de loin !

— Roulant en formation... Le tonnerre sur deux-roues...

Geste de mains explicite, comme s'il tenait un guidon.

— Kit !

— Ouais ?

Ses yeux brillaient du zèle du pentecôtiste.

— Je ne veux pas que tu y ailles.

— Tante Tempé, tu te fais trop de souci !

Combien de fois ma fille m'avait-elle répété cette phrase !

— Je passe un jean et on se met à table. J'ai une question à te poser.

J'ai attendu le dessert pour aborder le sujet.

— Un détective du Carcajou est venu me trouver aujourd'hui.

— Oui ? a fait Kit sans cesser de gratter le dessus de son gâteau de riz.

— Ça se mange, le glaçage, tu sais.

— On dirait de l'argent.

— C'en est...

Je calais.

— Il m'a apporté des photos prises par la police.

Coup d'œil interrogateur de Kit, avant de se resservir de dessert.

— De toi.

Nouvelle mimique du neveu. Cette fois, menton baissé et sourcils levés haut sur le front.

— Au champ de foire de Galveston. Tu y es en compagnie de Bandidos.

Sourire idiot de Kit.

— Oh, le vilain garnement qui fraie avec des loubards !

— C'est ce que tu fais ?

— Fais quoi ?

— Traîner avec les Bandidos ?

— Juste cette fois. Mais c'est les grands qui m'avaient forcé.

— Je ne ris pas, Kit. Tu as été pris en photo avec des dealers !

Il a reposé sa cuiller et m'a décoché le plus charmeur des sourires. Je suis restée de glace.

— Tante Tempé, je vais au marché aux puces, les motards vont au marché aux puces et, parfois, on va aux mêmes marchés aux puces. On parle Harley. Ça s'arrête là.

— L'enquêteur dit que tu avais de la drogue sur toi quand tu as été interpellé.

Kit s'est rejeté en arrière, jambes tendues devant lui.

— Oh, merde ! Encore cette rengaine !

— Quelle rengaine ?

— Seigneur ! Qu'est-ce que tu vas imaginer ? Que j'ai fourni toute une maternelle ?

Voix dure, dénuée d'humour. J'ai attendu qu'il s'explique.

— J'avais acheté un sachet de dix dollars pour une copine qu'avait pas de blé sur elle, et un flic m'a arrêté parce que j'avais tourné à gauche alors qu'il y avait un panneau de sens interdit. Il l'a trouvé dans ma poche. Plutôt con, hein, pour un dealer professionnel ?

— Et pour quelle raison as-tu été fouillé ?

— J'avais pris une petite bière.

Il s'est mis à fourrager du pied dans la moquette. Son pouce était long et mince, noueux aux jointures, avec un ongle allongé. L'orteil de mon père. J'ai senti mon cœur se serrer. Par toutes les cellules de son corps, Kit me rappelait mon père.

— Bon, d'accord. J'en avais bu plusieurs. Mais je touche pas à la drogue, je te l'ai déjà dit. Putain, je croirais entendre papa !

— Tous les parents qui s'inquiètent réagissent de la même façon, ai-je répliqué sur un ton où l'amour le disputait à la colère.

— Oh, ça va ! Je l'ai effectué, mon travail d'intérêt général, et j'y ai assisté à leur séance merdique sur la dope. Vous allez tous me faire chier encore longtemps ?

Il s'est levé lourdement de sa chaise. Quelques secondes plus tard, la porte de la chambre d'amis a claqué.

« Bravo, Brennan. Médaille d'or pour tes talents d'éducatrice ! » me suis-je félicitée.

Une fois la table débarrassée et le lave-vaisselle chargé, j'ai appelé Howard au Texas. Pas de réponse. Quant à ma sœur, elle était toujours en vadrouille au Mexique. Je l'aurais tuée. « Va te faire foutre, Harry, pour ne pas m'avoir prévenue ! Et re-va te faire foutre pour n'être jamais là quand on a besoin de toi ! »

J'ai essayé Isabelle. Répondeur.

J'ai terminé la soirée avec le livre de Pat Conroy que j'avais abandonné deux semaines plus tôt. Pourquoi n'étais-je pas chez moi, en Caroline ? Y avait-il plus bel endroit au monde ?

Comme il fallait s'y attendre, Kit dormait du sommeil du juste quand je suis partie au labo le lendemain matin. De retour dans mon bureau après le briefing, j'ai eu le plaisir d'y découvrir Claudel. Laissant choir sur ma table le dossier qui venait de m'être confié, j'ai demandé :

— Vous avez trouvé qui a tué Dorsey ?

Il m'a tendu une enveloppe sans mot dire. Son regard aurait métamorphosé une coulée de lave en banquise. Je me suis assise. J'ai ouvert le tiroir de mon bureau fermé à clef et lui ai remis en échange la photo de Myrtle Beach.

— De qui la tenez-vous, disiez-vous ?

— Je ne vous l'ai pas dit pour la simple raison que je l'ignore.

Je lui ai passé ma loupe.

— Elle vous est tombée du ciel ?

— Exactement, tout droit sur mon bureau. Hier. Et je n'ai aucune idée de l'heure à laquelle elle y a atterri.

Claudel promenait la loupe sur l'image. Il s'est immobilisé et s'est penché pour mieux voir.

— Vous parlez du type à côté de Z.Z. Top ? a-t-il demandé en tournant la photo vers moi, le doigt sur un motard.

Sa référence musicale m'a étonnée. Je l'aurais catalogué amateur de musique classique exclusivement.

— Oui. La fille à côté, c'est Savannah Osprey.

Il a repris son étude.

— Vous êtes sûre ?

J'ai sorti de mon tiroir l'album de classe de Savannah que m'avait prêté Kate. Claudel a entrepris de comparer les photos. Classe, pique-nique et retour. J'avais l'impression d'avoir devant moi un fan de tennis à Wimbledon.

— Vous avez raison.

— Maintenant, regardez le type au ceinturon.

— Desjardins était costaud avant de tomber

322

malade, a répondu Claudel en me montrant du doigt l'enveloppe qu'il m'avait remise et que je tenais toujours à la main.

Il a fait le tour du bureau pour venir regarder les photos avec moi.

Costaud, Cherokee Desjardins ? C'était un euphémisme. Le corps en partie privé de tête, avachi dans le fauteuil, n'était qu'un pâle souvenir de ce qu'avait été cet homme avant que le cancer le ronge. Oui, il avait été massif autrefois ! Un peu bouffi et avec un gros ventre en avant.

Les photos couvraient une période de plusieurs années. On y voyait Cherokee tantôt avec et tantôt sans barbe, tandis que son front se dégarnissait régulièrement. Quant à sa bedaine et aux traits de son visage, ils ne changeaient guère. Jusqu'à ce que le cancer et la chimio n'opèrent leur dégradation. Six mois avant sa mort, Cherokee n'avait plus un cheveu sur le caillou. On aurait dit un réchappé d'un camp d'extermination. Si la photo n'avait porté son nom, je n'aurais jamais supposé qu'elle le représentait.

« J'ai des yeux de cochon mort... »

Cette déclaration de Brando vieillissant m'est revenue en mémoire pendant que défilaient devant moi tous ces visages de Desjardins. Marlon avait beau jeu de se plaindre, ses yeux lui avaient fait bon usage. Alors que Desjardins avait un regard par en dessous plus sournois que celui d'un chien qui vient de voler un steak.

Malgré tous nos efforts, nous n'avons pu établir de façon formelle et définitive si le type au ceinturon et feu Cherokee que nul ne pleurait étaient bien une seule et même personne.

30.

J'ai rassemblé les photos de Cherokee et suis allée avec Claudel au département *Imagerie*. Dans l'espoir d'en apprendre davantage, nous avions décidé de les traiter numériquement. Nous commencerions seuls, à l'aide du logiciel Adobe Photoshop que je connaissais bien, et demanderions à un technicien de nous donner un coup de main avec des programmes plus performants, si nous n'aboutissions à rien.

Nous étions attendus, de sorte que l'équipement était disponible sans que nous ayons à patienter. Le technicien a branché le scanner, puis il a appelé à l'écran le logiciel requis et nous a laissés à notre affaire.

J'ai réduit la photo du pique-nique jusqu'à obtenir la scène dans sa totalité et je l'ai numérisée avant de la sauvegarder sur le disque dur sous le nom de « Pique-nique à Myrtle Beach ». J'ai cliqué sur la tête du type au ceinturon. Zoom avant. Son visage a rempli tout l'espace. Après avoir nettoyé l'image de toutes ses poussières et craquelures, j'ai modifié les courbes de couleurs, vert, rouge et bleu, réglé brillance et contraste et redonné de la définition au cadre. Claudel me regardait faire. En silence tout d'abord, puis en intervenant de plus en plus souvent. Visiblement, l'intérêt prenait le pas sur son scepticisme de départ. J'ai accentué les parties éclairées, les ombres et les demi-teintes, redressé certains arrondis, creusé les droites et, par morphing, des détails insoupçonnés sur l'original se sont peu à peu révélés.

En moins d'une heure, calés dans nos fauteuils, nous tenions entre les mains le résultat de notre intervention. Aucun doute n'était permis : l'homme au ceinturon était bien Yves Desjardins. Claudel a parlé le premier :

— Donc, Cherokee connaissait la petite Osprey.

— On dirait.

— Et Dorsey l'a descendu, a-t-il poursuivi, réfléchissant à haute voix. Quel renseignement pouvait-il vouloir nous donner en échange d'une remise de peine ?

— Peut-être que c'est Cherokee qui a tué Savannah, et qu'il était au courant ?

— Et Cherokee aurait ramené la petite ici ?

De nouveau, c'était davantage une pensée exprimée à haute voix qu'une question appelant une réponse de ma part. J'ai revu le petit visage inquiet, les grands yeux qui scrutaient le monde à travers des verres gros comme des cadrans.

— Dans ce cas, elle ne l'a sûrement pas suivi de son plein gré.

— Il a pu la tuer à Myrtle Beach et transporter ensuite son corps au Québec. Mais pourquoi si loin ? Pour réduire les risques d'être découvert ?

La question cette fois m'était directement adressée. J'y ai répondu par une autre :

— Vous trouvez que ça leur ressemble, à ces gars, cette façon de faire ?

— Non.

En voyant l'expression de Claudel, à la fois perplexe et mâtinée de colère, j'en ai profité pour enfoncer le clou :

— Et où est le reste de son corps, à la gamine ?

— Il lui a peut-être coupé la tête.

— Les jambes aussi, alors.

— Ça, ce n'est pas de mon ressort.

Il a chassé de sa manche un grain de poussière visible de lui seul, puis a resserré son nœud de cravate.

— Et comment a-t-elle abouti à côté de Gately et de Martineau ? ai-je insisté.

Pas de réponse.

— Et à qui sont les restes de Myrtle Beach, si ce ne sont pas les siens ?

— Demandez à vos petits camarades de Caroline !

Agréablement surprise de découvrir un Claudel disert, j'ai voulu lui faire passer une idée.

— Cherokee n'a peut-être pas été tué par vengeance.

— Où voulez-vous en venir ?

— Peut-être que sa mort est liée à la découverte de la tombe de Savannah ?

— Peut-être, a-t-il lâché en se levant après avoir consulté sa montre. Comme j'ai peut-être été pressenti par les Spice Girls pour faire le baryton dans leur groupe. Mais voyez-vous, je me tâte. Je dois mettre la main au collet de quelques vilains garçons avant de leur donner ma réponse.

Il est parti, me laissant éberluée.

J'ai sauvegardé sur CD Rom le pique-nique de Myrtle Beach – original et modifications – ainsi que d'autres clichés provenant de la collection de Kate, de façon à jouer avec plus tard, à la maison.

De retour dans mon bureau, j'ai appelé le

département de biologie. Davantage pour repousser le moment de me replonger dans les photos de motards que poussée par la curiosité, car je me doutais bien de la réponse qu'allait me faire Robert Gagné. Il me dirait que mes tests n'avaient pu être effectués, qu'il en était désolé, navré, mais que son service ne pouvait traiter en priorité une affaire datant de 1984, et, surtout, que je ne désespère pas !

Ça n'a pas manqué. Bien fait pour moi ! Je n'aurais jamais dû réclamer en urgence ce test sur l'œil.

Restaient les lames de microscope, qui seraient certainement prêtes, elles. J'ai enfilé ma blouse de travail et j'ai filé au labo d'histologie. Denis s'y trouvait, occupé à rentrer des informations dans son ordinateur. J'ai attendu qu'il en ait terminé avec tous ses morceaux d'organes conservés dans le formol pour lui soumettre ma demande. Ayant reposé son bocal sur le chariot, il est allé prendre sur son bureau une petite boîte de plastique blanc et me l'a remise. Je l'ai remercié et m'en suis retournée dans mon labo à moi. J'allais étudier au microscope à fort grossissement les prélèvements rapportés de Raleigh.

J'ai placé sous la lentille celui intitulé tibia, j'ai réglé la lumière et je me suis penchée sur l'œilleton. Deux heures plus tard, j'avais ma réponse.

Les échantillons de tibia et de péroné provenant du squelette non-identifié de Myrtle Beach ne présentaient pas de caractéristiques histologiques les différenciant de ceux prélevés sur le fémur de Savannah récupéré à Saint-Basile. Quant à l'âge de la victime d'après ces prélèvements, il entrait dans une fourchette « cohérente » avec celui de Savannah à l'époque de sa disparition.

Cohérence, mot préféré de l'expert appelé à la barre.

— *Pouvez-vous déclarer avec un degré de certitude raisonnable que les os récupérés à Myrtle Beach sont ceux de Savannah Osprey ?*

— *Non.*

— *Pouvez-vous déclarer que les os retrouvés à Myrtle Beach proviennent d'un individu ayant exactement le même âge que Savannah Claire Osprey ?*

— *Non.*

— *Que pouvez-vous dire alors à ce tribunal, docteur Brennan ?*

— *Que les os retrouvés à Myrtle Beach et ceux identifiés comme appartenant à Savannah Claire Osprey présentent une cohérence, en ce qui concerne leur microstructure et l'âge de la victime.*

C'était déjà un début.

J'ai coupé la lumière et posé le bouchon sur la lentille du microscope.

Après avoir englouti une pizza végétarienne et un esquimau glacé Mr. Big, je me suis rendue au Carcajou. Morin ayant achevé l'autopsie de Dorsey, le corps allait être rendu à la famille. Jacques Roy avait convoqué une réunion pour discuter des mesures de sécurité à prendre lors de l'enterrement. Il avait requis ma présence.

Dorsey était originaire du quartier Centre-Sud qui jouxte le centre-ville au sud-est. Délimité par le boulevard Saint-Laurent à l'ouest et par le quartier Hochelaga-Maisonneuve à l'est, c'est un entrelacs de voies étroites et de venelles plus étroites encore. De minuscules balcons et des escaliers pentus zigzaguent sur les façades, reliant les uns aux autres des appartements surpeuplés. Haut lieu des affrontements les plus sauvages dans l'actuelle guerre des gangs, le secteur détient également le record des voitures volées. Et si, contrairement à la majorité des autres quartiers de Montréal, il ne possède pas de nom en propre, personne ne lui dispute sa notoriété. Fief des Rock Machine, c'est également l'endroit où est implantée la *Sûreté du Québec*, de sorte que je connais bien ses rues et ses terrains de jeux, ses quais et son pont, pour les traverser en voiture quand je me rends à mon travail.

Comme l'enterrement ne manquerait pas d'attirer les loubards en foule à moins de six pâtés de maisons de notre bâtiment, il était clair que la police allait prendre des mesures en conséquence. La cérémonie se tiendrait vendredi. Elle débuterait à huit heures à la paroisse de la famille, à l'angle de la rue Fullum et de la rue Larivière. Après la messe, le cortège gagnerait le cimetière de Notre-Dame-des-Neiges, au nord-ouest, en suivant la rue Fullum jusqu'à l'avenue du Mont-Royal, puis il grimperait la montagne par l'est.

Après avoir reporté le déploiement des effectifs sur une carte de l'île et indiqué la position des barricades et des voitures de patrouille, Roy a abordé le détail du plan de campagne. Le quartier autour de l'église serait placé sous haute surveillance. Idem pour les rues avoisinantes, qui seraient bloquées à leurs intersections avec la rue du Mont-Royal. Là, le cortège n'aurait accès qu'aux voies allant vers l'est, et il serait encadré par un cordon de police. Au cimetière aussi, la sécurité serait maximale. Par conséquent, les effectifs devaient être au complet. Tout congé était donc suspendu pour la journée de vendredi !

La partie diapo de la réunion a débuté sous un tollé de « Sacré bleu ! » et de « Taberbnac ! », tandis qu'à l'écran les funérailles se succédaient, sensiblement identiques d'une image à l'autre : motards fumant sur les marches de l'église ; ou bien roulant en colonne derrière un corbillard noyé sous les fleurs ; ou encore massés autour d'une tombe. Autour de moi, les visages viraient du rose au bleu ou au jaune au rythme des photos. Le projecteur bourdonnait et Roy ronronnait, dévidant son laïus sur un ton monocorde : dates, lieux des cérémonies, noms des participants célèbres. Il faisait chaud. Une bonne partie de mon sang avait déserté mon cerveau pour prêter main-forte à mon estomac en lutte contre Mr. Big. Mes paupières du haut n'ont pas tardé à rejoindre celles du bas, le poids de ma tête a dépassé la capacité de portage des muscles de mon cou et je me suis sentie piquer du nez. Juste à ce moment-là, le projecteur a émis un déclic. Je me suis réveillée d'un coup.

À l'écran, un contrôle routier. Des policiers vérifiaient les papiers de motards. Certains pilotes chevauchaient encore leur Harley, d'autres s'étaient déjà éparpillés dans la nature. Tous arboraient le crâne et le casque ailé des Hell's Angels. On ne pouvait lire les bannières du bas que sur deux d'entre eux : Durham et Lexington. Dans le fond, sur une camionnette jaune, on déchiffrait *Metro Police,* mais le nom de la ville était caché par un homme barbu photographiant l'auteur de la diapo que nous avions sous les yeux. À côté du barbu se tenait un homme qui fixait également le photographe d'un air provocateur.

— Où a-t-elle été prise, celle-là ? ai-je demandé.

— En Caroline du Sud.

— C'est Cherokee.

— Le grand chef indien a en effet passé

quelque temps dans le sud, dans les années quatre-vingt, a répondu Roy.

Sur le côté de l'image, un peu à l'écart des autres, se tenait un pilote chevauchant sa moto. À moitié retourné, il avait le visage dans l'ombre mais son engin, photographié de profil et dans toute sa longueur, était clairement visible. J'ai eu brusquement la drôle d'impression de l'avoir déjà vu. J'ai demandé :

— Qui c'est le type, tout à gauche ?

— Sur le « *chopper* », la moto brute de tout accessoire ?

— Oui.

— Je ne sais pas.

— J'ai vu sa bobine sur de vieilles photos, a dit Kuricek, mais sur aucune récente. Il ne doit plus être dans le coup.

— Et sa bécane ?

— Une œuvre d'art.

Merci, je m'en serais doutée.

Une discussion sur l'opération de vendredi a clos la séance. Quand tout le monde a été parti, j'ai demandé à Roy la permission d'emprunter la diapo ou un tirage papier de Cherokee Desjardins.

— Vous avez remarqué quelque chose d'intéressant ?

— J'ai l'impression de reconnaître cette moto.

— Génial, ça.

— On verra.

Je l'ai suivi dans son bureau. Il a sorti d'une armoire métallique un dossier et en a extrait le cliché réclamé qu'il m'a tendu en soupirant :

— Les motards n'ont plus cette dégaine de nos jours. Ils possèdent des fast-foods en franchise et s'habillent chez Versace. C'était plus facile pour nous, du temps où c'était des poivrots crasseux.

— C'est vous qui m'avez fait déposer, il y a

deux ou trois jours, une photo prise, elle aussi, en Caroline du Sud ?

— Non. C'est quelque chose d'intéressant ?

— Elle ressemble à celle-ci, sauf que la petite Osprey s'y trouve aussi. Je l'ai montrée à Claudel.

— J'aimerais savoir ce qu'il en pense.

Je l'ai quitté sur la promesse de lui rendre sa photo.

De retour au labo, je suis allée directement au département *Imagerie* pour ajouter cette photo à mon CD Rom, en vue de la comparer avec celle que j'avais à la maison. Une intuition qui ne mènerait probablement nulle part.

À quatre heures et demie, je suis rentrée chez moi, en faisant un crochet par l'Hôtel-Dieu. LaManche était toujours en service intensif, seuls ses proches étaient autorisés à le voir. Pour pallier mon impuissance, je lui ai commandé un petit bouquet à la boutique de cadeaux de l'hôpital, en allant récupérer ma voiture au parking.

J'ai allumé la radio. La barre de présélection s'est promenée sur les ondes en s'arrêtant à toutes les stations. Sur une radio locale, l'animateur d'un talk-show invitait les auditeurs à se prononcer sur la façon dont la police faisait face à la guerre des motards. J'ai confirmé la sélection.

Si les opinions divergeaient, l'inquiétude était générale. Certains avouaient éviter des quartiers entiers de la ville, des mères ne pas laisser leurs enfants aller seuls à l'école, des fêtards ne pas se sentir rassurés quand ils regagnaient leur voiture pour « changer de crémerie » tard le soir. À cela, s'ajoutait la colère : ces hordes des temps modernes étaient pires que les Mongols ! Les auditeurs exigeaient d'en être débarrassés.

Rentrée à la maison, j'ai trouvé Kit au téléphone.

— Harry te dit *Buenos días* de Puerto Vallarta, m'a-t-il lancé, le combiné posé sur sa poitrine.

— Tu lui as demandé son numéro ?

— Elle a dit qu'elle était en vadrouille et rappellerait dans la semaine.

Cette chère Harry !

Kit a emporté le téléphone dans sa chambre pour continuer sa conversation. Quant à moi, je n'ai pas perdu de temps à m'inquiéter au sujet de ma sœur. J'ai préféré comparer la photo que m'avait prêtée Roy à celle de l'enterrement de Bernard Silvestre, dit le Rusé. Enterrement qui avait eu lieu dans le Sud, lui aussi. M'intéressait tout particulièrement la photo que j'avais regardée avec Kit : la moto au cimetière.

Par trois fois, j'ai passé en revue toute la collection de Kate sans arriver à remettre la main sur l'image en question. J'ai cherché dans mon attaché-case, je suis allée regarder sur le bureau de ma chambre, j'ai fouillé parmi les papiers autour de l'ordinateur. En vain. La photo restait introuvable.

Bizarre.

J'ai passé la tête dans la chambre de Kit pour savoir s'il ne l'aurait pas prise. La réponse était non.

Je me suis dit : « Refais le parcours à l'envers, Brennan. Quand as-tu vu cette photo pour la dernière fois ?

Samedi soir avec Kit ?

Non.

Dimanche matin. Entre les mains de Lyle Crease ! »

La fureur a jailli de moi comme l'air d'un ballon sous l'effet d'un coup de poing. J'en avais la nuque moite et les doigts recroquevillés.

La vache, le salaud !

Cependant, ma fureur contre le journaliste

n'était rien comparée à la rage que j'éprouvais contre moi-même. À force de vivre seule, j'avais pris l'habitude, fortement déconseillée par le labo, de rapporter chez moi des matériaux relatifs à une enquête. Résultat : j'avais perdu ce qui était peut-être une pièce à conviction.

Peu à peu, j'ai recouvré mon calme. M'ont aidée à cela les paroles que m'avait dites un inspecteur de Charlotte alors que, assiégés par une meute de journalistes dans une demeure réduite en cendres, nous rangions dans des sacs les restes de toute une famille de quatre personnes assassinée.

— Dans les pays libres, la presse fonctionne à la façon des égouts : elle aspire les gens et les passe à la moulinette jusqu'à ce qu'ils ne soient plus que de la bouillie. Et elle s'en prend surtout à ceux qui ne font pas attention.

En l'occurrence, à moi.

Qui n'avais pas fait attention.

31.

Pour faire passer ma rage contre Crease, mon dégoût de moi-même et mon inquiétude pour LaManche, j'ai abattu près de cinq kilomètres sur le tapis de marche suivis de trente minutes de lever de poids et de dix minutes de hammam. En rentrant à pied chez moi, j'étais épuisée physiquement, mais toujours dans le même état mental.

Le temps était lourd et humide. Des mouettes interpellaient à grands cris les nuages sombres qui piégeaient la ville dans un crépuscule précoce et plaquaient au sol l'odeur du Saint-Laurent. Tout en suivant la rue Sainte-Catherine, je me suis forcée à penser à des futilités. Pourquoi les mouettes des villes se battaient-elles avec des pigeons pour des ordures sans intérêt, alors que, un kilomètre et demi plus loin, l'un des grands fleuves du monde leur offrait du poisson à volonté ? Mouettes et pigeons étaient-ils de la même famille ?

Des oiseaux, je suis passée au menu du dîner, puis à mon genou gauche qui me tirait et à la carie que j'avais, selon toute évidence. J'ai aussi réfléchi à différents moyens de dissimuler mes cheveux. Surtout, j'ai pensé à Lyle Crease. Et, là, j'ai compris la rage qui anime les islamistes et les employés des Postes. J'allais appeler ce journaleux et exiger qu'il me restitue mon bien. Et ce reptile avait intérêt à ne plus jamais croiser ma route, parce que je ne répondrais plus de moi !

En tournant le coin de ma rue, j'ai aperçu un type qui s'avançait vers moi. Gros Blanc obtus en gilet de cuir, l'air aussi teigneux qu'une meute d'hyènes à lui seul. Sortait-il de mon immeuble ? Serait-ce l'un des nouveaux amis de Kit ? À cette pensée, mon plexus s'est noué. J'ai accéléré le pas, marchant au milieu du trottoir. Arrivé à ma hauteur, l'homme, au lieu de s'écarter, m'a bousculée avec une violence telle que j'ai failli en perdre l'équilibre. Vrillant mes yeux dans les siens, noirs et encore assombris par la visière de sa casquette de base-ball, j'ai pensé de toutes mes forces : « Regarde-moi bien, connard, et souviens-toi de moi, parce que je ne t'oublierai pas ! »

Il s'est contenté d'avancer les lèvres en un baiser obscène. J'ai répondu à sa moue par un doigt d'honneur, avant de prendre mes jambes à mon cou. J'ai atteint mon immeuble et grimpé deux à deux les marches du perron. Le cœur battant à tout rompre et les mains tremblantes, j'ai réussi à mettre ma clef dans la serrure. J'ai traversé le hall d'entrée comme une flèche jusqu'à la porte de mon appartement.

Kit était dans la cuisine, en train de jeter des pâtes dans de l'eau bouillante. Une bière vide près de l'évier, une autre à moitié pleine à côté de son coude.

— Kit !

À mon cri, sa main a fait un bond.

— Hé, salut ! Ça va ?

Il a remué les nouilles avec une spatule en bois et a pris une gorgée de bière. Ton désinvolte,

336

gestes saccadés, air crispé. J'ai gardé le silence, attendant qu'il parle.

— J'ai trouvé de la sauce toute faite. Ail grillé et olives noires. Il y a mieux comme recette, mais je me suis dit que ça te ferait plaisir de manger autre chose que du tout-prêt.

Il m'a décoché un de ces sourires enjôleurs dont il a le secret et s'est administré une nouvelle gorgée de Molson.

— Que se passe-t-il ?

— C'est le match de prolongation de la NBA, ce soir.

— Tu sais très bien de quoi je parle !

— Moi ?

— Kit !

Je ne cachais plus mon énervement.

— Quoi ? Interrogez-moi, m'dame !

— Quelqu'un est venu en mon absence ?

Il a remué les tagliatelles, tapé la cuiller sur le rebord de la casserole et m'a fixée sans ciller. Pendant un moment, la seule chose à passer entre nous a été la buée qui montait de la casserole. Puis, paupières pincées, il a de nouveau tapé la cuiller et dévié le regard.

— Non.

Il a cligné les yeux et a tourné de nouveau la tête vers moi.

— C'est quoi, ton problème ?

— Il y avait un sale type dehors, j'ai cru qu'il sortait d'ici.

— J'y peux rien.

Et d'enchaîner avec un sourire faux :

— Vous les aimez *al dente*, madame ?

— Kit...

— Tu te fais trop de souci, tante Tempé.

Ça commençait à devenir une rengaine.

— Tu as revu ces types du magasin de motos ?

— Présomption de relation avec les nouilles organisées ? a-t-il rétorqué, bras tendus en avant, poignets serrés l'un contre l'autre. C'est bon, je me rends. Tu peux m'arrêter.

— Tu les vois toujours ?

— Vous avez été engagée par qui pour me poser toutes ses questions, madame ?

Il avait pris une voix sévère. Il était clair qu'il ne me dirait rien. Reléguant ma peur dans un coin de mon cerveau en sachant bien qu'elle n'y resterait pas, je suis allée me changer dans ma chambre.

J'en suis ressortie en ayant pris une décision : Kit allait rentrer à Houston !

Après le dîner, nous nous sommes installés, lui devant la télé, moi devant l'ordinateur. Je venais à peine de faire apparaître à l'écran les images sauvegardées sur mon CD Rom, que le téléphone a sonné. Kit a décroché. J'ai entendu des rires et des plaisanteries de l'autre côté de la cloison. Puis sa voix a monté d'un ton. Forte, contrariée. J'ai même entendu quelque chose claquer. Je n'avais pas besoin de comprendre ce qui se disait pour deviner que Kit était fâché. L'instant d'après, il s'encadrait dans ma porte, dans un état d'agitation avancé.

— Je sors un petit moment, tante T.

— Tu sors ?

— Ouais.

— Avec ?

— Des gars.

Sourire de la bouche seulement.

— Ce n'est pas suffisant comme réponse, Kit.

— Oh, zut ! Tu ne vas pas t'y mettre aussi !

Sur ce, il s'est précipité dans l'entrée. J'ai bondi sur mes pieds en criant « Merde ! » Un autre

« Merde ! », censé expulser le restant de ma fureur, a jailli de ma bouche en découvrant Kit déjà dehors, alors que j'arrivais à peine au salon. J'allais m'élancer à sa poursuite quand le téléphone a sonné. Croyant qu'il s'agissait du type qui venait d'appeler, j'ai attrapé le combiné et rugi :

— Oui !

— Oh là, là ! Tu deviens de plus en plus grossière, Tempé ! Je ne sais pas, moi, tu devrais prendre de l'exercice.

— Où est-ce que tu es, Harry ?

— Dans le grand État de Jalisco. *Buenos noch...*

— Pourquoi tu m'as caché que ton fils avait eu des problèmes à Houston ?

— Quels problèmes ?

— La drogue. Qu'il s'était même fait coffrer !

J'en criais presque.

— Oh... ! Ça ?

— Ça ? !

— Ce n'était pas de sa faute, vraiment. Sans ces petits cons à mine de déterrés, il n'y aurait jamais touché !

— Mais il l'a fait, Harry, et maintenant il est fiché à la police !

— N'exagérons rien. D'abord, il n'a pas été coffré. Howard lui a trouvé un avocat et il s'en est tiré avec un travail d'intérêt général ou quelque chose comme ça. Il a bossé pendant cinq nuits dans un centre de sans-abri, Tempé ! Il mangeait là-bas, il dormait là-bas, et tout le reste. Ça lui a donné une bonne idée de la façon dont les moins fortun...

— Tu l'as fait suivre par un psychologue ?

— C'était juste pour se faire remarquer. Il va très bien, je te dis !

— Il a peut-être un problème grave.

— Mais non. C'est juste qu'il traînait avec ces sales types.

J'étais exaspérée, à deux doigts d'exploser.

L'incapacité de ma sœur à regarder les choses en face me surprendra toujours. Elle gazouille avec ses fleurs, mais elle est incapable de communiquer avec son fils.

— Tu surveilles ses fréquentations, au moins ? Tu sais ce qu'il fait de son temps ?

— Voyons, Tempé ! Il ne s'acoquine pas avec Bonnie et Clyde pour dévaliser les banques ! Il sait qu'il ne doit pas s'associer avec des malfaiteurs.

— Il ne s'agit pas de ça.

— Je ne veux pas en discuter plus longtemps.

Ma sœur tout craché, cette phrase ! Au concours de « tête sous l'aile », elle serait sacrée championne toutes catégories. Ne tenant pas à ce que la conversation dégénère en dispute, j'ai prétendu que je devais me sauver.

— Bon. Va vite, alors. Je voulais seulement m'assurer que tout allait bien. Je vous rappelle.

— C'est ça !

J'ai coupé. Plantée au milieu du salon, je suis restée cinq bonnes minutes à me demander que faire. Rien de ce qui me venait à l'esprit ne me satisfaisait. J'ai fini par prendre une décision. J'ai cherché une adresse dans l'annuaire, j'ai attrapé mes clefs et je suis sortie.

La circulation était fluide. Vingt minutes plus tard, j'avais atteint la rue Ontario et garais ma voiture le long du trottoir. J'ai coupé le moteur. Le trac me donnait des crampes d'estomac. Dix ans de peeling au laser m'auraient moins terrifiée que l'action que j'allais entreprendre.

La Taverne des Rapides se trouvait exactement

340

de l'autre côté de la rue, en sandwich entre un salon de tatouages et un atelier de motos. Le lieu était aussi mal famé que le laissaient imaginer les photos que m'avait montrées Claudel sur lesquelles on voyait mon neveu. À travers des vitrines qui ne devaient pas avoir été lavées depuis l'ère du Poisson, on devinait à l'intérieur des réclames en néon Budweiser et Molson. M'étant munie d'une bombe anti-agression au fond de ma poche à fermeture Éclair, je suis descendue de voiture. J'ai verrouillé ma portière et traversé la rue. La musique qui faisait vibrer la taverne tout entière s'entendait du trottoir.

Fumée et relents de sueur et de bière m'ont saisie à la gorge, à peine la porte franchie. Un videur m'examinait des pieds à la tête. T-shirt noir décoré d'un crâne hurlant, barré par le slogan « Né pour mourir ».

— Ma douce ! Je me pâme !

Roucoulement graveleux, appuyé d'un regard libidineux sur ma poitrine. Des dents en moins et une gueule à se voir admis d'office aux Casseurs Anonymes. J'ai snobé son sourire.

— Viens trouver Rémi quand tu te sentiras d'attaque pour une séance spéciale, mon cœur.

Il a descendu une main velue le long de mon bras et, du geste, m'a autorisée à passer. J'ai obtempéré en rêvant de réduire sa denture d'encore deux ou trois incisives. Un billard, un juke-box et des télés perchées sur les étagères dans les coins ; un comptoir sur toute la longueur d'un mur ; des stalles sur celui d'en face ; des tables dans le vide au milieu. Lumière : néant, à part les guirlandes de Noël autour du zinc et de la vitrine. On se serait cru dans un tripot du fin fond des Appalaches.

J'ai attendu que mes yeux s'accoutument à

l'obscurité pour examiner la clientèle. Une majorité de mâles dominants hirsutes et dépenaillés, Wisigoths tout droit sortis d'un mauvais casting. Les quelques femmes avaient des coiffures raidies de gel et des bustiers faits de lanières qui creusaient entre leurs seins un sillon aguicheur.

Pas l'ombre d'un Kit à l'horizon.

Je me frayais discrètement un passage vers le fond de la salle quand des cris et des bruits de coups de pied m'ont stoppée net. Tête baissée, j'ai piqué un sprint entre les bedaines et me suis aplatie contre un mur.

Près du bar, un Raspoutine à joues concaves et sourcils broussailleux bondissait sur ses pieds en beuglant. Du sang dégoulinait de son visage et noircissait les chaînes qu'il portait au cou. Le défiait du regard, séparé de lui par une petite table, un type bouffi, armé d'une bouteille de Molson qu'il tenait par le culot. Poussant un hurlement, Raspoutine a projeté une chaise à la tête de son adversaire. Bouffi et bouteille ont heurté le ciment dans un bruit de verre brisé. Les chaises et les tabourets de bar se sont vidés d'un coup, et leurs occupants se sont précipités comme un seul homme vers l'épicentre du scandale, avides de prendre part à l'action quelle qu'elle soit. Est apparu le videur, une batte de base-ball à la main. Il s'est juché sur le bar. J'en avais assez vu. Mieux valait attendre Kit au-dehors.

J'étais à mi-chemin de la porte quand deux mains se sont violemment abattues sur mes bras. Impossible de me dégager. La prise écrasait douloureusement ma chair. Furieuse, je me suis retournée pour me trouver nez à nez avec un alligator des marais ou tout comme : cou épais formant un angle obtus avec la tête et longue

342

mâchoire étroite, surmontée d'yeux de fouine en saillie.

Retroussant les lèvres, mon agresseur a émis un sifflement perçant. Raspoutine s'est immobilisé. Il y a eu un flottement général, le temps qu'acteurs et spectateurs du combat repèrent d'où venait le bruit. On a enfin pu entendre George Strait roucouler sa chanson.

— Arrêtez vos conneries, les mecs, matez le trésor ! a lancé l'alligator d'une voix incroyablement haut perchée. Rémi, va retirer son joujou à Tank.

Le videur s'est laissé glisser à bas du zinc et, batte sur l'épaule, est allé se placer entre les adversaires. Il a posé un pied sur le poignet de l'homme à terre et a appuyé légèrement. Le tesson a roulé hors de la main qui le tenait. Rémi lui a refilé un coup de pied avant de remonter sur ses jambes un Tank bafouillant.

— Écrase ta merde et écoute ! l'a coupé le type qui me maîtrisait.

— C'est à moi que tu causes, J.J. ? a fait Tank tout en reprenant son équilibre, jambes écartées.

— Tout juste, mon pote ! Alors, tu la boucles !

L'autre a voulu rétorquer, mais J.J. criait déjà à la cantonade :

— Admirez la trouvaille, messieurs !

Certains, moins bourrés que les autres, ont tendu l'oreille, mais la plupart sont retournés à leur ennui. Les Rolling Stones avaient succédé à George Strait. Le serveur recommençait à remplir les verres, le tohu-bohu était reparti pour un tour.

— Tu parles d'une affaire ! a beuglé un mec du bar. Il a dégoté une meuf qui dégueule pas en le voyant !

Rires.

— Sers-toi de tes mirettes, du con, au lieu de

regarder avec ta bite ! a braillé J.J. de sa voix nasillarde. T'as pas entendu parler de la nana qui joue aux osselets ?

— Rien à glander !

— La nana qu'a fait du terrassement chez les Vipères !

Il hurlait maintenant, les tendons de son cou raidis comme des amarres. Des gens se sont retournés, quelques-uns seulement. Perplexes.

— Y en a pas un de vous qui lit les journaux, bande de tarés ?

L'alligator s'en pétait la voix tellement il s'égosillait pour se faire entendre. Les autres s'étaient remis qui à sa boisson, qui à sa conversation. Seul Tank s'est radiné vers nous, de la démarche exagérément circonspecte du poivrot bien imbibé. Soufflant lourdement, il s'est planté devant moi et m'a passé la main sur la joue. J'ai écarté la tête. M'attrapant le menton, il a ramené mon visage tout près du sien. Son haleine chargée me retournait l'estomac.

— L'a pas l'air trop casse-couilles, pourtant... T'es venue t'encanailler, la *plotte* [1] ?

Comme je le fixais droit dans les yeux sans répondre, il a baissé d'une main la fermeture Éclair de son blouson et en a rejeté un pan en arrière. À la vue du .38 passé dans sa ceinture, la peur s'est propagée dans tout mon corps d'un nerf à l'autre. Du coin de l'œil, j'ai vu un type au comptoir sauter de son tabouret et marcher sur nous. Petite bourrade à Tank, avant de lancer :

— *Tabernouche*, pourrait bien me refiler le gourdin, c'te meuf !

Pantalon noir pendant entre les jambes et

1. Plotte : vagin, en argot québécois. (*N.d.T.*)

344

chaînes d'or au cou. Lunettes de moto lui barrant le visage. Sous le gilet une peau blanche comme un ventre de poisson et, sur la poitrine et les bras, des œuvres du plus pur style carcéral. Muscles gonflés aux stéroïdes. Il avait un accent québécois à couper au couteau. Tank m'a relâchée et a reculé d'un pas quelque peu titubant.

— C'est la salope qu'a remonté Gately et Martineau du trou.

Je me suis forcée au calme.

— Tu veux pas remonter Pascal, cocotte ? Là, t'aurais vraiment pêché le gros lot.

Il a retiré ses lunettes. Ma peur a augmenté d'un coup : ses yeux, étincelants et vitreux, brillaient de la toute-puissance que donnent le crac ou la méthédrine. Il a voulu me prendre la main. J'ai réussi à parer son geste.

— T'as un problème ?

Face à ses pupilles dilatées, je n'en menais pas large. Surtout, ne pas le montrer. J'ai répliqué :

— Y a quelqu'un pour lui remettre sa laisse, à ce clébard ?

De rouge, il a viré grenat. Les muscles de ses bras et de son cou se sont tendus comme des cordes.

— Qu'est-ce qui m'a foutu c'te salope ?

Il a de nouveau voulu poser la main sur moi, je lui ai redonné une tape. À vrai dire, j'étais terrorisée. J'ai piaillé d'une voix de tête :

— Ce n'est pas de votre faute si vous venez d'une famille disloquée où on ignore la politesse, mais ne me touchez plus jamais !

— *Sacré bl... !* a rugi Pascal en serrant les poings.

— Tu veux que je lui tire dans le cul ? a demandé Tank, la main sur son .38.

— Calmos, la fille, si tu veux pas laisser ta cervelle sur le mur ! a ricané J.J.

Me donnant une poussée dans le dos, il s'est fondu dans la foule. J'ai voulu fuir. Pascal m'a rattrapée et retournée d'une clef au bras dans le dos. Sous la douleur, ma vue s'est brouillée de larmes.

— Pas ici, Pascal. Emmène-la ailleurs, a laissé tomber Rémi d'une voix égale, en venant se positionner derrière mon assaillant, sa batte toujours sur l'épaule.

— Pas de problème.

Se plaquant contre moi, un bras serré autour de mon cou, Pascal a appliqué une pointe froide et dure sur ma nuque. Je me tortillais en tous sens, sans pouvoir me libérer. Je ne faisais pas le poids contre la drogue qui irriguait ses veines.

— J'emmène cette salope faire un tour à l'opéra. *Allons-y* !

Et Pascal de me bousculer vers le fond de la salle.

32.

— Non !

Je criais, incapable de conserver mon sang-froid malgré mes belles résolutions, tandis que Pascal me propulsait à travers la foule, emprisonnant d'un bras mon cou, comme dans un étau, et me tordant, de l'autre, le coude en arrière. La douleur, abominable, m'élançait jusqu'à l'épaule. La lame tressautait à chacun de mes pas et je sentais du sang couler sur le côté de mon cou. Mon cerveau, en proie à la rage et à la terreur, me hurlait des ordres contradictoires :

Fais ce qu'il te dit !

Non, surtout pas ! Ne pars pas avec lui !

Affolée, je me débattais en tous sens dans l'espoir de trouver du secours. Mais le serveur se contentait d'observer notre progression à travers le voile de fumée qui ondulait devant ses yeux ; le juke-box braillait du rock ; et les gens nous saluaient au passage par des sifflements et des hululements sans vraiment émerger de leur apathie. Personne ne s'intéressait à mon sort.

Ne te laisse pas entraîner dehors !

Je n'étais pas de taille à lutter contre Pascal. Resserrant sa prise autour de ma gorge, il m'a fait franchir la porte de secours et descendre de force une volée de marches en fer. J'étais à l'extérieur. Un raclement de bottes m'a indiqué que Tank nous collait au train. Quand mon pied a touché terre, j'ai voulu plonger en avant en pivotant sur moi-même. Pascal n'a eu qu'à augmenter son étranglement pour m'immobiliser. Baissant le menton, j'ai planté mes mâchoires dans sa main avec la rage du désespoir. Il m'a projetée au sol en rugissant. Je me suis retrouvée au milieu de papiers détrempés, de capsules de bière, de capotes usagées et de vieux mégots. Le nez dans l'urine et les eaux sales, défaillant presque, je cherchais à ouvrir ma poche pour y prendre ma bombe, quand Pascal m'a aplatie sous sa semelle en grondant :

— Si tu crois que tu vas t'en tirer comme ça !

Je suis allée m'écraser sur le gravier. L'air a jailli de mes poumons et de la lumière blanche a explosé dans ma tête.

Hurle ! m'ordonnait mon cerveau.

Mais j'avais le thorax en feu. Je n'aurais pu émettre un son.

La botte s'est soulevée. Une portière de voiture s'est ouverte. Le souffle coupé, je me suis hissée à quatre pattes, cherchant de l'air. Mes coudes et mes genoux dérapaient dans la boue.

— Alors, c'est le grand jour, connasse ?

Un canon de revolver s'est plaqué contre ma tempe, je me suis immobilisée. Tank avait le visage si près du mien que je sentais de nouveau son haleine.

Le gravier a crissé sous des pas.

— Ta limousine est avancée, salope ! Tank, prends-lui les pieds, à c'te pute !

Des bras m'ont soulevée sans plus de façons que si j'étais un tapis roulé. J'ai donné des ruades de tout le corps. En vain. La panique s'est emparée de moi. La ruelle était désespérément vide. Étoiles et toits ont subitement tournoyé dans mon champ de vision et j'ai été lancée à l'arrière d'une voiture. Tank, grimpé à ma suite, a aussitôt rabattu mon épaule sous sa botte. Le nez enfoui dans le tapis de sol, je ne voyais plus rien. Les relents de poussière, de vin, de tabac froid et de vomi m'ont immédiatement donné la nausée. Tout mon corps s'est mis à tressauter sous les spasmes.

Les portières ont claqué, la voiture a démarré, puis débouché dans la rue et accéléré. J'étais prisonnière. Et je suffoquais.

Ayant réussi à manœuvrer un bras et à faire glisser ma main jusqu'à mon épaule, j'ai tenté de relever la tête. La botte ne s'est soulevée que pour s'enfoncer plus fort dans mon dos.

— Tu couines une fois et je te remonte une balle dans le cul !

Voix de Tank. Dure. Élocution nettement plus assurée que dans le bar. Entre l'alcool et la drogue qui exacerbaient l'agressivité naturelle de ces types, mon avenir était certain : ils allaient me tuer sans l'ombre d'une hésitation. Mieux valait ne pas les provoquer tant qu'il n'y avait pas d'échappatoire. J'ai tenté de me raisonner : « Concentre-toi pour trouver une issue ! » J'ai baissé la tête et j'ai attendu.

Coups d'accélérateur et coups de frein se succédaient sans qu'on puisse les prévoir. Le roulis et les cahots intensifiaient mon mal de cœur. Incapable de rien voir, je comptais les arrêts et les tournants pour tenter de mémoriser la route. La voiture a fini par s'immobiliser. Tank a relâché la pression de sa botte. Les portières se sont ouvertes et refermées avec des claquements secs. J'ai entendu les types parler et la portière arrière s'est rouverte. Pascal m'a attrapée par les bras et tirée au-dehors.

Je tentais de récupérer mon équilibre quand j'ai aperçu Tank, son .38 braqué sur ma tête. Dans la faible lumière rosée de la rue, ses yeux jetaient des éclairs noirs. Il dégustait à l'avance sa sauvagerie. Des vagues de terreur successives partant de ma colonne vertébrale irradiaient mon corps. Par un suprême effort de volonté, j'ai résisté à l'envie de le supplier. Il était clair que mes prières ne feraient qu'aiguiser son appétit de sang.

Me poussant devant lui, Pascal m'a fait gravir le talus qui nous séparait d'un portail, derrière lequel apparaissait un bâtiment de brique à toit vert. Quand il a sorti ses clefs pour l'ouvrir, le calme si douloureusement construit en moi s'est effondré d'un coup.

Enfuis-toi ! N'entre pas dans cette cour !

J'ai hurlé : « Non ! »

— Tu vas bouger ton cul, salope !

— Non ! Je vous en supplie.

Mon sang cognait dans mes veines à une vitesse folle. J'ai tenté de bloquer mes pieds dans la traverse du portail, mais Pascal m'a dégagée et traînée sur toute la longueur de la cour. Tank suivait de près, son pistolet collé contre l'arrière de mon crâne. Toute fuite m'était interdite. Je sanglotais presque.

— Qu'est-ce que vous voulez de moi ?

— Tout ce que t'as et même plus, salope ! a braillé Pascal. Tu vas goûter à de la merde comme t'en as pas rêvé !

Il a parlé dans un interphone. Une voix métallique a répondu. Déclic. De l'épaule, il a accompagné l'ouverture de la porte blindée et m'a projetée à l'intérieur.

Il y a des moments dans la vie où il est évident

que c'est la fin. Votre cœur bat à tout rompre, votre pression est à son maximum et vous savez que le sang qui va jaillir sous peu sera le vôtre. Votre esprit bascule entre le violent désir de tenter un ultime coup de force et celui, tout aussi violent, de vous soumettre. J'avais déjà éprouvé ce sentiment une ou deux fois dans ma vie, mais jamais aussi violemment. Cette nuit, je savais avec certitude que je ne quitterais pas cette maison vivante.

J'ai opté pour l'action brutale. Pivotant sur moi-même, j'ai balancé de toutes mes forces mon poing dans la figure de Pascal. Quelque chose a craqué. Mon poing est reparti, sous le menton cette fois. La tête de Pascal s'est renversée en arrière, il m'a lâchée. Sans réfléchir, j'ai foncé à gauche. Vers une porte ouverte.

Je me suis retrouvée dans une salle de jeux, copie conforme de celle du club des Vipères de Saint-Basile-le-Grand : même bar, même décoration en néons, même billard, mêmes jeux vidéo. À la seule différence que les écrans, allumés, baignaient la pièce et ses occupants dans une lumière bleutée.

Je cavalais. Arrivée à l'autre bout de la salle, je me suis emparée d'une queue de billard et, tout en fouillant ma poche à la recherche de mon spray anti-agression, j'ai balayé les lieux du regard en quête d'une issue quelconque, porte ou fenêtre.

Deux types étaient assis devant le bar, un autre se tenait derrière. Tous trois avaient suivi ma course éperdue. Quand Pascal a fait irruption, ils se sont retournés vers lui.

— Je vais la tuer, c'te pute de merde ! Où qu'elle est, bordel ?

La lumière du panneau en néon qui l'éclairait en oblique creusait ses rides et plaquait des ombres sur ses yeux et ses joues.

— Arrête ! Tout de suite !

Voix de basse, dure comme du quartz.

Pascal s'est figé. On a entendu la porte d'entrée retomber avec bruit. Visiblement, Tank avait préféré ne pas s'en mêler davantage.

J'ai regardé le type qui avait parlé. Costume brun à double boutonnage, chemise pêche et cravate assortie. Grandes mains couvertes de bagues. Bronzage artificiel. Le genre de mec à laisser quatre-vingts dollars au coiffeur à chacune de ses visites.

À côté de lui, Andrew Ryan !

En jean noir, bottes et sweat-shirt gris à manches découpées au rasoir. Le visage dur et tendu. Une barbe de plusieurs jours.

En le reconnaissant, mon cœur s'est presque arrêté. Ses yeux ont croisé les miens, sa paupière inférieure a frémi légèrement et il a dévié le regard. Prise d'une chaleur subite, j'ai flageolé. Si je ne m'étais appuyée contre le billard, je me serais effondrée. Plusieurs secondes se sont écoulées. Jambes étendues vers moi, Ryan a tourné sur son tabouret, le visage tordu par un sourire de mépris.

— Si c'est pas de la merde qu'il a à la place du cerveau, celui-là !

— Tu la connais, c'te putain de connasse ? a jeté Pascal d'une voix qui tremblait de rage, et il a essuyé de sa manche le sang qui gouttait de son nez.

— Tu parles ! C'est le docteur Diplômes-à-la-pelle, a répondu Ryan, tout en tapotant un paquet de Marlboro tiré de sa poche.

Une cigarette a pointé le nez. Il l'a sortie et placée entre ses lèvres. Tous les regards étaient fixés sur lui, le mien compris. Il a ensuite extrait une pochette d'allumettes coincée entre le paquet et la cellophane d'emballage et, prenant tout son temps, a allumé sa Marlboro et exhalé lentement la fumée.

Je le dévorais des yeux. Ses gestes, sa façon de tenir la cigarette entre le pouce et l'index m'étaient si familiers que j'ai senti les larmes me monter aux yeux. J'ai eu un hoquet.

Ryan s'était fourré l'allumette entre les dents et la mordillait. L'ayant recourbée, il l'a expédiée dans ma direction. Elle a volé à travers toute la pièce pour atterrir sur le feutre vert du billard, juste devant moi. Je n'ai plus pu me retenir.

— Salaud ! Vendu ! Crève, salopard ! Méprisable individu !

— Quand je dis qu'y faut lui apprendre les manières, à c'te conne ! ? a fait Pascal en s'essuyant de nouveau le nez.

— Y a mieux, comme idée ! a laissé tomber Ryan, et il a tiré une longue bouffée.

Le type en costume de gabardine a tourné la tête vers lui. Des secondes interminables se sont écoulées dans une tension palpable.

— Et pourquoi ça ? a-t-il demandé sur un ton tranquille.

— Parce que c'est un flic, a dit Ryan avant de tirer une autre bouffée. Et que les flics ont déjà un dossier sur Pascal pour une connerie du même genre.

— Dis plutôt que t'as pas les couilles ! l'a défié l'autre.

— Connard, a lâché Ryan, et il a exhalé sa fumée par les narines. Ça te suffit pas d'avoir foutu la merde en réglant son compte à une de tes traînées ? Faut encore que tu nous descendes un flic ici, et une dame par-dessus le marché ? Tu veux que toute l'escouade rapplique te chauffer le cul ? Si tu t'en fous de te faire choper pour le meurtre de Boucle d'Or, nous pas ! Parce qu'on sera obligés de mettre au frais tout ce qu'on a dans les tubes, pendant que les argousins nous disséqueront de bas en haut de l'échelle.

— L'avait qu'à pas me cogner, c'te salope, a répliqué Pascal en fixant Ryan d'un regard où la fureur le disputait au speed. J'm'en vais lui perforer un deuxième trou de balle !

Un œil et un coin de sa bouche se sont tordus, et tout un côté de son visage s'est mis à vibrer, pris de tics. Quant à l'homme en costume, il n'avait pas lâché Ryan des yeux. Impassible. Au bout d'un moment, il s'est retourné vers Pascal.

— Tu ne feras rien, a-t-il déclaré calmement.

Pascal a fulminé.

— Tu veux la saigner ? est intervenu Ryan. Tiens, regarde !

Il est allé attraper une bouteille en plastique rouge à l'autre bout du bar, puis il a fait le tour du billard. Venu se planter devant moi, il s'est mis à décrire de grands mouvements circulaires tout en appuyant sur la bouteille, le goulot pointé sur moi. J'étais paralysée.

— Lis ça, Shakespeare ! a-t-il laissé tomber d'un air suffisant, et il a tapé violemment le cul de la bouteille contre le billard.

J'ai baissé les yeux vers ma chemise. Couverte de ketchup. Hurlant intérieurement des mots que je n'écrirai pas, j'ai regardé Ryan. Son sourire satisfait avait disparu. Ses yeux bleus de Viking étaient plantés dans les miens. Des secondes interminables ont passé. Enfin, il s'est détourné et a lancé à l'adresse de Pascal :

— La soirée est finie !

— Elle sera finie quand j'dirai, a grondé l'autre, les pupilles plus larges qu'une bouche d'égout.

354

Et de prendre à témoin le compagnon de Ryan :

— C'te vomissure peut pas me parler sur ce ton ! C'est même pas un...

— Et comment, que je peux ! Casse-toi, maintenant.

La phrase avait été dite à peine plus haut qu'un murmure.

Les sourcils de Pascal se sont rapprochés jusqu'à ne former qu'un trait. Une veine a grossi près de sa tempe. Sur un dernier « Salopard ! », il a tourné les talons et vidé les lieux. Le type en costume n'avait pas cillé. Ryan s'est retourné vers moi.

— Quant à toi, traînée, fous le camp et te goure pas ! C'est pas pour ta belle gueule. Pour moi, tu pourrais aussi bien te trémousser là-haut, à quatre pattes avec Pascal.

Tout contre moi, il me martelait la poitrine du doigt, en scandant chaque syllabe. Je pouvais sentir son odeur et elle me bouleversait.

— Et retiens bien ! Ce qui s'est passé ce soir, c'est un trou noir dans ta banque à souvenirs, pigé ?

Il m'a agrippée par les cheveux et tirée si violemment en arrière que j'en ai vacillé.

— Tu dis un mot et c'est moi qui conduis Pascal jusqu'à toi. Maintenant, disparais ! On va t'ouvrir le portail.

Sur ce, il est allé rejoindre l'homme près du bar. Il a tiré une dernière bouffée sur sa cigarette avant d'écraser le mégot contre la barre d'acier sous le comptoir. Des gerbes d'étincelles ont fusé en même temps qu'une boule compacte et glacée se formait en moi. Sans un mot, j'ai reposé la queue de billard et déguerpi aussi vite que me le permettaient mes jambes flageolantes.

Dans la rue, de l'autre côté du portail, j'ai sorti

ma bombe anti-agression de ma poche et j'en ai aspergé la maison, écartelée entre la rage et l'humiliation. Bien soulagée, aussi. Pleurant et claquant des dents, j'ai couru, trébuchant dans le noir, le spray serré contre moi.

Le club de motards était à peine à six pâtés de maisons de la Taverne des Rapides, j'ai eu tôt fait de parcourir cette distance. Saine et sauve dans ma voiture, portières verrouillées, je me suis laissée aller sur mon siège, incapable de contrôler mes spasmes, hébétée. Je me suis forcée à respirer lentement et à accomplir chaque geste posément. Ceinture. Contact. Vitesse. Accélérateur. Des éclairs papillotaient dans le ciel et de larges gouttes commençaient à s'écraser sur le pare-brise. J'ai roulé jusque chez moi sans même songer à la limitation de vitesse, l'esprit en tumulte.

Ses comparses pouvaient remercier Ryan du conseil qu'il leur avait donné. Éliminer un flic, serait-ce un subalterne comme moi, ne pouvait qu'engendrer de lourdes représailles et mettre leur organisation hors jeu pendant un bon moment. À moins d'avoir des raisons extraordinaires, c'était une solution idiote, et l'homme en costume l'avait compris sans qu'on lui explique les choses en long et en large.

Mais quelle était la position de Ryan, en vérité ? Qu'était-il pour ces truands, uniquement leur *consigliore* [1] ? Étais-je tombée sur le Ryan nouveau cru, affilié à des motards, ou bien d'autres motifs expliquaient-ils sa présence dans leur club ? Que signifiait cette scène du ketchup ? Avait-il voulu m'humilier, me faire entrer dans la

1. En italien dans le texte : conseiller. (*N.d.T.*)

tête que son ancienne vie était finie, que désormais il appartenait à l'autre bord ? Ou n'avait-il agi ainsi que pour me permettre de quitter les lieux saine et sauve ? Mais, dans ce cas, il avait mis en danger sa couverture ! Et seulement pour mes beaux yeux...

Mon devoir exigeait que je rapporte l'événement, et je le savais. Mais y avait-il un avantage à le faire, du point de vue de la police mais, aussi, de mon point de vue à moi ? Le Carcajou connaissait forcément l'existence de ce club. Pascal et Tank étaient de toute évidence fichés. Si Ryan était en mission d'infiltration, si toutes les saloperies dont il était accusé n'étaient qu'inventions destinées à étayer sa couverture, ne risquais-je pas de mettre sa vie en danger en allant faire un rapport ?

Le Carcajou. Claudel. Quickwater... J'en avais l'estomac qui faisait des nœuds. Que diraient-ils en apprenant que j'étais allée de moi-même me jeter dans la gueule du loup ? À coup sûr, Claudel n'en serait que plus décidé à me faire rayer de mon poste d'agent de liaison entre le labo et le Carcajou.

Ryan était-il en mission ou pas ? C'était ça la question et je n'en connaissais pas la réponse, alors que je devais absolument prendre une décision. Que faire ?

J'ai fini par décider de taire ce qui s'était passé. Quels que soient les mobiles de Ryan, je ne ferais rien qui risque de lui nuire.

Bien.

Mais...

Et si j'attendais plutôt demain pour décider d'une stratégie ?

De retour à la maison, j'ai trouvé la porte de Kit

fermée. On entendait de la musique jouer à l'intérieur.

« Bravo, tantine ! C'est exactement pour ça que tu n'es pas un vrai flic ! » me suis-je dit en jetant mes vêtements en vrac sur le fauteuil.

Je me suis écroulée sur mon lit. Et c'est alors que j'ai songé : « Et si Pascal t'avait emmenée ailleurs que dans ce club, où en serais-tu maintenant ? »

Le sommeil ne m'est venu que beaucoup, beaucoup plus tard.

33.

Le lendemain matin, je me suis réveillée aux alentours de dix heures, courbatue et endolorie. J'ai passé la matinée à me dorloter à coups de thé, d'aspirine et de bain chaud. J'avais une estafilade le long de la nuque et des bleus aux jambes et dans le dos. Pour le visage, je m'en tirais sans trop de dégâts. J'ai apporté à mon maquillage plus d'attention qu'à l'ordinaire et j'ai enfilé un pull-over à col roulé. Au labo, j'ai passé la journée à effectuer des tâches de routine et je n'ai pas fait état de ma rencontre avec Ryan. Le soir, j'ai dîné légèrement en compagnie de Kit. Il ne m'a pas posé de questions sur ma sortie nocturne, qu'il n'avait probablement pas remarquée. De mon côté, j'ai évité de parler de son esclandre et lui-même n'a pas abordé le sujet.

Après le dîner, j'ai décidé de faire la lessive. J'ai trié le linge, mettant à part tout ce qui requérait un soin particulier. À peine ai-je tenu dans mes mains ma chemise que mon ventre s'est contracté. Je l'ai étendue afin de vaporiser un spray nettoyant sur les taches de ketchup. Au souvenir de Ryan et de son sourire suffisant pendant qu'il me martelait la poitrine, j'ai exercé une bonne pression sur la poignée. Pschitt ! Noyer ce vendu sous le spray ! Et voilà que ma main s'est immobilisée.

« Lis ça, Shakespeare ! »

Deux six parfaits s'étalaient sous mes yeux au lieu des traces aléatoires que la sauce aurait dû laisser sur le tissu ! Hypnotisée, j'entendais dans ma tête Ryan scander : « Lis ça, Shakespeare ! »

Ryan, qui avait une passion pour les sonnets du poète...

Remontant du fond des âges, du temps où j'avais M. Tomlison comme prof d'anglais en terminale, un vers m'est revenu en mémoire.

Saint William, faites que ce soit ça !

J'ai foncé dans le salon. J'avais les *Œuvres complètes* de Shakespeare dans ma bibliothèque. Le souffle court, j'ai ouvert à la page du sonnet 66.

> *And right perfection wrongly disgraced...*
> *Et la perfection à tort déshonorée...*

À tort déshonorée...

Je n'ai pu retenir mes larmes. Oui, c'était bien un message que Ryan avait voulu me transmettre ! Les choses n'étaient pas telles qu'il y paraissait. La perfection... Voilà ce qu'il avait voulu me dire. Qu'il n'appartenait pas au monde des ténèbres, qu'il n'avait pas franchi la ligne.

Tout d'un coup, j'ai eu la certitude absolue que Ryan était resté l'homme que j'avais connu. Quoi qu'il ait fait. En temps utile, j'aurais le fin mot de l'histoire. Et j'ai su avec une lucidité tout aussi éclatante que je ne ferais pas de rapport sur les événements de la nuit. Pas question pour moi d'être celle qui mettrait sa vie en péril !

Je m'en suis retournée à mon linge sale, un sourire radieux aux lèvres. Bien sûr qu'un agent infiltré pouvait travailler des mois, voire des années, sur une opération mais, au moins, je savais à quoi m'en tenir. J'ai jeté ma chemise dans la machine. « Je peux attendre, Andrew Ryan, je peux attendre », me répétais-je, plus heureuse que je ne l'avais été depuis des semaines.

Chassant de mon esprit le souvenir de Pascal et de Tank, je me suis remise à l'étude des photos abandonnée la veille. Je venais tout juste d'allumer l'ordinateur quand mon neveu est entré dans la pièce.

— J'ai oublié de te dire qu'Isabelle avait téléphoné. Elle doit partir quelque temps et ne voulait pas quitter Montréal sans t'avoir rappelée.

— Elle part pour où ?

— J'ai oublié. À une remise de prix, je crois.

— Quand ça ?

— J'ai oublié.

— Merci.

— Qu'est-ce que tu fais, là ? a-t-il demandé en regardant l'écran.

— Je traite des images pour mieux voir la tête des gens.

— Qui sont ?

— Savannah Osprey sur une photo, et le type assassiné la semaine dernière sur l'autre.

— Celui qui a été zigouillé en prison ?

— Non, sa victime selon la police, le type qu'il est censé avoir tué.

— Cool.

Il a fait un pas dans la pièce.

— Je peux regarder ?

— Si tu me promets de ne rien dire à personne, tu peux prendre une chaise. De toute façon, je ne crois pas que ces informations soient confidentielles.

J'ai fait apparaître à l'écran le pique-nique de Myrtle Beach et lui ai désigné Cherokee Desjardins.

— La vache ! Il a tout du radié WWF ! s'est exclamé mon neveu.

— De la *World Wrestling Federation*, la fédé de catch ?

— Mais non, du *World Wildlife Fund*, l'association pour la préservation de la vie sauvage... Dis donc, elle est pas vieille, la gamine ! a-t-il ajouté en montrant du doigt Savannah.

— Tu sais, c'est courant chez les motards de droguer des filles toutes jeunes pour les garder de force dans leurs bandes.

— Et puis, c'est pas non plus une fana du bronzage. Tu as vu sa peau, comme elle est blanche ? On dirait un drap de lit !

Soudain, l'idée m'est venue de montrer à Kit la photo de la moto que j'avais cru reconnaître. J'ai fermé l'image du pique-nique et fait apparaître celle du contrôle routier. Kit s'est penché en avant pour mieux voir.

— C'est le même mec ? a-t-il demandé en désignant Cherokee.

— Oui.

— On est toujours dans le Sud des États-Unis ?

— En Caroline du Sud.

— On dirait une arrestation... Putain ! s'est-il écrié en repérant la moto en bordure de cadre. Pardon, tantine. Prise quand, cette photo ?

— On ne sait pas. Pourquoi ?

— C'est la même moto qu'à l'enterrement.

Mon pouls s'est accéléré.

— Tu es sûr ?

— Voyons, tante T ! C'est la plus belle pièce de ferraille produite dans le Milwaukee que j'aie vue à ce jour ! Une machine pour rouler à corps perdu, tu peux me croire !

— C'est pour ça que je te demandais si tu avais pris l'autre photo.

— Tu ne l'as pas retrouvée ?

— Non.

— Aucune importance. C'est la même bécane.

— Qu'est-ce qui te permet de le dire ?

— Tu peux l'agrandir ?

J'ai zoomé sur cette partie de l'image.

— La vache ! Cinq cents livres de tonnerre à l'état pur !

— Explique-moi comment tu sais qu'il s'agit de la même moto ?

— Comme je te l'ai dit l'autre jour, c'est une vieille FLH de la police, dépouillée de ses accessoires et customisée. Mais ça, c'est rien. Le plus beau, c'est ce que le mec a mis à la place des pièces qu'il a virées !

L'une après l'autre, il m'a énuméré les merveilles en question.

— Comme il voulait un bolide qui arrache, il a modifié le rapport poids-puissance et s'est fait poser des fourches plus longues. Ce qui a rallongé le cadre et relevé l'avant.

De l'ongle, il a tapé sur l'engin.

— La vache, ces petites chéries-là font bien soixante-dix centimètres de plus que celles d'origine ! Il a coupé aussi une partie du cadre. Et là, faut vraiment être balèze.

— Pourquoi ?

— Parce que, si tu te plantes sur la longueur, ta moto peut se casser en deux pile au moment où tu bourres à mort, et tu te retrouves à bouffer le macadam. Regarde le guidon. Il l'a relevé à l'aide de supports en acier qu'il a décorés d'os de chien.

— Mmm.

— Tu vois ces trucs à l'avant ? C'est des ressorts externes, pas des amortisseurs hydrauliques. Le type qui s'est fait poser ça, il en avait rien à foutre du confort. Et en plus, il a un cadre sans suspension.

— C'est-à-dire ?

— Qu'il n'y a pas d'amortisseur à l'arrière. Tu te prends réellement tous les chocs dans les fesses. Sans rien pour les amortir.

Il a désigné des tiges latérales à l'avant de la moto.

— Vise-moi un peu ces portemanteaux d'autoroute !

J'ai dû avoir l'air perdu car il a précisé :

— Les repose-pieds supplémentaires. Il a aussi avancé les freins et le changement de vitesse afin de pouvoir allonger les guibolles. Ce type, c'est du motard sérieux !

— Et tu es sûr que c'est la même moto qu'à l'enterrement du Rusé ?

— La même. Tu veux d'autres preuves ? C'est pas difficile.

Je n'ai rien dit, j'étais déjà complètement noyée. Cela n'a pas empêché Kit de poser le doigt sur le réservoir :

— Regarde-moi ça ! Remodelé avec un matériau de moulage. Ça ne te dit rien, la forme ?

Je me suis rapprochée. L'avant avait effectivement une forme bizarre. J'ai scruté l'image, forçant mes cellules grises à tirer un sens de cette ligne fuselée qui ne m'évoquait rien du tout. Et soudain, j'ai compris. J'ai demandé :

— C'est rare ?

— J'en ai jamais vu de semblables. L'artiste qui a fait ça, c'est un Rodin sur polyester.

Kit fixait l'écran, tétanisé.

— Cheveux au vent, sur une tête de serpent, ha, ha...

Il s'est interrompu brutalement avec un drôle d'air. S'est penché en avant, s'est rejeté en arrière et a de nouveau basculé vers l'écran. On aurait dit un oiseau qui vient de découvrir un insecte.

— Tu peux grossir sa tête, au pilote ?

— Plus je vais l'agrandir, plus il sera flou.

— Essaie quand même.

Et c'est ce que j'ai fait, répétant les mêmes opérations qu'au labo, avec Claudel. Et tandis que traits et ombres s'écartaient et s'immobilisaient, que les pixels s'agençaient en formes momentanément reconnaissables pour se défaire aussitôt en ébauches colorées ne voulant plus rien dire, ce que mon neveu avait décelé s'est peu à peu révélé à moi.

Vingt minutes plus tard, nous avions sous les yeux l'image agrandie au maximum. Nous n'avions pas échangé un mot de toute l'opération.

C'est moi qui ai fini par rompre le silence :

— À quoi tu l'as reconnu ?

— Je ne sais pas. À sa mâchoire, peut-être, ou à son nez. Ça m'a sauté aux yeux quand je t'ai montré la tête du serpent. Avant, je ne l'avais même pas regardé.

Nous fixions le pilote de cette incroyable machine. Lui, il fixait quelque chose que nous ne voyions pas, quelque détail appartenant à un passé révolu depuis longtemps.

— Il t'a dit qu'il avait roulé avec les Hell's Angels ?

— Il ne porte pas les couleurs.

— Est-ce qu'il te l'a dit, Kit ?

— Non.

— Est-ce qu'il est toujours avec eux aujourd'hui ?

— Oh, je t'en prie. Tu le connais !

Oui, je le connaissais : je l'avais vu sur une route du côté de Saint-Basile-le-Grand ; je l'avais vu à un dîner mondain ; je l'avais vu aux infos du soir. Je l'avais même vu assis sur le canapé de mon salon.

Ce type sur la moto n'était autre que Lyle Crease !

34.

Images et bribes de conversations faisaient la cavalcade dans ma tête : Pascal à demi éclairé par des néons ; George Dorsey balbutiant mon nom dans l'ambulance ; globe oculaire luisant au fond d'un bocal.

— ... que tu comptes faire ?

La voix de Kit m'a ramenée à la réalité. J'ai répondu :

— Appeler Isabelle et me coucher.

J'ai éteint l'ordinateur et rangé le CD Rom dans sa boîte.

— C'est tout ?

— Exactement.

Parfois, quand mes idées partent dans tous les sens, le mieux à faire est de me coucher et d'attendre qu'elles s'ordonnent toutes seules.

— Tu n'as pas envie d'en savoir plus ?

— Si, très. Et je te jure que je saurai si Crease est oui ou non lié aux Hell's Angels. Mais pas ce soir.

— Je pourrais me renseigner de mon côté.

— Surtout pas ! Il peut être dangereux ou avoir des amis qui le sont.

Kit s'est immobilisé. Évitant mon regard, il a

laissé tomber un vague « C'est toi qui vois » et, sur un haussement d'épaules, a tourné les talons. J'ai attendu qu'il ferme la porte de sa chambre pour appeler Isabelle. Au bout de quatre sonneries, elle a décroché, un peu essoufflée.

— *Mon Dieu !* J'étais au fin fond du placard en train de chercher mon sac Vuitton. Impossible de me rappeler où je l'ai fourré et je ne vois pas ce que je pourrais emporter à la place.

— Isabelle, dis-moi une chose.

— *Oui ?*

Mon ton a dû la convaincre que je n'étais pas d'humeur à papoter valises.

— Parle-moi un peu de ce Lyle Crease.

— Voyez-moi cette petite coquine ! Je me doutais bien que tu changerais d'avis.

« Plutôt crever ! » ai-je pensé en mon for intérieur, mais tout haut, j'ai seulement dit :

— Qu'est-ce que tu sais de lui ?

— Mignon, hein ?

« Comme un gros ver blanc, oui ! »

Autre réflexion que j'ai gardée pour moi.

— Eh bien, comme tu le sais, il est à CTV. Journaliste d'investigation réputé pour ses enquêtes !

— Ça fait longtemps qu'il fait ce métier ?

— Depuis combien de temps, tu veux savoir ?

— Oui. Depuis longtemps ?

— *Mon Dieu !* Depuis toujours.

— Combien d'années ?

— Je ne sais pas, il est à la télé d'aussi loin que je me souvienne.

— Qu'est-ce qu'il faisait avant ?

— Avant quoi ?

— Avant d'être à CTV.

Interroger Isabelle, ce n'était pas du gâteau comparé à Dorsey.

368

— Laisse-moi réfléchir.

Petit cliquètement : l'ongle laqué d'Isabelle tapotant le combiné. Je le voyais comme si j'y étais.

— Ça me revient. Je le sais parce que c'est Véronique qui me l'a dit. Tu sais, celle qui a maintenant un talk-show sur Radio Canada... Mais si... qui fait les interviews de stars ? Tu la connais, elle a commencé en faisant la météo à CTV...

— Non.

Un début de vibration s'était emparé de ma paupière droite.

— Elle est sortie un moment avec Lyle et...

— Oui ! Je suis sûre que je l'ai déjà rencontrée.

— Eh bien, je crois bien qu'elle m'a dit qu'avant, il travaillait pour un quotidien américain. Non, attends, ça va me revenir.

Tic, tic, tic...

— Un journal de l'Ouest. D'Alberta, je crois. Il est américain, en fait. Ou alors, c'est là qu'il a fait ses études.

— Tu sais où ?

— Dans un État du Sud. Ça devrait te plaire.

— Quand est-ce qu'il est arrivé au Canada ?

— Comment veux-tu que je le sache !

— Tu sais où il habite ?

— Pas très loin de l'île, je crois. Peut-être du côté du centre-ville.

— Il a de la famille ici ?

— Pardon ?

— Tu le connais bien ?

— Il ne me dit pas ses secrets, Tempé.

Isabelle avait pris un ton légèrement défensif. Quant à moi, j'essayais de ne pas montrer mon irritation. Sans grand succès, je dois dire.

— Tu as quand même essayé de me maquer avec lui.

— Tu y vas un peu fort ! Ce monsieur m'a demandé de te rencontrer et je n'ai pas vu de raison de lui refuser ce plaisir. Surtout que cette année, les amours ne se sont pas vraiment poussées à ton portillon, pour autant que je sache !

— Attends, reviens en arrière. Tu dis que c'est lui qui a voulu faire ma connaissance ?

Isabelle, toujours sur ses gardes :

— Oui.

— Quand ça ?

— Je ne sais plus, Tempé. Je suis tombée sur lui à l'Express. Tu sais, ce bistrot, rue Saint-Denis...

— Oui.

— Il avait vu ta photo dans le journal et s'était pris d'amour. Du moins, c'est ce qu'il a prétendu. Pas dans ces termes évidemment. Quoi qu'il en soit, nous avons bavardé et, d'une chose à l'autre, je n'ai pu faire autrement que de l'inviter à dîner.

Tic, tic sur le combiné, avant de reprendre :

— Finalement, l'idée n'était pas si mauvaise. Il a été charmant.

— Ouais.

On pouvait dire la même chose du tueur en série Ted Bundy.

Pendant un moment, nous n'avons rien dit, ni l'une ni l'autre.

— Tu es fâchée, Tempé ?

— Non. Je ne t'en veux pas.

— Je vais appeler Véronique...

— Non, laisse tomber. Ce n'est pas important. Simple curiosité de ma part.

Mettre la puce à l'oreille de Crease aurait été la dernière chose à faire.

— Bon voyage, Isabelle, ai-je enchaîné comme si de rien n'était.

— *Merci.* Dis, tu ne sais pas où j'aurais pu fourrer ce sac de voyage ?

— Tu as regardé dans le cagibi ?

— *Bonne idée. Bonsoir, Tempé.*

Nous avons raccroché. Oh, zut ! J'avais oublié de demander à Isabelle où elle allait.

Dans mon lit, une heure plus tard, me bouchant les oreilles au tintamarre provenant de la chambre de Kit, les idées se sont mises à remonter en ribambelle des profondeurs de mon réservoir subliminal sous forme d'images, de faits et de questions, pour entamer un ballet de poissons des tropiques à fleur de ma conscience.

Image : Lyle Crease me versant du vin à table.

Fait : C'était lui qui avait demandé à faire ma connaissance. Se trouvant à Saint-Basile-le-Grand, il était au courant des squelettes retrouvés là-bas. En outre, il avait lu l'article de *La Gazette* avant le dîner chez Isabelle.

Questions : Pourquoi tenait-il tellement à me rencontrer ? À cause de ces corps, que nous avions découverts ? Était-il en chasse d'un scoop ou avait-il des raisons personnelles de vouloir en savoir davantage ?

Image : Lyle Crease jeune, chevauchant son « chopper ».

Fait : Il avait des liens avec le Sud des États-Unis.

Questions : Que traficotait-il avec les gars de chez moi ? Était-ce lui qui m'avait volé la photo de l'enterrement du Rusé ? Si oui, pourquoi ? Quelque chose dans son passé le menaçait-il aujourd'hui ? Avait-il peur de quelqu'un ?

Image : Le barjot dans la rue près de chez moi, sa face d'hyène sous la casquette de base-ball.

Fait : Au-delà de la peur qu'il m'avait causée, il avait déclenché dans mon subconscient un branle-bas de combat.

Questions : Qui était-ce ? Pourquoi avait-il soulevé en moi une réaction aussi violente ? Kit avait-il menti quand je lui avais demandé si des gens étaient venus le voir ? Mais pourquoi ?

Image : LaManche en réanimation, hérissé de tuyaux.

Fait : Mon patron, qui avait la soixantaine, ne prenait jamais le temps de faire de l'exercice ou de suivre un régime.

Question : Vivrait-il ? Reprendrait-il son travail ?

Image : Ryan assis sur un tabouret de bar.

Fait : En réalité, il n'avait jamais trahi, il était en mission d'infiltration.

Questions : S'était-il grillé pour me protéger ? Était-il en danger, et si oui, étais-je responsable ?

Ces interrogations s'entremêlaient de considérations plus terre à terre du genre : comment réexpédier sereinement mon neveu à Houston, faire vacciner le chat, soigner ma carie, accélérer la repousse de mes cheveux.

Parallèlement à cette agitation mentale, je percevais un lancinant signal émanant de mon subconscient, fâché de ne pas obtenir de réponse aux questions qu'il me posait. Il était clair qu'il cherchait à me transmettre un message, et je me tournais et retournais dans mon lit en m'exaspérant de ne pas savoir le décrypter.

Ce réac à casquette de base-ball... J'ai fini par m'endormir.

À une heure et quart du matin, selon mon réveil, la sonnerie du téléphone m'a brutalement arrachée au sommeil.

Isabelle, pétulante :

— Oh, tu étais déjà au lit ! C'était l'université de Caroline du Sud.

Moi, groggy :

— Quoi ?

— Lyle est bien de l'Ontario, a-t-elle claironné. De London plus exactement, mais il a fait ses études en Caroline du Sud. Surtout, ne t'inquiète pas, j'ai été d'une discrétion absolue !

Le pire ! J'ai marmonné un vague merci.

— Rendors-toi. Ah, j'oubliais. J'ai retrouvé mon sac de voyage. Dans le placard de la salle de bains. Quelle idiote ! *Bonsoir.*

Tonalité.

Je me suis renversée sur mon oreiller. Tiens, ma chambre ne vibrait plus. Cela faisait-il longtemps que la musique avait cessé ? Kit serait-il sorti ? J'étais sur le point de me rendormir quand, dans un effort suprême, mon « ça » m'a renvoyé des images de l'hyène : bottes ; gilet de cuir ; cheveux longs et crades ; casquette.

Cas-quette !

Mes yeux se sont rouverts d'un coup et je me suis retrouvée, assise dans mon lit, fouillant ma mémoire.

Non, serait-ce possible ?

Le lendemain matin, j'étais debout bien avant que le réveil ne sonne. Un coup d'œil dans la chambre de Kit m'a appris qu'il était là, dormant à poings fermés. J'ai pris une douche, je me suis habillée et j'ai vaqué à diverses occupations jusqu'à ce qu'il soit l'heure de partir pour le labo.

Là-bas, je suis allée directement trouver Ronald Gilbert. Sans m'étendre sur mes raisons, qu'il n'a d'ailleurs pas cherché à connaître, je lui ai demandé l'autorisation de visionner sa cassette des taches de sang. Il est allé la prendre sur l'étagère pour me la remettre.

Direction : la salle de conférences. Le cœur battant, j'ai inséré la vidéo dans le magnétoscope. Ne sachant à quel endroit de la bande se trouvait ce que je recherchais, j'ai fait défiler les images en mode avance rapide. Des vues de l'appartement de Cherokee Desjardins se sont succédé à toute allure. Salon. Cuisine. Corps sans tête. Taches sur les murs. Enfin ! Plan général d'un angle de la pièce, zoom avant, zoom arrière. J'ai enfoncé la touche de lecture, le défilement est passé à la vitesse normale.

Deux minutes plus tard, je repérais mon objet. Coincé entre le mur et la cage à oiseaux contre laquelle était appuyée la guitare. J'ai enfoncé le bouton d'arrêt sur image.

Cinq lettres ressortaient sur le tissu lie-de-vin : -COCKS.

Ces lettres, que mon esprit avait décryptées comme une grossièreté lorsque j'étais sur les lieux, n'étaient en réalité que la partie d'un nom. D'un nom que je connaissais depuis toujours. Et qui me revenait en mémoire, maintenant que je scrutais cette casquette rouge et blanc. Un nom dont je pouvais épeler les lettres absentes, masquées par le sang de Cherokee : G, A, M, E. Tout simplement. Formant avec les suivantes le nom de « GAMECOCKS ».

Les coqs sportifs !

L'équipe sportive de l'université de Caroline du Sud.

Sur ces entrefaites, Michel Charbonneau a passé sa tête de hérisson par la porte.

— Claudel m'a demandé de vous remettre le plan du grand jeu de demain. Roy tenait à ce que vous l'ayez.

— M. Claudel serait-il trop occupé pour se déplacer en personne ?

— Il bosse pour deux départements, vous savez, m'a rétorqué Charbonneau avec un de ses haussements d'épaules habituels. Desjardins ? a-t-il ajouté en regardant le moniteur.

— Oui. Venez voir.

Il a contourné la table pour venir se placer derrière moi. Je lui ai montré la casquette.

— Université de Caroline du Sud.

— « Tu nous suceras pas la bite. »

— Je vois que son équipe ne vous est pas inconnue.

— Avec une devise pareille, faut être sourd et aveugle pour l'ignorer.

— Ce n'est pas ça, leur devise.

— Vu la déco de l'appart', j'aurais plutôt imaginé Cherokee en fan d'athlétisme.

Remarque à laquelle je ne me suis pas arrêtée, préférant lui demander si, sur les photos qu'il avait vues, Cherokee portait une casquette.

— Non..., a-t-il répondu après un temps de réflexion. Pourquoi ?

— Parce que c'est peut-être la casquette de l'assassin.

— Dorsey ?

Je lui ai fait part de mes découvertes à propos de Lyle Crease.

— Ce gratte-papier aurait vécu en Caroline du Sud ? a-t-il répliqué. Et alors ? La moitié du Québec passe ses vacances là-bas !

— Pourquoi s'intéresse-t-il à moi juste au moment où j'ai déterré ces cadavres ?

— À part qu'il vous trouve plus mignonne que les petits animaux de plastique dans les paquets de lessive ?

— Oui, à part ça.

— D'accord... Disons qu'on lui secouera un peu les puces quand les temps seront plus calmes. On le questionnera sur Gately et Martineau, mais pour ce qui est de Cherokee, on n'a rien qui l'y rattache.

Je lui ai parlé de la photo de Myrtle Beach, en insistant sur le fait que la réunion n'avait rien d'un camp de boy-scouts.

— Ça remonte à l'ère glaciaire, votre truc, m'a-t-il rétorqué. Et, vu son métier, il pouvait être là-bas en reportage.

Charbonneau a laissé tomber son enveloppe sur la table.

— Quant à Cherokee, il suivait une chimio. Il s'est peut-être mis à la casquette le jour où il a compris qu'il pouvait dire au revoir aux peignes. Enfin, si ça peut vous rassurer, je me renseignerai.

Charbonneau parti, j'ai repris l'examen de la bande vidéo, l'esprit zigzaguant dans un labyrinthe d'explications plausibles. La casquette pouvait très bien appartenir à Dorsey. N'avait-il pas prétendu savoir des choses sur Savannah Osprey ? Si ça se trouve, il était allé en Caroline du Sud, lui aussi ?

Arrivée au long panoramique du mur, j'ai rembobiné la bande et fait repasser la partie angle de la pièce. Taches de sang. Guitare. Cage à oiseau. Casquette. Zoom avant.

Paupières plissées pour mieux voir, je me suis tendue vers l'écran. Soudain, j'ai senti un frisson remonter le long de ma nuque. Il y avait quelque chose. Là ! Serait-ce le fruit de mon imagination ? Non, c'était là. Flou, mais là ! J'ai rembobiné la bande, éteint le magnétoscope et quitté la salle en hâte.

Si ce que je venais de voir se révélait exact,

Claudel et Charbonneau devraient revoir leur copie.

J'ai foncé par l'escalier jusqu'au treizième étage et suis allée prendre mon tour devant une grande ouverture donnant sur une pièce remplie d'armoires et de casiers. *Salle des Exhibits*, spécifiait un petit panneau bleu sur la cloison. Il n'y avait qu'une personne avant moi, un agent de la S.Q. en uniforme, qui passait un fusil de chasse par-dessus le comptoir. J'ai attendu que la préposée remplisse les formulaires, donne un reçu à l'agent, étiquette son objet et aille le remiser dans la partie entrepôt de la salle. À son retour, je lui ai indiqué le numéro de l'affaire Cherokee.

— Je voudrais savoir si l'inventaire comporte une casquette de sport ?

— Ça risque de prendre du temps, m'a-t-elle répondu tout en tapant les codes sur son clavier. La liste du mobilier fait des kilomètres.

Ses yeux ont parcouru le texte à l'écran.

— Oui, ça y est. Une casquette... Envoyée au département de biologie à fins de tests sur une tache de sang, a-t-elle ajouté en lisant les observations en annexe. Elle est rentrée.

Elle a disparu entre les rayonnages pour en revenir quelques minutes plus tard, nantie d'un sachet en plastique à fermeture étanche qui contenait la casquette rouge.

— Vous voulez l'emporter ?

— Ça vous dérange si j'y jette un petit coup d'œil ici ?

— Pas du tout.

J'ai fait glisser la casquette du sachet sur le comptoir et l'ai soulevée délicatement pour en inspecter l'intérieur.

Des pellicules ! Je ne m'étais pas trompée.

J'ai réintroduit la casquette dans son sachet et remercié la préposée.

Revenue dans mon bureau, je me suis ruée sur le téléphone.

35.

Quickwater et Claudel n'étaient pas au Carcajou. Ce dernier ne se trouvait pas davantage au SPCUM et Charbonneau non plus. Je leur ai laissé à tous des messages et suis allée rendre sa cassette à Ronald Gilbert.

— Ça vous a aidée ?

— Je peux vous poser une question ?

— Je vous en prie.

— Vous vous rappelez le coin de mur avec la guitare et la cage à oiseau ?

— Oui.

— Il y avait une casquette, là.

— En effet.

— Vous avez mis par écrit vos observations ?

— Certainement.

— Ce qui m'intéresse, c'est la position de la casquette au moment du meurtre. Vous en auriez une description ?

— Je peux tout vous dire de mémoire. La tache et l'éclaboussure sur le mur proviennent d'un coup porté à la victime au moyen d'un objet contondant, alors qu'elle se trouvait près de l'angle du mur.

— Le sang ne vient donc pas de la blessure par balle ?

— Non, la forme de la traînée aurait été complètement différente. De plus, son orientation est cohérente avec ce type de coup.

— Cherokee étant allongé par terre ?

— Exactement.

— Est-ce que c'est lui qui portait la casquette ?

— Sûrement pas. C'est même impossible. Elle était derrière la cage à oiseau quand elle a reçu le plus d'éclaboussures.

— Comment a-t-elle abouti là ?

— Elle a dû voler pendant la bataille.

— Qu'est-ce qui vous fait croire ça ?

— Le fait qu'il y ait du sang aussi bien dedans que dessus. L'agresseur a dû la perdre dans le feu de l'action.

— Ce n'est donc pas Desjardins qui la portait ?

— Non, j'en mettrais ma main au feu.

— Merci.

Retour dans mon bureau. Dix heures trente. Pas de message et aucun cas à étudier. J'ai attendu en pianotant d'énervement, les yeux rivés sur le téléphone. Qu'est-ce qu'il avait à ne pas sonner, celui-là ?

J'ai appelé Harry à Houston. Répondeur, comme de juste. Message en très mauvais espagnol.

J'ai appelé Kit à la maison. Ma propre voix m'a répondu.

Zut ! Où tout le monde était-il passé ?

J'ai rappelé Claudel, en laissant cette fois mon numéro de portable. Idem avec Charbonneau. En désespoir de cause, je suis partie, incapable de rester plus longtemps à attendre.

Il faisait un soleil aveuglant, les moineaux gazouillaient dans les branches. Des employés du labo et de la S.Q. déambulaient dans l'allée en bavardant ou s'octroyaient une pause cigarette-café, assis dans le jardin aux tables de pique-nique. J'ai pris une bolée d'air. C'était le printemps et je l'avais oublié. L'enterrement de Dorsey aurait lieu dans vingt-quatre heures. À cette pensée, j'ai été prise d'une drôle d'envie : immobiliser le temps, le conserver en l'état. Avec les oiseaux qui chantaient, le soleil qui brillait et les femmes, pieds nus sur les chaises. Hélas, c'était irréalisable. Je me sentais aussi fébrile qu'un proton dans un accélérateur de particules.

« Tu es vraiment contrariante, Brennan. En haut, tu voulais que les choses aillent plus vite et maintenant, tu voudrais tout figer. Change de disque, ma fille ! »

Hot-dog et frites m'ont paru tout indiqués. J'ai remonté la rue Parthenais, pris à gauche la rue Ontario en direction de l'est, longé tout un pâté de maisons et j'ai poussé la porte de chez Lafleur. Lafleur, c'est la version québécoise des fast-foods de chez nous. Menu : hot-dogs, hamburgers et *poutine*. Décor : chrome et plastique. Clientèle : travailleurs. À onze heures du matin, il n'y avait pas foule et personne au comptoir.

— *Chien chaud, frites et Coke diète, s'il vous plaît*, ai-je annoncé au type à la caisse, m'étonnant intérieurement, et pour la énième fois, que « hot-dog » se traduise en québécois.

— *Steamé ou grillé ?*

J'ai opté pour des saucisses bouillies. Une seconde plus tard, un carton de frites tout auréolé de gras était déposé sans odeur devant moi. J'ai réglé et emporté mon repas jusqu'à une table avec vue imprenable sur le parking, où je l'ai mangé en détaillant les clients.

À gauche, quatre jeunes femmes en blanc.

Manon, Lise, Brigitte et Marie-José, disaient les noms écrits sur leurs blouses d'infirmières. Des étudiantes de l'école professionnelle de l'autre côté de la rue.

Derrière elles, deux peintres en combinaison de travail et couverts de taches au point que leurs bras, leurs cheveux et leurs visages auraient pu rivaliser avec notre salle d'expérimentation du sang. Silence intégral pendant qu'ils faisaient leur affaire à une platée de frites dégoulinantes de fromage et de sauce marron. Dans une ville réputée pour sa cuisine, cet amour pour la *poutine* m'est toujours passé au-dessus de la tête.

De l'autre côté de l'allée, à hauteur des peintres, un type à lunettes rondes qui faisait de son mieux pour se laisser pousser un bouc. Jeune et obèse.

Mes frites avalées, j'ai vérifié mon téléphone portable. Sonnerie au maximum, aucun appel enregistré. S'étaient-ils tous donné le mot pour que personne ne me rappelle ? Puisque c'était comme ça, eh bien, j'irais à la gym. De l'exercice physique, voilà ce dont j'avais besoin.

J'ai fait deux heures de course à pied, de lever de poids, de roulades sur ballon de caoutchouc et d'aérobic. Tant et si bien que j'ai gagné les douches en me traînant à grand-peine. Cela dit, mon énervement s'était dissipé en même temps que mon sang se lavait des toxines accumulées grâce au hot-dog et aux frites.

Au labo, deux messages m'attendaient sur mon bureau. Morin et Charbonneau. Le premier voulait me parler de LaManche. Mauvais signe. J'ai dévalé le couloir jusque chez mon collègue. Sa porte était fermée à clef. Il ne reviendrait plus de la journée.

De retour dans mon bureau, j'ai appelé Charbonneau.

— Contrairement à mon attente, j'ai trouvé pas mal de trucs sur ce Crease, a-t-il attaqué d'emblée.

— C'est-à-dire ?

— Ses liens avec les Hell's Angels remontent à perpète. Il est canadien, mais il a fait ses études à l'université de Caroline du Sud. En avant, les Cocks !

— Ça vous a marqué, on dirait.

— C'est sûr que ça se retient mieux que les Redmen de McGill !

— Je me ferai un plaisir de transmettre votre opinion au conseil d'administration de l'université.

— Les Rouges, c'est pas politiquement correct.

Là, je n'avais rien à rétorquer.

— Notre reporter a obtenu sa licence de journalisme en 1983 et s'est inscrit en maîtrise, poursuivait Charbonneau. Sujet de thèse : les gangs de motards. À propos, il s'appelait Robert à l'époque.

— Drôle d'idée, de changer son nom en Lyle.

— C'est son second prénom. Quoi qu'il en soit, le Robby a reçu une moto des frères et leur accord pour faire vroom-vroom avec la meute.

— Après sa maîtrise ?

— Non. Il n'a pas suivi les cours deux mois. Du jour au lendemain, les profs ne l'ont plus revu. Évanoui dans la nature !

— On ne sait pas où il est allé ? Permis de conduire, impôts, carte de crédit, abonnement vidéo ?

— *Nada*. Mais en 1988, voilà qu'il refait surface dans la Saskatchewan, couvrant les infos criminelles pour une feuille de chou locale. Il faisait aussi des apparitions au journal télévisé du soir jusqu'à ce qu'on lui propose un boulot à CTV. C'est comme ça qu'il a atterri au Québec.

— Donc, Crease s'intéressait déjà aux motards quand il était étudiant. À l'ère glaciaire, comme vous disiez.

— Il semblerait qu'il ait quitté la Saskatchewan le feu aux fesses.

— Tiens donc !

— Vous avez entendu parler de l'opération CACUS ?

— Les informateurs du FBI infiltrés chez les Hell's Angels ?

— Il n'y en avait qu'un, Tony Tait. Qui avait adhéré au chapitre de l'Alaska au début des années quatre-vingt et s'était élevé jusqu'à occuper un poste national. Et pendant tout ce temps-là, il portait un micro pour les fédéraux ! Dingue, non ?

— Je croyais qu'on disait : « Angels pour toujours, pour toujours Angels ».

— Le Tony devait aimer le bon argent sonnant et trébuchant.

— Et qu'est-ce qu'il est devenu ?

— S'il est pas con, il s'est mis au vert grâce au programme de protection des témoins.

— Quel est le rapport avec Crease ?

— Il semblerait que notre police montée ait eu, elle aussi, des agents chez les Angels dans ces mêmes années quatre-vingt.

— Lyle Crease aurait été un informateur pour la GRC ?

— Personne ne veut rien dire et il n'y a aucun document écrit, mais j'ai toujours entendu chuchoter qu'on avait une taupe dans la place, à l'époque. J'ai un peu forcé sur deux ou trois types qui boulonnent là depuis un bout. Ils ont rien confirmé. Mais ils ont pas nié non plus...

Il s'est interrompu.

— Et... ?

— Mais ça reste entre nous, Brennan ?

— Je dis tout à mon teinturier.

Il a fait comme si je n'avais rien dit.

— Je me suis rancardé auprès de mes indics. Merde, alors ! J'en reviens pas d'être en train de vous déballer ça !

Raclements. Il devait changer le combiné de main.

— Des rumeurs courent comme quoi un type aurait accompagné les Hell's Angels à l'église, dans ce temps-là. Un Amerloque. Mais que la rue aurait été à double sens.

— Vous voulez dire qu'il aurait travaillé pour les deux côtés à la fois ?

— C'est ce que ma source prétend.

— Plutôt risqué.

— L'hémorragie cérébrale, c'est de la roupie de sansonnet à côté.

— Et ce type infiltré aurait pu être Lyle Crease ?

— Sinon, comment expliquer qu'il ait réussi à enterrer six années de sa vie ?

Au bout d'un moment, j'ai objecté :

— Il ne serait pas réapparu dans la peau d'un journaliste, quand même. On fait plus discret, comme métier !

— Il a dû se dire que l'étalage, c'était sa meilleure protection.

Le silence est tombé. Au bout d'un moment, c'est moi qui l'ai rompu :

— Claudel est au courant ?

— Je vais le prévenir.

— Et maintenant, qu'est-ce que vous comptez faire ?

— Creuser encore.

— Vous ne voulez pas interroger Crease ?

— Je préfère attendre. Inutile de lui ficher la trouille. Surtout que, jusqu'à l'enterrement, je ne peux compter que sur ma pomme, Roy tient Claudel par les couilles. Après, je lui demanderai de m'aider à mettre la main sur ce monsieur.

— Vous croyez qu'il pourrait être impliqué dans le meurtre de Cherokee ?

— Rien ne l'indique, mais ce n'est pas impossible qu'il sache des choses.

— La casquette n'appartenait ni à Cherokee, ni à Dorsey.

— Comment le savez-vous ?

— Il y a des pellicules à l'intérieur.

— Et alors ?

— Dorsey se rasait le crâne, et Cherokee n'avait plus un poil sur le caillou à cause de sa chimio.

— Pas mal, Brennan.

— Gately et Martineau ont bien été abattus à l'époque où Crease vivait dans la clandestinité ?

— Exact.

— Et Savannah Osprey aussi ?

Le silence sur la ligne m'a paru assourdissant.

— Et si on interrogeait Rinaldi ?

— La Grenouille ?

— Oui. Il était si content de cracher le morceau à propos des tombes de Gately et de Martineau. Il sait peut-être quelque chose sur Cherokee ?

— D'après Claudel, ils l'ont cuisiné jusqu'à plus soif. Il voulait bien donner des infos sur Saint-Basile-le-Grand parce que c'était de l'histoire ancienne et qu'il pensait que les frères lui en voudraient pas, mais pour le reste... À propos, Brennan, rentrez la tête dans votre coquille. On a repéré des Bandidos, en ville. Mon petit doigt me dit que les Hell's Angels pourraient avoir envie de se dérouiller les biscottos. Ne...

Il hésitait.

— Oui ?

— Vaudrait mieux que votre neveu s'abstienne d'assister au spectacle.

J'ai senti le rouge me monter aux joues. Visiblement, Claudel avait discuté du problème Kit avec ses collègues du SPCUM.

— Il n'assistera pas à l'enterrement, ni de près ni de loin.

— Bien. Si y a des Bandidos, ça risque de mal tourner.

Nous n'avions pas raccroché que j'étais déjà aux quatre cents coups : comment empêcher Kit de se rendre à l'enterrement ?

Les autres sujets d'inquiétude ne manquaient pas non plus :

LaManche.

Ryan.

J'ai posé la tête sur le vert duveteux de mon sous-main et j'ai fermé les yeux. Lentement.

36.

Crease me parlait. Nous étions sous l'eau. Dans l'obscurité glauque que traversait un rai de lumière où miroitaient des particules, des algues ondulaient sous moi, comme les cheveux d'une noyée. Une crampe douloureuse me tirait à hauteur des cervicales. J'ai ouvert les yeux et je me suis redressée, tournant la tête avec précaution. Mon bureau était plongé dans le noir, éclairé seulement par la lueur fluorescente qui tombait du carreau percé dans le mur à côté de la porte. Combien de temps avais-je dormi ?

Subitement, une alarme s'est déclenchée dans ma tête : il y avait quelqu'un, là, dans le couloir, juste devant mon bureau ! Je me suis figée, les yeux rivés sur la porte, l'oreille aux aguets. Tout était tranquille. Seuls les coups de mon cœur contre mes côtes déchiraient le silence.

La silhouette était immobile. Illuminée en contre-jour par la veilleuse de mon labo, de l'autre côté du couloir. Appeler la sécurité ? Je tendais la main vers le téléphone quand ma porte s'est ouverte, poussée de l'extérieur. Un visage fantomatique est apparu, flottant au-dessus d'un corps noir comme s'il en était détaché. Ovale blafard percé de trous sombres, les yeux et la bouche. On aurait dit une lanterne.

— Jocelyne ?

Elle n'a pas réagi. Je m'étais levée, ne voulant pas lui laisser l'avantage de la taille.

— *Puis-je vous aider ?*

Pas davantage de réponse.

— Vous voulez bien allumer la lumière, Jocelyne ?

Demande qui exigeait un geste en réaction. Et, de fait, la pièce s'est illuminée, révélant une Jocelyne aux cheveux en paquets dans le cou et aux vêtements plus froissés que si elle avait passé des heures au hammam.

Elle a reniflé et s'est essuyé le nez du revers de la main.

— Que se passe-t-il, Jocelyne ?

— Vous faites rien que les laisser se tirer !

Sa voix vibrait de colère. Quant à moi, je tombais des nues.

— Qui ça ?

— Moi qui croyais que vous étiez différente !

— Différente de qui ?

— Personne n'en a rien à foutre. Les flics se marrent. Encore un de crevé, qu'ils disent, un de plus qui nous débarrasse le plancher ! Vous croyez que je les entends pas ? Ces flics !

— De quoi parlez-vous ?

J'avais la gorge sèche.

— Et ça se prend pour un glouton des steppes ! Laissez-moi rigoler. Ils auraient mieux fait de se choisir une tête de nœud comme mascotte !

Elle a expulsé l'air avec un petit sifflement. La haine que je lisais dans ses yeux me laissait pantoise.

— Qu'est-ce qui vous fâche, dites-moi ?

Long silence pendant qu'elle me dévisageait.

Son regard, tendu et concentré, semblait fondre sur moi et battre en retraite en emportant chaque fois un peu plus de moi à évaluer dans un coin de son cerveau.

— Méritait pas ça, putain ! Pas lui !

C'était bizarre d'entendre ces jurons français dans sa bouche.

— Si vous ne vous expliquez pas plus clairement, je ne vois pas ce que je pourrai faire, ai-je dit en forçant sur le calme.

— Je parle de George Dorsey. C'est pas lui qui a tué le vieux.

— Cherokee Desjardins ?

Haussement d'épaules en guise de réponse.

— Comment le savez-vous ?

Elle s'est butée, se demandant probablement si la question cachait un piège.

— Faut avoir du céleri à la place du cerveau pour croire ça.

— Ce n'est pas une preuve très convaincante.

— Un mécano, un vrai, il aurait chiadé son boulot.

— Vous voulez dire...

— Vous allez m'écouter, oui ou non ? !

Je n'ai plus pipé.

— J'y étais, cette nuit-là.

Elle a dégluti et repris :

— Je venais juste d'entrer quand un type s'est pointé. J'ai filé me planquer dans la chambre. Au début, ils ont parlé gentiment tous les deux, et puis ça s'est mis à cogner. Je me suis cachée dans le placard.

— Qu'est-ce que vous faisiez là-bas, Jocelyne ?

Sourire méprisant pour lâcher :

— Cherokee devait me parrainer pour entrer chez les Kiwanis. Je suis restée planquée, le temps que ça se calme. Juste comme je me disais que le type s'était tiré et que je pouvais sortir, y a eu le coup de feu. La vache !

Ses yeux se sont fixés sur un point au-dessus de mon épaule. J'ai essayé de m'imaginer ce que de tels souvenirs pouvaient signifier pour elle.

— En l'entendant claquer les tiroirs et foutre le bordel partout, je me suis dit que c'était un drogué qui cherchait de la came. Et j'en ai presque chié dans mon froc parce que je savais que Cherokee, il la gardait dans la chambre où j'étais, sa dope. Junkie ou pas junkie, j'avais intérêt à me carapater. J'ai cassé la vitre et sauté dans la rue. J'ai couru jusqu'au coin. Et c'est là que le plus bizarre s'est passé. J'ai contourné l'immeuble et regardé en arrière. Le petit merdeux était encore devant l'appart' de Cherokee, en train de gratter dans la boue. Là-dessus, une bagnole a tourné dans la rue et il a filé.

— Qu'est-ce qu'il cherchait ?

— Comment je pourrais le savoir, putain ?

— Et après, qu'est-ce qui s'est passé ?

— Quand j'ai été sûre qu'il était parti pour de bon, je suis revenue sur mes pas.

Au bout d'un long silence, Jocelyne a fait glisser le long de son bras une des bandoulières de son sac pour fouiller à l'intérieur, et en a sorti un petit carré plat, du genre sachet de pharmacie, qu'elle a jeté sur mon bureau.

— Ce que j'ai trouvé à l'endroit où le type était accroupi.

La pochette contenait une photo sous plastique dans un cadre bon marché. Sous la bruine de sang, on distinguait deux hommes debout côte à côte et se souriant, un bras passé sous celui du voisin, l'autre levé en l'air, majeur pointé au ciel. À droite, Cherokee Desjardins. Costaud et débordant de vie. Quand j'ai reconnu celui de gauche, ma gorge s'est bloquée et je me suis mise à haleter au point de ne plus entendre ce que Jocelyne disait.

— ... sachet déchiré à côté. Quand les phares sont passés sur lui, il a détalé comme un lapin.

Les flashes se succédaient devant mes yeux à la vitesse d'une réclame clignotante.

— ... pourquoi y voulait ça, bordel ? Mais va savoir ce qui se passe dans la tête d'un junkie !

Un visage.

— ...mmage que j'aie pas vu sa gueule !

Une casquette de base-ball.

— ... va s'en tirer, c't enculé !

Des flocons d'or tourbillonnant dans l'eau.

— ...ritait pas de se faire larder comme ça !

Péniblement, je me suis forcée à réintégrer la réalité. Affichant un masque indifférent, j'ai demandé :

— Vous connaissez un reporter du journal télévisé qui s'appelle Lyle Crease ?

— Anglophone ?

— Oui.

— Je regarde pas la télé anglaise. Pourquoi vous écoutez pas ce que je dis ? Je vous explique que Dorsey, il a pas pu zigouiller Cherokee !

— Je sais bien que ce n'est pas lui.

Quant à savoir qui était l'auteur de ce crime, j'avais maintenant mon idée sur la question.

Jocelyne partie, j'ai téléphoné à Claudel. Absent. Cette fois, j'allais le contacter sur son bip, la situation était grave. À la suite de son numéro, j'ai tapé le mien afin qu'il me rappelle. Il n'a pas été long à le faire. Je lui ai rapporté ma conversation avec Jocelyne.

— Elle pourrait identifier le type ?

— Elle n'a pas vu sa tête.

— *Fantastique !*

— C'est Crease.

— Qu'est-ce qui vous le prouve ?

— La casquette trouvée chez Desjardins porte le sigle USC, et Crease a fait ses études à l'université de Caroline du Sud.

— Je sais, vous m'avez déjà...

— Charbonneau vous a dit, pour les pellicules ? J'ai eu le plaisir de dîner en compagnie de Crease, il n'y a pas si longtemps. Il a tellement de pellicules qu'il pourrait ouvrir une station de ski.

— Son mobile ?

Quand je lui ai décrit l'autre chose que j'avais vue sur la photo, Claudel n'a pu retenir un « Sainte Mère du Christ ! » C'était bien la première fois que je l'entendais jurer.

— Quels sont les rapports de cette Jocelyne et de Dorsey ?

— Elle n'a pas été très bavarde sur sa vie intime.

— On peut lui faire confiance ?

Il haletait si près du combiné que je sentais presque l'humidité de son souffle.

— C'est une droguée, évidemment. Mais je la crois.

— Pourquoi est-elle restée aussi longtemps dans la pièce à côté si elle avait tellement peur ?

— Elle a dû se dire qu'une fois le type parti, elle pourrait se faire un fix gratis.

Au bout de la ligne, les halètements ont repris.

— Charbonneau m'a parlé de votre découverte. Je crois qu'il est temps d'interpeller ce journaliste.

L'entretien achevé, j'ai appelé une compagnie aérienne. Qu'il le veuille ou non, Kit allait rentrer au Texas. Et je ne le quitterais pas d'une semelle tant qu'il ne serait pas monté dans l'avion.

Je suis arrivée à la maison pour trouver mon neveu sous la douche.

— Tu as mangé ? ai-je crié à travers la porte quand l'eau s'est arrêtée de couler.

— Pas vraiment.

« D'accord, mon pote ! me suis-je dit. Tu vas voir que mes nouilles à moi ne sont pas mal non plus ! » Sur ce, j'ai filé au *Faubourg* chercher des coquilles Saint-Jacques. Je les ai fait revenir avec des oignons et des champignons, puis les ai mélangées avec une sauce à base de yaourt, de moutarde, de citron et d'aneth et j'ai versé le tout sur de longs vermicelles. J'ai servi mon plat accompagné de salade verte. Kit en avait plein la vue.

Nous avons bavardé de choses et d'autres sans aborder de sujets importants.

— Qu'est-ce que tu as fait, aujourd'hui ?

— Je me suis baladé dans une île où je suis allé en métro. Il y avait une plage et plein de sentiers de randonnée. C'est pas mal.

— L'île Sainte-Hélène.

Cela expliquait la présence du skateboard dans l'entrée.

— Et toi, bonne journée ? a-t-il demandé, tout en piquant un croûton dans le saladier.

— Je me suis fait accuser d'indifférence envers les motards par une droguée de chez nous, ce qui est quand même un comble !

M'armant de courage, j'ai ajouté :

— J'ai réservé une place d'avion.

— Tu repars en voyage ?

— Pas moi. Toi.

— Oh, oh ! Je suis viré à coups de pied dans les fesses !

Il s'est mis à fixer le saladier.

— Kit, tu sais que je t'aime et que je suis très

heureuse de t'avoir auprès de moi. Mais je pense qu'il est temps que tu rentres à Houston.

— Comment on dit déjà ? Que les invités, c'est comme le vieux poisson ? À moins que le dicton ne s'applique qu'à la famille...

— Il ne s'agit pas de ça et tu le sais très bien. Ça fait près de quinze jours que tu es ici, tu n'as pas envie de retrouver tes amis ? De voir dans quel état est ton bateau ?

Haussement d'épaules agacé.

— Ils ne vont pas s'envoler.

— Je suis sûre que tes parents ont envie de te revoir.

— Ben, tiens ! Y a qu'à regarder comme ils font sauter le central téléphonique !

— Du Mexique, ce n'est pas fa...

— Harry est rentrée depuis lundi.

— Quoi ? !

— Je ne voulais pas te le dire.

— Tiens donc !

— J'avais peur que tu me renvoies à Houston.

— Et pourquoi tu pensais ça ?

Il a laissé retomber sa main sur le saladier, les doigts accrochés au bord. Dehors, une sirène a hurlé plaintivement. Un coup faible, un coup strident, un coup faible. Il continuait d'éviter mon regard.

— Parce que tu te débrouillais toujours pour rester à distance quand j'étais petit. Tu avais peur qu'Harry soit jalouse si je te faisais un câlin. Qu'elle se fâche, qu'elle se sente nulle ou je ne sais quoi d'autre...

Il a piqué un crouton dans la salade et l'a laissé retomber. Des gouttes d'huile ont giclé sur la table.

— Kit !

— Tu veux que je te dise ? Ça lui aurait fait du

bien, à Harry, de se sentir nulle, une fois dans sa vie. Je ne lui dois aucun merci, sinon pour ne pas m'avoir enterré dans un carton à chaussures, le jour de ma naissance... Bon, je vais ranger mes affaires.

Il a bondi sur ses pieds.

— Harry n'a rien à voir là-dedans. Je te renvoie au Texas parce que j'ai peur pour toi. Peur des gens que tu fréquentes ici et de ce qu'ils peuvent te faire. Peur que tu sois mêlé à de sales histoires et que tu te retrouves en danger.

— Arrête ton baratin ! Je ne suis plus un bébé, c'est moi qui décide de ma vie.

J'ai revu la Grenouille, telle une ombre planant au-dessus d'une tombe. Gately et Martineau, Savannah Osprey, George Dorsey... Des gens qui avaient décidé de mener leur vie à leur guise et qui en étaient morts. Non, je ne laisserais pas Kit prendre des décisions mortelles.

— S'il t'arrive quelque chose, je ne me le pardonnerai pas.

— Qu'est-ce que tu veux qui m'arrive ?

— Je crois que tu t'es laissé entraîner dans une histoire qui te dépasse.

— Je n'ai plus six ans, tante Tempé. Tu peux me mettre à la porte de chez toi, mais tu ne peux pas me dire ce que je dois faire après.

Sa pomme d'Adam montait et descendait le long de son cou. Le silence est tombé. Nous étions à deux doigts de nous dire des choses irrémédiables et nous le comprenions tous deux. J'ai donné du mou. Kit a disparu dans le couloir. Frottement de pieds nus sur la moquette.

J'ai dormi comme une souche, ce soir-là. Et brusquement, je me suis réveillée en sursaut. Le store de ma fenêtre était encore tout noir. Je l'ai vu passer progressivement au gris foncé sans penser à autre chose qu'à mon neveu. Abandonnant tout espoir de me rendormir, je me suis fait un thé et suis allée le boire dans le patio, emmitouflée dans le plaid en patchwork de grand-mère, tout en regardant s'éteindre les étoiles. À Charlotte, quand Katy et Kit étaient enfants, nous nous amusions à inventer des constellations et à les baptiser du nom qu'elles nous évoquaient. Katy voyait tantôt une souris, tantôt des patins à roulettes ; Kit, toujours une mère et son enfant. Comment faire comprendre à mon neveu mes raisons d'agir ? Il était jeune et vulnérable. Il recherchait désespérément l'appréciation et la reconnaissance. Mais de la part de qui ? De moi ? Était-ce pour cela qu'il voulait rester à Montréal ? N'était-ce pas plutôt parce que je lui fournissais un port d'attache commode, à partir duquel mener ses petites affaires dont il ne voulait pas me parler ?

D'où sa bizarre apathie lui venait-elle ? Dès le premier jour, ça m'avait étonnée. Katy aurait constamment cherché à rencontrer des gens de son âge, mais lui, il semblait se satisfaire de quelques balades, de ses jeux vidéo et de la compagnie d'une tante sur le retour et de son chat tout aussi décati. Le Kit d'aujourd'hui n'avait plus rien à voir avec le gamin agité dont j'avais gardé le souvenir. Un garnement qui ne vivait pas un jour sans s'écorcher les genoux ou se casser quelque chose. Au point que, des années durant, ma sœur avait été à tu et à toi avec le personnel médical de tout son quartier.

Cela dit, que savais-je des occupations de Kit quand je n'étais pas là ? Restait-il à la maison comme il le prétendait ? Sa fatigue ne lui venait-elle pas plutôt de ce qu'il allait traîner avec Crease, le Prêcheur ou ce type à face d'hyène ?

Au souvenir de la photo éclaboussée de sang

sur laquelle Cherokee et son compère faisaient un doigt d'honneur à cette autre chose que j'avais également reconnue, un froid glacial m'a saisie. Et ce n'était pas mon thé, à présent tiédasse, qui pouvait me réchauffer.

Ne faisais-je pas une bêtise en renvoyant Kit ? Il passait par un cap difficile, je pouvais avoir une bonne influence sur lui. S'il était mêlé à des trucs dangereux, ne valait-il pas mieux le garder auprès de moi ?

Non ! La situation était trop explosive. Mon choix était le bon. Kit devait rentrer au Texas et ce, avant l'enterrement de George Dorsey !

L'aube s'est faufilée sous l'horizon, escortée d'une ondée qui a ravivé la couleur des arbres du jardin et de la pierre des vieilles maisons d'en face. Une brume légère a peu à peu estompé les contours des choses et la ville s'est mise à ressembler à une aquarelle toute en douceur, signée Winslow Homer.

Toile de fond idyllique pour des funérailles au pays des gangs.

J'ai jeté ma dernière tasse de thé sur la pelouse et suis allée réveiller mon neveu.

Sa chambre était vide.

37.

Kit m'avait laissé un mot sur la porte du réfrigérateur. Mes mains tremblaient tellement que j'ai préféré le lire là où il était.

Merci pour tout. Ne t'en fais pas. Je suis chez des amis.

J'ai cru que mon cœur s'arrêtait de battre. J'ai jeté un coup d'œil à la pendule : les obsèques commenceraient dans un peu plus d'une heure. J'ai appelé Claudel sur son bip et je me suis préparé un café. À sept heures et quart, j'étais habillée, mon lit fait. J'ai descendu mon café, tout en me mordillant une petite peau autour de l'ongle du pouce entre deux gorgées. Du calme, Brennan. La terre continuait de tourner. Les plaques tectoniques progressaient inexorablement et, sous l'effet des pluies acides, six hectares de forêt tropicale allaient disparaître à jamais de la surface du globe. Je suis allée me coiffer dans la salle de bains. Petites touches de fond de teint, un coup de blush sur les joues et retour à la cuisine pour une seconde tasse de café. Sept heures et demie. Où était passé ce connard de Claudel ? Retour à la salle de bains pour me mouiller les cheveux et les recoiffer.

Je cherchais le fil dentaire quand le téléphone a sonné.

— Je ne vous imaginais pas lève-tôt.

Claudel, enfin. Sur fond de circulation.

— Kit a disparu.

— *Cibole !*

— Où êtes-vous ?

— Devant l'église.

— Comment ça se présente ?

— Mickey au pays des sept péchés capitaux. Paresse et gourmandise sont assez bien représentées.

— Vous ne l'avez pas vu, je suppose ?

— Non, mais je raterais Fidel Castro dans cette foule. À croire que tous les motards du continent ont rappliqué.

— Et Crease ?

— Pas vu non plus.

Quelque chose dans sa respiration m'a laissé deviner qu'il ne me disait pas tout.

— Quoi d'autre ?

— Nous avons creusé un peu sa biographie, avec Charbonneau. De 1983 à 1989, il n'était pas agent infiltré mais plutôt correspondant étranger. Du genre à rédiger ses papiers sur des formulaires à remettre au surveillant de sa rangée.

— Vous voulez dire qu'il a fait de la prison ? me suis-je écriée, ébahie.

— Six ans. Au sud de la frontière.

— Au Mexique ?

— À Juárez, très exactement.

Mon cœur s'est mis à battre à toute volée.

— Kit est sûrement avec ce tueur.

— Ne vous en mêlez pas, madame Brennan ! m'a coupée Claudel d'une voix de flic glaciale. Il risque d'y avoir du grabuge. Ces motards sont comme les requins qui ont senti le sang.

— Et je laisserais Kit leur servir de hors-d'œuvre ? !

Prenant conscience du ton suraigu de ma voix, je me suis interrompue net. Je devais coûte que coûte conserver mon sang-froid.

— Je vais envoyer une patrouille interpeller Lyle Crease.

— Vous ne croyez pas qu'il va venir à l'enterrement ?

— Qu'il pointe seulement le bout de son nez et on le coffre !

— Et si mon gamin de dix-neuf ans se fait choper en même temps ?

J'en criais presque.

— Tout ce que je vous dis, c'est de ne pas venir ici !

— Alors, attrapez ce salaud !

J'avais à peine raccroché que mon portable a sonné.

Kit ?

J'ai foncé jusqu'à ma chambre. J'ai eu juste le temps de sortir l'appareil de mon sac.

— Faut que vous sachiez ce qu'ils veulent faire !

La voix, entrecoupée de hoquets comme celle d'un enfant qui a pleuré longtemps, m'a jetée dans la confusion, puis a soulevé en moi un flot de reconnaissance avant de me replonger dans un abîme d'angoisse.

— Qui ça, Jocelyne ?

— Faut que ça se sache, que ces ordures de Heathens ont décidé de mettre la ville à feu et à sang !

Elle a reniflé bruyamment et enchaîné :

— Et votre gamin se retrouvera au fond du trou.

Mon ventre s'est transformé en une boule compacte.

— Qu'est-ce que vous voulez dire ? Que vient faire Kit dans l'histoire ?

— Je veux du fric et une planque.

Elle parlait maintenant d'une voix plus assurée.

— Dites-moi ce que vous savez.

— Je ne dirai rien tant qu'on n'aura pas passé un marché.

— Je ne suis pas habilitée à le faire.

— Vous connaissez ceux qui le sont.

— Je veux bien essayer de vous aider, mais j'ai besoin de savoir si mon neveu est en danger.

Silence.

— Oh, puis merde ! De toute façon, j'ai déjà les pieds devant.

Elle avait la voix lourde de quelqu'un qui a perdu tout espoir.

— Rendez-vous dans vingt minutes à la station Guy, sur le quai du métro qui va vers l'ouest. J'attendrai dix minutes. Si vous êtes en retard ou que vous ramenez quelqu'un, je me casse. Et quand on écrira cette histoire, votre gamin ne sera plus qu'une note en bas de page.

Coupé !

J'ai rappelé Claudel sur son bip et j'ai laissé mon numéro. Après, je suis restée à fixer mon téléphone en réfléchissant aux options qui s'offraient à moi : attendre que Claudel me rappelle ? Non. Tenter de joindre Quickwater ? Difficile... Claudel ne m'avait pas interdit de prendre le métro. Bien. J'irais retrouver Jocelyne et rappellerais le détective quand j'aurais du nouveau.

J'ai composé le numéro du Carcajou sur mon portable mais, au dernier moment, je n'ai pas appuyé sur le bouton de connexion. Au lieu de cela, j'ai attrapé mon sac et foncé dehors.

Jocelyne était assise en bout de quai, sur le banc qui faisait l'angle, comme si le mur en béton derrière elle devait la protéger du danger. Un sac en toile sur les genoux, un autre par terre à ses pieds, elle scrutait en rongeant son pouce les voyageurs qui attendaient sur les deux côtés de la voie. Elle m'a repérée alors que j'étais encore au milieu du quai. Mon cœur battait si fort dans mes oreilles que son bruit etouffait tous les autres. L'air souterrain, respiré par des légions d'usagers, était lourd et confiné. J'ai dégluti fortement pour faire passer le goût amer que j'avais dans la bouche. Jocelyne m'a regardée m'asseoir à côté d'elle sans dire un mot. Dans la lumière blafarde, sa peau crayeuse avait une teinte violacée, le blanc de ses yeux paraissait jaune. J'ai voulu parler, elle m'a arrêtée de la main.

— Je ne répéterai pas deux fois ce que je vais dire. Tout de suite après, je partirai. Alors, ouvrez vos oreilles !

Je n'ai rien répondu. Ses yeux balayaient les gens debout le long des quais. Ses gestes étaient désordonnés.

— Je suis une junkie, on va pas se raconter de salades. J'ai beau être aussi une pute et une menteuse, je viens du même milieu que vous : girl-scout, camp d'été et cassolette de thon. Ça vous en bouche un coin, hein ? Sauf qu'en chemin, je suis tombée dans un engrenage de folie et que je suis piégée.

Dans l'ombre violette, ses yeux étaient cadavériques.

— Ces derniers temps, j'ai la haine et j'en chie. Je hais tout le monde, à commencer par moi.

Elle a essuyé une coulure brillante sous ses narines.

— Quand on en est à gerber chaque fois qu'on croise son reflet quelque part, on pige que le moment est venu de fermer boutique.

Elle a tourné vers moi des yeux fixes où brûlaient la rage et la culpabilité.

— Peut-être qu'on me tuera pour vous avoir parlé, mais faut que j'expulse ma hargne. Je veux qu'ils paient, ces salauds !

— Qu'est-ce que vous voulez nous donner ?

— Des renseignements sur *l'Araignée* et la gamine.

— Je vous écoute.

— C'est George Dorsey qui a fait le coup. Ça n'a plus d'importance, maintenant qu'il est crevé.

Son regard s'est détourné et s'est reposé sur moi.

— Revanche des Heathens sur les Vipères, pour la mort des frères Vaillancourt. C'est George et un Heathen à part entière qui ont refroidi Marcotte. Sylvain Lecomte, il s'appelle. La gamine, c'est la faute à pas de chance.

Elle a ramené son pied botté contre le sac de tissu.

— George, il croyait que ce coup allait lui ouvrir les portes de la gloire. Mais les Heathens l'ont refroidi pour qu'il aille pas livrer Lecomte.

Elle a ricané et s'est tapé le menton.

— Le soir du meurtre, c'est moi qu'il attendait près de chez Cherokee. Après, quand les frères ont appris qu'il avait été coffré et qu'en plus, il avait demandé à vous voir, ils ont décidé de le buter pour qu'il ne risque pas de désigner Lecomte... Un mec important, ce Lecomte, a encore lâché Jocelyne. Une merde, qui a abattu une petite fille.

— C'est tout ?

Elle a haussé les épaules.

— Les tombes de Saint-Basile. J'ai vécu neuf ans sur les lieux. J'ai plein d'infos à échanger.

— Vous voulez bénéficier du programme de protection des témoins ?

— Je veux du fric et me tirer de là.

— Vous ne voulez pas du programme ?

Elle a de nouveau haussé les épaules.

— Qu'est-ce que vous savez de Cherokee ?

— C'est lui qui a trimballé les os de Caroline du Sud jusqu'à Montréal. Mais j'ai écrit tout ça. Je donnerai ma lettre quand je serai en sécurité loin d'ici.

Elle avait beau le formuler à voix haute, elle ne semblait pas y croire.

— Alors pourquoi me dites-vous tout cela, maintenant ?

— Parce qu'ils ont descendu Dorsey. Il avait fait leur boulot et ils l'ont descendu !

Elle a tourné la tête et s'est remise à sa surveillance.

— Et moi, je vaux pas mieux qu'eux, maintenant.

Sa voix a sombré. Elle se haïssait.

— C'est moi qui ai tendu le traquenard au reporter.

— Qui ça ?

— Lyle Crease. Quand vous m'avez demandé si je le connaissais, je me suis dit qu'il y avait anguille sous roche. J'ai regardé les nouvelles à la télé anglaise. C'est bien lui qui était venu chez Cherokee. J'ai refilé son nom aux Vipères contre un sac de flocons.

— Seigneur !

— Je vous l'ai dit que j'étais une salope de junkie ! a-t-elle crié. Quand tu es au fond du trou et que tout le monde te claque la porte au nez, y a

405

plus rien qui compte que le fix. Pas même ta mère... J'ai pas fini.

Ses mains se sont mises à trembler et elle a appuyé ses doigts contre ses tempes.

— Après, j'ai appelé Crease pour lui donner rendez-vous au cimetière.

Elle a de nouveau éclaté de ce rire plein de haine contre elle-même.

— C'est eux qui vous ont demandé d'arranger le rendez-vous ?

— Ouais. Ils vont effacer le journaliste et quelques Heathens avec.

— Et mon neveu dans tout ça ?

J'avais la bouche si sèche que je pouvais à peine articuler.

— Crease a dit de rien tenter parce qu'il aurait le môme avec lui.

Bruit sourd et prolongé. Une rame approchait.

Elle a de nouveau secoué la tête. De profil, son expression était plus dure encore.

— Cet enterrement, ce sera une mise à mort sur écran géant. Et votre neveu, il pourrait bien avoir un super rôle dans le film.

Accouplé au grondement, un changement dans la pression de l'air a annoncé l'arrivée de la rame. Les gens se sont rapprochés du bord du quai. Lèvres pincées et paupières plissées, Jocelyne scrutait le quai en face. Soudain, sa bouche s'est arrondie et ses yeux se sont ouverts tout grands. Baissant la main vers son sac en toile, elle a hurlé :

— Lecom... !

Dans un fracas de tonnerre, le métro allait entrer en gare. Subitement, la tête de Jocelyne est partie en arrière et le mur dans son dos s'est recouvert d'un nuage sombre. Je n'ai eu que le temps de me jeter à plat ventre, mains sur la tête.

Hurlements de la foule et crissements des roues.

J'ai voulu me faufiler sous le banc, il était vissé au mur. Toute fuite m'était interdite. Les portes des wagons se sont ouvertes. Bousculade des passagers qui montaient et descendaient en même temps. Cris. Têtes qui se tournaient vers nous, les traits figés d'horreur et d'effroi. Puis le métro est reparti en trombe et le fond sonore s'est modifié : retraite dans la panique. Les gens couraient dans tous les sens.

J'ai laissé passer une minute entière sans un seul coup de feu avant de me relever avec mille précautions. Ma veste était couverte de sang et de particules de chair. J'avais l'estomac révulsé, la bile remontait dans ma bouche.

Des cris. En anglais. En français.

Attention !

Sacrifice !

Appelez la police !

Elle est morte ?

Ils arrivent.

Mon Dieu !

Débandade vers les escalators, confusion générale.

Jocelyne avait encore des soubresauts. Une traînée de salive coulait de sa bouche. Odeur d'excrément et d'urine. Mare de sang sur le banc et par terre.

J'ai revu Cherokee. D'autres cadavres encore sont passés devant mes yeux, comme les éclairs d'une torche qui s'allume et s'éteint. Gately. Martineau. Savannah Osprey. Emily Anne Toussaint. Toutes ces morts que je n'avais ni causées, ni su prévenir. Que pouvais-je pour Jocelyne ? Rien. Mais je pouvais empêcher que mon neveu soit le prochain sur la liste ! Non, je ne permettrais pas que les motards fassent un mort de plus. En tout cas, ni Kit, ni Harry, ni moi ne serions leurs victimes.

Flageolant sur mes jambes, j'ai grimpé les escalators. Dehors, deux véhicules de la police bloquaient déjà l'entrée du métro, portières ouvertes et gyrophares allumés. Des sirènes annonçaient l'arrivée de renforts. La foule qui fuyait la tragédie m'a emportée dans son flot.

Je sais que j'aurais dû rester sur place. Faire une déposition et laisser la police s'occuper du reste, mais j'étais au bord de l'évanouissement. Ce carnage que nous étions incapables d'arrêter me donnait la nausée. Ma terreur pour Kit, ancrée en moi comme une douleur physique, brouillait mon jugement et mon sens du devoir.

Réussissant à me dégager de la foule, j'ai pris mes jambes à mon cou.

38.

Mes mains tremblaient toujours quand j'ai ouvert la porte de mon appartement. Sans grand espoir, j'ai crié « Kit ! » Silence total pour réponse. J'ai couru prendre dans ma serviette le plan du déploiement des effectifs que m'avait remis Charbonneau et, l'ayant consulté, j'ai foncé au garage.

Les embouteillages de l'heure de pointe commençaient à se résorber mais, dans le centre-ville, la circulation était encore loin d'être fluide. Agrippée au volant, les mains moites, j'avançais au ralenti, le cœur battant à tout rompre. J'ai enfin réussi à me dégager et à filer vers la montagne. Je me suis garée sur un parking en face du Lac aux Castors.

Les cimetières du mont royal, en amont du Chemin Remembrance, étirent à perte de vue leurs étranges et belles cités des morts. Jardins élégants et architecture funéraire se succèdent sur les versants. Il y a là le cimetière du mont royal, le cimetière juif et le cimetière Notre-Dame-des-Neiges, entouré d'une grille de fer forgé. Ce dernier, créé à l'intention des catholiques, renferme aussi bien des mausolées prétentieux que de modestes concessions ne dépassant pas dix ans. Crématoriums, columbariums et autres funérariums sont à la disposition de ceux pour qui la tradition n'est pas un vain mot. Depuis le milieu du XIXᵉ siècle, plus d'un million de défunts ont été ensevelis là, dans les diverses sections réservées aux Polonais, aux Vietnamiens, aux Grecs ou aux Français. Aux Anglais également. Le visiteur peut obtenir un plan où sont répertoriées les sépultures des personnages illustres de Montréal.

La famille Dorsey avait son caveau dans la section de Troie, non loin du monument élevé à Marie Travers, chanteuse des années trente connue sous le nom de la Bolduc. Si ce détail en soi n'était pas essentiel dans la mise en place du plan de sécurité, le fait que la tombe se trouve à moins de dix mètres du Chemin Remembrance et à vingt mètres du portail sud était, quant à lui, capital. Ce lieu, le plus difficile à protéger, était considéré par la police comme le plus propice à une attaque dans l'enceinte du cimetière.

Le cortège devait pénétrer par le portail est, exactement en face de là où je me trouvais. J'ai frotté mes mains sur mon jean et regardé ma montre. Ça n'allait plus tarder.

En temps ordinaire, il n'y a guère de monde sur la montagne de si bon matin mais, aujourd'hui, les gens occupaient les bas-côtés de la route ou s'agglutinaient près du portail, quand ils ne se promenaient pas déjà dans le cimetière, parmi les arbres et les pierres tombales. Heathens et Rock Machine venant porter en terre avec magnificence le camarade abattu par eux : ce spectacle était d'une telle hypocrisie qu'il en devenait surréaliste.

Un grand nombre de fourgons de police, gyrophares tournoyant, étaient stationnés des deux côtés du Chemin Remembrance. Les radios grésillaient. J'ai fermé ma portière à clef et traversé le chemin en courant, glissant sur l'herbe nouvelle qui en verdissait le milieu. J'ai inspecté la foule. Des jeunes, blancs pour la plupart. Je n'ai repéré ni Kit, ni Crease. J'ai seulement aperçu Charbonneau, appuyé contre une voiture de patrouille. À l'entrée de la poterne, un agent en uniforme m'a arrêtée.

— Hep, madame, doucement ! Un enterrement est attendu sous peu, cette porte est condamnée. Vous devez faire le tour.

Bras étendus, il me barrait le passage comme s'il se préparait à utiliser la force contre moi. Je me suis identifiée. À la façon dont ses traits se sont tordus quand j'ai dit « Carcajou », il était clair qu'il ne me croyait pas.

Un coup de sifflet a déchiré l'air. Bref. Un maître appelant son chien. D'un même mouvement, nous nous sommes retournés.

Claudel !

Juché sur une butte en retrait de la tombe de Dorsey, il nous faisait un moulinet du bras. L'agent m'a désignée, Claudel lui a donné son aval. D'un air réprobateur, le policier m'a autorisée à franchir la grille.

Courant sur le sentier, j'ai escaladé le monticule où Claudel avait pris position. Son accueil n'a pas été des plus chaleureux.

— Qu'est-ce que vous foutez là ?

— Kit est avec Crease et ils arrivent ! me suis-je écriée, hors d'haleine.

— Vous n'en faites toujours qu'à votre tête, madame Brennan ? m'a-t-il jeté, sans détacher les yeux de la foule. On a déjà eu un meurtre, ce matin !

J'ai revu le métro : Jocelyne scrutant les quais, Jocelyne agonisant avec des râles.

— J'y étais.

— Quoi ? !

Le regard de Claudel s'est abattu sur moi, puis est descendu sur ma veste tachée de sang. Je lui ai rapporté les faits.

— Et vous avez quitté les lieux ? !

— Il n'y avait rien que je puisse faire.

— Si vous vous fichez de votre devoir...

— Elle était morte !

Peur, colère et culpabilité dansaient la sarabande dans ma tête, et la froideur de Claudel n'était pas faite pour me rasséréner. J'ai eu un sanglot. « Non ! Pas ça ! Je t'interdis de pleurer ! »

Sur ces entrefaites, la tête de Quickwater a émergé de dessous le rebord où nous nous tenions. Il est venu chuchoter quelques mots à l'oreille de Claudel, puis est reparti, sans un geste pouvant me donner à croire qu'il avait remarqué ma présence. Quelques secondes plus tard, il est réapparu en contrebas. Se traçant un chemin entre des pierres tombales ouvragées, il est allé se placer derrière un obélisque en granit rose.

— Quand je crierai « À terre », vous vous mettrez à couvert sans poser de questions ! m'a intimé Claudel. Pas d'héroïsme, compris ?

J'ai acquiescé. Il n'a rien fait pour que nous reprenions la conversation. C'était aussi bien. Je n'avais envie de partager avec personne ma peur pour Kit, comme si le fait de la formuler tout haut pouvait la faire se matérialiser. Quant à mentionner à Claudel ce Lecomte dont avait parlé Jocelyne, cela pouvait attendre.

Cinq minutes ont passé. Et cinq encore. Je scrutais l'assistance : pot-pourri de costumes chics, de chaînes, de swastikas, de clous et de bandanas.

L'arrivée du cortège s'est signalée par un grondement sourd bien avant qu'il ne se découvre à nos yeux. Le roulement s'est mué en clameur dès qu'ont débouché du tournant les deux voitures de police qui ouvraient la voie au corbillard. Suivaient une limousine et une demi-douzaine de voitures. Est apparue ensuite une phalange de motos roulant à quatre de front, puis à deux ou à trois plus loin derrière, et, bientôt, la route n'a plus été qu'une colonne interminable de chromes étincelants sous le soleil.

Le cortège a ralenti et pénétré dans le cimetière. L'air a résonné des pétarades et des vrombissements des motards qui changeaient de vitesse pour casser la formation et se regrouper près de l'entrée. Les pilotes ont mis pied à terre et se sont avancés vers le portail. Barbes, lunettes et Levi's graisseux.

— *Sacré bleu !* On aurait dû garder tout ça à l'extérieur, s'est exclamé Claudel, en contemplant le zoo humain à ses pieds.

— D'après Roy, il n'y avait pas moyen de faire autrement.

— Saloperie de droits civiques ! Je t'aurais interdit l'accès à cette vermine, moi, et laissé leurs avocats se dépatouiller pour nous faire un procès !

Le cortège a tourné à gauche et longé l'allée bordée d'arbres qui délimitait la section Troie. Arrivé tout au bout, il s'est arrêté. Le maître de cérémonie est allé ouvrir les portières de la limousine. Un vieil homme dans un costume usé, deux matrones en robe noire et fausses perles, une jeune femme en robe à fleurs, un garçon en veston trop court pour lui, enfin un prêtre âgé en sont descendus, avec l'air étonné des gens qui n'ont pas l'habitude d'être servis. Le petit groupe a marché jusqu'à des chaises pliantes installées sous un dais vert vif où patientait un catafalque drapé de tissu, tel un chariot à l'entrée du bloc opératoire.

Pendant ce temps, l'autre famille de Dorsey opérait son rassemblement et, à grand renfort de plaisanteries et d'appels, formait un semblant de fer à cheval à l'extérieur du dais. D'un pas nonchalant, un détachement de huit motards en jean et lunettes est allé se placer à l'arrière du corbillard. Sur un signe de son chef, un employé des pompes funèbres a proposé à la ronde des gants qu'un mastodonte aux cheveux retenus par un bandeau à la mode des noirs a envoyés valser d'un coup de coude. Et c'est mains nues que les porteurs ont extrait le cercueil du fourgon et l'ont porté jusqu'au dais en chancelant sous son poids.

Les motos s'étaient tues. Les branches au-dessus de ma tête s'agitaient doucement, l'odeur des fleurs et de la terre fraîchement remuée m'arrivait par vagues. Un sanglot s'est échappé du dais et, porté par la brise, a survolé les tombes environnantes.

— *Sacré bleu !* s'est écrié Claudel.

Je me suis retournée vers lui. Il fixait le portail. J'ai suivi son regard. Horreur ! Crease et Kit se frayaient un chemin parmi les gens à l'entrée. Dépassant le demi-cercle des parents et des proches, ils sont entrés dans l'ombre d'une stèle en bronze, un ange de taille humaine aux bras étendus comme un nageur faisant du surplace. J'ai voulu parler, Claudel m'a fait signe de me taire. Les yeux braqués sur Quickwater, il levait sa radio. Celui-ci lui a répondu en pointant discrètement son appareil d'abord à droite, puis devant lui. J'ai scruté la direction indiquée : à l'écart de la foule, des hommes, dont l'attention ne se portait certainement pas sur la cérémonie, se dissimulaient entre les pierres tombales et les arbres. À l'instar de Claudel ou de Quickwater, ils étaient munis de radios et leurs yeux ne connaissaient pas le repos, mais, à la différence des officiers du Carcajou, ils étaient chaussés de lourdes bottes et couverts de tatouages.

J'ai interrogé Claudel du regard.

— Service d'ordre des Rock Machine.

Sous le dais, le vieux prêtre ouvrait son missel. Des mains se sont levées pour faire le signe de la croix. Retenant d'un doigt arthritique les pages du gros livre, le prêtre a entamé l'office. Des paroles se perdaient, happées par la brise, d'autres planaient sur les lieux, à l'intention de tous.

— ... *qui es aux cieux que ton nom soit sanctifié...*

J'ai senti Claudel se durcir. À une vingtaine de mètres sur la gauche, un homme venait d'émerger d'un groupe de statues et, tête baissée, marchait vers le dais.

— ... *ton règne... ta volonté...*

J'ai regardé Quickwater. Il avait les yeux rivés sur les sentinelles Rock Machine, dont l'un parlait au talkie-walkie à un comparse à l'autre bout du rassemblement. Le constable a levé sa radio. Sans lâcher de l'œil le type qui marchait vers la fosse, Claudel a enfoncé sa touche d'écoute pour entendre son coéquipier.

... *Pardonne-nous... à ceux qui nous ont offensés...*

— Un problème ? lui ai-je demandé.

— Ce n'est pas un Rock Machine, peut-être un Bandido. Les guetteurs Rock Machine ne sont pas sûrs.

— Comment Quickw... ?

— Il l'a lu sur leurs lèvres.

— Et vous, vous le connaissez ?

— Tout ce que je peux dire, c'est que ce n'est pas un flic.

J'avais les nerfs à fleur de peau.

Sa tenue ne différenciait pas le type en question du reste de l'assistance : foulard sur la bouche et visière au ras des yeux. Pourtant, quelque chose dans son allure détonnait. Son blouson, par exemple, nettement trop chaud pour la saison ; et ses bras, un peu trop près du corps.

Soudain, un rugissement de moteur a déchiré l'air. Une Jeep remontait le Chemin Remembrance et obliquait vers la grille. En même temps, dans une pétarade, une Harley franchissait en trombe le portail. Ce qui s'est passé ensuite m'a paru durer une éternité, comme si les événements se déroulaient au ralenti. J'ai su plus tard que le tout n'avait pas pris trois minutes.

Un homme au milieu du fer à cheval des motards est subitement parti en vrille contre un des poteaux qui soutenaient le dais. La tente s'est affaissée dans les hurlements et les coups de feu. La foule, un instant paralysée, s'est éparpillée en tous sens.

— Plongez ! a hurlé Claudel, en me projetant au sol d'une poussée dans le dos.

Recrachant la terre entrée dans ma bouche, j'ai vu un barbu s'échapper en rampant de l'amas de tissu et filer vers un Christ de pierre aux bras ouverts en signe d'accueil. À mi-course, son dos s'est arqué et il a basculé en avant. Il s'est traîné un peu sur le sol et, après un dernier soubresaut, s'est aplati tout à fait. J'ai tendu le cou pour regarder. Une balle est venue s'encastrer dans le châtaignier derrière moi.

Quand j'ai rouvert les yeux, le type à drôle d'allure se trouvait à l'abri d'un monument et, penché vers le socle, faisait jouer la culasse d'un semi-automatique dont l'acier, en coulissant, a jeté un éclat dans le soleil. Gardant le bras le long du corps, l'homme s'est dirigé en tapinois vers l'ange nageur.

Kit !

N'écoutant que ma peur, je me suis élancée en rampant vers le sentier qui menait à la statue.

— Brennan, revenez ! a hurlé Claudel.

Je l'ai ignoré. Prenant appui sur mes mains, je m'étais hissée sur mes pieds et dévalais déjà la pente. Veillant à rester sur le côté pour éviter les balles, je courais, pliée en deux, bondissant d'un tombeau à l'autre et me raccrochant à tout ce qui me tombait sous la main. Tout autour, pistolets et revolvers s'en donnaient à cœur joie. Les Hell's Angels étaient là pour moissonner leur vengeance, les Rock Machine leur rendaient chaque balle. Les projectiles faisaient des ricochets sur les tombes et les dalles de granit. Du chaud a coulé sur mon visage, un éclat m'avait entaillé la joue.

Je contournais la statue quand l'homme au blouson trop chaud a brusquement surgi devant moi. Crease et Kit étaient à mi-chemin entre nous. Le tireur a levé le bras. J'ai hurlé « À terre ! » Au même instant, le reporter, harponnant Kit, le faisait pivoter pour s'en faire un rempart.

Une sueur, glacée par le vent, a dégouliné de mes cheveux.

Kit ne réalisait pas le danger. Ce n'est qu'au bout d'une éternité qu'il a songé à faire demi-tour sur lui-même et à balancer son genou dans l'entre-jambe de Crease. La bouche du journaliste a formé un O parfait et ses coudes sont partis en l'air. L'une de ses mains a lâché prise. L'autre, restée agrippée à la chemise de Kit, retenait ses contorsions et ses tentatives pour s'échapper à droite.

Déflagration assourdissante, amplifiée par le bronze de la stèle : le tireur avait pressé la détente.

Mon neveu gisait à terre, immobile au pied de l'ange.

— Kit !

Mon hurlement s'est noyé dans les pétarades et les tirs.

Deuxième coup de tonnerre : un trou s'est ouvert dans la poitrine de Crease en même temps qu'un flot rouge giclait de son front. Le reporter s'est figé un instant et s'est écroulé à côté du gamin.

Je me suis précipitée vers Kit pour le couvrir de mon corps. Ses mains remuaient faiblement, une tache bourgogne s'élargissait dans son dos. Du coin de l'œil, j'ai perçu un mouvement derrière la stèle, puis une silhouette qui grossissait et grandissait jusqu'à remplir tout l'espace entre l'ange et la tombe voisine. Pieds écartés, mains tendues en avant, elle braquait un pistolet sur le tireur debout au-dessus de Kit et de moi. Un flash s'est échappé du canon.

Nouveau roulement de tonnerre. L'œil du tireur a explosé, du sang a fusé de sa bouche, et l'homme s'est écroulé juste à côté de nous.

Mes yeux ont alors croisé du bleu plus bleu qu'une flamme de butane.

Ryan !

Mais déjà il s'était volatilisé.

Au même instant, Quickwater a surgi d'un renfoncement sous l'ange. Nous attrapant, Kit et moi, il nous a tirés vers le socle, avant de courir s'accroupir devant Crease et l'assassin, tous deux étendus sur le dos. Là, à l'abri du monument, il s'est mis à faire de grands moulinets du bras.

J'ai essayé d'avaler ma salive, j'avais la bouche plus sèche qu'un désert. Des balles mitraillaient le sol juste à côté de moi. J'ai de nouveau pris conscience de l'odeur de la terre et des fleurs. De la cavité où j'étais, je voyais des gens courir dans tous les sens. Quickwater, ramassé en boule, prêt à bondir, balayait la scène des yeux. On entendait des sirènes et des moteurs au loin.

Nouvelle explosion. J'ai ressenti comme une décharge d'adrénaline. J'ai appuyé de toutes mes forces sur le dos de Kit pour obturer sa blessure, tout en enfonçant de mon mieux un mouchoir dans le trou qu'il avait à la poitrine. Le temps ne signifiait plus rien.

Subitement, le silence s'est abattu. Le cimetière entier a paru se figer.

Ensuite, par-delà Quickwater, des gens ont commencé à s'extraire de dessous le dais, hirsutes et sanglotant. Des motards, sortis de leurs abris, se sont réunis par petits groupes furieux, brandissant le poing comme des chanteurs hip-hop pris de rage. D'autres gisaient à terre, immobiles.

Ryan n'était nulle part en vue.

Des sirènes ont mugi tout en bas de la montagne. J'ai lancé un coup d'œil à Quickwater. Nos regards se sont croisés. Mes lèvres tremblaient sans qu'aucun son en sorte. Il a essuyé le sang qui coulait de ma joue et a gentiment repoussé mes cheveux en arrière. Et ses yeux, plantés dans les miens, ont admis la réalité de ce que j'avais vu, l'instant auparavant : Ryan, ici, avec nous !

Secret que nous partagions désormais, lui et moi.

J'ai eu un sanglot, les larmes brûlaient mes paupières. Je me suis détournée. Surtout ne pas montrer ma faiblesse. Mes yeux sont tombés sur un portrait scellé dans le ciment aux pieds de l'ange. Le visage solennel, décoloré par des années de soleil et de pluie, me fixait par-delà la mort.

« Seigneur, je vous en supplie. Pas Kit ! »

J'ai baissé les yeux sur mes mains. Le sang

coulait entre mes doigts. J'ai fondu en larmes sans plus me dissimuler. J'ai appuyé plus fort sur la blessure de Kit.

Fermant les yeux, je me suis mise à prier.

39.

— C'était quoi, votre plan à la con ? m'a apostrophée Charbonneau.

— Je n'en avais pas. J'ai suivi mon instinct.

— Vous n'étiez même pas armée !

— Si, de ma juste fureur !

— En face d'un automatique, on repassera !

Une semaine s'était écoulée depuis la tuerie de Notre-Dame-des-Neiges, et nous avions déjà débattu du problème une bonne douzaine de fois. Nous étions dans mon labo et il me regardait emballer les ossements de Savannah Osprey pour les expédier à Raleigh. Le séquençage d'ADN avait permis d'établir que les restes trouvés à Saint-Basile-le-Grand appartenaient bien au squelette de Myrtle Beach. De son côté, Kate Brophy avait appris que la mère de Savannah était morte, et elle était parvenue à localiser une tante maternelle. L'enterrement aurait lieu en Caroline du Nord.

Rien que de penser à cette cérémonie solitaire, j'en avais le cafard. Certes, j'éprouvais de la satisfaction à avoir identifié Savannah, mais je ne pouvais me rappeler sans tristesse ce qu'avait vécu cette jeune hydrocéphale, si fragile et solitaire, détestée par son père et abandonnée dans la mort par sa mère. Y aurait-il une seule personne pour venir se recueillir sur sa tombe ?

Quelle idée avait donc pu subitement lui traverser la tête, ce jour-là, la décider à se rendre à Myrtle Beach ? Mystère. J'ai demandé son avis à Charbonneau.

— D'après Crease, ils ne l'ont pas forcée. En tout cas, ça a été une décision mortelle.

J'ai regardé l'enquêteur, étonnée de découvrir que ses pensées faisaient écho aux miennes. Tant de gens avaient pris des décisions mortelles tout au long de cette histoire. Gately et Martineau, Jocelyne Dion, George Dorsey, les Hell's Angels responsables de l'attaque au cimetière. Pour d'autres, il s'en était fallu d'un cheveu que leurs choix ne les conduisent au même résultat. Kit et Crease, notamment, qui avaient survécu tous les deux.

En fait, en apprenant de Jocelyne que le reporter était le meurtrier de Cherokee Desjardins, les Vipères avaient demandé aux Hell's Angels des États-Unis de dépêcher un escadron de la mort pour le supprimer, et ces derniers avaient choisi de s'exprimer en place publique, afin de bien faire passer le message qu'on ne tuait pas impunément un des leurs. C'est ainsi que le cimetière avait été élu comme lieu de « représailles ».

L'affaire était bien montée. Des tueurs chargés d'éliminer Crease, celui à moto aurait dû parvenir à s'échapper si Quickwater et Ryan n'étaient intervenus. Comme le bolide était sorti indemne de la fusillade, la version donnée en pâture au public n'avait pas fait état du pilote abattu. Quant aux assassins à bord de la Jeep, connaissant mal les lieux, ils avaient fait un tonneau alors qu'ils tentaient de fuir. Les deux passagers à l'avant étaient morts sur le coup. Le troisième, hospitalisé avec de nombreuses blessures, offrait une coopération limitée. Se trouvant sous le coup d'un mandat d'arrêt pour meurtre, comme l'avait fait apparaître la vérification de routine, il tergiversait, préférant être incarcéré à vie au Canada plutôt qu'exécuté par injection létale dans son État d'origine, New York, même si aucune exécution n'y avait été pratiquée depuis 1963.

Pour ce qui était de Lyle Crease, six heures de chirurgie l'avaient arraché à la mort, et il demeurait toujours en soins intensifs. Néanmoins, des éléments de sa biographie se révélaient peu à peu, à mesure que rallongeaient ses périodes de lucidité. Au début des années quatre-vingt, abandonnant ses études pour les charmes de la vie de motard, il avait sillonné le pays à la suite des Hell's Angels en compagnie de Cherokee avec lequel il s'était lié d'amitié sur la base de leurs communes racines canadiennes. Pourtant, à l'inverse de son compagnon, Crease ne souhaitait pas véritablement intégrer la fraternité. Selon ses dires, c'était à Myrtle Beach qu'ils avaient fait la connaissance de Savannah Osprey. Ils lui avaient proposé une balade à moto. Plus tard, dans la soirée, quand elle avait voulu partir, les choses s'étaient gâtées. Savannah avait été étranglée et son corps caché dans les bois par Cherokee.

— Crease reconnaît avoir participé au meurtre ?

— Non. Mais il admet être retourné sur les lieux avec lui pour récupérer les os afin d'en décorer le club.

— Les salauds !

J'ai éprouvé de nouveau la fureur et la répulsion qui m'avaient saisie au labo, le soir où Jocelyne m'avait remis la photo tachée de sang. Car celui qui se tenait à côté de Cherokee, c'était Crease ! Tous deux posant, mains levées et majeurs dressés, sous cette chose qui m'avait bouleversée et qui se voulait une imitation de drapeau de pirate, une chose que j'avais identifiée sur-le-champ à cause d'un petit trou sur le côté : le crâne de Savannah au-dessus de ses fémurs croisés !

Je m'étais toujours abstenue d'interroger quiconque à propos de cette photo mais, là, j'ai demandé à Charbonneau où elle avait été prise.

— À Saint-Basile, m'a-t-il appris. Au club des Vipères. L'hiver qui a suivi le meurtre, Crease et Cherokee se sont dit qu'ils feraient un malheur en rapportant le crâne de Savannah aux frères du Québec, et ils sont retournés à Myrtle Beach. Ils ont effectivement retrouvé le crâne et les fémurs, intacts sous la plaque de tôle. Le reste avait été démembré et dispersé par des animaux. Ils ont rapporté leur butin ici.

J'étais trop dégoûtée pour trouver une quelconque repartie.

— Le crâne et les fémurs de Savannah ont décoré le bar du club pendant des années, jusqu'à ce que les Vipères les enterrent dans le parc par crainte d'une descente de police.

— Mais pourquoi si près de Gately et de Martineau ?

— Pure coïncidence. Ceux-là, c'est pour une sombre histoire de business qu'ils se sont fait refroidir. En 1987, les Hell's Angels ont eu des vues sur un bar appartenant à Gately. Martineau, qui était pote avec lui, a tiré sur un Angel qui embêtait son copain. Résultat des courses, les Angels ont quand même piqué le bistrot.

— Mauvaise idée.

— Ça, c'est sûr !

— Si Crease est innocent du meurtre de Savannah, pourquoi tenait-il tellement à récupérer cette photo ?

— Quand il a vu que les ossements faisaient la une des canards, il a eu les boules que son passé réapparaisse au grand jour.

— Et c'est pour protéger sa carrière qu'il a tué Cherokee ?

— Il n'en est pas encore arrivé jusque-là dans ses souvenirs, mais ça devrait pas tarder. De toute façon, avec son blouson taché de sang, il va se retrouver à l'ombre pour le restant de ses jours.

— Sauf qu'il niera tout lien avec cette photo. Et comme le seul témoin qu'on avait ne peut plus parler...

— Ses pellicules le condamneront.

— Encore faut-il que le séquençage d'ADN soit concluant.

— Aucune importance. Il est mouillé, il avouera !

Voilà ce que nous pensions.

Du moins pendant les neuf heures qui ont suivi.

Le soleil qui filtrait par les stores baissés posait des rayures claires sur la chambre d'hôpital. Harry feuilletait un journal de mode et Kit suivait un talk-show à la télé, le son baissé au minimum. Sorti de réanimation quatre jours auparavant, il était encore très pâle. Des traînées violettes, comme tracées à la peinture, soulignaient ses yeux. Il avait la poitrine bandée et le bras gauche relié à une perfusion. Quand il m'a aperçue, son visage s'est éclairé.

— Comment te sens-tu ? lui ai-je demandé en caressant le dessus de son bras.

— Top forme !

— Je t'ai apporté des fleurs.

Je lui ai fait sentir le bouquet choisi pour lui à la boutique de l'hôpital.

— Tulipes de printemps. C'est fait pour redonner du cœur au ventre aux esprits les plus défaillants. Résultat garanti.

— Avec toute la photosynthèse qui se fait dans la pièce, il va bientôt falloir qu'on demande un permis !

Prenant appui sur ses pieds, il s'est redressé dans son lit pour attraper son jus d'orange. Incapable d'atteindre le plateau, il a laissé retomber son bras en faisant la grimace.

— Attends, je vais t'aider.

Je lui ai tendu son verre. Bien calé dans ses oreillers, il a serré les lèvres autour de la paille.

— Pas trop de mal à respirer ?

— Ça va, a-t-il répondu en reposant le verre sur sa poitrine.

La balle destinée à Crease l'avait frappé de biais, avant de ressortir dans son dos en traversant un muscle. Il avait deux côtes brisées et le poumon perforé. Il n'aurait pas de séquelles.

— On les a arrêtés, ces salauds ?

Je me suis tournée vers ma sœur assise dans un coin de la pièce, ses longues jambes repliées sous elle à la façon d'un contorsionniste chinois.

— Le type à moto a réussi à filer. Celui qui a survécu à l'accident de Jeep a été inculpé de tentative de meurtre et d'autres choses aussi. Il coopère.

— Si jamais je mets la main...

— Harry, tu pourrais demander un vase à l'infirmière ?

— C'est l'heure de la conversation tantine-neveu ? Eh bien, je file m'administrer ma dose de nicotine.

Ayant ramassé son sac, elle a déposé un baiser sur le sommet du crâne de son fils et s'est éclipsée dans un sillage de *Cristalle*. Je me suis assise au bord du lit et j'ai palpé la main de Kit. Elle était fraîche et souple.

— Top forme, bien vrai ?

— Si tu savais comme je m'embête ici, tante Tempé ! Toutes les cinq minutes, il y a une infirmière qui rapplique pour m'enfoncer une aiguille ou un thermomètre dans les fesses. Et crois-moi, ce ne sont pas des « lèvres en feu » comme dans M.A.S.H. Des guenons, ces bonnes femmes !

— Tu m'en diras tant !

— Et elles prétendent que je ne sortirai pas avant deux ou trois jours.

— Les médecins veulent être certains que ton poumon ne se rouvrira pas.

— Le score est de combien ? a-t-il demandé après une hésitation.

— Du côté des attaqués, il y a quatre blessés : Crease, toi et deux membres de la famille ; et aussi trois morts, Heathens et Rock Machine. Du côté des attaquants, un Hell's Angel abattu et deux morts dans l'accident de voiture. Le troisième passager était seulement blessé. Lui, il a été arrêté, mais le type à moto a réussi à s'enfuir. On avait rarement vu un tel bain de sang au Canada.

Il a baissé les yeux et s'est mis à gratouiller la couverture.

— Et lui, il va comment ?

— Il s'en sortira et sera inculpé du meurtre de Cherokee.

— Lyle n'a pas pu tuer ce type, il en serait incapable.

— Il n'a pas hésité à te sacrifier pour se protéger, que je sache !

Kit n'a rien répondu.

— Et il se servait de toi pour obtenir des informations.

— Ça, je ne dis pas. C'est possible. Mais il ne tuerait pas quelqu'un.

J'ai revu le crâne et les fémurs de Savannah, mais je n'ai pas cherché à détromper mon neveu.

— Pourquoi t'a-il emmené à cet enterrement ?

— C'est moi qui ai insisté, je mourais d'envie de voir toutes ces bécanes. Je lui ai dit que j'irais même sans lui. Bon Dieu, je sais bien qu'il m'a emmené dans cet atelier de motos, mais il n'avait rien à voir avec ces types. Là-bas, il essayait de faire le mec cool, mais ça se voyait qu'il ne connaissait personne vraiment.

A posteriori, l'idée que Lyle Crease ait pu être un agent infiltré qui aurait retourné sa veste, comme nous l'avions supposé un moment, Charbonneau et moi, me paraissait ridicule. Tout comme mes angoisses à propos du Prêcheur et de son gang éventuel, alors que c'était du journaliste que j'aurais dû me méfier.

À force de triturer le couvre-lit, Kit venait d'en dégager un fil.

— Je voulais te dire, tante Tempé... Je m'excuse si je t'ai fait de la peine.

Il a dégluti et s'est remis à tournicoter le fil.

— Le Prêcheur et les autres, c'est que des ratés. Pas même foutus de faire ce qui faut pour se payer une bécane.

Bien que sachant déjà tout cela par Claudel, je l'ai laissé poursuivre.

— Je t'ai fait croire que c'était des super motards pour avoir l'air cool et, à cause de moi, tu as failli te faire tuer.

— Kit, qui c'était le type que j'ai vu dehors près de la maison ?

— Je n'en sais rien, je te jure. Un abruti qui passait par là. Peut-être qu'il allait se présenter pour un boulot là où tu t'es fait raser les tifs, a-t-il ajouté avec le sourire.

Il n'a pas coupé à une petite bourrade dans son épaule valide. Mais, cette fois, je le croyais.

— Hé, tu ne vas pas brutaliser un handicapé, quand même !

Il a fini son jus de fruits et m'a tendu son verre.

— Et l'œil ?

— D'après la police, ce sont les Vipères qui l'ont mis sous mon essuie-glace pour me décourager de continuer.

Nous sommes restés un moment sans parler. À l'écran, un homme dévidait les nouvelles sans qu'on l'entende tandis que les cours de la Bourse défilaient sous son buste.

— De retour au Texas, je crois que je vais aller jeter un œil du côté de l'université, des fois qu'ils auraient un cours intéressant. Je verrai si ça marche.

— Excellente idée, Kit.

— Tu dois croire que je suis aussi con qu'un bar à grande gueule.

— Qu'une perche, peut-être.

— Tu n'as pas perdu tout espoir en moi, dis ?

— Jamais de la vie !

Gêné, il a changé de sujet.

— Comment il va, ton patron ?

— Beaucoup mieux. Il fait tourner les infirmières en bourrique.

— Eh bien, on peut se serrer la main. Et ton Ryan ?

— Eh, ne pousse pas, grand dadais !

Harry s'était encadrée dans la porte.

— Tu crois qu'il va rester encore longtemps à rêvasser ici en attendant qu'on lui apporte des fleurs et des bonbons ? a-t-elle lancé du seuil, avec un sourire du même rouge éclatant que le bouquet qu'elle tenait dans son vase.

De l'hôpital, je suis rentrée à la maison. J'ai dîné en compagnie de Birdie et je me suis attaquée aux tâches ménagères. Retour à la normale par immersion dans le quotidien. Tel était mon plan et il fonctionnait.

Jusqu'à ce que la sonnette émette son gazouillis !

Huit heures et quart, trop tôt pour que ce soit Harry. Abandonnant ma brassée de sweaters, je suis allée consulter l'écran de contrôle, intriguée.

Mains derrière le dos, le sergent-détective Luc Claudel se balançait dans le hall de l'immeuble, faisant passer le poids de son corps de la pointe de ses pieds à l'arrière du talon. C'était ça, le retour à la normale ? Que se passait-il encore, Bon Dieu ? Tout en grommelant, j'ai ouvert.

— *Bonsoir, monsieur Claudel.*

— *Bonsoir.* Désolé de vous déranger chez vous, mais il y a un épilogue à l'histoire.

Il a eu une crispation des mâchoires. Ce qu'il avait à me dire devait le pousser aux limites de la civilité.

— Je tenais à vous en informer moi-même.

Claudel courtois, et parlant anglais ? J'ai craint le pire. Birdie s'est mis à faire des huit autour de mes chevilles sans m'offrir d'hypothèse susceptible de résoudre l'équation. J'ai reculé en invitant du geste le détective à entrer. Il a obtempéré et attendu, raide comme la Justice, que je referme la porte. M'ayant suivie au salon, il s'est assis sur le divan. J'ai pris place dans le fauteuil où je m'étais assise, le soir où Jean Bertrand, le coéquipier de Ryan, était passé me voir. Comme toujours au

430

souvenir de mon ami, j'ai senti mon estomac se serrer. J'ai prié tout bas : « Seigneur, faites que tout aille bien pour lui ! »

Me forçant à écarter cette pensée, j'ai attendu que Claudel prenne la parole. Il s'est éclairci la gorge et a fixé un point derrière moi.

— Vous aviez raison à propos de Gorge Dorsey. Ce n'est pas lui qui a tué Cherokee Desjardins.

Apparemment, une révélation allait suivre.

— Et ce n'est pas Crease non plus.

Je l'ai dévisagé, trop étonnée pour répondre.

— Dans une lettre envoyée à sa mère peu de temps avant de mourir, Jocelyne Dion a donné des informations sur toute une série de crimes et de délits perpétrés par les motards. Entre autres choses, sur la fusillade au cours de laquelle Emily Anne Toussaint et *l'Araignée* ont été tués, et sur le meurtre de Cherokee Desjardins.

— Quelle raison avait-elle de faire ça ?

— Toutes sortes, diverses et variées. D'abord, elle craignait pour sa vie et pensait que ses déclarations la protégeraient mieux que tout. En outre, elle souffrait de la mort de Dorsey qui était son amant. Elle n'acceptait pas qu'il ait été assassiné. Qui plus est, sur ordre de son propre gang.

J'ai senti la chaleur envahir mon cou, mais je n'ai pas dit que je le savais déjà par Jocelyne.

— Est-ce qu'elle y dit que Dorsey a été tué parce qu'il m'avait parlé ?

Claudel a ignoré ma question.

— Enfin, elle éprouvait du remords pour avoir commis certains actes. Notamment, pour avoir tué Cherokee Desjardins.

— Quoi ! ?

— Vous avez bien entendu. C'est Jocelyne Dion qui a assassiné Desjardins.

— Mais elle m'a dit qu'elle avait entendu Crease le tabasser et l'abattre ensuite avec une arme à feu.

— Apparemment, votre collègue de labo aimait assez conserver des petits bouts de vérité pour son usage personnel.

Joignant les mains, il a posé le menton sur ses doigts et enchaîné :

— D'après sa lettre, elle se trouvait chez Desjardins pour acheter de la drogue quand Lyle Crease a débarqué pour récupérer l'infâme photo du bar. Les deux hommes se sont disputés, Crease a assommé Cherokee avec un bout de tuyau et a mis l'appartement à sac. En entendant du bruit dans la chambre, il a pris peur et s'est enfui. Crease parti, votre Jocelyne, qui était défoncée, a vu dans la situation l'occasion rêvée de remplir son armoire à pharmacie sans que cela lui coûte un sou. Apparemment, elle avait de grandes habitudes et un petit budget. Elle a tabassé Cherokee qui gisait par terre, inconscient, l'a traîné jusqu'au fauteuil et lui a explosé la cervelle avec un fusil.

— Mais pourquoi le tuer ?

— Elle craignait qu'il se venge, n'oubliez pas qu'elle était défoncée. Mais pas assez pour ne pas se rendre compte qu'elle devait effacer ses traces. Elle a donc maquillé la scène en crime de motards. Sur ce point, vous aviez raison.

Il a baissé ses mains et s'est éclairci la gorge avant de reprendre :

— Jocelyne Dion a ramassé le sachet perdu par Crease en croyant qu'il contenait de la drogue, alors que c'était la fameuse photo de Cherokee et lui. L'idée de le faire chanter lui est venue plus tard, quand elle a compris que c'était pour cette photo qu'il avait tabassé Desjardins. Elle s'est dit qu'il paierait sûrement pour la récupérer.

— Entre-temps, les Heathens avaient appris que j'étais allée voir Dorsey en prison et l'avaient fait descendre.

À cette pensée, ma raideur dans la nuque s'est accrue.

— Craignant pour sa vie, poursuivait Claudel, Dion a monté de toutes pièces un scénario selon lequel Crease aurait assassiné Desjardins. L'information est revenue aux oreilles des Vipères qui ont décidé de répliquer, Desjardins étant un Hell's Angel et son assassin, un ex-Angel que les frères méprisaient. Il devait donc mourir. Ils ont persuadé Jocelyne de l'attirer à l'enterrement de Dorsey. Par ailleurs, les Vipères n'avaient toujours pas vengé la mort de Marcotte. Ils ont appelé New York pour avoir du renfort et décidé de profiter de l'enterrement pour faire la peau à deux ou trois Heathens, histoire de remettre le compteur à zéro.

Une pause.

— Et le blouson ensanglanté ? ai-je demandé.

— Pour une fois, cette anguille de Dorsey disait la vérité. Ce n'était pas le sien, mais celui de Jocelyne qui était sa maîtresse, et il ne pouvait pas le dire sans l'enfoncer.

— Il s'est fait tuer parce que je suis allée le voir, ai-je dit, et je me suis mordu les lèvres.

— Dorsey est mort parce que les frères ont eu peur qu'il les donne. Si vous n'étiez pas allée le voir, il aurait contacté quelqu'un d'autre.

J'ai dégluti et demandé :

— Vous croyez que Jocelyne dit la vérité ?

— En gros, oui. Avant d'avoir connaissance de sa lettre, nous soupçonnions déjà Lecomte d'avoir assassiné Marcotte et Toussaint. Il est sous surveillance rapprochée, mais on ne peut pas encore l'arrêter car le procureur n'est pas sûr que le fait que vous ayez entendu Jocelyne crier son nom soit suffisant comme motif. On connaîtra bientôt sa décision.

— Et c'est Jocelyne qui a laissé filtrer les informations à la presse.

— Son emploi lui permettait d'espionner pour le compte des Heathens, et il ne lui déplaisait pas de papoter avec des journalistes, le cas échéant.

— À condition d'avoir l'aval de ses véritables employeurs.

— Exactement.

Claudel a inspiré avec bruit et expiré lentement par le nez.

— Ces gangs de motards sont la mafia du nouveau millénaire. Ils ont une influence colossale sur les gens qui se laissent épater. Jocelyne Dion était de ces fourmis ouvrières qui alimentent le gang tout au bas de l'échelle : prostituées, maquereaux, strip-teaseuses, petits dealers des rues. Elle n'aurait pas pu accompagner sa mère à la messe le dimanche sans autorisation préalable. Au niveau juste au-dessus, il y a ceux qui réussissent mieux : les propriétaires d'ateliers de motos, les tenanciers de bar, les receleurs, les gens qui blanchissent l'argent du club ou rendent d'autres services. Bref, tous ceux qui ont le droit de frayer avec les membres proprement dits. Un cran plus haut encore, on a les responsables des réseaux de drogue, qui portent le badge entier, eux. Et tout au sommet de la pyramide, il y a les hommes directement liés aux cartels mexicains et colombiens ou à leurs correspondants de par le monde.

Pris d'une exaltation que je ne lui connaissais pas, Claudel a poursuivi :

— Et qui sont ces dégénérés qui font du fric

sur le dos des faibles ? La plupart d'entre eux n'ont même pas les capacités intellectuelles et morales pour mener à bien des études supérieures et fonctionner dans le cadre des lois du marché. Ils utilisent les femmes parce que, au fond, ils en ont peur. Ils sont sans instruction, aveugles sur eux-mêmes et, dans bien des cas, impuissants. Voilà pourquoi ils se tatouent, s'inventent des surnoms et se rassemblent en bandes pour donner renforcer leur nihilisme général.

Il a pris une longue inspiration et secoué lentement la tête.

— À présent, Sonny Barger est à la retraite. Probablement en train de pondre ses mémoires, que des millions de gens liront et dont Hollywood tirera un film. Ces sauvages seront à nouveau présentés sous un jour romantique et leur légende mystifiera une nouvelle génération.

Il s'est frotté le visage dans ses mains.

— Et la drogue continuera d'inonder nos cours d'école et les ghettos des sans-espoir.

Il a tiré sur ses manches et redressé ses boutons de manchettes en or avant de se lever. Quand il a repris la parole, sa voix était dure comme de l'acier trempé.

— C'est drôle. Pendant que les Hell's Angels faisaient leur carnage au cimetière, les Heathens s'occupaient eux aussi de nettoyer leurs rangs. Je ne sais pas qui de ces sous-hommes a tué George Dorsey et je ne détiens encore aucune preuve me permettant d'affirmer que c'est Lecomte qui a abattu Jocelyne Dion, Roger Marcotte, dit l'Araignée, et Emily Anne Toussaint. Mais je l'aurai un jour. Oui.

Immobile, il a planté son regard dans le mien.

— Tant que je n'aurai pas extirpé ce mal de ma ville, je n'aurai pas de repos.

— Vous croyez que c'est possible ?

Il a acquiescé et, après une hésitation, a ajouté :

— On fait équipe ?

Sans hésiter, j'ai hoché la tête.

— Oui !

40.

Le lendemain matin, j'ai dormi tard. Je suis allée à la gym et j'en suis revenue, lestée de cafés et de beignets à partager avec ma sœur. Harry partie pour l'hôpital, j'ai téléphoné au labo. Comme aucune affaire ne réclamait les compétences d'un anthropologue, j'ai eu tout loisir de réactiver le programme de la veille interrompu par la visite de Claudel.

Après avoir mis mes sweaters à tremper, je me suis attaquée au réfrigérateur. Les aliments ayant plus d'un mois d'âge sont allés à la poubelle sans atermoiement, de même que tout ce qui ne pouvait être identifié.

J'avais l'humeur au beau fixe, cela ne m'était pas arrivé depuis des semaines : Claudel avait été obligé de reconnaître ma valeur en tant que collègue et je ne doutais pas que, aidé de Charbonneau et de Quickwater, il poursuive l'enquête et parvienne à mettre derrière les barreaux les meurtriers de Dorsey et de Jocelyne Dion.

J'avais présenté mes excuses à Quickwater qui ne semblait pas me garder rancune. Il avait même esquissé un petit sourire dans ma direction.

LaManche était en bonne voie de guérison.

Le meurtre de Savannah Osprey était résolu, et ses ossements en route vers sa famille.

Kit s'en tirerait, dans tous les sens du mot.

Katy serait de retour dans deux semaines.

Jusqu'à mes cheveux qui présentaient des signes de croissance.

Une seule ombre demeurait au tableau : Ryan.

Je m'inquiétais pour lui. Il avait mis sa couverture en péril pour me sauver la vie. J'espérais de tout mon cœur, je priais, pour que son courage ne lui coûte pas la sienne. Pour que cet acte généreux ne se révèle pas à son tour une décision mortelle, à l'instar de celles qui avaient jalonné cette histoire.

Et la perfection à tort déshonorée...

Au souvenir du vers de Shakespeare, j'ai senti mes yeux se remplir de larmes. Ryan ne pouvait pas me contacter, et je n'avais aucune idée du jour où je le reverrais.

Tant pis. J'attendrais...

J'ai jeté un vieux morceau de cheddar dans la poubelle.

Ça prendrait peut-être pas mal de temps...

Deux pots de *jelly* ont pris la même direction.

Que faire, sinon chanter ? C'était la seule solution.

I've got sunshine on a cloudy day...
Le ciel est bouché, j'ai du soleil plein la tête.

Remerciements

Bien des gens m'ont apporté leur aide pour l'écriture de ce livre. Mes collègues, médecins légistes et policiers, ont fait montre d'une patience exemplaire à mon endroit et j'adresse mes remerciements les plus sincères au sergent Guy Oulette, de l'Unité du crime organisé à la Sûreté du Québec, ainsi qu'au capitaine Steven Chabot, au sergent Yves Trudel, au caporal Jacques Morin et au constable Jean Ratté, du Groupe d'opérations Carcajou, de Montréal.

Au sein des forces de police de la communauté urbaine de Montréal, je tiens à remercier le lieutenant-détective Jean-François Martin, de la section des Crimes majeurs, le sergent-détective Johanne Bérubé, de la section des Agressions sexuelles, et le commandant André Bouchard, de la section Moralité, Alcools et Stupéfiants au Centre opérationnel sud, pour avoir répondu avec tant de patience à toutes mes questions, notamment sur le fonctionnement des diverses unités. J'adresse des remerciements particuliers au sergent-détective Stephen Rudman, superviseur de l'unité Analyse et Liaison au Centre opérationnel sud, pour ses explications détaillées, pour les cartes qu'il m'a fournies et pour la visite du centre de détention que j'ai pu effectuer en sa compagnie.

Parmi mes collègues au laboratoire de sciences judiciaires et de médecine légale, je dois remercier le docteur Claude Pothel pour ses commentaires sur la pathologie, et François Julien, de la section de Biologie, pour ses démonstrations en matière d'étude des taches de sang. Pat Laturnus, analyste en taches de sang au collège de police d'Ottawa, m'a également offert son expertise et fourni les photos illustrant la couverture de l'édition d'origine.

En Caroline du Nord, je voudrais remercier le capitaine Terry Sult, de l'Unité de renseignements de la police de Charlotte-Mecklenburg, Roger Thompson, directeur du laboratoire criminel de la police de Charlotte-Mecklenburg, Pam Stephenson, analyste aux services techniques et de renseignements du bureau d'investigation d'État de Caroline du Nord, Gretchen C.F. Shappert, du bureau du procureur général des États-Unis, de même que le docteur Norman J. Kramer, du groupe médical de Mecklenburg.

Parmi les autres personnes qui m'ont offert leur temps et leur savoir, je tiens à citer le docteur G. Clark Davenport, géophysicien à la Necro-Search International, le docteur Wayne Lord, du Centre national d'analyse des crimes violents à l'Académie du FBI de Quantico, en Virginie, et Victor Svoboda, directeur de la communication à l'Institut neurologique de Montréal. Quant au docteur David Taub, il fut mon gourou en matière de Harley-Davidson.

Je dois aussi bien des choses à Yves Sainte-Marie, directeur de département au laboratoire de sciences judiciaires et de médecine légale, au docteur André Lauzon, responsable de section au laboratoire de médecine légale, et au docteur James Woodward, chancelier de l'université de Caroline du Nord, pour leur indéfectible soutien.

Un merci particulier va à Paul Reichs, pour ses précieux commentaires sur le manuscrit.

Et comme toujours, je tiens à remercier mes extraordinaires éditeurs, Susanne Kirk, de chez Scribner, et Lynne Dew, de chez Random House, ainsi que mon infatigable agent, Jennifer Rudolph Walsh.

Si, malgré les conseils avisés dont m'ont fait bénéficier tous ces experts, des erreurs s'étaient glissées dans ce roman, j'en suis seule responsable.

Faites de nouvelles découvertes sur
www.pocket.fr

- Des 1ers chapitres à télécharger
- Les dernières parutions
- Toute l'actualité des auteurs
- Des jeux-concours

Il y a toujours
un **Pocket** à découvrir

DÉJÀ DEAD

Kathy Reichs

Autopsie à hauts risques

Le cadavre d'une femme découpée en morceaux vient d'être retrouvé dans un parc. Temperance Brennan est chargée de l'autopsie. Sa sinistre expertise va la mener en première ligne de l'enquête, face à l'assassin pervers qui collectionne les victimes. Cinq femmes sont déjà mortes. Et si Temperance était la prochaine ?

POCKET N° 10602

LES TRACES DE L'ARAIGNÉE

Kathy Reichs

Un cercueil pour deux

Le corps sans vie d'un dénommé John Lowery, militaire né en 1950, est retrouvé au beau milieu d'un lac, près d'Hemmingford, au Québec. Problème, cet homme a déjà été déclaré décédé... en 1968. Deux corps pour un seul mort, c'est trop pour Tempe, l'anthropologue judiciaire en charge du dossier.

POCKET N° 15410

OS TROUBLES

Kathy Reichs

Pièces détachées

Pour Temperance, les vacances commencent mal : un avion de tourisme vient de s'écraser, et elle doit autopsier les cadavres des passagers. Peu après, divers ossements humains et animaux sont retrouvés, mêlés sans logique apparente. Et voilà que Tempe reçoit des menaces de mort...

POCKET N° 12806

MEURTRES EN ACADIE

Kathy Reichs

L'enfance sacrifiée

L'Acadie et ses vieux squelettes... Pas de repos pour Temperance Brennan. D'autant que personne ne semble prêt à collaborer avec elle. Dans ses souvenirs, pourtant, cette région du Canada semblait un paradis. Le pays d'un ange : Évangéline, 14 ans. Tempe en avait 12 et la disparition de son amie devait, à jamais, laisser un grand vide.

POCKET N° 14293

LES OS DU DIABLE

Kathy Reichs

Rites sataniques

Charlotte, Caroline du Nord. Un tableau effroyable : un crâne humain, un chaudron, des os. Le locataire, un sorcier de tradition afro-cubaine, a disparu. Lorsqu'un cadavre décapité émerge d'une rivière voisine, la presse cherche aussitôt un lien. Mais pour Tempe Brennan, les choses ne paraissent pas aussi simples.

POCKET N° 14655

AUTOPSIES

Kathy Reichs

Harcèlement

Temperance vient de se réveiller, pieds et poings liés, enfermée dans le noir. Peu à peu, elle reconstitue le puzzle des derniers jours : tout a commencé avec la découverte d'un cadavre. Tempe pressent que sa survie dépend de sa capacité à résoudre cette enquête.

POCKET N° 15028

VIRAL

Kathy Reichs

Dans la famille Brennan...

Tory Brennan, 14 ans, tient déjà
beaucoup de Tempe, sa tante.
D'ailleurs, cette île isolée où sa petite
bande aime à vadrouiller regorge de
sujets curieux : coquillages, singes... et
cadavres. Des restes humains
auxquels les quatre amis auraient
mieux fait de ne pas s'intéresser.

POCKET N° 14699

CRISE

Kathy Reichs

Chasse au trésor

Depuis qu'ils ont été
contaminés par un virus
mutant, Tory et ses amis
ont vu leur vie basculer :
en situation de danger,
leur part animale se
développe
extraordinairement. Mais
des promoteurs veulent
acheter l'île sur laquelle ils
vivent : la meute risque
d'être séparée. Une seule
solution pour l'intrépide
Tory : racheter l'île. Seule
solution : retrouver le
légendaire trésor de
la pirate Anne Bonny...

POCKET N° 14700

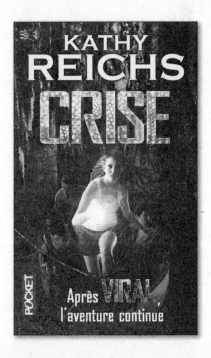